JN036724

の本

コナリー

第二次世界大戦下のイギリス。本を愛する12歳のデイヴィッドは、母親を病気で亡くしてしまう。孤独に苛《さいな》まれた彼はいつしか本の囁《ささや》きを聞くようになったり、不思議な王国の幻を見たりしはじめる。ある日、死んだはずの母の声に導かれて、その王国に迷い込んでしまう。狼に恋した赤ずきんが産んだ人狼、醜い白雪姫、子どもをさらうねじくれ男……。そこはおとぎ話の登場人物や神話の怪物たちが蠢《うごめ》く、美しくも残酷な物語の世界だった。デイヴィッドは元の世界に戻るため、『失われたものたちの本』を探す旅に出るが……。本にまつわる異世界冒険譚！

くまのおばさん

3

失われたものたちの本

ジョン・コナリー
田 内 志 文 訳

創元推理文庫

THE BOOK OF LOST THINGS,
including one short story,
CINDERELLA (A Version)
by
John Connolly

Copyright © 2006 by John Connolly
This edition is published by TOKYO SOGENSHA Co., Ltd.
Japanese translation rights arranged with
Bad Dog Books Ltd (writing as John Connolly)
c/o Darley Anderson Literary, TV&Film Agency, London
through Tuttle-Mori Agency, Inc., Tokyo

日本版翻訳権所有
東京創元社

目次

失われたものたちの本

失われたものたちの本

すでに大人になったジェニファー・リドヤードと、
瞬《また》く間に大人になるキャメロンとアリスターのリドヤード兄妹へ。
すべての大人たちの中にはかつての少年少女が棲まい、
すべての子供たちの中にはいずれ現れる大人が眠っている。

少年時代に読んでもらったいくつもの物語の中には、
人生が教える真実よりも深い意味があった。
フリードリヒ・シラー（一七五九～一八〇五）

想像できるものは、何もかも現実のものである。
パブロ・ピカソ（一八八一～一九七三）

1

すべての見つかりしものと、すべての失われしもののこと

むかしむかし——おとぎ話というものは決まってこのように始まるものですが——あるところに、母親をなくした少年がいました。

とつぜんなくしてしまったのではありません。ゆっくりとなくしていったのです。母親を殺してしまおうとしている病気は抜け目なく、ずる賢く、母親を体の内側から食い尽くそうとしていました。体の中の光が蝕《むしば》まれてゆくにつれて、その瞳からは毎日毎日だんだんと輝きが失われ、肌は蒼白くなっていってしまったのでした。

そうして少しずつ少しずつ母親がさらわれていってしまうのを見ているうちに、いつしか少年は、すっかり母親を失ってしまうのが怖くてたまらなくなりました。ずっと一緒にいてほしい。少年には兄弟も姉妹もありません。父親のことは大好きですが、母親のほうがもっと好きなのです。母のいない毎日など、少年にはとても考えられませんでした。

名前をデイヴィッドというこの少年は、何とか母親の命を繋ぎ止めようと、思いつく限りの

ことをしました。お祈りもしました。母親が代わりに罰を受けることがないよう、決して悪さはするまいと誓いました。近所を歩く時にはできるだけ足音を立てないようにしましたし、玩《おも》具《ちゃ》の兵隊を使って戦争ごっこをする時には、ひそひそ声で遊びました。毎日の決まりごとを決めて、できるだけそれを守りながら過ごしたのです。自分の行いが母親の運命を決めてしまうに違いないと、彼は信じていたのでした。ベッドを出る時には必ず左足から床につき、それから右足を降ろします。歯を磨く時にはきっちり二十まで数を数え、数え終わったら歯磨きをやめます。お風呂の蛇口やドアのノブのように何度も手を触れる場合は、奇数はやめて、偶数にしました。二回か、四回か、八回触れるようにしました。六回ということは、ありません。なぜなら六は三の倍数ですし、三は十三のひとけためですし、十三はとても不吉な数字だったからです。

もし何かに頭をぶつけると、少年は偶数にするために、もう一回わざと頭をぶつけます。時には、何度も何度も余計にぶつけなくてはいけない場合もありました。というのは、うっかり頭をぶつけたせいで数が奇数になってしまったり、気をつけていたにもかかわらず髪の毛が壁に触れてしまったりすることもあるのです。頭蓋骨がみしみし音を立て、頭がくらくらして気分が悪くなるまで、少年は頭をぶつけ続けるのでした。母親の病気がひどく悪い一年間、少年は朝起きたらまず最初に決まったものをキッチンに持っていき、一日を終えて睡《ねむ》りに就く時には、最後にそれを寝室へと持って入りました。それは、小さなグリム童話集と、すっかりページの端が曲がった『マグネット』という漫画本でした。漫画本の上、ぴったりまん中になるように童話集を重ね、寝室では部屋の床に敷いたカーペットの隅に、そして朝になるとキッチンにあるいちばんお気に入りの椅子の隅に合わせて置いておくのです。デイヴィッドはそうして、来る日も来る日も母親を繋ぎ止めようとしていたのでした。

学校が終わると母親のベッドの横に腰かけて過ごしました。母親の具合がよい時には話をしながら過ごすこともありましたが、苦しそうな寝息をひとつふたつと数え、どうか母親を僕から取りあげないでくださいと祈りながら、ただ寝顔を見つめているだけのこともありました。少年はよくベッドの横まで本を持っていって読んでいました。そして母親は目を覚まし、頭がそれほど痛くない時は、自分にも読んで聞かせてちょうだいと少年に頼むのでした。母親も自分の本を持っていたのですが――ロマンス小説、ミステリー小説、そして、小さい字がびっしり印刷された黒い表紙の小説です――少年に昔話を読んでもらうほうが好きでした。昔話というのは、お城や冒険の旅、喋《しゃべ》る動物などが出てくる神話や伝説やおとぎ話のことです。デイヴィッドも、読んで聞かせてあげました。もう十二歳で子供ではありませんが、それでもそんな物語の数々が彼は好きでしたし、母親が自分に読んで聞かせてほしがっているのだと思うと、よりいっそう、大切な物語であるように思えてならないのでした。

まだ病気にかかる前、よく母親はデイヴィッドに、物語は生きているのだと教えてくれたものでした。人間や、犬や猫とも違った意味で生きているのだと。人間というものは、いちいち見ようとしなくても生きている姿が誰からも見えるものですが、犬は、無視されたと思って吠えたりすることで、人に気付いてもらいます。そして猫はといえば人のすぐ隣で過ごしていても、そばには誰もいないかのような顔をしている名人なのですが、これはまた、すっかり別のお話ですね。

ともあれ、物語は違うのです。物語は、伝わることで命を持つことができるのです。誰かが声に出して読んだり、灯りに浮かび上がった文字を毛布にくるまりながら目で追ったりしない限り、本当の意味でこの世界に生きることができないのです。まるで、鳥のくちばしに挟まれながら地面に落ちるのを待っている植物の種や、五線紙の上に並んで楽器が奏でてくれるのを待ちこがれている音符みたいなものなのです。それまで物語は、命を吹き込まれる時を夢見ながら、睡っているのです。誰かが読みだすと、物語は変わりはじめます。人の想像力に根を下ろし、その人を変えてゆくのです。物語は読んでほしがっているのよ、と母親は囁《ささや》きました。読んでもらわなくちゃいけないの。だから物語は、自分たちの世界から人の世界へとやってくるのよ。私たちに、命を与えてもらいにやってくるの。

病気で亡くなってしまう前、母親はデイヴィッドにそう言い聞かせたものでした。よく本を手元に置き、まるでデイヴィッドの顔にそうするように、愛おしげに表紙を指でなぞったものでした。彼の様子を見たり言葉を聞いたりして心から愛しく思うと、母親はよくそうしてくれたのです。母親の声はいつでもデイヴィッドにとって、いつでも新しい発見をさせてくれる歌や、これまで誰も聞いたことのないたおやかな歌のように響きました。やがて成長して音楽を好きになってゆくにつれ（ともあれ本より好きになることはなかったのですが）、デイヴィッドは、母親の声は歌というよりも交響曲のようだと感じるようになっていきました。慣れ親しんだテーマやメロディが、母親の気分や心模様によって、無限の変化を見せる交響曲のようだと。

年月が流れるにつれて、本を読むのはデイヴィッドにとってひとりきりの楽しみへと変わっていきましたが、やがて母親が病気になると、また彼が幼かったころのようにふたりで読むようになりました。とはいえ、立場は昔と逆でした。まだ母親の具合がひどくなってしまう前、彼は母親が本を読んでいる部屋に音も立てずにさっと入り込むと微笑《ほほえ》みかけ（母親も微笑み返します）、ベッドのそばへと椅子を引っぱっていき、自分の本を夢中になって読んだものです。二人ともそれぞれ別の世界に侵ってはいましたが、そうして同じ場所、同じ時間を過ごしていたのです。本を読む母親の顔を見れば、デイヴィッドには物語が母親の中で生きているのか、母親が物語の中で生きているのかがひと目で分かりました。そして、物語やおとぎ話について母親が教えてくれたことを思いだすのです。物語やおとぎ話が人間に及ぼす、そして人間が物語やおとぎ話に及ぼす力の話を。

母親が亡くなった日のことをデイヴィッドが考えない日など、一日たりともありませんでした。その日、彼は学校で詩の分析について学んでいるところで――聞き流しているところ、と言ってもいいかもしれませんが――、強弱弱格《ダクティル》や五歩格《ペンタメーター》といった奇妙な恐竜の名前のような言葉から、紀元前の大地の姿を想い描いていたのでした。校長先生が教室のドアを開けて入ってくると、英語のベンジャミン先生（生徒にはビッグ・ベンと呼ばれていましたが、これは体が大きかったのと、コートの内ポケットから古い懐中時計を引っぱりだして、言うことを聞かない生徒たちに重々しい声でゆっくりと時間を告げるところからついたあだ名です）のところに歩み寄りました。ベンジャミン先生に校長が何か耳打ちし、深刻な顔をしてベンジャミン先生がうなずきました。先生はそれから生徒たちのほうを向くとデイヴィッドを見つめ、いつもより優しげな声で話しはじめたのでした。先生はデイヴィッドの名前を呼ぶと、君は早退しなくちゃいけないから荷物をまとめて校長先生と一緒に行くように、と言いました。デイヴィッドには、何があったのかすぐに分かりました。校長先生について保健の先生の部屋に行くよりも早く、もう分かっていたのです。保健の先生が彼のために紅茶の入ったカップを持ってくるよりも早く、もう分かっていたのです。いかめしい顔をした校長先生が、母親を亡くした少年に優しく声をかけようと目の前にやってくるよりも早く、もう分かっていたのです。カップが唇に触れ、校長先生が言葉を口にし、紅茶で口を火傷《やけど》するよりも早く、もう分かっていたのです。母親が、自分を置いていってしまったのだということを。

数えきれないほど決まりごとを繰り返しても、母親を繋ぎ止めておくことはできなかったのでした。その後、彼は頭を悩ませました。もしかしたら、どこかで何か守り忘れたのかもしれない。あの朝、数え間違いをしたのかもしれない。もしかしたら、運命を変えようとあれこれ並べた決まりごとに、まだ足りないものがあったのかもしれない。ですが、今となっては考えてもしかたありません。母親は、死んでしまったのです。家から出なければよかったと、彼は思いました。学校にいると、母親の運命が自分の手から離れてしまうような気がして、いつでも心配でたまりませんでした。決まりごとは、学校でやっても効き目がないのです。それに学校には学校の規則や決まりごとがあるものですから、自由にできません。ですからこっそりと決まりごとをしてみるのですが、それだと同じではないのでした。母親は、その代償を払わされてしまったのです。

デイヴィッドはそう思うと、自分のせいだと思ってひどく惨《みじ》めな気持ちになり、ついに泣きだしてしまいました。

それからの数日間は、背が高く顔も見慣れない近所の人や親戚たちがひっきりなしに彼の家を訪れては、デイヴィッドの頭を撫で、一シリングをくれました。黒い服を着た大きな女性たちは、すすり泣きをしながらデイヴィッドをぎゅっと胸に抱きました。すると鼻や口の中いっぱいに、香水と防虫剤の匂いが入り込んでくるのでした。リビングに集まって母親の思い出話を語りあう大人たちを見つめながら、デイヴィッドは遅くまで部屋の隅で小さく縮こまっていました。どの話も、彼とはまったく別の歴史を生きた見知らぬ誰かの話のように、彼には聞こえました。姉が死んでしまった時、大切でたまらない人が永遠に目の前から消えてしまうことが許せずに、泣くのをじっと堪《こら》えていた幼き日の母の姿。つまらないことで父親に叱られ、お前などジプシーにやってしまうぞと言われて丸一日家出をしてしまった少女時代の母の姿。赤いドレスを纏《まと》う美しい女性に成長し、デイヴィッドの父親の手で恋人から横取りされた母の姿。結婚式の日に薔薇の棘《とげ》で親指に傷をつけ、純白のウエディングドレスにまっ赤な染みを付けてしまった母の姿。

やがてデイヴィッドは睡りに落ちると夢を見ました。夢の中ではそうした場面のひとつひとつに自分がいて、母親の人生の登場人物になっているのでした。ただ黙って話に耳を傾けているのではなく、それぞれの場面を目《ま》の当たりにしているのでした。

霊安室に置かれた棺《ひつぎ》に蓋がされてしまう前に、デイヴィッドは最後にもう一度だけ母親の顔を見つめました。すっかり変わり果ててしまったようにも、いつもと変わらないようにも見えました。まるで、病気に冒される前と変わらぬ姿に見えるのです。日曜日の礼拝や、父親と一緒に夕食や映画に出かけた時のように、その顔には化粧がほどこされていました。いちばんお気に入りだった青いドレスに身を包み、両手はお腹の上に重ね合わされていました。指にはロザリオが巻きつけられており、指輪は外されていました。唇は、赤々としていました。デイヴィッドは母親の上にかがみ込むと、そっと彼女の手に指で触れてみました。冷たく湿った感触が伝わりました。

父親が隣にやってきました。みんなもう外に出てしまっており、部屋にはふたりだけです。教会へと向かう車が、デイヴィッドと父親を待っていました。大きな黒い車です。尖った帽子をかぶった運転手は、にこりともせずに黙っていました。

「お母さんにお別れのキスをしておあげ」父親に言われ、デイヴィッドはその顔を見上げました。父親は目をまっ赤にして、潤《うる》ませていました。母親が死んだ日に涙を見せてから初めてのことです。あの日、学校から帰ったデイヴィッドを強く抱きしめて、きっと大丈夫だと約束してくれてから、決して涙を見せずにきたのです。その目から大きな涙がひとつぶ溢《あふ》れだし、ゆっくりと、まるでおずおずと進むかのように頰を伝い落ちるのが見えました。デイヴィッドはまた母親のほうを向くと、棺桶に身を寄せてそっと顔にキスをしました。化学薬品と何か他の、考えたくもないものの臭いがしました。唇からも、その味がするのでした。

「母さん、さようなら」そうつぶやくと、涙が目に染みて痛みました。何かをしなくてはと思っても、いったい何をすればいいのか分かりません。

父親はデイヴィッドの肩にそっと手をかけると自分もかがみ込み、母親の唇に音もなく口づけをしました。そしてその頰にほおずりをすると、デイヴィッドには聞こえないほど小さな声で、何かをそっと囁いたのでした。ようやく霊安室を出てしばらくすると、葬儀屋が手伝いの人びとともに棺を運びだしてきました。もう蓋はすっかり閉じられており、中に母親の横たわっている印《しるし》といえば、棺の蓋に取り付けられた、彼女の名前と生没の日付が刻み込まれた金属の板ばかりなのでした。

その夜、母親の棺はぽつりと教会に取り残されました。デイヴィッドは、できることならずっとそばに寄り添っていたい気持ちでした。ひとりきりで寂しがってはいないだろうか？　自分がどこに寝かされているか、知っているのだろうか？　もう天国に行ってしまったのだろうか？　それとも神父さまが最後の祈りを唱えて棺を埋めてしまうまで、天国には旅立たないのだろうか？　母親がひとりぼっちで、真鍮《しんちゅう》と木の棺に釘を打たれて教会にいるのだと思うと彼はたまらない気分でしたが、どうしても父親にはそのことが言えませんでした。言っても父親は分かってくれないでしょうし、言ったところで何が変わるわけでもありません。ともあれ教会には残れませんから、デイヴィッドは自分の部屋に引っ込むと、自分が母親だったらどんなふうに感じるだろうかと想いを巡らせてみることにしました。そしてカーテンを全部引いてドアを閉め、できるだけ部屋を暗くすると、部屋の隅につけるようにして置かれたベッドの下にもぐり込んだのでした。

ベッドは低く、下はひどく窮屈でした。デイヴィッドは身をよじるようにしながら手が壁に着くほど奥へともぐってゆくと、そこでただじっと身を横たえて瞼《まぶた》をきつく閉じました。しばらくして頭をもたげてみようとすると、マットレスを支える板に額《ひたい》がぶつかりました。がんばってみても、釘で打ち付けてある板はびくともしません。今度は両手でベッドを押し上げてみようとしましたが、あまりに重く、どうしても動いてはくれないのでした。埃とおまるの臭いがして、彼は咳き込みました。両目には涙が滲《にじ》んできて、デイヴィッドはベッドの下から這いだそうとしました。ですがどういうわけか、もぐり込むのは簡単だったのに、出るとなるとひどく難しいのです。くしゃみをすると、その勢いでベッドの下板にひどく頭を打ちつけてしまいました。どうしていいのか分からず、彼はひどく狼狽《ろうばい》しました。何か引っかかるものはないかと、板張りの床の上で必死に足をばたつかせます。そしてようやく羽目板に足を引っかけるとベッドの端まで体を引き摺《ず》りだし、やっとのことで下から抜けだすことができたのでした。ふらふらと立ち上がって壁にもたれかかり、大きく深呼吸をひとつします。

死はこんなものなんだ、とデイヴィッドは思いました。狭い場所に入れられ大きく重い蓋をされ、そこに永遠に閉じ込められてしまうことなのです。

一月のある朝、母親の骸《むくろ》は埋葬されました。地面は固く、見送る人びとは誰もが手袋とコートを身に着けていました。穴の中に降ろされてゆく棺は、ひどく小さく見えました。生きている母親は、あんなにも背が高かったというのに。死が、彼女を小さく縮めてしまったのでした。

それから何週間もの間デイヴィッドは、本を読むことに浸りきろうとがむしゃらになって過ごしました。本と読書には、母親の思い出が深く濃く染みついているからです。母親が遺《のこ》した本の中から適切な本が選ばれデイヴィッドに渡されたのですが、そうした本を開いては、読んでも分からない小説や、韻律もほとんどないような詩に読み耽《ふけ》ったのでした。デイヴィッドは時おり分からないことを父親に訊ねてみるのですが、父親は、本になどほとんど興味がない様子でした。家にいる時には新聞の山に埋もれ、その中からまるでインディアンの狼煙《のろし》みたいにパイプの煙を立ちのぼらせて過ごしているのです。父親は今まで以上に世の動向に――ヨーロッパを侵攻するヒトラーの軍隊の動きや、いよいよ現実味を増してきた国土への攻撃に――取り憑《つ》かれるようになっていたのでした。母親から聞いた話では、彼も元々は大の読書家だったのに、物語を読むことをすっかりやめてしまったのだということでした。今では新聞ばかりを好むようになり、新聞店に並ぶころにはもう正確ではなくなっているような情報や、世界で起こる他のできごとに飲まれてすっかり古びてしまうような記事が、ひと文字ひと文字びっちりと並べられた紙面に没頭しているのでした。

デイヴィッドの母親は、本の中の物語は新聞に書かれるような物語が大嫌いなのよ、と教えてくれたものです。新聞の物語など捕まえたばかりの魚と同じで、新鮮なうちは人目を惹きつけるものだけれど、あっという間に意味を失ってしまうの。大声を張りあげながら夕刊を売り歩く押しつけがましい孤児たちを新聞に喩《たと》えるとするならば、物語は——ちゃんと書かれた正真正銘の物語というものは——豊かな蔵書を備えた図書館にいる、少し怖いけれど親切な司書のおじさんみたいなものなのよ。新聞の物語は煙のように実体がなくて、カゲロウのようにすぐに死んでしまう。根を下ろさず、地面を覆って伸びる雑草のように、他の物語を日陰へと追いやってしまうの。お父さんはそうやって、耳を傾けるやいなや他の声に掻き消されてしまうような、うるさくいがみ合うような声にばかり、いつでも心を奪われてしまっているんだわ。

ふたりが自分のことを話しているのに気づきながらも、いらいらした顔など見せて喜ばせてなどやるものかとパイプを嚙んでいる父親を見ながら、母親はそう言ってデイヴィッドに微笑んだものでした。

そういうわけで母親の本を守るのはデイヴィッドの役目になり、それを彼は、自分のために買ってもらった本の数々に加えることにしたのでした。その本とは、母親がまだ少女だったころに愛した騎士や兵士の物語や、竜や海獣たちが登場する物語や、おとぎ話や妖精のお話などでした。そして病に蝕まれてゆく彼女に、今度は逆にデイヴィッドがそれを読んで聞かせてあげたのでした。母親の声が囁くような小声になり、呼吸がまるで古木にやすりをかけるような音になり、やがてそれすらもひと苦労になって最後には止まってしまうその時まで、読んで聞かせてあげたのです。母親が死んでしまうと、デイヴィッドはあまりにも母親を思いださせるそうした古い物語の数々を頭の中から追いやろうとしたのですが、物語は出てゆくどころか、彼に向けて呼びかけてくるのでした。どうやら物語はデイヴィッドの中に、何か面白い、居心地のよい場所を見つけだしたようなのです（少なくとも彼は、そんなふうに感じるようになっていたのです）。デイヴィッドが耳を澄ませば、物語の声が聞こえました。最初はしとやかに、やがて大きく、ついには耳を塞いでも聞こえてくるほどに、声は響き渡るのでした。

昔話の数々はとても古く、もしかしたら人の歴史と同じくらいの昔から、強烈な力を秘めて生き抜いてきたものもあります。そうした物語とは、容れ物である本を放りだしてしまっても、ずっと後まで頭の中に木霊《こだま》し続けるものです。現実からの逃げ道であるのと同時に、そのものがまた別の現実でもあるのです。そんな古くて不思議な物語は、ページの中に閉じ込められてはいないもの。母親がいつか教えてくれたように、昔話の世界とは私たちの住む現実と並ぶようにして存在しているのですが、時どき、ふたつの世界を隔てる壁がひどく薄く、脆《もろ》くなることがあり、そうなると両方の世界が混ざり合いはじめてしまう場合があるのです。

異変が起こるのは、そんな時なのでした。

災厄が訪れるのは、そんな時なのでした。

デイヴィッドの前にねじくれ男が姿を現したのは、そんな時なのでした。

2

ローズとモバリー先生そして語り漏らせぬ細かなあれこれのこと

とても妙な話ですが、母親が死んで間もなく、デイヴィッドは何だかほっとしたような感じを強く胸に覚えました。他にどう説明のしようもないその感覚に、彼は後ろめたいような気持ちになりました。母親は死んでしまい、もう二度と帰ってきてはくれません。神父さまは説教で、母親はもっと素晴らしく幸福な場所に移りようやく苦痛から解放されたのだと言っていましたが、そんなのはどうでもいいことでした。たとえ姿は見えなくてもお母さんは君のそばにいるのだよなどと言われても、デイヴィッドはつらくてたまらないのでした。姿の見えない母親は、夏の夕暮れにいつ終わるとも知れぬ散歩を一緒にしながら、まるで自然を知り尽くしているかのように木々や花々の名前を教えてくれはしません。宿題の手伝いをしながら身を乗りだして綴りの間違いを直したり、難しい詩を読み解いたりして、懐かしい香りを漂わせてくれはしません。冷え込んだ日曜の午後、窓ガラスや屋根を叩く雨音と、薪《まき》の燃える匂いやクランペットの香りに包まれながら、暖炉のそばで一緒に本を読んだりもしてくれません。

ですがデイヴィッドはふと、思いだしました。死んでしまうまで何ヶ月もの間、母親はやはり、そうしたことがひとつもできなかったのです。医者に飲まされる薬のせいで、頭がふらふらでひどく具合が悪かったのです。簡単な作業すらどうしても集中できないほどで、ゆっくり散歩することなど、とてもできはしなかったのです。死が近づくころになるとデイヴィッドは、もう母親が自分のことをデイヴィッドだと思ってくれているのかすらも、よく分かりませんでした。何だか不思議なにおいもさせていました。嫌なにおいというわけではなく、まるで長いことずっと着ていなかった古い服のような、不思議なにおいです。夜の間、母親は痛みに耐えかねて泣き喚《わめ》き、それを落ち着かせようとして父親がその身を抱きしめていました。とても具合が悪い時には、医者の先生を家に呼びました。やがてあまりに具合が悪くて家にいることができなくなると救急車が来て母親を病院へと連れていったのですが、そこは誰の病気も治らず、誰も家に帰ることが叶わない場所だったので、厳密にいえば病院らしからぬところなのでした。みんなどんどん静かになっていき、ついには声も物音もすっかり聞こえなくなったと思うと、彼らが寝ていたはずのベッドがもぬけの殻になっているのです。

その病院らしからぬところはデイヴィッドの家からずっと離れていたのですが、父親は仕事を終え帰宅して彼と夕食を済ませると、一日おきにそこを訪れました。宿題や夕食を済ませてお見舞いにまで出かけるとなると時間はほとんどありませんでしたが、それでもデイヴィッドは少なくとも週に二回は、父親と一緒に古いフォード・エイトに乗り込み出かけていきました。

おかげで父親はくたくたに疲れ果てていました。毎朝起きて、デイヴィッドの朝食を作り、学校に出かける彼を見送ってから仕事に出かけ、帰宅し、お茶を淹《い》れ、デイヴィッドがひとりでは解けない宿題をあれこれ手伝い、デイヴィッドの母親を見舞い、また帰宅し、息子にキスをして寝かしつけて、一時間ほど新聞に読み耽《ふけ》ってからベッドに入る。そんな姿を見ているとデイヴィッドは、父親のどこにそんな力があるのかと、不思議でならないのでした。

ある夜、喉がからからで夜中に目を覚ましたデイヴィッドは、水を一杯飲もうと階段を降りていきました。ふと、リビングからいびきが漏れているのに気付いて中を覗いてみると、父親が肘掛け椅子に腰かけたまま睡《ねむ》り込んでいるのでした。手にしていた新聞がばらばらに床に落ち、頭がだらりと椅子の端からはみだしていました。夜中の三時です。デイヴィッドはどうしようかと迷ったのですが、いつだったか電車の長旅で、おかしな格好のまま睡りこけてしまったせいで何日間も首が痛んだのを思いだし、父親を揺り起こしました。父親は少し驚いたような、少し苛立《いらだ》ったような顔をして目を覚ましましたが、すぐに椅子から立ち上がると、自分のベッドに入るため階段を登っていきました。それを見てデイヴィッドは、ああして着替えもせずにベッドの外で睡りこけてしまったのは、きっと初めてではないのだと感じました。

そんなわけですから、デイヴィッドの母親の死には、もう彼女が苦しまなくて済むこと以上の意味がありました。人びとが跡形もなく消えてしまうあの黄色の建物に出かけたり、そこから帰ってきたり、椅子で睡りこけたり、急いでご飯を食べたりしなくて済むということでもあったのです。ですがその代わりに、静けさが訪れたのでした。それは、誰かが時計を修理に出してからしばらくして初めて、針の動く小さな音が心を慰めてくれていたのだと分かり、とても寂しくなってしまうような静けさなのでした。

しかし、ほっとしたような気持ちはものの数日で消え果ててしまいました。デイヴィッドは、母親の病気のせいで味わったさまざまな苦労から解放されたのだと嬉しくなっていた自分に罪の意識を感じると、それから何ヶ月もの間、その気持ちに付き纏《まと》われ続けたのでした。軽くなるどころかどんどん重たくなるばかりで、デイヴィッドは、母親がまだ病院で生きていてくれたらいいのにと祈るようになりました。もしそこにいてくれさえすれば、いつもより早起きをして宿題を済ませて毎日お見舞いに行くことなど、どれほどのものでしょう? なにしろ母親のいない毎日なんて、もう彼には耐え難いほどなのです。

学校生活は、前より大変になっていきました。まだ夏を迎える前だというのに、まるで暖かなそよ風に飛ばされるタンポポの綿毛のように友人たちが彼の元を離れ、彼は取り残されてしまったのです。話によると、子供たちは皆、九月になってまた学校が始まるとロンドンから田舎に疎開させられるのだという話でしたが、デイヴィッドの父親は、決してそうはさせないと彼に誓いました。もうたったふたりきりになってしまったのだから、一緒にいなくてはいけないのだと。

父親は、ちょっとした料理やアイロンがけをしてもらうため、ミセス・ハワードという女性を雇いました。デイヴィッドが学校から帰ると大抵いつでもミセス・ハワードがいたのですが、とても忙しく働いていたので、彼に話しかけることはありませんでした。彼女は自分の夫や子供たちの世話もしていましたし、さらに空襲監視員《ARP》の訓練も受けていたので、のんびり座ってデイヴィッドから一日のできごとを聞くような時間など、持ち合わせていなかったのでした。

ミセス・ハワードは時計が午後四時を回ると家に帰り、デイヴィッドの父親は早くても六時にならなければ大学の仕事から戻ってこず、時にはもっと遅くなることもありました。それはつまりデイヴィッドにしてみれば、ラジオと本だけを友にして、誰もいない家で大人しくしていなくてはいけないということなのでした。時どき彼は、両親が一緒に使っていた寝室で座って過ごしました。母親が身に着けていたドレスやスカートは整然とクローゼットに並べて吊るされており、ぎゅっと目を細めてみると、まるでひとつひとつが人のように見えてきました。デイヴィッドはしゅっと音を立てながら指先で服に触れていき、かつて母親がそれを着て歩くたびに同じように揺れたことを思いだすのでした。次に彼は、枕の左側の、母親がちょうど頭を休ませていたところに自分の頭を載せ、横になりました。枕カバーのそこの色だけがうっすらと濃くなっていたので、はっきりとそこだと分かったのでした。

この新しい世界はとにかく苦しくて、立ち向かうことなどできそうにありません。あんなにひたむきにがんばったのに。あんなに気をつけて数をかぞえたのに。彼はあんなにもちゃんと決まりを守ったのに、世界は残酷なのでした。この世界は、彼が知る物語の世界とは似ても似つかないのです。物語の世界は、善が報われ悪が罰される世界でした。ちゃんと道を歩いて森に入り込まないようにさえすれば、それで安全なのです。物語の中で年老いた王か誰かが病に倒れれば、その息子が命の水のような癒しを求めて旅に出たでしょうし、彼がちゃんと勇敢で、ちゃんと正直であったならば、王の命も助かるのです。デイヴィッドは勇敢でした。母親は、もっと勇敢でした。ですが、そんな勇気では駄目だったのです。この世界は、そんなものが報《むく》われる世界ではないのでした。デイヴィッドはそんなことを考えれば考えるほど、この世界で暮らすのが嫌になっていきました。

デイヴィッドは、かつてほどきっちりではないものの、まだ決まりごとを続けていました。ドアノブに触れる時には二回、最初は左手で、次に右手で叩いて偶数にすると、それで安心しました。朝ベッドを出て足を床につける時や家の階段を降りる時にはまだ左足からにしていましたが、これはそれほど難しくはありませんでした。決まりごとをいくらか適当にしたらどんなことが起こるのか、デイヴィッドにはまったく分かりませんでした。もしかしたら、父親に何かが起きてしまうかもしれません。母親を救いこそできなかったものの、そうして決まりごとを守ることで、父親の命を救っているのかもしれないのです。ふたりだけになってしまった今、あまり危険を冒さないのは大切なことでした。

彼の人生にローズが登場したのと、発作が始まったのは、そんなころでした。

始まりは日曜のことでした。その日、彼はピカデリーの〈ポピュラー・カフェ〉というレストランで父親と一緒に昼食を食べてから、トラファルガー広場へ行き、鳩に餌をあげようと歩いていました。〈ポピュラー〉はもうすぐ閉まってしまうんだよと父親が言うのを聞いたデイヴィッドは、あんなに見事なお店がと、悲しい気持ちになりました。

デイヴィッドの母親が死んでから、五ヶ月と三週間と四日が過ぎていました。その日の〈ポピュラー〉では、ひとりの婦人も一緒でした。父親は彼女をローズだと言って、デイヴィッドに紹介しました。ローズはとても痩せており、長い黒髪と目の覚めるような赤い唇をしていました。見るからに高価そうな服に身を包み、両耳と首には黄金とダイヤモンドが煌《きら》めいているのでした。彼女はほんの少しだけ頂くわと言いましたが、出されたチキンをほとんど平らげ、デザートのプディングもたっぷりと食べました。デイヴィッドは彼女に見覚えがあるような気がしていましたが、どうやらデイヴィッドの母親が死んだ、あの病院らしからぬところの理事なのだという話でした。ローズは母さんの面倒を本当に本当によく見てくれたんだよ、と父親は言いましたが、デイヴィッドは、本当によく見てくれなかったから死んじゃったんじゃないかと、胸の中で言いました。

ローズは、学校の話や、友達の話や、夜にはどんなふうに過ごすのが好きなのかをデイヴィッドと話そうとしましたが、彼には返事などほとんどできませんでした。ローズが父親を見つめる眼差《まなざ》しや、彼をファースト・ネームで呼ぶのが、デイヴィッドは嫌だったのです。父親が面白いことや賢いことを言うと彼女が父親の手に触れようと腕を伸ばすのが、嫌だったのです。だいたい、彼女の前で面白く、賢く振る舞おうとしている父親の姿を見ていること自体が嫌でした。そんなのは、おかしいのです。

レストランを出て歩きだすと、ローズは父親の腕を取りました。デイヴィッドは少し先を歩いていましたが、ふたりは楽しそうに、彼をそうして歩かせておくのでした。何が起きているのか分かりませんでしたし、自分でもそう思っていたかったのです。トラファルガー広場に着くと、彼は何も言わずに父親から種の袋を受け取り、それを使って鳩たちを集めました。鳩は新しい餌の主を見つけると、薄汚れた羽を揺らし、虚《うつ》ろで愚かな眼差しをして一目散に彼へと向かってきました。父親とローズはデイヴィッドのそばに立ち、小声で話をしていました。彼が見ていないと思ったふたりが、さっと口づけを交わすのが見えました。

その時です。デイヴィッドが腕を伸ばした刹那《せつな》、小さな種がひとつぶ手のひらからこぼれ落ちたのを見て大柄の鳩が二羽、彼の袖口を激しくつついたのです。気付くとデイヴィッドは頭の下に父親のコートを敷かれて地面に横たわり、何ごとかと様子を見に来た人びとに――そしてあの忌々しい鳩に――見下ろされていたのでした。人びとの向こうの空には大きな雲が、まるで台詞《せりふ》の入っていない吹きだしのように浮かんでいました。お前は気を失っていたんだよと父親から聞かされ、デイヴィッドはきっとそうに違いないと思いました。しかし、声も囁《ささや》きも聞こえていなかったはずの頭のどこかに声と囁きが響いており、森に囲まれた大地と狼の咆吼《ほうこう》の記憶が、ゆっくりと消え入りながら残っているのでした。ローズが何かできることはないかと訊ね、デイヴィッドの父親が、大丈夫だ、私が家まで連れ帰ってベッドに寝かせるからと答えるのが聞こえました。父親は手を挙げると自分の車へと向かうため、タクシーを呼び止めました。そしていとまの際に、後で電話をかけるとローズに告げたのでした。

その夜、デイヴィッドが自分のベッドに横になっていると、頭の中で聞こえていたあの囁き声に加えてさまざまな本が立てる音がしてきました。やがていちばん古い物語たちが暗い睡りから目覚め、どこか膨れ上がる場所を求めはじめると、デイヴィッドはそのさざめきを追いだそうとして両耳に枕を押しつけたのでした。

ロンドンの中心部を走る並木通りのテラスハウスにあるモバリー先生の診察室は、しんと静まり返っていました。床には値打ちものの敷物が敷かれ、壁には何艘もの船が海に浮かんでいる絵画が飾られていました。まっ白な髪の年寄りの秘書が待合室にあるデスクの向こう側に座り、書類を掻き回したり、タイプライターで手紙を打ったり、かかってきた電話を受けたりしていました。デイヴィッドはそのそばで、父親と並んで大きなソファに腰かけていました。部屋の隅では柱時計が音を立て、時を刻んでいました。デイヴィッドも父親も、ひとことも話しません。それは室内があまりに静かで、何か話そうものなら机の向こうにいる女性秘書に聞こえてしまうに違いないからだったのですが、デイヴィッドとしては、父親が彼に腹を立てているような気がしているせいでもありました。

トラファルガー広場での一件からさらに二度の発作が起きていましたが、発作は起こるたびにさらに長く、そしてさらに奇怪なイメージを呼び起こしてゆきました。壁に紋章旗をはためかせた城。樹皮から鮮血を滴《したた》らせた木々がひしめきあう森。その異様な世界を覆う影の中に蠢《うごめ》きじっと待つ、背中が曲がりよじくれた、ちらりと覗く人影。父親はかかりつけの医師、ベンソン先生にデイヴィッドを見せたのですが、先生が診察しても、おかしなところは何も見つかりませんでした。デイヴィッドはその先生から大病院にいる専門医の元へと回され、そこで両目に光を当てられたり、頭蓋骨を調べられたりすることになったのでした。その先生はデイヴィッドに少し質問し、それからもっとたくさんの質問を父親にしました。母親と死についての質問も、いくつかありました。それからデイヴィッドは、ふたりが話をしている間外で待っているように言われ、やがて部屋から出てきた父親は、その顔に怒りを浮かべていました。そうしてふたりは、モバリー先生の診察室に行くことになったのです。

モバリー先生は、精神科医でした。

デスクに置かれたブザーが鳴ると、秘書はデイヴィッドと父親に向けてうなずいてみせました。

「どうぞ」彼女が言います。

「行ってきなさい」父親が答えました。

「父さんは一緒に行かないの？」デイヴィッドは訊ねました。

父親が首を横に振るのを見てデイヴィッドは、きっと電話か何かでもうモバリー先生と話をしたのに違いないと思いました。

「お前とふたりきりで話したいそうだよ。なに、心配はいらないとも。父さんはちゃんとここで終わるのを待ってるからな」

デイヴィッドは秘書について別の部屋に入っていきました。ふかふかの椅子やソファの置かれた、待合室よりずっと大きく豪奢な部屋です。壁には、デイヴィッドが読んでいるようなものとは違いますが、ずらりと本が並べられていました。部屋に足を踏み入れるとデイヴィッドは、本の話し合う声が聞こえてきたように思いました。言っていることのほとんどは分かりませんが、自分たちの話はとても重要なのだと言いたいのか、それとも話しかけている相手のことをものすごく馬鹿だと思っているのか、と——て——も——ゆっ——く——り——話すのです。中には、よくラジオ番組に出てくる専門家が、周囲を取り囲んでいる他の専門家たちに自分の知識をひけらかそうとまくしたてるようにして話す本も、何冊かありました。

その本たちのせいで、デイヴィッドは心細くなってしまいました。

灰色の髪と髭を生やした小さな男の人が、不釣り合いに大きな机の向こうに座っていました。落ちないように金色の鎖がついた、長方形の眼鏡をかけています。首には赤と黒のボウタイをしっかりと結び、黒いぶかぶかのスーツに身を包んでいました。

「いらっしゃい」その男の人が言いました。「私がモバリーだよ。君はデイヴィッドだね」

デイヴィッドはうなずきました。モバリー先生はデイヴィッドに腰かけるよう言うと机の上に置かれたノートをぱらぱらとめくり、髭をいじくり回しながら、そこに書かれたことに目を通しました。それが終わると先生は目を上げ、気分はどうかねと訊ねました。デイヴィッドは、元気ですと答えました。モバリー先生は、本当かねと訊ねました。デイヴィッドは、本当ですと答えました。先生は、デイヴィッドの父親が心配していることを告げました。そして、母親がいなくて寂しいかと訊きました。デイヴィッドは答えませんでした。先生は次に、発作のことが気がかりだから、何がその背後にあるのか一緒に探していこうと言いました。

モバリー先生は何本も鉛筆の入った箱をデイヴィッドに渡すと、家の絵を描いてみるように言いました。デイヴィッドは一本の鉛筆を手にすると丁寧に壁と煙突を描き、それから窓やドアを付け足すと、続けて小さなカーブした瓦を屋根に描いていきました。そうしてすっかり瓦を描くことに夢中になっていると、先生がもういいよと声をかけました。先生は絵を見つめると、それからデイヴィッドの顔を眺めました。そして、色鉛筆を使おうとは思わなかったのかね、と訊ねました。だからデイヴィッドは、その絵はまだ描きかけで、瓦を描き終えたら赤く塗るつもりだったのだと言いました。モバリー先生は、まるで壁に並んだ本たちのようにと――て――も――ゆっ――く――り――と――した口ぶりで、どうしてそんなに瓦が大事なのかね、と言いました。

デイヴィッドは、先生は本当に医者なのだろうかと不思議になりました。医者とは、ずっと頭がいいものだとばかり思っていたのです。モバリー先生は、とても頭がいいとは思えません。デイヴィッドはと――て――も――ゆっ――く――り――と――瓦がなければ雨漏りしてしまうじゃないですか、と答えました。瓦も、壁と同じくらい家には欠かせないものなのです。先生は、雨が入ってくるのが怖いのかね、と訊ねました。デイヴィッドは、濡れたくないですから、と答えました。すっかり雨具を身に着けて外にいるのなら雨に濡れるのも楽しいものですが、家の中でそんな格好をしている人なんていやしません。

モバリー先生は、少し戸惑ったような顔になりました。

そして、今度は木を一本描くように言いました。デイヴィッドはまた鉛筆を手に取ると、何本もの枝を細かく細かく描き、そこに小さな葉を付け加えていきました。ですが、まだ三本めの枝だというのに、先生はそこでやめるように言うのです。今度は、先生の顔に先ほどとは違った表情が浮かんでいました。喩《たと》えるならば、新聞の日曜版についてきたクロスワードをがんばって解き終えた父親が見せるような表情です。漫画に出てくるマッド・サイエンティストみたいに立ち上がって宙を指差し「わかったぞ！」などと叫んだりはしませんでしたが、それでもこの上なく満足そうな顔を、先生はしていました。

続けてモバリー先生は、家と母親、そして父親のことをいくつもデイヴィッドに質問しました。そしてまた発作について訊ねると、何か記憶に残っていることはないのかと言いました。発作の前はどんな気分だったのかね？　意識を失う前に妙な臭いはしなかったかね？　目覚めてから頭痛がしなかったかね？　その前に頭痛がしたことはあったかね？　今は頭痛がしているかね？

ですが先生は、デイヴィッドにとっていちばん大事な質問をしようとはしませんでした。というのは、デイヴィッドが意識を失ってしまうのはすべて発作のせいであり、意識を失っている間の記憶は何もないのだと結論づけることにしてしまったからなのです。しかし、これは間違いでした。デイヴィッドは、意識をなくしている間に見た奇妙な景色の話を先生に伝えようかと思いましたが、先生はそれよりも先にまた母親のことを訊ねはじめていたのでした。デイヴィッドは、母親のことなど話したくはありませんでした。それも、赤の他人などとは。先生はローズのことに話を移すと、彼女に対してどう思うかと訊ねました。デイヴィッドは、どう答えていいのか分かりませんでした。ローズのことも、ローズと一緒にいる父親のことも好きではなかったのですが、先生が父親に告げ口をするかもしれないと思うと口にできなかったのです。

診察が終わるころになるとデイヴィッドは、自分でもなぜだか分からないまま泣きだしてしまっていました。あまりに激しく泣くので鼻血が出てしまい、鮮血を見て自分で驚いてしまうほどでした。デイヴィッドは悲鳴をあげ、喚きました。床の上に倒れ込んで震えだすと、白い閃光が頭の中でひらめきました。敷物に拳を打ち付けると、本たちが非難するように舌打ちをするのが聞こえ、モバリー先生が助けを呼ぶと、父親が部屋に飛び込んできました。それから辺りは暗闇に包まれ、デイヴィッドにはほんの一瞬のできごとのように感じられましたが、実際にはものすごく長い時間が過ぎていたのでした。

それに、暗闇の中で聞こえた女の人の声です。デイヴィッドは母親かと思ったのですが、近づいてきた人影を見ると、女の人ではありませんでした。背中が曲がり長い顔をした男がひとり、あの世界を包み込む影の中から姿を現したのでした。

男は、笑みを浮かべていました。

3

新たなる家、新たなる子供、そして新たなる王のこと

　ことの顚末《てんまつ》はこうです。

ローズはお腹の中に、赤ちゃんを宿していました。父親は、テムズ川を眺めながらデイヴィッドにそれを告げたのでした。川面には何艘もの船が行き交い、油や海藻の香りが辺りに漂っていました。一九三九年十一月のことです。以前よりも通りに警察官の姿を見かけることがずっと増え、軍服姿の人びとがそこかしこにいました。窓という窓を塞ぐように砂袋が積み上げられ、ものすごい長さの鉄条網がぐるぐると、まるで殺人バネのように巻かれ、置いてありました。家々の庭にはもっこりとしたアンダーソン・シェルターが建てられ、公園には塹壕《ざんごう》が掘られていました。空いた壁があればそこには白いポスターが貼られ、灯火管制の詳細や国王の声明などをはじめ、戦時に必要なありとあらゆる指示が掲示されているのでした。

　デイヴィッドの知る子供のほとんどはそろそろロンドンを離れ、小さな茶色い荷札を自分のコートに結びつけ、駅から農場や見知らぬ町々へと旅立ちはじめていました。子供たちが消え

てゆくにつれて街はみるみる空虚になり、残された人びとを取り巻くぴりぴりとした不安はいや増してゆくのでした。いつ来るか分からぬと噂される空襲に備え、爆撃機に易々《やすやす》と標的にされることがないよう夜になると街は灯りを消し、暗闇の底に沈み込みました。そうしてすっかり暗くなった街からは、月面のクレーターがひとつひとつはっきりと見えるほどで、天の原を覆い尽くさんばかりに星々が瞬《またた》いていました。

テムズ川へと歩くふたりがハイド・パークを通りかかると、そこではいくつもの防空気球を膨らませているところでした。すっかりガスを入れ終わった防空気球はがっしりとした鉄のケーブルに繋がれ、空中に浮き上がってゆくのです。そうして浮かんでいればドイツ軍の爆撃機も低空飛行ができず、つまり遙かに高いところから爆弾を落とさなくてはいけません。爆撃の精度が低くなり、成果もあげづらくなるというわけです。

気球はどれも、巨大な爆弾のような形をしていました。父親はそれを見ると皮肉が効いているなと言い、デイヴィッドは、どういう意味かと訊ねました。すると父親は、爆弾や爆撃機から街を守るためのものが爆弾みたいな形をしているなんて面白いじゃないか、と答えました。デイヴィッドはうなずきましたが、不思議だなと感じました。そして、ドイツ軍爆撃機に乗り込んで地上からの対空砲火を避けようとがんばっている操縦士たちや、照準器ごしに眼下の街並みを覗き込んでいる爆撃手の姿を思い描きました。そして爆撃手は一度でも、爆弾を落とす前に、家々や工場の中にいる人びとのことを思ったことがあるのだろうかと考えました。遙か上空から見下ろすロンドンは、きっと玩具《おもちゃ》の家やミニチュアの木々が小さい通りに建ち並ぶ、模型のように見えるに違いありません。そうでなければ、きっと誰にも爆弾を落とすことなどできないに決まっているのです。これは現実ではなくて、爆弾が破裂しても誰も火だるまになったり死んだりはしないのだと思い込みでもしなければ。

デイヴィッドは爆撃機に——イギリス軍の、たぶんウェリントンかホイットレイでしょう——乗り込み、爆弾をいつでも落とせるように構えながらドイツの街並みを見下ろしている自分の姿を想像してみました。果たして、爆弾を落とすことができるでしょうか？　これは戦争なのです。ドイツ軍は悪者なのです。誰だって知っています。ドイツ軍が始めた戦争なのです。校庭で起こる喧嘩と同じで、最初に始めた誰かが怒られるべきで、たとえ後でどうなろうと口答えは決して許されはしないのです。デイヴィッドは、きっと自分も爆弾を落とすだろうと思いましたが、下に人びとがいるかもしれないとは考えないようにしました。地上にあるのはただ影をまとった工場や造船所ばかりで、たとえ爆弾が破裂して建物を木っ端微塵《みじん》に吹き飛ばしても、そこで働く人たちは無事にベッドにもぐって寝ているのです。

　ふと、ある思いが彼を貫きました。

「父さん？　ドイツ軍の奴らが気球のせいでちゃんと狙えなかったら、どこに爆弾が落ちてもおかしくないっていうことだよね？　僕が言いたいのは、工場に落とそうとしてもそれができなくて、どうか命中しますようにって祈りながら適当に落とすんじゃないかっていうことだよ。気球が浮かんでるからといって、引き返したり、もう来なくなったりはしないんでしょう？」

　父親は、しばらく黙り込んでいましたが、やがて「まあ、気にしないだろうな」と答えました。「あいつらの目的は、みんなの戦意や希望をくじくことだからね。ついでに飛行機工場や造船所を壊してしまえたら、なおさら上出来だ。そういう暴力っていうものが、あるものなんだよ。とどめの一撃を叩き込む前に、相手を腑抜けにしてしまうのさ」

父親は、ため息をつきました。「デイヴィッド、それより他の話をしよう、大事な話があるんだよ」

ふたりはまたモバリー先生を訪れた帰り道でした。デイヴィッドはまたしても、母親がいなくて寂しくないかと訊ねられました。もちろん、寂しいに決まっています。なんて馬鹿なことを訊くのでしょう。寂しいし、そのおかげで悲しくてたまらないのです。それを父親に告げるのに、なぜ医者が必要なのでしょう。ともあれデイヴィッドにはもう、モバリー先生の話していることがよく分からなくなっていました。それは、先生が彼には分からない言葉をいくつも使うからでもありましたが、ほとんどは、先生の声が壁の棚に並べられた本たちの話し声に掻き消されてしまうからなのでした。

デイヴィッドは、本の声がだんだんとはっきり聞こえるようになってきていました。先生には自分のように聞こえていないのは明白でした。もし聞こえていたならば、きっと診察室で仕事をしているうちに頭がおかしくなってしまうに決まっています。時どきモバリー先生の質問が気に入ると、本たちは「うんうん」と、まるで同じメロディを練習する男性聖歌隊のように声を揃えました。そして何か気に入らない質問を先生がしようものなら、苦々しげに毒づいてみせるのです。

「詐欺師め！」

「たわごとを言うな！」

「この男はとんだ馬鹿者だぞ」

背表紙に金文字で「ユング」と書かれた本などは怒りを募らせるあまり本棚から転げ落ち、敷物の上で湯気が立つほど腹を立ててみせたのです。本が落ちると、モバリー先生は飛び上がって驚きました。デイヴィッドは本たちの話の内容を伝えたい気持ちに駆られましたが、本の声が聞こえるなどとモバリー先生に言うのはあまりいい考えには思えませんでした。頭のネジが外れたせいで閉じ込められた人びとの話を、デイヴィッドも聞いたことがあるのです。閉じ込められたくはありません。とはいえもう、いつでも本の声が聞こえるというわけではありません。取り乱したり、怒ったりしている時しか聞こえないのです。デイヴィッドは心を鎮めるために楽しいことだけを考えようと努めましたが、時には思うようにいかないこともありました。特に、モバリー先生やローズと一緒にいると、大変なのです。

今こうしてテムズ川のほとりに腰かけながら、彼の人生はそっくり変わってしまおうとしているのでした。

「お前に、弟か妹ができるんだよ」父親が言いました。「ローズに赤ちゃんが生まれるのだからね」

デイヴィッドは、チップスを食べる手を止めました。いつもと味が違うのです。頭の中が膨れ上がるような感じがして、一瞬またベンチから転げ落ちて発作に襲われるのだと思いましたが、デイヴィッドは何とかそれを堪《こら》えて座り続けました。

「ローズと結婚するつもりなの?」彼は訊ねました。

「そうなるかな」父親が答えました。その前の週にローズが家に来た時、デイヴィッドがもう寝ているはずだと思ったふたりがその話をしているのを、彼は耳にしていました。デイヴィッドはベッドに入らず階段のてっぺんに腰かけて、父親とローズの話に聞き耳を立てていたのです。彼はそうして時おり盗み聞きをするのでしたが、話し声がやんでベッドにもぐり込むと、口づけの濡れた音や、低くかすれたローズの笑い声が響いてくるのでした。最後に聞き耳を立ててた時、ローズは人びとのことや、その人びとがどんなことを言っているのかを話していました。彼らが話している噂が、彼女は気に入らないようでした。その時に結婚の話が聞こえてきたのですが、そこから先は、もう聞こえなくなってしまいました。というのは、父親がやかんを火にかけようと部屋を後にしたので、階段にいるのが見つからないように、急いで隠れなければいけなかったからです。少し経ってからデイヴィッドの様子を見に二階へ上がってきたところを見ると、どうやら父親には何か予感があったのでしょう。デイヴィッドが瞼《まぶた》を閉じて睡《ねむ》っている振りをしていると、父親はそれを見て安心したようでしたが、彼はすっかり胸がどきどきしてしまい、もう階段に戻ることなどできはしなかったのでした。

「デイヴィッド、お前に知っておいてほしいんだよ」父親は、彼に言いました。「私はお前を愛しているし、誰と一緒に暮らすことになろうと、それは決して変わらない。母さんへの愛だっていつまでも変わりはしないが、しかしこの何ヶ月か、ローズと一緒にいたおかげで私はすごく救われたんだよ。彼女はいい人だよ、デイヴィッド。それにローズもお前を気に入ってくれている。どうか、彼女の気持ちを汲んであげてはくれないだろうか？」

デイヴィッドは何も答えず、ごくりと喉を大きく鳴らしました。弟や妹が欲しいとずっと思ってきましたが、こんなのは違います。自分の母親と父親の間にでなくてはいけないのです。これでは、本当の弟妹とは言えません。ローズから生まれてくるのですから。これは違うのです。

父親は、デイヴィッドの肩に腕を回すと訊ねました。「さて、何かお前にも言いたいことがあるんじゃないか？」

「家に帰りたい」デイヴィッドは答えました。

父親は、さらにしばらくデイヴィッドを抱き寄せていましたが、やがて腕を解きました。まるでため息でもついたかのように、いくらかがっかりした様子でした。

「そうか」悲しげな声で、父親は言いました。「それじゃあうちに帰ろう」

それから半年が過ぎてローズに男の赤ちゃんが生まれると、父子《おやこ》はデイヴィッドが育った家を離れ、ローズと腹違いの弟、ジョージーのところへ移り住むことになりました。ローズが住んでいたのはロンドン北西部に建つ古い三階建ての大屋敷で、前後には広大な庭園が広がり、周囲をぐるりと森に囲まれていました。デイヴィッドの父親いわく、その屋敷は彼女の一族が代々受け継いできたもので、ふたりの家と比べると、控え目に見ても三倍は大きいのだそうです。初めのうち引っ越しをしぶっていたデイヴィッドに、父親は優しくその理由を話して聞かせました。ローズの家のほうが父親の新しい職場には近く、戦争のせいで、そこでの労働時間はどんどん長くなる一方です。だから、近くに引っ越せばもっとたくさんデイヴィッドと過ごせますし、ともすれば、お昼を食べに帰ってくることさえできるようになるかもしれません。さらに父親はデイヴィッドに、ロンドンの治安は日に日に悪くなっているから、郊外に出たほうが少しは安全なのだと伝えました。ドイツ軍の爆撃機はたびたび飛来していましたし、いくら最後には必ずやヒトラーは倒されると父親が信じていても、平和を取り戻す前にずいぶんな惨状になることは避けられそうにないのでした。

デイヴィッドは、今父親がどんな仕事をしているのかよく知りませんでした。父親が数学をとても得意にしており、近ごろまで大きな大学で教えていたのは知っています。しかし、その後大学を退職し、ロンドン市外にある大きな古屋敷で政府の仕事をするようになったのでした。古屋敷のすぐそばには陸軍の兵舎があり、兵士たちが屋敷へ続く門を護《まも》り、敷地をパトロールしていました。デイヴィッドが仕事について訊ねると、父親はいつも、政府のために文字や数字を追う仕事をしているんだと答えました。しかし、ローズの家へと引っ越す当日になってようやく父親は、デイヴィッドにはもっと知る権利があるのだと思ってくれたようでした。

「お前は、物語や本が好きだろう？」引っ越し業者のバンについて郊外へと続く道路を走りながら、父親が言いました。「お前はもしかしたら、なぜ私がお前のようにそういうものが好きではないのか、不思議に思うかもしれないね。だけど私はある意味では物語が好きだし、それに関わるような仕事をしているんだよ。お前も知っていると思うけれど、物語の中には、実は見た目とまったく違った意味を持っているようなものがあるだろう？　隠された意味があり、それをひもとかなくてはいけないようなものがさ」

「聖書みたいなものだね」デイヴィッドは言いました。日曜学校でよく神父さまが聖書を広げ、たった今声に出して読んだばかりの物語がどんな意味を持つのか、説明して聞かせてくれたものです。神父さまは退屈な人でしたので、デイヴィッドは話を聞かずにいることもよくあったのですが、単純な物語の中にそんなにも複雑な意味があったのかと驚かされるのもたびたびでした。ともあれ、長々と話したほうが時間を稼げるからなのか、その神父さまは必要以上に複雑に説明しているように思えました。デイヴィッドは、教会なんてどうでもいいと思っていました。母親を自分から取り上げ、ローズとジョージーを寄こした神さまへの怒りがまだ収まらずにいたからです。

「でもな、中にはほとんど誰にも意味が分からないような物語もあるんだ」父親は、言葉を続けました。「ごくごく限られた人たちだけに宛てて書かれたものだから、その意味も念には念を入れて隠してあるんだよ。言葉を使ったり、数字を使ったり、その両方を使ったりしてね。でも、目的は同じなのさ。誰にでも意味が見破られたりしてしまったら、困るからな。暗号が分からなければ、意味を知ることもできないわけだよ。

　さて、ドイツ軍は通信に暗号を使っている。私たちも使っている。すごく難解なものもあれば、すごく簡単なものもある。まあ、とてつもなく複雑なものばかりだけどね。誰かがそれを解読しなくちゃいけないわけだが、それが私の仕事なんだよ。誰かが私に見破られないように書いた物語に隠された、秘密の意味を見つけだすのがね」

父親はデイヴィッドのほうを向くと、その手を肩に載せました。「お前を信頼しているから言ったんだぞ。私の仕事の話を、誰にもしてはいけないよ」

父親が人差し指を立てて、唇に押し当てました。

「最高機密だからな」

デイヴィッドも、その真似をして人差し指を唇に当てました。

「最高機密だね」

車は、道を走ってゆきます。

デイヴィッドが与えられたのは、屋敷のてっぺんにある天井の低い部屋でした。書棚と本でいっぱいのその部屋を、ローズが彼のために選んだのです。デイヴィッドの本たちは、ずっと古く見覚えすらないような他の本と一緒に、そこの棚に並べられることになったのでした。彼はどう本を並べるのがいいか頭を悩ませ考え抜いたあげく、最後には、棚にある本を大きさと色で分けて並べ直すことにしました。そのほうが、見栄えがいいのです。そうして彼の本は、たとえばおとぎ話が共産主義の歴史書や第一次世界大戦終盤の戦いの検証書に挟んで置かれたりと、元からあった本とまぜこぜになったのでした。デイヴィッドは、試しに共産主義についての本を少し読んでみようとしました。これは、共産主義というものが何なのか、ほとんど彼には分からなかったからです（父親がすごく悪いものだと考えているのだけは知っていました）。何とか三ページも読み終えるころには興味もなくしてしまったのですが、「生産手段に対する労働者の責任」やら「資本主義者による略奪」などと書かれたページを追っているだけで、今にも睡りこけてしまいそうになりました。第一次大戦の歴史のほうは、雑誌から切り抜いてきた古い戦車の挿絵などがあちこちに入っていさえすれば、少しはましだったでしょう。他にはフランス語の語彙《ごい》に関する退屈な本や、とても面白い挿絵がついたローマ帝国の本もありました。これには、ローマの人びとが他の人びとにどれほどの残虐を行い、その報復にどんな仕打ちを受けたかが、とても熱っぽく書かれているのでした。

デイヴィッドの持ち物だったギリシャ神話は大きさも色もすぐそばに置いてあった詩集とよく似ており、よく間違えて詩集のほうを手に取ってしまうことがありました。ある日たまたまページを開いてみると、中にはなかなか気に入るような詩もあるのに気付きました。そのうち一篇はある見習い騎士と――作中では「チャイルド」と呼ばれていましたが――暗黒の塔と、そこに秘められた秘密を巡る彼の探求の旅を描いたものでした。しかし、ちゃんと終わっているのかどうか、彼にはよく分かりませんでした。騎士が塔に到着し、そこで途切れてしまっているのです。デイヴィッドは塔の中に何があるのか、辿《たど》り着いた騎士の身にどんなできごとが降りかかったのか気になってたまらなかったのですが、どうやら作者の詩人は、そんなことは大したことではないと思っていたようなのです。デイヴィッドは、詩人というのはどんな人たちなんだろうと不思議になってきました。塔に到着するあたりでようやく盛り上がってくるのは誰の目にも明らかなのに、この作者ときたら、そこで書くのをすっぱりやめて、他の作品に取りかかってしまったのです。もしかしたら後で続きを書こうと思ったまますっかり忘れてしまったのかもしれませんし、暗黒の塔にふさわしい恐ろしさの怪物を何も思いつかなかったのかもしれません。デイヴィッドは、無数のアイデアを書いては消し書いては消しを繰り返し、走り書きで埋め尽くされた紙の山に埋もれた、詩人の姿を想像してみました。

~~人狼《じんろう》~~
~~ドラゴン~~
~~とても巨大なドラゴン~~
~~魔女~~
~~とても巨大な魔女~~
~~小さな魔女~~

デイヴィッドは詩の悪役となる怪物を想い描いてみようとしましたが、やがてどうしても無理だと諦めました。いくら考えてもぴったりくるようなものが出てこず、思ったよりもずっと難しかったのです。彼に何とか作りだすことができたのは、空想の片隅で蜘蛛《くも》の巣にまみれてうずくまる、異形の怪物の姿だけ。そこに澱《よど》んだ暗がりには、彼の恐れてやまぬあらゆるものが、身を丸め、互いに折り重なるようにして蠢《うごめ》いているのでした。

書棚の空いた部分をすっかり埋めてしまったデイヴィッドはすぐに、部屋に起こったある変化に気付きました。年古《としふ》りた他の書物に囲まれ、新しめの本たちは、姿も声も心細げなのです。古びた書物たちの姿は威圧的で、しわがれた、唸るような声でデイヴィッドに語りかけてくるのです。そうした本は仔牛の革やなめし革の装丁で、中には、今や遙か昔に忘れ去られてしまったり、科学の発展や新発見が新たな真実を解き明かしてゆくに従い間違いだと分かったりした知識が封じられているのでした。こうした古い叡知《えいち》を包んだ本たちは、自らの価値が失墜させられてしまったことを決して認めようとはしませんでした。どこかしらまがい物で薄っぺらに作り立てられた物語よりも、遙かに偉大な物事のために書かれた自分たちが劣っているだなどとは。こうした本を書き上げた人びとは、自らが世界に持つ知識や信念などを残らずそこに詰め込み、全身全霊を注ぎ込んだのです。その彼らが見当違いをしていたなどとは、そして彼らが紡《つむ》ぎ上げた説があらかた儚《はかな》いものだったなどとは、こうした本たちにしてみれば、およそ耐え難いものなのでした。

聖書を入念に研究したうえで書かれたある分厚い本では、一七八三年に世界の終末が訪れるとされていましたが、これは当時もう一七八二年を過ぎていたことなどを無視し、熱にうかされたかのように書かれた一冊でした。無視しなければ、本の内容が間違いであるのを認めたことと同じですし、人をにぎやかす以外に何の目的もない本ということになってしまうからです。また火星人の生態について記された薄い本もあり——これはその片目で大きな望遠鏡を覗き込み、星雲なんてありもしないところに星雲を発見したと言ってのけた人物の手によるものなのですが――そこには、火星人たちは地表から地底へと身を隠して秘密裏に巨大なエンジンをいくつも建造している、としつこくしつこく熱弁が振るわれていたのでした。この本は、聴覚障害者のために書かれた手話の指南書の数々に囲まれて、書棚にしまってありました。

しかしデイヴィッドは、自分の持ってきたものと同じような本も書棚に見つけました。何冊にもわたる、見事に彩色された挿絵がついた分厚いおとぎ話や昔話の本で、デイヴィッドは新たな家にやってきた初日、窓辺に置かれた箱の上に寝そべりながらそれに読み耽《ふけ》ったのでした。本の中の文字で綴られた情景と屋敷の周囲を取り囲む森とがあまりにもよく似ており、別のものとは思えないほどだったので、デイヴィッドは時おり物語に描かれた狼や魔女や悪鬼らが本当に庭先にやってくるのではないかと、ちらりちらりと窓から外を見下ろしながらページを繰《く》りました。本の中には誰かが手書きで書き加えた物語がいくつかありましたし、挿絵はどれも並々ならぬ芸術の才能を持つ者の手で念入りに描き込まれたものばかりに思えました。そうしてできあがったこの本を読んでいると、そんな印象はぐんぐんと高まってゆくのでした。手書きされた物語の作者の名はデイヴィッドがどの本を探しても見当たらず、中には、かつて暗記するほど読んだ物語の数々とどこか似通ってこそいるものの、結局見知らぬ物語もたくさん見つかりました。

ある物語では、王女が魔法使いにかけられた呪いのせいで夜じゅう踊り、昼間は睡りどおしで過ごさなくてはいけなくなるのですが、王子か賢い召使いの手によって救われることなく命を落としてしまいます。王女は亡霊となって戻ってくると魔法使いに深い責め苦を与え、魔法使いはその苦しみのあまり大地の裂け目に身投げし、燃え盛る焰《ほむら》に焼き尽くされてしまうのでした。また、森を歩いている時に狼と出会った少女の物語では、逃げてゆく最中に斧を手にした木こりが登場します。ですがこの木こりは、ただ狼を殺して少女を家に帰してあげるような人ではなかったのです。木こりは狼の首を刎《は》ねると、森のいちばん深く、いちばん暗いところに建つ自分の山小屋へと少女を連れ帰り、自分と結婚するに相応しい年齢へと成長するまでそこに幽閉してしまうのです。そして、少女は何年もの囚われの歳月を両親恋しさに泣きながら過ごしたあげく、梟《ふくろう》の司祭のもと、花嫁にされてしまうのでした。やがて彼女が木こりの子供を生まされると、木こりは子供たちを育て上げ、狼を狩ったり、森で道に迷う人びとを探させたりしました。そして、迷っていたのが男ならば殺してポケットから金目の物を持ち帰り、女ならば自分のところに生かして連れ帰るよう、子供たちに命じるのでした。

デイヴィッドは、昼も夜もそうした物語に読み耽って過ごしました。ローズの屋敷はいつでも寒かったので、凍えないよう毛布にくるまりました。窓枠のひび割れや建て付けの悪いドアの隙間から風が入り込み、まるで意志を持って知識を求めんとするかのように、開かれた本のページをばさばさとめくるのでした。何十年という歳月の間に屋敷の表も裏もうねうねと覆い尽くした蔦《つた》は、壁に穴をうがち、デイヴィッドが見上げる天井の片隅から這い込み、窓枠の下にまで伸びていました。最初こそデイヴィッドも鋏《はさみ》を持ちだしてそれを切り、残骸を捨てたりもしたのですが、数日もすると蔦は以前よりさらに太く、長くなって再び部屋に侵入し、木や漆喰《しっくい》によりしつこく纏《まと》わり付くようなのです。開いた穴からは虫も入ってくるものですから、外に広がる自然の世界と屋敷との境界線は、すっかりぼやけ、曖昧になってしまっているのでした。クローゼットには甲虫が群れ集まり、靴下をしまう抽斗《ひきだし》にはハサミムシが何匹も這いずっています。夜になると、壁板の向こうからきいきいと鼠の鳴くのが聞こえます。まるで自然が、デイヴィッドの部屋を我がものだと言ってでもいるかのようでした。

さらに悪いのは睡りに落ちると、窓の向こうに広がるのとそっくりな森から、彼が「ねじくれ男」と名付けた男がしょっちゅう夢に現れることでした。ねじくれ男は森が途切れるその端まで出てくると、ちょうどローズの屋敷が建つのと同じような、青々とした芝地を眺め回します。そして夢の中で、男はデイヴィッドに語りかけてくるのです。いやらしい笑みを浮かべ、デイヴィッドにはまったく意味の分からない言葉を口にするのです。

「わしらは待っておりますぞ。ようこそ、陛下。新たなる王に幸《さち》あらんことを！」

4

ジョナサン・タルヴィーとビリー・ゴールディング　そして線路のそばに住む人びとのこと

　デイヴィッドの部屋は、一風変わった造りをしていました。天井がかなり低く、傾いていて はいけないような場所があちらこちら傾いており、働き者の蜘蛛《くも》たちがせっせと網を張る隙間をたっぷりと作っているのです。暗がりに沈んだ書棚の隅をデイヴィッドが漁っているうちに、顔や頭に蜘蛛の巣をかぶってしまうことも一度や二度ではありませんでしたが、そうすると巣の作り主たちは隅へと慌てて逃げ去り、そこでじっと身をこごめて復讐の念をたぎらせるのでした。部屋の隅には木の玩具《おもちゃ》箱があり、次の隅には大きな衣装だんすが置いてありました。その間には、上に鏡のついた抽斗《ひきだし》がありました。部屋は明るい青に塗られており、よく晴れた日には、外に広がる自然の一部になったかに思えました。壁を抜けて蔦《つた》が這い込んだり、時おり蜘蛛の巣に虫がかかったりしているのですから、なおさらです。

　芝生と森を見下ろして、ひとつだけ窓がついていました。デイヴィッドが椅子代わりにしている箱の上に立ち上がれば、近隣の村にそびえる教会の尖塔や、家々の屋根の連なりも見えました。南にはロンドンの街が広がっているはずでしたが、こうもすっかり木々と森とに家を囲まれていたのでは、南極にいるのと大して変わりませんでした。デイヴィッドは、この箱に腰かけて読書をするのが大好きでした。本たちは相変わらず好きに囁《ささや》いたり話したりしていましたが、デイヴィッドはもうその気になればひと声で黙らせられましたし、いずれにしろ、彼が読書をしている間は本たちも割と静かにしていてくれるのでした。まるで、彼が物語を楽しむのを喜んでいるかのように。

また夏が訪れ、デイヴィッドには本を読む時間がたっぷりとありました。近所に、街から疎開してきた子供たちもちらほら住んでいたこともあり、父親はみんなと友だちになってはどうかと言うのですが、デイヴィッドは彼らと一緒に遊ぼうとはしませんでした。子供たちのほうも、どこか物悲しげな、どこか虚《うつ》ろなデイヴィッドの様子を見ると、近づこうとはしませんでした。デイヴィッドにとっては、本がその代わりだったのです。おとぎ話を集めたあの古い本は、手書きで加えられた物語やそこにつけられた新しい挿絵が入るとあまりに奇妙で、あまりに不気味で、デイヴィッドはどうしても心を惹きつけられずにはいられないのでした。そこに書かれた物語たちは母親の楽しい記憶を思いださせてくれましたし、そうして呼び起こされた記憶のひとつひとつは、ローズと彼女の息子であるジョージーを寄せつけずにいるための力を彼に与えてくれました。本を置いて窓辺に腰かければ、屋敷でいろいろと興味をそそってやまぬもののひとつがよく見えました。それは、森の端にほど近い芝地に作られた沈床園《ちんしょうえん》でした。

沈床園はまるで水の抜かれたプールのようで、石畳の小道で仕切られ長方形に窪《くぼ》んだ青い芝地に向けて、四段の石段が続いていました。毎週木曜日には庭師のブリッグスさんが来て、庭園の植え込みや、必要とあらば周囲に立つ森の木々や雑草なども刈り込み、芝生の手入れもしてくれていたのですが、沈床園の石組みは放置されてすっかり荒れ果ててしまっていました。壁のそこかしこには大きなひび割れが口を開けており、一角などはすっかり石組みが失われ、デイヴィッドがその気になりさえすれば身をよじって這って入れそうなほどの隙間が開いているのです。ともあれデイヴィッドは、まだ頭を突っ込んでみたことしかありません。中は暗く、黴《かび》臭さが立ち込めており、姿こそ見えませんがさまざまな小さな生物が忙《せわ》しなく蠢《うごめ》いている気配を感じました。デイヴィッドの父親は、必要な時が来たら防空壕として使うのにこの沈床園はちょうどいいだろうと話していましたが、今のところは庭園の物置小屋に砂袋や、波形鉄板を積み上げておくだけに留まっていました。ブリッグスさんは、何か道具が必要になるたびにこれを回り込んで取りに行かなくてはならないので、ぶつぶつと不平を言っていました。デイヴィッドは特に、本たちの囁き声や、真心から彼と仲良くなろうとするローズが煩《わずら》わしくなると、家の外に出ていってはこの沈床園で過ごすのでした。

デイヴィッドとローズの仲は、うまくいっていませんでした。父親の言いつけどおりいつでも行儀よくしようとするのですが、彼はローズのことが好きではありませんでしたし、彼女が今や自分の生活の一部になったのだとは、とても受け入れられなかったのです。ローズが母親代わりなのだというのも、そうなろうとしているのも、嫌でたまりません。しかし、それだけではないのです。配給が少なく食料が乏《とぼ》しいというのに、それでも夕食にはデイヴィッドの好物を作ろうとするローズを見ると、胸がむかむかするのです。デイヴィッドに気に入られようと彼女がすればするほど、彼はローズが嫌でたまらなくなってゆくのでした。

デイヴィッドはローズがいるせいで、母親との思い出を父親が忘れてしまうに違いないと思い込んでいました。父親はすっかりローズと新しい赤ん坊にかかりきりで、もう母親のことを忘れはじめてしまっていたのです。小さなジョージーは、わがままな赤ん坊でした。わんわん泣き止まず、それにどうやら体も悪いようで、屋敷にはいつも地元の医者が訪れていました。父親もローズも赤ん坊のせいで毎晩ろくろく睡《ねむ》ることができず、すっかり短気になってやつれていたのですが、それでもふたりは赤ん坊を溺愛していました。それゆえデイヴィッドはますますひとりきりになり、おかげで自由でいられることに感謝し、と同時に気にかけてもらえぬことに憤《いきどお》るのでした。しかし何はともあれ、本を読む時間がたっぷりできるというのは、悪くありませんでした。

しかし、そうしてあの古い物語たちに魅了されてゆくに従って、昔の持ち主の正体を突き止めたい気持ちも膨れ上がりました。きっと、自分と同じような誰かがこの本たちの持ち主だったに違いないのです。デイヴィッドはさんざん探し回ると、二冊の表紙の裏側にジョナサン・タルヴィーという名前が書いてあるのを見つけました。そして、名前の主について知りたくてたまらなくなってゆきました。

そんなわけで彼はある日、ローズへの嫌悪感をぐっと胸にしまい込み、彼女が働いている台所へと階段を降りていったのです。家政婦であり庭師のブリッグスさんの奥さんでもあるブリッグス夫人が休みを取ってイーストボーンに住む姉妹を訪ねていたので、その日の家事や雑用は、ローズがやっていたのでした。外からは、鶏囲いの中を駆け回る雌鳥《めんどり》たちの鳴き声が聞こえていました。その日早く、デイヴィッドはブリッグスさんの手伝いをして雌鳥に餌をやり、庭の野菜がうさぎに喰われていないか、鶏囲いに狐《きつね》が入り込めるような穴がないかを見て回ったところでした。一週間前、ブリッグスさんが罠を仕掛けて狐を一頭仕留めました。罠にかかって首がちぎれかけた狐を見て、デイヴィッドは思わず、少し可哀想だというようなことを口に出して言いました。するとブリッグスさんは、鶏囲いの中に一頭でも入り込もうものなら雌鳥たちが一羽残らず喰われちまうんだぞと、デイヴィッドを諌《いさ》めました。ですが狐の死骸を目の前にしていると、デイヴィッドの気持ちは晴れませんでした。突き出た舌が小さく鋭い歯の隙間に挟まり、その皮も、罠から逃れようと自ら食い千切ったせいで裂けてしまっておりました。

デイヴィッドはレモン味のボーウィック（かつてイギリスで飲まれていた飲料で、体の弱い人の栄養源や、日常的なドリンクとして飲まれていた）を自力で作るとテーブルの上座に座り、ローズに声をかけました。ローズは皿洗いの手を止めると、喜びと驚きとで顔を輝かせながら、彼に応えようと後ろを振り向きました。デイヴィッドは、何か聞きだせるのではないかという希望があるものですから、どうにか愛想よくしようと構えておりました。しかし一方のローズはといえば、食事や就寝時間の話をしたり、ちょっとした短い言葉をかけあったりする以外、デイヴィッドと話をすることなどほとんどなかったので、ふたりの間に橋を渡す好機とみるやすぐさまこれに飛びついてきました。そんなわけで、デイヴィッドはろくろく演技力を使わなくても済み、彼女はふきんで手を拭《ぬぐ》うと、彼のすぐ隣の椅子に腰かけたのでした。

「私は元気よ、ありがとう」彼女が言いました。「ジョージーに手がかかるせいで少し疲れているけれど、そんなのも今のうちだけだものね。それにしても、このところちょっと落ち着かなかったわ。あなたもきっとそうでしょうけれど、私たち四人がいきなりこうして一緒になってしまったんだもの。でも、あなたが来てくれて嬉しいのよ。ひとりで住むには大きすぎる家だけど、両親は、一族のものだから手放したがらないの。あの人たちには……大事なことなのよ」

「どうして？」デイヴィッドは、ただならぬ興味を悟られぬよう声色に気をつけながら訊ねました。彼女と話したがっているのはただこの家を、とりわけあの部屋と、そこにしまわれたあの本たちをもっと知りたいだけだからなのだと、ローズに気付かれたくはなかったのです。

「それはね、この家がもうずっと長い間、私たち家族のものだったからなのよ」彼女が言いました。「私の祖父母が建てて、子供たちと一緒に住んでいたの。この家がずっと一族のもので、子供たちの姿がそこにありますようにって願いを込めてね」

「僕の部屋にある本も、お祖父《じい》さまとお祖母《ばあ》さまのものなんですか？」デイヴィッドは訊ねました。

「何冊かはね」ローズが答えました。「他のは、子供たちのものよ。つまり私の父と、父の妹と、それから――」

彼女はふと、口をつぐみました。

「ジョナサンっていう人？」デイヴィッドがそう言うと、ローズがうなずきました。悲しげな顔をしていました。

「そう、ジョナサン。どこでその名前を？」

「何冊か、名前が書いてある本があったんです。だから誰なのかと思って」

「私の伯父さんでね。父の兄だったんだけど、私は一度も会ったことがないわ。あなたのお部屋はその人が昔使っていた部屋で、たくさん彼の本があるのよ。もし気に入らないのなら、ごめんなさいね。きっと気に入ってくれると思ったの。ちょっと暗いのは知っていたけど、あそこには本棚と、もちろん本もたくさんあったものだから。もうちょっとよく考えてみればよかったわね」

デイヴィッドは、表情に困惑を浮かべました。

「どうしてです？　僕はあのお部屋も、あそこにある本も大好きですよ」

ローズが顔を背けました。「何でもないのよ。気にしないで」

「でも気になります」デイヴィッドは言いました。「聞かせてくれませんか」

ローズが、また落ち着いた顔を向けました。

「ジョナサンは、消えてしまったの。まだ十四歳だったそうよ。もう遠い昔の話だけれど、私の祖父母は伯父がどうか帰ってきてくれますようにという祈りを込めて、部屋を当時のままにしておいたのよ。でも、帰っては来なかった。一緒に、小さな女の子もひとり消えてしまった。アンナっていう名前で、祖父の友人の娘だったのだけれどね。その友人がご夫婦揃って火事で亡くなってしまったものだから、祖父がうちの家族と暮らすよう引き取ってきたの。まだその子が七歳だったころの話。祖父は、ジョナサンに妹ができるのも、アンナに大事にしてくれる兄ができるのも、いいことだと思っていたの。でも、きっとふたりで道にでも迷ってしまったんだわ。ああ、本当のところは分からないけれど、何かが起こって二度と戻らなくなってしまったのよ。本当に、本当に、悲しい話。祖父母はいつまでもふたりを探し回ったわ。森を捜し、川を捜し、近くの町に出かけていっては行方を訊ねたのよ。ロンドンにまで出ていって似顔絵と説明書きをあちらこちらに貼って回ったのだけど、ふたりを見たという人は、誰も名乗り出てきてはくれなかったの。

祖父母には他にも子供がふたり、私の父とその妹のキャサリンがいたのだけれど、祖父母はどうしてもジョナサンが諦めきれず、どうかアンナと一緒にいつか帰ってきてくれますようにと祈り続けていたの。特に祖父のほうはいつまで経ってもふたりを失った悲しみから立ち直れなくてね。こんなことになったのは自分のせいだと、我が身を責め続けていたそうよ。自分が守れなかったのを悔やんでいたのね。早くに亡くなってしまったのは、きっとそのせいなんだわ。祖母は亡くなる間際、私の父に、あの部屋には決して手をつけず、いつかジョナサンが帰ってきた時のために本もそのままにしておくように言いつけたの。祖母も、希望を捨てたりはしなかった。もちろんアンナのことだって心配していたけれど、ジョナサンは祖母が初めて産んだ息子なんだもの。もしかしたら彼が帰ってくるんじゃないかという希望を胸に、寝室の窓から外を眺めて過ごさなかった日は、きっと一日たりともなかったと思うわ。姿をくらましていた間にどんな不思議な経験をしたのか、お土産話を持って庭の小道を歩いてくる成長しても見間違いようのない息子の姿を思い描きながらね。

父は、祖母の言いつけを守ってあの部屋の本をそっくりそのまま保存して、その後、父と母が亡くなってからは私がそうしてきたの。私はずっと自分の家族を持ちたいと思っていたけれど、ジョナサンの願いが分かるような気がするのよ。自分の本が読まれないままぼろぼろに朽ち果ててしまったりせず、きっといつか同じように愛してくれる男の子か女の子が現れてくれますようにってね。今はあなたのお部屋になっているけれど、もし気に入らないなら他のお部屋に移ってもいいのよ。いくらでもあるのだから」

「ジョナサンて、どんな人だったんですか？　お祖父さまから何か聞いていませんか？」

ローズは、じっと考え込んだ。「ええ、私もあなたと同じくらい興味があったから、祖父に訊いてみたことがあったわ。ずいぶんと調べたのよ。祖父が言うには、とても物静かな子供だったそうよ。ええ、あなたと同じように、本を読むのが大好きでね。でも、面白いのよ。ジョナサンはおとぎ話が大好きだったんだけれど、そのくせ怖くてたまらなかったみたいなの。でも、いちばん怖くてしょうがないお話を読むのが、いちばん好きだったそうなのよ。狼をとにかく怖がったんだって。いつだったか、祖父からそう聞いたのを憶えてるわ。ジョナサンは狼の群れに追われる怖い夢をよく見てたようなの。それもただの狼とは違う、彼が読んだ物語に登場する、人の言葉を話す狼たちなのよ。頭がよくて、危ない狼たち。あまりによくうなされるものだから祖父は本を取り上げようとしたのだけれど、ジョナサンが嫌だと言って聞かず、いつでも最後には祖父が折れて本を返してあげたそうよ。何冊かの本は、ものすごく古いものなの。ジョナサンが手に入れる、ずっと昔に書かれた本でね。誰かがページに書き込んでしまっているけれど、中には貴重な本も何冊かあるはずよ。元々はなかったはずの物語や挿絵が書き加えられていてね。祖父は、自分に本を売った人が書いたんだろうと言っていたわ。ロンドンにいた、ちょっと変わった本屋さん。子供向けの本をたくさん売っていたのだけれど、私はその人が子供好きだったなんて思わないわ。子供を怖がらせるのは好きだったでしょうけど」

ローズは、祖父と、消えた伯父の追憶に浸るように、窓の外をじっと見つめていました。

「ジョナサンとアンナが消えてしまってから、祖父はまたその書店を訪ねてみることにしたの。きっと、そこならば子供を持つ親たちが本を買いに来るだろうし、そうすればふたりの失踪について何か、両親たちやその子供たちから話を聞くことができるかもしれないと思ったのね。でも、訊ねるために足を運んでみると、書店はもうなくなっていた。扉には板が打ち付けられていたの。住んでいる人も働いている人も誰もいなくて、人を捕まえて訊ねてみても、店主だった小男のことは誰も知らなかったのよ。もしかしたら、死んじゃったのかもしれないわね。祖父の話では、とても歳を取ってたそうだから。とても歳を取っていて、とても奇妙な人だったのだそうよ」

玄関の呼び鈴《りん》が鳴り響き、デイヴィッドとローズを包んでいた調和の魔法を打ち壊しました。

郵便配達人がやってきたのだと知ると、ローズは迎えに出ました。彼女はやがて戻ってくるとお腹が空いていないかと訊ねましたが、デイヴィッドは、空いてないと答えました。確かにそれなりに話を聞きだすことはできましたが、自分が彼女に少しでも心を許してしまったのだと思い、怒りが込み上げていたのでした。ローズに、もうふたりの仲は大丈夫なのだと思われてしまうのは心外でした。大丈夫なわけがないのです。デイヴィッドは彼女をひとり台所に置き去りにし、自分の部屋へと引き返しました。

部屋に引き返す途中で、彼はちらりとジョージーの様子を覗いてみました。大きな酸素マスクをつけた赤ん坊は小さなベッドでぐっすり睡っており、そのかたわらでは、酸素をマスクへと送り込むふいごが動いていました。デイヴィッドは胸の中で、生まれてきたのはこの子のせいじゃないんだ、と言いました。産んでくれるよう、自分から頼んで生まれてきたわけではないのだと。ですがそうとは知りつつもデイヴィッドはどうしても赤ん坊を心から大切にする気にはなれず、父がその腕に抱き上げている姿を見るたびに、胸の中を何かに切り裂かれるかのように感じるのでした。ジョージーは、狂ってしまったあらゆるものと、変わってしまったあらゆるものの象徴でした。母親が死んでからデイヴィッドと父親はふたりきりになり、頼れる者がお互いしかいなかったことで交情を深めたのでした。今、父親にはローズが、そして新しい息子がいます。しかしデイヴィッドには、他に誰もいないのです。すっかりひとりぼっちになってしまったのです。

デイヴィッドは赤ん坊の部屋を出ると自分の屋根裏部屋に戻り、その午後の間じゅうずっと、ジョナサン・タルヴィーの古い本をめくりながら過ごしました。窓辺の箱に腰かけて、ジョナサンもかつて同じところに座っていたのだと想い描きました。彼も同じ廊下を歩き、同じダイニングで食事をし、同じ居間で遊び、ともすればデイヴィッドと同じベッドで睡っていたのです。おそらく、いつか昔には彼もそうして過ごしていたはずで、デイヴィッドとジョナサンは今、それぞれ歴史の別の舞台に立って同じ空間を生きているのです。ジョナサンはまるで目に見えぬ亡霊のような姿となってデイヴィッドの世界を彷徨《さまよ》い、誰とも知れぬ相手とひとつのベッドを分け合っているのです。そんな様子を想像してデイヴィッドはぞくりとしましたが、よく似たふたりがそんな縁《えにし》を持っているのかと思うと、どこか嬉しくもありました。

彼は、ジョナサンと少女アンナの身にいったい何が起こったのか、不思議に思いました。もしかしたら、屋敷から逃げだしたのかもしれません。とはいえデイヴィッドももう分別のある年齢ですから、十四歳の少年が七歳の少女の手を引いて逃げたりしても、物語のように上手くいくわけなどないのは分かっています。もし何かの理由で逃亡してみたところですぐに疲れ果て、腹を空かせ、逃げだしたりしたことを後悔するに決まっているのです。いつだったかデイヴィッドの父親は、もし道に迷ったら警官を探すか、大人に頼んで呼んできてもらいなさい、と言っていました。しかし、男の人に近づいてはいけない、女性か、ふたりでいる恋人同士や夫婦に頼むべきで、そこに子供が一緒にいたらもっといいと言ったのです。父親は、警戒してしすぎることはないんだからな、と言いました。もしかしたら、ジョナサンとアンナに起こってしまったのは、そういうことだったのでしょうか？　声をかけてはいけない相手にうっかり声をかけ、連れ帰ってもらうどころか逆にさらわれ、誰の目にも決して留まらぬどこかに閉じ込められてしまったのでしょうか？　誰かは分かりませんが、なぜそんなことをしたのでしょう？

デイヴィッドはベッドに身を横たえながら、自分でその疑問に答えました。あの病院らしからぬところから母親がいなくなってしまう前に、地域に住むビリー・ゴールディングという少年の死について両親が話しているのを、耳にしたことがあるのです。ビリー・ゴールディングは、ある日の学校帰りに、忽然《こつぜん》と姿を消してしまったのでした。デイヴィッドとは学校も違いましたし、友だちでもありませんでしたが、フットボールが飛び抜けて上手かった彼は土曜の朝には決まって公園に来ていたものですから、デイヴィッドもどんな子かくらいは見かけて知っていました。噂では、アーセナルの関係者がいずれチームと契約するようビリーの父親を説得しに来たということでしたが、これはビリーの作り話でまっ赤な嘘だと言う人もいました。やがてビリーが行方不明になると、二週続けて土曜の朝に警官たちが公園にやってきて、何か知っている人はいないかと聞き込みをして回りました。デイヴィッドも父親も話を聞かれたのですが、あいにく力にはなれず、三週めになると、もう警官も公園に姿を見せなくなったのでした。

それから何日か過ぎたある日、線路を下ったあたりでビリー・ゴールディングの死体が見つかったのだと、デイヴィッドは学校で聞いたのでした。

その夜、寝ようと思ったデイヴィッドがベッドにもぐり込むと、母親と父親が寝室で話している声が聞こえ、発見された時にビリーが裸だったことと、死体の発見現場からそう遠くないところに建つ小ぎれいな可愛らしい家で、母親とふたり暮らしの男が逮捕されたことを知ったのでした。両親の話している様子からデイヴィッドは、殺される前にビリーがとてもひどい目に遭い、それにはどうも、小ぎれいな可愛らしい家に住む男が関わっていたようだと知ったのです。

その夜デイヴィッドの母親は珍しく、寝室を出るとデイヴィッドにおやすみの口づけをしに来ました。そして力強くぎゅっと抱きしめ、知らない人に話しかけてはいけないと、また彼を諫めたのでした。学校からは寄り道をせずまっすぐ家に帰り、もし途中で誰かが寄ってきてお菓子をあげると言ったり、ついてきたらかわいい鳩をあげようと言ったりしたなら、とにかく全速力でその場を立ち去り、それでも相手がついてくるようならば最初に目についた家に逃げ込んで、その家の人に一部始終を話しなさいと、彼女は言いました。とにかく、相手がたとえどんな言葉を口にしようとも、決してついていってはいけないと。デイヴィッドは、絶対についていかないと母親に言いました。誓いながらふとある疑問が胸に浮かんだのですが、彼は口に出してそれを訊ねたりはしませんでした。母親はひどく心配げな様子をしておりましたし、心配を募らせるあまり家から出してすらもらえなくなるのは嫌だったのです。ですが、母親が電気を消して出ていき、部屋を包み込む闇の中にひとり取り残されても、その疑問が消えることはありませんでした。

でも、無理やり連れていかれたらどうすればいいんだろう？

そうしてデイヴィッドは今、あのころとは違う寝室で、ジョナサン・タルヴィーとアンナのことを思い、もしかしたら小ぎれいな可愛らしい家で母親とふたり暮らしをする男がポケットにお菓子を詰め込んで彼らに近づき、線路へと連れていったのかもしれないと想像を巡らせました。

そうして夜闇に沈む線路で、男はふたりと秘密の遊びをしたのではないだろうかと。

その日、夕食を食べながら、父親はまた戦争の話をしました。デイヴィッドは相変わらず、本当に戦争が起こっている感じなどしていませんでした。戦闘を撮影した映像がニュース映画で流れても、戦いが起こるのは、いつも遙か遠くでばかりなのです。デイヴィッドが想像していたよりも、ずっと退屈でした。戦争という言葉には何か胸の躍るような響きがありましたが、現実は今のところ、ぜんぜん違っていたのです。確かに屋敷の上空をよくスピットファイアとハリケーンが編隊を組んで飛んでゆくのが見えましたし、海峡ではいつでも戦闘機が空中戦を繰り広げていました。ドイツ軍爆撃機は南部の飛行場を繰り返し襲撃し、イースト・エンドに建つセントジャイルズ・クリップルゲート教会にまで爆弾を落としました（ブリッグスさんは「ナチどものやりそうなこった」と言っていましたが、父親はもっと淡々と、テムズヘヴンの石油精製所を爆撃しようとして失敗したのだと説明してくれました）。しかしそれでもデイヴィッドは、どこかよその国のできごとのように感じていたのです。目と鼻の先で起こっているとは、とても思えなかったのです。残骸には近寄らないよう勧告が出ていましたが、ロンドンの人びとはドイツ軍の飛行機が落ちるとそこから物を拾っては記念品にし、ナチスのパイロットの生き残りでも見つかろうものなら決まって熱狂しました。たかだか五十マイルしか離れていないロンドンがそんな有様だというのに、屋敷の建つ辺りはどこもかしこもとても穏やかなのでした。

父親は、折り畳んだ『デイリー・エクスプレス』紙をお皿の横に置きました。かつて分厚かった新聞も、今は六ページしかありません。父親は、紙の消費制限が始まったせいだと、その理由を教えてくれました。『マグネット』も七月に刊行されなくなり、おかげでデイヴィッドは『ビリー・バンター』が読めなくなってしまいましたが、それでも月刊の『ボーイズ・オウン』はまだ出ていましたし、週刊版の『エアクラフト・スポッター』が手に入るたびに、デイヴィッドはそれを書棚に並んだ『戦う飛行機たち』の隣に注意深くしまってゆくのでした。

「お父さんも戦争に行って戦わなくちゃいけなくなるの?」デイヴィッドはある日、夕食を終えた後にそう訊ねました。

「いいや、それはないだろうな」父親が答えました。「今の仕事をしているほうが、もっと国の役に立てるからね」

「最高機密だね」デイヴィッドが言いました。

父親が、彼の顔を見て微笑《ほほえ》みました。

「そう、最高機密だ」

父親はスパイなのかもしれない、違ったとしてもスパイについて何か知っているのかもしれないと思うと、デイヴィッドの胸は高鳴りました。考えてみても、この戦争で胸が躍るのはそこだけなのでした。

その夜、デイヴィッドはベッドに横になり、窓から差し込んでくる月影を眺めていました。空はよく晴れ渡り、月はとても明るく照っていました。やがて瞼《まぶた》を閉じたデイヴィッドは夢を見ました。狼の群れと、小さな少女たちと、朽ち果てた城に置かれた玉座に腰かけ深々と睡り込んでいる年老いた王が出てくる夢です。城のすぐかたわらには線路が走り、その脇の鬱蒼と生い茂った草むらをゆく、いくつかの人影が見えました。少年がひとり、少女がひとり、そしてあのねじくれ男の姿でした。三人が地下へと姿を消すとグミとブルズアイ・キャンディの匂いがし、続けて少女の悲鳴が響き渡ったかと思うと、近づいてくる列車の音に掻き消されました。

5

窓辺に見えた見知らぬ人影と、デイヴィッドの感じた予感のこと

九月に差しかかると、ついにあのねじくれ男がデイヴィッドの世界に足を踏み入れはじめました。

長く厳しい夏でした。父親は屋敷にいるよりも仕事で留守にしていることが増え、何夜か続けて仕事場に泊まるのも珍しくなくなりました。夜になると、家に戻るのがなかなか難しくなってきていました。ドイツ軍の侵攻に備えてありとあらゆる道路標識が取り外されてしまい、車を運転していると、昼間でさえも何度も道に迷うほどだったのです。夜中にヘッドライトを消したまま車を走らせたのでは、いったいどこに行ってしまうか分かったものではありません。ローズは赤ん坊を産んで母になるのがいかに大変なことなのかを、実感してきているところでした。デイヴィッドはそれを見ながら、もし自分がジョージーと同じくらい手がかかる子供だったら、自分の母親も同じように苦労したのだろうかと想像し、そうでないことを祈りました。そんな日々に鬱憤が溜まってゆくせいで、ローズはだんだんとデイヴィッドにも、そして

彼の憂鬱な顔にも我慢ができなくなっていきました。もうふたりは顔を合わせても話をほとんどせず、そのせいで父親の我慢が限界に近づきつつあるのは、デイヴィッドの目にも明らかでした。前の晩に囲んだ夕食のテーブルで、デイヴィッドが口にした何でもない言葉を侮蔑と受け取ったローズが彼と言い合いを始めたせいで、ついに父親の堪忍袋の緒が切れてしまったのでした。

「お願いだから、ふたりともなんとか上手くやってくれ！」父親が怒鳴りました。「家に帰ってきてこれじゃあ、たまらんよ。ぴりぴりするのも怒鳴り合うのも、職場だけでたくさんだ」

高い椅子に座らされたジョージーが泣きだしました。

「ほら、あなたが怒鳴ったりするからよ」ローズはそう言うと、ナプキンをテーブルの上に投げだしてジョージーのそばに寄りました。

デイヴィッドの父親は、両手に顔を埋めました。

「つまり、何もかも私のせいだと言いたいわけか」

「私のせいじゃないことは確かです」ローズが答えました。

ふと、ふたりの目が一斉にデイヴィッドの顔に向きました。

「そうかい、ふたりとも僕が悪いって言うんだね。いいさ！」デイヴィッドが言いました。

彼は夕食も途中のままテーブルを離れ、足音荒く立ち去りました。まだお腹はぺこぺこでしたが、シチューはほとんど野菜だけで、みすぼらしいソーセージの切れ端がほんの申し訳程度に入っているばかりなのです。きっと明日はその食べかけを出されるのでしょうが、もうそんなのはどうでもいいことでした。温め直したところで、今よりまずくなどなりようがありません。部屋へと引き返しながらデイヴィッドは、きっとちゃんと食べ終えるよう父親に呼び戻されるはずだと思いましたが、誰ひとり、彼に声をかける者はいませんでした。彼は、荒々しくベッドに腰を下ろしました。夏休みなど、さっさと終わってしまえばいいのに。屋敷からそう遠くない学校にはデイヴィッドの居場所もないではなかったし、とにもかくにも、ローズとジョージーと毎日屋敷で過ごすのにくらべれば、まだましというものです。

ロンドンまで彼を連れていくような時間が誰にもなかったので、モバリー先生を訪ねることも少なくなっていました。ともあれ、例の発作は今のところすっかり治まっているようでした。もういきなり倒れたり、意識を失ったりもしません。しかし、なおさら奇怪な、なおさら不安を掻き立てるようなことが起こりはじめていたのです。本が囁《ささや》くなどよりも、もっと奇怪なことです（これはもうデイヴィッドもずいぶん慣れてしまっていましたが）。

デイヴィッドは、白日夢を見るようになっていました。彼には、そうとしか説明のしようがありません。それはまるで、たとえば夜遅くに読書をしたりラジオを聴いたりしているうちに疲れてきて、ほんの刹那《せつな》、睡りに落ちて夢を見はじめたというのに、自分が寝てしまったのも分からないものだから、世界がとても怪しげなものに見えてくるような感じなのです。デイヴィッドが部屋で遊んだり、読書をしたり、庭園を散歩したりしていると、突然目の前にちらちらと光が躍りました。すると周囲の壁が消え去り、手にした本が滑り落ち、庭園の代わりに丘の連なりや、背の高い灰色の木々が姿を現すのです。気付けば彼は、地面にいくつも影を落とす黄昏《たそがれ》や、冷たい風や、動物たちの匂いに包まれた見知らぬ場所に立っているのでした。時には、声が聞こえてくることもありました。ですが、自分を呼ぶどこか耳慣れたその声に耳を傾けようとすると辺りの情景はぱっと掻き消え、元の世界に戻って立ち尽くしているのでした。なにより奇妙なのは、どうも声の中に、母親とよく似た声が聞こえることです。いちばん大きく、いちばんはっきりと聞こえるその声が、暗闇の奥からデイヴィッドに呼びかけてくるのです。声はデイヴィッドの名前を呼び、自分は死んでなどいないと告げるのでした。

白日夢がいちばんひどいのは特にあの沈床園《ちんしょうえん》の近くでしたので、すっかりそれに悩まされるとデイヴィッドは、できるだけ庭園のその辺りには近寄らないよう気をつけました。悩むあまり、もし父親が予約を取ってくれたなら、モバリー先生に話してしまいたいとすら思うほどだったのです。そうしたら、きっと自分は本たちの囁き声の話もしてしまうに違いない、とデイヴィッドは思いました。このふたつのできごとは、どうも繋がっているように思えるのです。

しかし、母親について先生からいくつも訊ねられたのをふと思いだし、デイヴィッドはまた、閉じ込められたらどうしようと怖くなったのでした。あの時、母親がいなくて寂しいと話すと、モバリー先生は彼が言い終えるのを待って悲しみや喪失感の話をし、それを乗り越えなくてはいけないのはごくごく普通のことなんだよと言いました。ですが、母親が死んで悲しいのはそうだとして、沈床園を包み込む夜闇の向こうから母親の叫ぶ声が聞こえたり、崩れかけた煉瓦の向こうから自分はまだ生きているのだという声が聞こえたりするのは、まったく違う話です。デイヴィッドは、モバリー先生ならいったい何と言うだろうかと考えてみました。閉じ込められるのは嫌ですが、あの白日夢は恐ろしくてたまりません。デイヴィッドは、あんなもの見たくもないのです。

あと数日で屋敷で過ごす日々は終わり、また学校が始まろうとしていました。デイヴィッドは家にいるのに耐えられなくなると、敷地の裏手にある森の中へと散歩に出かけました。大きな棒を拾い上げ、長い雑草をばさばさとはたきながら歩きます。やがて茂みに蜘蛛《くも》の巣がひとつかかっているのを見つけると、小枝を投げて蜘蛛を誘いだそうとしてみました。一本の枝が巣の中央あたりに命中します。しかし、何ごとも起こりません。デイヴィッドは、きっと枝が動かないせいだと、思いつきました。蜘蛛が気付くのは昆虫が身悶《みもだ》えするからなのだと思うと、蜘蛛は他の小さな生き物よりもずっと頭がいいのかもしれないという気がしました。

屋敷を振り返り、デイヴィッドは自分の部屋の窓を見つめました。伸び放題の蔦《つた》が窓枠をぐるりと囲んでおり、部屋はよりいっそう、自然の一部であるように見えました。こうして離れてみて、デイヴィッドはふと気付きました。蔦は自分の部屋の窓だけに鬱蒼と絡みついており、屋敷の同じ側にある他の窓には、ほとんど触れてすらいないのです。普通ならば蔦は下階の壁を伝って広がってゆくものですが、そうではなく、まっすぐに細く連なるようにしてデイヴィッドの窓へと向けて這い上っていっているのです。まるでおとぎ話の中でジャックを巨人の元に連れていったあの豆の木のように、どこへ向かうべきかを蔦が確かに知ってでもいるかのようなのです。

その時、デイヴィッドの部屋の中で人影が動きました。深緑の服に身を包んだ誰かが、窓辺を通ったのです。デイヴィッドは咄嗟《とっさ》に、きっとローズに違いないと思いましたが、もしかしたらブリッグスさんかもしれません。ですがブリッグスさんは村まで出かけていて留守なのを、デイヴィッドは思いだしました。それにローズは滅多に彼の部屋に入らないうえに、入る時にはいつもまず彼に断ってからそうするのです。父親でもありません。部屋の人影は、似ても似つかないのです。デイヴィッドは首を横に振りました。それにデイヴィッドの目には、ひどくいびつな形の影に見えたのです。少し猫背で、そうして忍び込むのなどお手のものだという様子で身をかがめ、背骨を丸め、両腕をねじれた木の枝のように広げ、何か見つけたら摑みかかってやろうとでも言わんばかりに指を広げていました。その長細い鼻は折れ曲がり、頭の上には不格好によじれた帽子が載っています。影はしばらく窓辺から姿を消すと、やがてデイヴィッドの本を一冊手にしてまた姿を現しました。そしてぱらぱらとページをめくると何か見つけたかのようにはたと手を止め、身じろぎひとつせず、そこを読みはじめたようでした。

突然、育児室からジョージーの泣き声が響き渡りました。人影は手にした本を取り落とし、じっと耳をそばだてました。デイヴィッドが見つめるその先で、人影はあたかもジョージーがよく熟した林檎《りんご》の実のように目の前にぶら下がり、今にも摘み取られるのを待っているのだとでも言わんばかりの様子で、すっとその指を宙に伸ばしました。そして、次はどうすべきかと自分に問いかけるかのように、その左手の指先で尖った顎の先をゆっくりと撫でさすりました。決めかねた様子のまま、影は窓を振り向くと眼下の森を見回しました。ふとその目がデイヴィッドを見つけました。影はぎくりとしたように身を凍らせると慌てて窓の下にしゃがみ込みましたが、その瞬間、はっきりとデイヴィッドには見えたのです。まるで壁かけの金具から吊り下げられて伸びきったかのような蒼白く、やたらと細長いその顔についた、まっ黒い両目が。そして、ひどく大きなその口と、古い酸っぱくなったワインのように黒々とした唇が。

デイヴィッドは、屋敷目がけて駆けだしました。キッチンに飛び込むと、そこでは父親が新聞を読んでいるところでした。

「父さん、僕の部屋に誰かがいるんだ！」デイヴィッドは言いました。

父親は、不思議そうに顔を上げました。

「いるって、誰がだい？」

「人がいるんだよ」デイヴィッドは声を荒らげました。「森を歩いてたんだけど、部屋を見上げたら窓のところに見えたんだ。帽子をかぶって、すごく長い顔をした誰かがさ。ジョージーの泣き声がしたら動きをぴたりと止めて、じっとそれを聞いてたんだ。そこで僕に気がついて、慌てて隠れるのが見えたんだよ。父さんお願いだよ、本当なんだから！」

それを聞くと父親は、眉根に皺《しわ》を寄せて新聞を置きました。

「デイヴィッド、ふざけてるのなら——」

「ふざけてるもんか、本当だよ！」

デイヴィッドはさっきの棒を握り締めたまま、父親の後に続いて階段を登っていきました。父親は閉まっているドアの前で少し足を止めてから、そっと手を伸ばしてノブを捻《ひね》りました。ドアが開きます。

少し待っても、何も起こりません。

「ほらね」父親が言いました。「何もいやしな――」

父親が大きな悲鳴をあげました。突然顔に何かぶつかったのです。正体こそ分かりませんが、何かがパニックになって羽ばたきながら壁に跳ね返り、窓にぶつかるのが見えました。ようやく落ち着きを取り戻したデイヴィッドは父親の周囲を見回し、ぶつかってきたのは一羽のカササギだったのだと気付きました。黒と白の羽毛を飛び散らせながら、部屋から逃げだそうと必死にはばたいているのです。

「部屋から出て、ドアを閉めてなさい」父親が言いました。「こいつは獰猛《どうもう》な鳥だぞ」

デイヴィッドはまだどきどきしていましたが、言われたとおりにしました。ドアの向こう側から窓が開く音に続き、カササギを追いだそうとする父親の怒鳴り声が響き渡りました。しばらくしてようやく鳥の羽音が消えると、うっすらと汗をかいた父親がドアを開けてくれました。

「やれやれ、びっくりしたね」彼が言いました。

デイヴィッドは、部屋の中を覗き込みました。床にいくらか羽根が落ちていますが、でもそれだけです。あの奇妙な小男がいた跡もありはしないのです。デイヴィッドは窓辺に寄ってみました。カササギは沈床園の崩れかけた石組みの縁にとまり、彼のほうをじっと見つめ返しているかのようでした。

「お前が見たのも、きっとあのカササギだったんだろうさ」父親が言いました。

デイヴィッドはそうじゃないと言い返したくなりましたが、カササギなんかではなく、もっと大きく邪悪な何かが確かにいたのだと言ったところで、きっと見間違いだと言われるのが関の山です。しかしカササギはよじれた帽子などかぶってもいなければ、泣いている赤ん坊に手を伸ばしたりもしません。デイヴィッドは確かに見たのです。あの日と、背中を丸めた体と、何かを摑もうとでもしているかのような長い指を。

もう一度、沈床園を見つめました。ですがカササギの姿は、もうどこにも見当たりませんでした。

父親は、わざとらしくため息をついてみせました。

「どうやら、カササギなんかじゃなかったと思ってるようだね？」彼が言いました。

そして床にひざまずくと、ベッドの下を覗き込みました。次に衣装だんすを開き、それが済むと隣の洗面所を見回りました。さらに本棚と壁の間に空いた、デイヴィッドの手がようやく入るくらいの細い隙間まで覗き込んでみたのです。

「ほらね？」父親が言いました。「やっぱりただの鳥だったんだよ」

しかしそれでもデイヴィッドが不満げな表情をしているのを見て取ると、父親は彼を連れて最上階の部屋をくまなく調べ上げ、それから下の階へと移り、デイヴィッドと父親、ローズ、赤ん坊しか屋敷にはいないのだとはっきりするまで念入りに見て回りました。そしてデイヴィッドをまたひとりにして、新聞を読みに戻っていってしまったのでした。デイヴィッドは部屋に引き返すと、窓辺の床に落ちた本を拾い上げました。ジョナサン・タルヴィーの物語集の一冊で、赤ずきんの物語のところが開いてありました。挿絵に描かれた狼はお婆さんの血にまみれた爪を構え、赤ずきんに喰らいつこうと牙を剝いているのでした。誰かが――おそらくはジョナサンでしょうが――挿絵があまりにも怖かったのか、黒いクレヨンで塗りつぶそうとした跡がありました。デイヴィッドは本を閉じると、それを本棚に戻しました。その時ふと、部屋が静まり返っていることに気付いたのでした。囁き声が聞こえません。どの本も、じっと黙りこくっているのです。

もしかしたら例のカササギが本棚からこの本を落としていったのかもしれない、とデイヴィッドは胸の中で言いました。しかし、鍵のかかった窓からいったいどうやって入ったというのでしょう。あの時、確かに目にしたあの人影。古い物語の中で人びとは、動物や鳥に変身したり、そうでなければ変身させられたりするものです。もしかしてあのねじくれ男が見つかるまいとして、カササギに変身してしまったとでもいうのでしょうか？

ですが、逃げたといってもそう遠くまでではありません。せいぜい沈床園まで飛んで、そこで消えてしまったのですから。

その夜、デイヴィッドがベッドの中で夢と現《うつつ》の間に囚われていると、沈床園を覆う暗闇の中から母親の声が運ばれてきました。彼の名を呼び、どうか忘れないでと語りかけてくるのです。デイヴィッドには予感がありました。沈床園に行き、そこで自分を待つ何かと向き合うべき時が、いよいよ目の前に迫ってきているのだと。

6
戦争と、ふたつの世界を分かつ道のこと

翌日、デイヴィッドとローズはいちばんひどい喧嘩をしました。とはいえ、この喧嘩はいきなり始まったのではありません。ローズは母乳でジョージーを育てていたので、彼が欲しがると夜中でも起きなくてはなりませんでした。しかしお腹が満たされてもジョージーは、寝返りを打って泣き声をあげ続けるのでした。そしてデイヴィッドの父親は、たとえ家にいる時だろうと、ほとんど助けになることができなかったのです。おかげで、彼とローズは時おり言い合いになりました。言い合いはいつもほんの小さなこと――父親がお皿をしまい忘れたり、靴底に泥をつけたまま台所を歩いて床を汚したりといったことです――から始まり、すぐに怒鳴り合いになると、ローズが泣き喚《わめ》き、母親につられてジョージーも泣きだしてしまうのです。

デイヴィッドは何だか父親が、前よりも年老いて、前よりもくたびれているように感じました。心配で、昔の父親に会いたくなりました。大喧嘩が起こったその朝のこと、デイヴィッド

は洗面所の入口に立って、父親が髭を剃っている様子を眺めていました。

「お仕事が大変なんだね」彼は言いました。

「ああ、そうだな」

「いつも疲れてるみたいだもの」

「お前とローズが仲良くしてくれないから、それで疲れるのさ」

「ごめん」デイヴィッドが言いました。

「ふう」父親がため息をつきました。

そして髭を剃り終えると、洗面台の水で泡を洗い落とし、ピンクのタオルで顔を拭きました。

「前みたいにたくさん一緒にいられないからじゃないかな」デイヴィッドは言いました。「それだけだよ。昔が恋しい」

父親は優しく笑うと、そっとデイヴィッドの耳を叩き「そうだな」と言いました。「だけどみんな犠牲を払わなくちゃいけないし、もっと大きい犠牲を払っている人たちだってたくさんいるんだよ。毎日命を危険にさらしている人もいるんだから、私も自分にできることをして、力になってやらなくちゃいけない。ドイツ軍が何を企んでるのか、私たちにどんな疑いを抱いているのか、それを調べるのはとても大事なんだ。それが私の仕事なんだよ。それに、ここで暮らせるのは私たちにとってすごくついてる話なんだぞ。ロンドンじゃあ、みんな遥かに大変な思いをしているんだからね」

前の日に、ロンドンはドイツ軍からひどい爆撃を受けたばかりでした。デイヴィッドの父親いわく、一時《いっとき》などはシェピー島上空で千機もの戦闘機が空中戦を繰り広げていたというのです。デイヴィッドは、今ごろロンドンはどんな様子だろうかと考えました。燃え尽きた建物が、道路の瓦礫《がれき》と一緒に街を埋め尽くしているのでしょうか？　トラファルガー広場の鳩たちはどうしたのでしょう？　きっとまだいるはずだ、と彼は胸の中で言いました。鳩は、他のところに引っ越せるほど賢くはないのです。もしかしたら父親の言うとおり、ロンドンから離れていられるのは運がいいのかもしれません。しかしデイヴィッドはまた心の奥で、今あそこに住んでいたらきっとすごい経験ができたはずだと考えてしまうのでした。怖い思いもするだろうけれど、それでもすごいに違いないと。

「なに、もうすぐ戦争も終わるし、そうなればまた昔の暮らしに戻れるとも」父親が言いました。

「いつ？」デイヴィッドが訊ねました。

父親は、困ったような表情をしました。「いつだろうな。そうはかからんさ」

「何ヶ月も？」

「もっとだろうな」

「父さん、イギリスは勝てるの？」

「何とか踏ん張ってるよ、デイヴィッド。今はそれが精一杯さ」

デイヴィッドは着替えるために、部屋に引き返しました。それから父親が出かけてしまう前に一緒に朝食を摂りましたが、ローズも父親も、ほとんど言葉を交わそうとはしませんでした。

ふたりがまた喧嘩をしているのをデイヴィッドは知っていましたから、父親が仕事に出ていってしまうと、彼はいつもよりもローズの目に付かないよう気をつけることにしたのでした。部屋に戻ってしばらく玩具《おもちゃ》の兵隊で遊んでから、屋敷の裏手に広がる日陰に寝そべって、そこで本を読んで過ごすことにしたのです。

やがて、そこにローズがやってきました。デイヴィッドは胸の上に本を広げていましたが、読んでなどいませんでした。芝生の向こう端に見える沈床園《ちんしょうえん》のほうに視線を向け、何か動くものでも探すかのように、煉瓦の壁に空いた穴をじっと見つめていたのです。

「ここにいたのね」ローズが言いました。

デイヴィッドは顔を上げました。太陽が目に入り、目を細めます。「何か用?」彼は訊ねました。

そんなつもりで言ったわけではないのですが、その言葉はひどく無礼で不作法に響きました。しかし彼は無礼でも不作法でもありませんし、そんなつもりで言ったのではなかったのです。せめて「どうしたんですか?」と訊けばよかった。いや、せめて「はい」とか「ええ」とか、ひとこと「やあ」とでも頭に付け足しておけばよかった。彼はそう悔やみましたが、もう言葉を取り戻すことはできません。

ローズの目の下にくまができているのが分かりました。顔の色も蒼白で、額《ひたい》や顔には、それまでなかった皺《しわ》がたくさん刻まれていました。体も見るからに重たそうで、デイヴィッドは、きっと赤ん坊を持つというのはそういうことなのだと思いました。それを父親に訊ねたことがあったのですが、父親は、何があっても絶対にそんな話をローズにしてはいけないと言うのでした。本気の顔で、そう言うのです。そう思ったとしても胸にしまっておくのは、「私たちの命よりも大事なことだ」とまで言ったのです。

その、太って、蒼白で、ずっとやつれたローズが隣に立つと、まぶしい太陽が目に入っていても、彼女の胸に込み上げてくる怒りがデイヴィッドには見て取れました。

「よくもまあ、そんな口がきけたものだわね！」彼女が言いました。「日がな一日どっかに座って本ばかり読んで、家のことなんて何も手伝いもしないくせに。口のききかたひとつ気をつけられないなんて、いったい何様のつもりなの？」

デイヴィッドは謝ろうとしましたが、言葉を飲み込みました。ローズこそ間違っていると思ったのです。というのも、彼があれこれ手伝いをしようと申し出ても、ジョージーが言うことを聞いてくれなかったり、何か他の用事で手一杯だったりで、ローズのほうでだいたい断るのです。そこで庭の手入れをしているブリッグスさんを手伝うのですが、箒《ほうき》や熊手でいくら掃いてみたところで、家の中にいるローズにはそんなデイヴィッドの姿が見えないのでした。ブリッグスさんの奥さんは掃除や料理をすべてこなしていましたが、デイヴィッドが何か手伝おうとすると、邪魔が増えるだけだと言って、彼を追い払うのでした。そんなわけで、できるだけみんなの邪魔にならないように離れているのが、デイヴィッドにとってはいちばんだったのです。それに、あと数日で夏休みも終わりなのです。教師不足のせいで村の学校は始業を数日ほど遅らせていましたが、それでも父親の見積もりでは、遅くとも翌週の頭にはデイヴィッドも新しい机に着いているはずでした。それから学期の中休みまでは、昼には学校に行き、夜には宿題をしていることになるでしょう。父親が仕事に出ている間ずっと、デイヴィッドも学校の勉強をしなくてはいけないのです。なぜそれまでの間くらい、のんびりさせてくれないのでしょう? デイヴィッドはだんだん、ローズと同じくらいに腹が立ってきました。立ち上がってみれば、背丈は同じくらいです。そして自分でもほとんど気付かないうちに、本心と侮辱とが、ジョージーの誕生以来ずっと押し殺してきた怒りと混ざり合い、言葉となって口を突いて出てきたのです。

「何様のつもりかなんて、こっちが訊きたいよ」彼は言いました。「僕の母さんでもないのに、そんな言いかたしないでほしいね。僕だって好きでこんなとこに住んでるんじゃない。僕は父さんと一緒にいたかったんだ。ふたりで幸せだったのに、そっちが入り込んできたんじゃないか。それにジョージーだってそうさ。なのに、まるで僕のほうを邪魔者扱いしてさ。違うよ、そっちが僕の邪魔をしてるんだ、父さんの邪魔をしてるんだ。父さんも僕と同じで、まだ母さんのことが大好きなんだからね。母さんのことを忘れられっこないし、あなたのことだって母さんみたいになんて愛したりするもんか、絶対に。まだ母さんを愛してるんだよ。父さんは、まだ。愛してるんだ。母さんを」

ローズは、デイヴィッドを叩きました。平手で彼の頰を打《ぶ》ったのです。思い切りそうしたわけではありませんし、自分が何をしたのかに気付くと慌てて手を引っ込めたのですが、それでもその衝撃は、デイヴィッドをよろめかせるのに十分でした。頰がひりひりと痛み、両目に涙が溢《あふ》れます。彼は驚きのあまりしばらくぽかんと口を開けたまま立ち尽くしていましたが、やがて走りだすと、ローズの横を抜けて自分の部屋へと駆けていきました。背中から彼女が名前を呼び、ごめんなさいと叫んでも、デイヴィッドは決して振り返りませんでした。そして部屋に入ってドアに鍵をかけたきり、彼女がいくらノックをしても頑として開けようとはしなかったのです。ローズはしばらくすると諦めて立ち去り、もう戻ってはきませんでした。

父親が帰宅するまで、デイヴィッドは部屋から出ませんでした。廊下で父親に話すローズの声が聞こえました。父親が声を荒らげるのが分かりました。ローズがそれをなだめようとします。階段に、ふたりの足音が響き渡りました。デイヴィッドは恐ろしくなりました。

父親は、ドアを蝶番《ちょうつがい》から外れんばかりの勢いで叩きました。

「デイヴィッド、ドアを開けるんだ。早くしなさい」

デイヴィッドは言われたとおりにすぐ鍵を開けると、ぱっと後ずさって父親を迎え入れました。父親は顔をほとんど紫色にして怒っています。そしてデイヴィッドを叩こうと手を振り上げ、堪《こら》えるようにぴたりとそれを止めました。ごくりと唾を飲み込み、深呼吸をし、首を横に振ります。やがて、奇怪なほどに静かな口調で父親が話しだすのを見て、デイヴィッドは彼が怒りを露《あら》わにしていた時よりも不安になりました。

「ローズにあんな言いかたをしてはいけない」父親が言いました。「私にそうするのと同じように、ローズにもしっかり敬意を持って接するんだ。みんないろいろと苦しい思いはしているだろうが、だからといって今日のような態度を取っていいというわけじゃない。お前のことをどうすればいいのか、どんな罰を与えればいいのか私にはまだ分からん。もしまだ間に合いさえすれば荷物をまとめてお前を寄宿学校に入れ、ここでの暮らしがいかに恵まれていたかを分からせたいところだよ」

デイヴィッドは口を開きました。「だけどローズが——」

父親は手を挙げ、それを制しました。「言いわけは聞きたくない。もしまた口を開いたら、おしおきをしなくちゃいかん。今は、部屋で大人しくしていなさい。明日は外に行っては駄目だぞ。本を読んでも、玩具で遊んでもいかん。ドアは開けたままにしておいて、もし読書をしたり遊んだりしているのを見つけたら、ベルトで打つからそのつもりでいなさい。そのベッドに腰かけて自分が言ったことを反省し、ローズにどんな償《つぐな》いをすればまたみんなと暮らせるのか考えるんだ。デイヴィッド、お前にはがっかりしたよ。そんな子に育てたつもりはなかったんだがね。母さんも、私も」

父親がそう言い残して立ち去ると、デイヴィッドはどさりとベッドに座り込みました。泣きたくなどないのに、涙がどうしようもなく溢れてしまいます。こんなのは間違っています。確かにローズにあんなことを言ったのはよくありませんでしたが、デイヴィッドを叩いた彼女だってよくないはずではありませんか。涙にむせびながら彼は、また書棚にしまわれた本たちが囁《ささや》きだしているのに気付きました。その囁きはもうデイヴィッドにとって、鳥の歌や、木立を揺らす風の音のように当たり前のものでしたから、うっかり聞き漏らしかけたのですが、囁き声はどんどん大きくなってゆくのです。マッチを擦《す》ったか、路面電車《トラム》の架線が火花を散らしたかのような焦げた臭いが漂ってきました。発作の訪れを感じて歯を食いしばりましたが、周囲には誰もいはしません。現世《うつしよ》の生地を裂いたかのように大きな裂け目が部屋の中空に現れ、その向こうに異界の情景が見えました。重厚な城の石壁では何枚もの紋章旗が風にはためき、隊列をなした兵士たちが城門から出てくるのが見えます。やがて城は掻き消えると、枯れ果てた木々に囲まれた別の城が姿を現しました。最初に見えたあの城よりも暗く、全容もはっきりしませんが、天を指す大きな指のように巨塔が一本そびえ立っているのが見えます。その頂《いただき》に見える窓に灯りが灯っているのを見てデイヴィッドは、人の気配を感じ取りました。見知らぬような、それでいて懐かしいような不思議な気持ち。塔のてっぺんから、母親の声が彼に呼びかけてきました。

デイヴィッド、私は死んでいないの。ここに来て、私を助けて。

どのくらい気を失っていたのでしょうか。それとも、いつの間にか睡《ねむ》りに落ちてしまっていたのでしょうか。デイヴィッドが目を覚ましてみると、部屋はすっかり暗がりに包まれておりました。口の中には鉄のような味が広がっており、自分でも知らぬ間に舌を噛んでいたようでした。発作が起きたのを父親に知らせに行こうかとも思いましたが、話したところで大して心配してはもらえないに違いありません。ともあれ、屋敷がしんと静まり返っているのを見ても、きっともうみんな睡ってしまっているのでしょう。書棚には月影がしっとりと落ちていましたが、本たちはまたひっそりと黙り込んでおり、聞こえるものといえば、時おり退屈でつまらない本が立てるいびきばかりなのでした。ことさら退屈なのは書棚の高いところにしまわれた全国石炭庁の歴史が書かれた本で、この本がかくいびきときたら本当にひどいものでしたし、たまに雷のような咳をすると、ページの合間からもくもくと黒雲のような埃を巻き上げるのでした。その咳がまたひとつ聞こえましたが、デイヴィッドは、もっと古い本たちが目を覚ましている気配を感じていました。彼が大好きな、奇怪で暗いおとぎ話が記された本たち。いったい何が起こるのかは分かりませんが、その本たちがこれから起ころうとしているできごとを待っているのだと、確かに感じるのです。

細かくはほとんど思いだせませんが、きっと夢を見ていたのに違いないと、デイヴィッドは思いました。気持ちの悪い夢だったのだけは、確かです。しかし残っているのはただ胸間に漂う感情の残滓《ざんし》と、まるで毒蔦《どくづた》に触れたかのような、ずきずきとした右の手のひらの疼《うず》きばかりなのでした。同じ疼きが頬にも残っているのに気付くとデイヴィッドは、あの異界に迷い込んでいる間に何か恐ろしいものに触れられたのではないかという思いに取り憑《つ》かれました。

まだ普段着のままの姿だったので、デイヴィッドはベッドを降りて暗闇の中でそれを脱ぎ、きれいなパジャマに着替えました。それからベッドに戻ると心地よい睡りの中に戻ろうと枕を抱き、あちらこちらに寝返りを打ってみたのですが、どうしても心は安まってくれませんでした。瞼《まぶた》を閉じたまま寝転がりながらデイヴィッドはふと、窓が開けっ放しになっているのに気付きました。これはいけません。どんなにしっかり閉めても虫が入り込んでくるような窓でしたし、何よりも、睡っている間にあのカササギが舞い戻ってきたりしたら、たまったものではありません。

デイヴィッドはベッドを抜けだし、恐る恐る窓辺に近づいて行きました。素足に何かが纏《まと》わりつく感触におののき、デイヴィッドは飛び上がりかけました。見下ろしてみると、一本の蔦がうねうねと這っているのが見えました。見回せば、部屋の壁の方々には蔦が這い、衣装だんすにも、カーペットにも、抽斗《ひきだし》にも、緑色をしたその指先を伸ばしているのでした。以前ブリッグスさんに蔦のことを話し、梯子《はしご》をかけて外壁からぜんぶ引き剝がしてもらう約束をしていたのですが、まだ蔦は手つかずのままだったのです。デイヴィッドは、手を触れるのが嫌でした。部屋に入り込んでくる蔦は、まるで命を宿してでもいるかのようなのです。デイヴィッドはスリッパを見つけてそれを履くと、蔦の這う床をつっきり窓を閉めに向かいました。すると、自分の名を呼ぶ女の人の声が聞こえたのです。

「デイヴィッド」

「母さんなの?」彼はぼんやりと答えました。

「そうよデイヴィッド、私よ。聞いて。怖がらないで」

しかしデイヴィッドは、怖くてなりませんでした。

「お願いよ」声が言いました。「あなたの力が要るの。私は閉じ込められているのよ。この恐ろしい場所に閉じ込められて、どうすればいいのか分からないの。デイヴィッド、ここに来て。私を愛しているなら、どうか助けに来て」

「母さん」彼は言いました。「なんだか怖いよ」

また声がしましたが、今にも消え入ってしまいそうです。

「デイヴィッド。このままでは連れ去られてしまう。私のほうに来てちょうだい。あなたから引き離されてしまう。お願い！　こっちに来て、私を助けだして。庭に出て、私のほうに来てちょうだい」

その言葉を聞くと、勇気が出てきました。デイヴィッドはガウンを摑み取ると、できるだけ速く、そしてできるだけ静かに階段を降りて芝生に出ました。暗闇の中で立ち止まります。夜空は慌ただしく、上空高くからは不規則な低いエンジン音が聞こえてきていました。デイヴィッドが見上げると、まるで隕石が落下してくるような煌《きら》めきがちらりと見えました。光の正体は、一機の飛行機でした。彼は飛行機を視界に捉えたまま沈床園へと続く階段に着くと、大急ぎで駆け下りました。立ち止まりたくはありませんでした。足を止めてしまえば、きっと自分がこれから何をしようとしているのかを考えてしまうでしょうし、考えてしまったなら、恐ろしくてたまらなくなるに違いありません。壁に空いた穴は上空の光がますます強くなってもなお暗く、デイヴィッドは芝生を踏みつけながらそこを目がけて走りました。飛行機は今や赤々と閃光を放ち、そのエンジン音は夜闇を引き裂かんばかりになっていました。デイヴィッドは思わず立ち止まると、落ちてくる飛行機を見上げました。燃え盛る破片を撒《ま》き散らしながら、ものすごい速度で落ちてくるのです。戦闘機にしては大きすぎます。爆撃機に違いありません。地面に向けて落下してくる飛行機はもはや両翼の形すら見えそうなほどで、まだ回り続けているエンジンはどれも、耳が破れるような轟音《ごうおん》を立てているのでした。赤とオレンジの炎で夜を照らしながらその姿はぐんぐんと、屋敷がちっぽけに見えるほど巨大になり、空を覆い尽くしています。胴体に描かれたドイツ軍の鉤十字《かぎじゅうじ》を炎の舌に舐められながら、飛行機はまっすぐに沈床園を目がけて落ちてきます。まるで異界を目指すデイヴィッドの行く手を、天の神々が阻もうとでもしているかのように。

道を選ぶ余裕も、躊躇《ちゅうちょ》している時間も、もうありはしません。壁の割れ目に広がる暗闇の中に向かってデイヴィッドが身を躍らせると同時に、後に残した世界は業火《ごうか》に包まれてしまったのでした。

7

とある木こりと、木こりが手にした斧の使い途《みち》のこと

煉瓦やモルタルは跡形もなくなり、デイヴィッドは指がごつごつとした樹皮に触れるのが分かりました。気付けば彼は大きな木のうろの中におり、目の前に口を開けたアーチ型の入口の外には薄暗い森が広がっているのでした。ゆっくり螺旋《らせん》を描くようにしながら、地面に向けて落ちてくる枯葉が見えます。茨の低木や棘々《とげとげ》したイラクサが低く繁っていましたが、デイヴィッドが見る限り、花はひとつも咲いていない様子でした。どこまで見渡しても、辺りの景色は緑と茶色ばかりなのです。夜明けが近づいているのか、それとも日が暮れようとしているのか、何もかもが奇妙な薄明かりに照らされて見えるのでした。

デイヴィッドは身じろぎひとつせず、うろの暗がりに留まっていました。母親の声はもうどこにも聞こえず、微《かす》かに響くのは、葉と葉が擦《こす》れ合う音や、遠くで岩の上を流れる奔流《ほんりゅう》の水音ばかりなのでした。あのドイツ軍の飛行機はどこにも見当たらず、存在した痕跡すらも窺《うかが》えません。彼は踵《きびす》を返して屋敷に戻り、父親を揺り起こして今自分が目にした一部始終を伝えたい

衝動に駆られました。ですが、あんなことがあったばかりだというのに、いったいどう伝えればいいのでしょう？　父親だって、信じてなんてくれないに決まっています。デイヴィッドには証拠が――この新世界が確かに存在するのだという印《しるし》が必要でした。

デイヴィッドはそう思い立つと、うろから這いだしました。重く垂れ込めた雲が星々を覆い、夜空の星座を隠していました。空気は最初爽やかに澄んでいるように思えましたが、さらに深深と吸い込んでみて、何か不愉快な臭いが微かに混じっているのに気づきました。銅の臭いと腐敗臭の混ざり合ったような金属質の臭いを、まるで舌の上にすら感じるかのようなのです。彼は、毛皮がずたずたになり内臓がはみだした猫の死骸《しがい》を父親と一緒に道端で見つけたある日のことを思いだしました。あの猫の臭いは、この新しい場所に漂う夜の空気と本当によく似ていたのです。デイヴィッドは身震いしましたが、それは森を包み込む冷気のせいなどではありませんでした。

とつぜん、デイヴィッドの背後から唸るような轟音《ごうおん》が聞こえてきて、背中が熱くなるのを感じました。思わず地面に身を投げだし、転がるようにして木から遠ざかります。木の幹がみるみるうちに膨れ上がり、先ほどまで入っていたうろが、まるで樹皮に覆われた洞窟の入り口のように、どんどん広く開いてゆくのです。穴の奥深くには、まだ炎が揺らめいていました。そして木は、まるで食事がまずくてたまらないとでもいうかのように、まだ燃え盛るドイツ軍爆撃機の残骸《ざんがい》をそこから吐きだしてきたのです。機体の底に取りつけられたぼろぼろの銃座には乗組員の骸《むくろ》がひとつ腰かけたまま、デイヴィッドに向けて機銃を構えていました。機体の残骸は森の下生えに黒々とした炎の道をつけて野原まで転がっていき、やがて、煙を吐き、炎に包まれながらようやく止まりました。

デイヴィッドは立ち上がると、服に付いた落葉や泥を払い落としました。燃える爆撃機に近づいてみます。飛行機は、ユンカースＪｕ88でした。銃座を見れば、デイヴィッドには分かるのです。機銃手の体は、すっかり炎に包まれておりました。もしや乗組員の生き残りがいるのではないかと、デイヴィッドは疑いました。ひび割れた銃座の窓に押しつけられるようにして機銃手がこときれており、黒こげになった頭蓋骨の中、歯だけが白く輝いているのでした。デイヴィッドは、人の死をこんな目交《まなかい》に見たのは初めてでした。こんなにも暴力的で、悪臭に満ち、黒く焦げ果てた死を。最期の瞬間、強烈な炎の中に囚われて皮膚を焦がされるドイツ兵たちの姿を、デイヴィッドは想像せずにはいられませんでした。すると、決して名を知ることのないこの死んだ男への憐憫《れんびん》の情が胸の中に湧きだしてくるのでした。

とつぜん、昆虫のようなものが熱を発しながら彼の耳元をかすめると、立て続けに、何かが砕ける物音が響きました。すぐに二発めの飛行音が聞こえましたが、その時にはもうデイヴィッドは地面に低く身を伏せ、・三〇三ブリティッシュ弾から逃れようと這いずっていたのでした。地面に窪地を見つけてそこに飛び込み、両手で頭を抱えるとできるだけ体を低くしながら、銃弾の雨が止むのをじっと待ちます。そして、銃弾が底を突いたに違いないと確信を得てから、勇気を振り絞って顔を上げました。ふらふらと立ち上がり、炎と閃光に照らされた夜空を見上げます。そこで初めてデイヴィッドは、自分が立っている森の木々が目を瞠《みは》るほど巨大であることに気付いたのでした。元の世界に立つ最古のオークの木などよりもずっと高く、そして太いのです。灰色の木々はどれもほとんど丸裸で、デイヴィッドの頭上百フィートあたりまでは枝が一本もなくそびえ立っており、そこから一気に空を覆い尽くすように枝を広げているのでした。

立ち尽くしているデイヴィッドからそう遠くないところに、爆撃機の残骸から飛びだしてきた何か箱のような形をした黒いものが転がり、弱々しく煙を立ててくすぶっていました。カメラのようにも見えましたが、片側にハンドルが取りつけられています。そのハンドルに「Blick-winkel（視野角）」と文字が書かれているのが見えました。その下に「Auf Farbglas Ein（着色ガラス開閉）」とラベルが付けられています。

それは、爆撃用の照準器でした。デイヴィッドも写真で見たことがあります。ドイツ兵たちはこれを使って、地上の標的を捕捉するのです。銃座で腹這いになり、眼下を流れてゆく街並みの中に標的を探すのは、もしかしたら先ほどの、焼け焦げた兵士の役目だったのかもしれません。そう思うと、彼を哀れむ気持ちがいくらか消え去るようにデイヴィッドは感じました。照準器を目の前にすると、ずっと自分たちを苦しめてきたものがより現実的に、そしてなぜかより兇悪に思えてくるのです。彼は、アンダーソン・シェルターへと這って逃げ込む家族の姿を思い浮かべました。子供たちが泣き喚《わめ》き、大人たちは上空からの落下物が遙か遠くに落ちてくれるように祈っています。地下鉄の駅に逃げ込んだ群衆は爆発音に耳をそばだて、その頭上には、爆発の衝撃で舞い落ちてきた埃や土砂が降りかかっているのです。

それでも、命があるだけまだ幸運なのでした。

デイヴィッドが右脚を後ろに振り上げて思い切り照準器を蹴り飛ばすと、内部から薄いガラスの砕ける音が聞こえました。それを聞くと、胸がすっとしたように感じるのでした。

高揚感が収まると、デイヴィッドは両手をガウンのポケットの中に突っ込み、もっとよく周囲を探ろうと眺め回してみました。四、五歩ほど離れたあたりに生い茂る草の上から高く顔を突きだすようにして、紫色をした花が四つ咲いているのが見えました。この世界ではっきりとした色を目にしたのは、この花が初めてです。花は黄色とオレンジ色をした葉をつけており、中心はまるで、睡《ねむ》った子供の顔の形をしているようにデイヴィッドには見えました。森には霧が立ち込めていましたが、閉じた瞼《まぶた》や、細く開いた唇や、ふたつの鼻の穴まで見えるような気がしたのです。それまでに見たどんな花とも違いました。この花をひとつ摘んで持って帰れたなら、父親もきっとこの世界が本当にあるのだと信じてくれるのではないでしょうか。

デイヴィッドは、枯れた草をがさがさと踏みしめながらその花に歩み寄りました。そしていよいよ覗き込もうかと顔を寄せると、とつぜん花のひとつが瞼を開き、小さな黄色い瞳を覗かせたのです。花は続けて口を開けると、高い金切り声をあげました。刹那《せつな》、他の花たちもその声にぱっと目を覚ますと一斉に、棘の生えた固い葉の裏側をデイヴィッドに向けて自分たちをくるんでしまったのでした。葉の裏側には粘り気のある汚れがこびりつき、鈍く光っていました。これは触ってはいけない棘だ、とデイヴィッドの直感が告げました。彼は、イラクサや毒《どく》蔦《づた》のようなものを思い浮かべました。そうした植物ですら嫌だというのに、この世界の植物は身を守るためにどんな毒を使うのか、見当もつかないのです。

デイヴィッドの鼻がひくひくと動きました。辺りに立ち込めていた燃え盛る爆撃機の臭いを風が払い去り、今度は別の悪臭が漂いはじめていたのです。先ほど感じたあの金属質の臭いが、ずっと濃くなっているのでした。さらに数歩ほど森の奥に向けて進んでみると地面の一部が凸《でこ》凹《ぼこ》しており、降り積もった落葉の下に青や赤が覗いているのが見えました。どうやらうっすらと落葉をかぶり、何かが横たわっているようなのです。ぱっと見たところ、人間の形をしているようでした。デイヴィッドがさらに近づいてみると衣服が見え、その下から被毛がはみだしているのが分かりました。彼は、眉をひそめました。それは動物だったのです。動物が衣服を着ているのです。指にはかぎ爪が生え、脚はまるで犬のよう。デイヴィッドは顔を覗き込もうとしましたが、そこには何も見当たりません。首から上がすっぱりと切り落とされていたのです。動脈から飛び散った血液が生々しく森の地面に残っているところを見ると、切り落とされてまだそう経ってはいないようです。

デイヴィッドは、吐き気がひどくならぬよう口元を手で覆いました。ものの二分のうちに死体をふたつも目にしたせいで、胃がむかむかしてたまらないのです。彼は死体に背を向けると、あの木に向けて引き返していきました。しかしその彼の視線の先で、幹に空いたあの大きな穴が消えてしまったのです。あの木がするすると縮みながら穴を塞ぎ、元の世界への帰り道をデイヴィッドの目の前ですっかり閉ざしてしまったのです。そして、森に生える他の木々とほとんど見分けのつかない、ただの大木へと変わってしまったのでした。デイヴィッドは指先で木に触れると、帰り道がまた開きはしないかと思い、なぞったり叩いたりしてみました。しかし木は、うんともすんとも言いません。デイヴィッドは思わず泣きだしかけましたが、もし泣いてしまえば、本当にどうしたらよいのか分からなくなってしまうのは分かっていました。家から遙か離れて置き去りにされ、無力感と恐怖とに囚われた、ちっぽけな少年になってしまうのだと。そこで彼は辺りを見回すと、大きく平たい岩が地面から突きだすようにして埋まっているのを見つけました。それを掘り起こして持ち上げ、とがった部分を木の幹に向けて叩きつけます。一回、二回……。樹皮を地面に撒《ま》き散らしながら、何度も何度も彼は岩を叩きつけました。すると、まるでひどい恐怖に突然襲われた人間のように目の前の木が身震いをしたのを、デイヴィッドは感じました。樹皮が剝がれて顕《あら》わになった白い木質は赤く染まり、血と見まがうほどによく似た液体が流れだしています。液体は幹の表面にできた溝を通り、地面にまで伝い落ちているのでした。

声が聞こえました。「やめなさい。木が痛がっておるじゃないか」

デイヴィッドは振り向きました。やや離れたところで木々が作る影の中に、ひとりの男が立っているのが分かりました。がっしりと背が高くて肩幅は広く、短く刈り込んだ黒髪をしています。茶色い革でできた膝丈ほどのブーツを履き、獣の毛皮でこしらえた短いコートを身に着けていました。その緑色の両目を見ていると、まるで森の一部が人の姿を取って現れたのではないかと思えるほどでした。男は右肩に、一本の斧を担いでいました。

デイヴィッドは地面に岩を落として言いました。「ごめんなさい、そんなの知らなかったから」

男は、黙ったままデイヴィッドを眺め回すと、やがて「ああ、そうとも。知らんだろうとも」と言いました。

彼はデイヴィッドに向けて足を踏みだしました。デイヴィッドが知らず知らず何歩か後ずさると、指先が木の幹肌に触れました。またしても木が震えたように感じましたが、先ほどよりもその感触は微かなものでした。まるで先ほど受けた傷からゆっくりと回復し、今は見知らぬ少年が近づいてくるのを見ても、あんな攻撃はもう受けないのだと分かってでもいるかのようです。男が現れて、デイヴィッドは身構えていました。男が手にしている斧。あの斧ならば、胴体と首を切り離してしまうことができそうです。

影の中から男が出てくると、デイヴィッドはさらにじっくりと彼の顔を観察しました。険《けわ》しさの中に親切さも浮かんだその表情を見てデイヴィッドは、もしかしたらこの人を信頼してもいいのかもしれないと感じました。大きな斧から目を離さず、少しだけ体の力を緩めます。

「誰なの?」デイヴィッドが口を開きました。

「それはわしが訊きたいところだよ」男が言いました。「ずっとこの森の世話をしてきたが、お前さんを見たのはこれが初めてだ。まずは答えてやるが、わしは木こりだよ。他の名など持っておらんが、それで困ったこともない」

木こりは、燃え盛る爆撃機へと歩み寄りました。もう火は消えかかっており、爆撃機の骨組みが顕わになっています。まるで火あぶりにされ、焼けた肉だけを剝がされた、大きな獣の骨のようにも見えます。あの機銃手は、もうその姿もよく分からなくなっていました。すっかり焼け焦げ、金属や機械部品と見分けがつかなくなってしまっているのです。木こりは呆気に取られたように首を横に振ると、残骸から顔を上げてデイヴィッドのほうを向きました。そしてデイヴィッドの横を過ぎて彼が傷つけた木に歩み寄ると、幹に手をかざしました。傷口をじっくりと観察してから、まるで馬や犬にそうするかのように、ぽんぽんと優しく叩きます。そして地面にひざまずくと手近な石から苔《こけ》をいくらか剝がし、それを傷口に詰め込みました。

「これでよし、さぞ痛かったろう」木こりが木に声をかけました。「すぐによくなるからな」

するとと木は遙かデイヴィッドの頭上で、しばらくがさがさと枝を鳴らしました。他の木々は静まり返っていました。木こりは、またデイヴィッドの顔を見つめました。

「さて、今度はお前さんの番だ。何という名前だ？　ここで何してる？　お前さんみたいにちっこいのがひとりでうろうろしてるような場所じゃないんだ。こいつに……乗ってきたのか？」

木こりはそう言うと、爆撃機を指差しました。

「いいえ、それは後から付いてきたんです。僕はデイヴィッド。この木の幹を通ってきたんですが、出てきた穴が消えてしまったんです。だから、幹を傷つけていたんです。そうすればまた出口が現れるかもしれないし、少なくとも、この木が後で見つかるように印を付けておくことはできますからね」

「この木を通ってきただと？」木こりが訊ねました。「来たって、どこから来たんだね？」

「庭ですよ」デイヴィッドは答えました。「庭の隅に小さな割れ目があって、そこに入ったらここに出てきたんです。母さんの声が聞こえたような気がして、それを追いかけていたら。でも、帰り道が消えてしまいました」

木こりはもう一度、爆撃機の残骸を指差しました。「それで、こいつはどうして一緒に来ちまったんだね？」

「戦争があって。それは空から落ちてきたんです」

顔にこそ出しませんでしたが、これを聞くと木こりは驚いたようでした。

「中で男がひとり死んでいるな。お前さんの知り合いかね？」

「その人は乗組員で、機銃手です。でも知らない人です。ドイツ人なんです」

「今はもう、死んだドイツ人だがな」

木こりはもう一度その手で木に触れると、樹皮の下からデイヴィッドの言う出入り口が現れはしないかとでもいうかのように、そっと指先を幹に滑らせました。「お前さんの言うとおり、もう出入り口など見当たらんようだな。木に印を付けるのは構わんよ、お前さんのやり方はどうかと思うがね」

彼はそう言うと上着のポケットに手を突っ込み、粗い縒糸《よりいと》を丸めた小さな球をひとつ取りだしました。そして、十分な長さになるまでそれをほどくと、木の幹にぐるりと巻き付けて結んだのです。次に木こりは小さな革袋からべとべとした灰色の何かを取りだし、それを縒糸に塗りつけました。ひどい臭いです。

「こうしておきゃあ、獣や鳥どもに糸を齧《かじ》られずに済むってもんだ」木こりはそう言うと、斧を手に取りました。「一緒に付いておいで。明日お前をどうするか決めなくちゃいかんが、まずは身の安全が第一だからな」

デイヴィッドは、身を強ばらせました。まだ血の臭いと腐敗臭が漂っているうえに、こうして斧を間近で見つめてみて、その刃に赤い血の滴《しずく》が付いているのが目に留まったのです。男の着ている服にも、赤い染みができています。

「すみません」デイヴィッドは、できるだけ何食わぬ顔をして言いました。「なぜ森の世話をするのに、斧が要るんです？」

それを聞いた木こりは、もはや感嘆に顔を輝かせんばかりの気持ちになりました。不安を押し隠そうとするデイヴィッドのひたむきな姿はもとより、その観察眼の鋭さにすっかり感心してしまったのです。

「この斧は、木を切るためじゃないのさ」木こりが言いました。「森に棲み着いた奴らのために持ってるんだよ」

彼はそう言って首を伸ばすとくんくんと臭いを嗅ぎ、あの首なしの死体のほうに、斧を向けました。

「臭うだろう？」

デイヴィッドはうなずきました。

「臭いだけじゃなく、姿も見たところです。あなたが殺したんですか？」

「そうとも」

「人間みたいだけど、違いました」

「違うのさ」木こりが言いました。「人間じゃない。それは後で話すとしよう。わしのことは怖がらなくてもいいが、この森にゃあわしにとってもお前にとっても恐ろしい生き物どもが棲んでいる。さあ、行こう。奴らの時間が迫っておる。この熱と肉の焼ける臭いに釣られて、きっとここにやってくるだろうよ」

他に道はないと確信すると、デイヴィッドは木こりの言葉に従おうと決めました。彼がひどく凍えた様子で、履いてきたスリッパもずぶ濡れだったものですから、木こりはデイヴィッドに上着を貸し、背中におぶってくれました。最後に人に背負ってもらったのは、もうずっと昔の話です。今ではすっかり重くなったせいで、父親には背負って歩くことなどひと苦労なのですが、木こりはそんな彼を苦にもせずに軽々と背負ってみせるのでした。ふたりがぐんぐんと森を進んでいっても、木々は次から次へと、まるで果てなどないかのように姿を現しました。デイヴィッドは新しい景色を見ようとするのですが、とにかく木こりがどんどん進んでゆくので、しがみ付いているだけで精一杯です。ふたりの頭上で雲にわずかな隙間が開き、そこから月が顔を覗かせました。まるで夜の皮膚に空いた大穴のような、真紅の月です。木こりは大股で森の地面を蹴りつけながら、さらに先を急ぎました。

「急がねば。もう奴らがやってくる」

言い終わらぬうちに北の方角から大きな遠吠えが響き渡るのが聞こえ、木こりはついに駆けだしました。

8 狼たちと、狼よりも恐ろしい者のこと

ふたりの周囲では灰色も茶色も、そして色褪《いろあ》せてゆく冬の緑も混ざり合い、飛ぶように過ぎてゆきます。木こりの上着とデイヴィッドがはくパジャマのズボンは、いつしか茨の棘《とげ》でずたずたでした。背の高い茂みに顔を引っ搔かれないよう頭をひっこめなくてはならないことも、一度や二度ではありませんでした。さっきの遠吠えはもう止んでいましたが、木こりはただの一度たりとも走る速度を緩めようとはしませんでした。それにひとことも口をきかなかったので、デイヴィッドもただじっと押し黙っていました。しかし、恐ろしくてたまりません。一度だけ背後を振り向いてみようとしたのですが、バランスを崩して振り落とされかけたので、それっきり後ろを確かめるのは諦めました。

やがて、まだ森も深いというのに木こりが走る足を止めて、何かに聞き耳を立てました。デイヴィッドはいったいどうしたのかと訊ねかけましたがやはり思い直して口をつぐみ、木こりが何を聞こうとしているのか自分も耳をそばだてました。首筋にちくちくとした感覚が走って

髪が逆立ち、誰かがこちらを見つめている視線が確かに感じられました。そして、右側からがさがさと葉の鳴る音が、左側からは枯れ枝が踏み折られる音が、微《かす》かに聞こえたのです。背後で、何かが動く気配がしました。下生えに紛《まぎ》れて何かが足音を殺しながら、ふたりに忍び寄ろうとしているかのようです。

「しっかり摑《つか》まってるんだ。あとひと息だからな」

木こりはそう言うや、緩い地面とシダを蹴り上げながら右の方向へと駆けだしました。すぐさまふたりの背後の森がざわめき立ち、追っ手たちが飛びだしてくるのが、デイヴィッドの耳に聞こえました。彼の手にはぱっくりと切り傷が開いて地面にまで血が滴《したた》り落ち、膝から足首にかけてパジャマがざっくりと裂けて大きな穴が空いていました。スリッパの片方が脱げ落ち、夜の冷気が爪先に喰い付くかのようでした。指先は凍てつき、必死に木こりにしがみ付いているせいで痛くてたまりませんでしたが、デイヴィッドはそれでも力を緩めはしませんでした。やがて新たな茂みを駆け抜け、荒れた道に出ました。坂になって下ってゆく道の前方には、庭のようなものが見えています。デイヴィッドは背後を振り向くと、月明かりに煌《きら》めくふたつの白い眼球と、分厚い被毛が見えたような気がしました。

「前を見てろ」木こりが言いました。「何があっても絶対に振り向くんじゃないぞ」

デイヴィッドは前方に向き直りました。怖くて怖くてたまらず、母親の声を追ってこんなところにやってきてしまったのを、悔やんでも悔やみきれないような気持ちでした。持ち物といえばパジャマと、スリッパ片方と、木こりの上着の下に羽織ったガウンのみ。あの寝室だけが、自分の居場所だったというのに。

周囲に立つ木々は細いものへと変わり、デイヴィッドと木こりはよく手入れされ、何列にも野菜が植えられた土地へと差しかかりました。目の前には低い木の柵に囲まれて、デイヴィッドが見たこともないほど奇妙な山小屋が一軒建っています。森から切りだしてきた丸太で造られた建屋の中央にはドアが、その両側には窓があり、傾斜した屋根の端には石作りの煙突が立っています。しかしどう見ても、普通の山小屋とは似ても似つかないのです。夜空を背にしたそのシルエットは、まるでハリネズミのよう。木や金属の棒を尖らせて作った棘が、丸太の隙間から所狭しと突き出しているのです。さらに近づいていくと、ガラス片や鋭く尖った石が壁や、屋根の上にまでちりばめられているのがデイヴィッドには分かりました。月光に煌めいて、まるでダイヤモンドを撒《ま》き散らしたかのようです。窓にはどれもがっしりと格子がはめられ、ドアからは大きな釘が何本も突きだしていました。あそこにぶつかりでもしようものなら、あっという間に命の危険にさらされてしまうでしょう。これは山小屋などではありません。要塞なのです。

柵を抜けて安全な山小屋へと近づいてゆくと、壁の陰から何かが姿を現し、ふたりへと近づいてきました。白と金の派手な飾りシャツを着て、まっ赤な膝丈のズボンをはいていますが、その姿はまるで大きな狼のようです。デイヴィッドが見ていると、それがまるで人間のように後肢《あとあし》で立ち上がりました。すると、やはりただの狼などではないのがはっきり分かりました。金の耳輪を着けた耳は人間のそれに似ていますが端に一房の毛が生えており、鼻は狼よりも短く、唇から牙を剝きだしてふたりに唸《うな》っているのです。しかし、狼と人間の争いがもっとも強く現れているのは、その瞳でした。獣の瞳などではありません。動物の狡猾《こうかつ》さと人間の自我が同居したその両目には、飢えと欲望が満ちているのです。

同じような生き物たちが、森から出てくるのが見えました。ぼろぼろの上着やずたずたのズボンを身に着け、やはり後肢で立っているのも何頭かいましたが、ごく普通の狼らしき動物たちもたくさん姿が見えるのでした。立っているものよりも体が小さく四つ足のままで、デイヴィッドには獰猛《どうもう》で、思考を持たぬ獣であるように見えるのでした。しかしデイヴィッドが恐ろしく感じるのは、人に似た姿をしているほうでした。

木こりは、デイヴィッドを地面におろすと言いました。

「わしから離れてはいかんぞ。何か起こったら、山小屋まで駆け抜けろ」

彼に背中を叩かれると、デイヴィッドはポケットの中に何かが落ちるのを感じました。できるだけ慎重に、寒くて手がかじかんでいるのを装いながら、そっとポケットに手を入れてみます。中を手探りすると、大きな鉄の鍵の形をしたものが指先に触れました。デイヴィッドは、まるでその鍵が命の行く末を司《つかさど》っているかのように、ぎゅっと握り締めました。きっと本当にそうなのだと、彼は確信を抱きはじめていたのです。

家の横手にいる人狼《じんろう》はじろじろとデイヴィッドを眺め回しました。デイヴィッドはその視線が恐ろしく、地面や、木こりの背中へと視線を彷徨《さまよ》わせました。とにかく、あのよく知っているような、それでいてまったく知らぬようなふたつの目玉を見る気になれないのです。人狼は、その威力を確かめるかのように山小屋の壁から突きだした釘に手を触れると、口を開きました。深く、低く、唾液の音と唸り声とが入り交じった声でしたが、デイヴィッドには一言一句まではっきりと聞こえました。

「なるほど、せっせとがんばったようだな、木こりよ。こんなに守りを堅めよって」

「森は変化している」木こりが答えました。「外には妙な生き物どもがうろついているのだ」

彼は手にした斧を持ち替えると、きつく強く握り直しました。人狼は恐れているのかどうか、表情ひとつすら変えませんでした。まるで森を散歩中に隣人の木こりとばったり出くわしたかのような様子で唸り、うなずいてみせただけなのです。

「森だけじゃなく、全土が変化している」人狼が言いました。「この王国はもう、古き王の手には負えなくなってきておるのさ」

「わしは頭が悪いのでな、そうしたことはよく分からん」木こりが言いました。「王様に会ったこともなければ、ご領土についてご相談を受けたこともない」

「そいつは相談すべきだったかもな」人狼が言いました。親しみは一切感じませんが、それでも微笑《ほほえ》んだような顔をするのが見えました。「なにせお前は、まるで自分の土地みたいにしてこの森の世話を焼いてやがる。だが、この森がお前さんのものだなんて認めてない連中もいるんだって、忘れてもらっちゃ困るぜ」

「わしはここに棲まう生き物どもにちゃんと敬意を払っておるが、人間がすべてを司るのはもののごとの道理というものだよ」

「そろそろ、新たな道理が必要というわけさ」人狼が言いました。

「その道理とやらは、どんな道理かね？」木こりが訊ねました。デイヴィッドは、まるで小馬鹿にしたような言い方だと思いました。「狼どもの、捕食者どもの道理というわけか？　二本足で立つからといって人間になれるわけではないし、耳に金を飾ったからといって王になれるわけではないぞ」

「王国なんぞいくらでもあるし、王だっていくらでもいるさ」人狼は言いました。「お前がここを治めるなど笑止千万」木こりが言いました。「それでもしようというのなら、お前のことも兄弟姉妹も、わしが皆殺しにしてやるぞ」

人狼はがばりと口を開くと唸り声をあげました。デイヴィッドは震え上がりましたが、木こりは微動だにしませんでした。

「もう殺しにかかってるみたいじゃないか。森の一件は貴様の仕業なのだろう？」人狼がぞんざいに言い放ちました。

「あれはわしの森だ。だから森じゅうに手をかけているとも」

「俺が言ってるのは、偵察に出した哀れなフェルディナンドのことさ。どうやら、首を刎《は》ねられていたようだぞ」

「それがあいつの名前なのかね？　訊く間もなかったものでな。なにせ、ただつまらん立ち話にも付き合おうとせず、奴め、わしの喉を掻っ切ろうと必死でな」

人狼は、べろりと唇を舐《な》め回しました。

「それは腹が空いてたのさ。俺たち全員腹ぺこだからな」

人狼は会話に飽き飽きしたかのように木こりからデイヴィッドに視線を移すと、今度は長いことじろじろと眺めました。

「もう腹ぺこだろうと問題なかろうて」と、木こりが言いました。「わしがその苦しみから解放してやったんだからな」

しかし、フェルディナンドの話など、もうどうでもよかったのです。人狼はひたすらデイヴィッドを眺め回し続けました。

「どうやら道中、面白いものを見つけてきたみたいじゃないか」人狼が言いました。「妙な生き物を新しく連れているようだが、森で拾った新しい肉ってところか」

そう話す人狼の口元から、細く糸を引いて唾液が滴り落ちました。木こりは右手でしっかり斧を握り締めると、デイヴィッドを守るように左手で肩を抱き寄せました。

「この子はわしの兄弟のせがれでな。ここで預かるために連れてきたのだよ」

人狼は四つ足になると、背中の毛を逆立たせました。鼻を鳴らし、空気を嗅ぎます。

「嘘を言うんじゃない！」人狼が吠えました。「貴様には兄弟も家族もおらんだろうが。ずっとひとりで暮らしてきたくせに、何を言うか。このがきはこの世界の住人じゃない。俺が知らない臭いをさせてやがる。こいつは……違う」

「この子はわしの子だ。わしが守る」木こりが言いました。

「森に火が上がっていたな。何か妙なものが燃えていたぞ。あれはこいつと一緒に来たのか？」

「そのことならわしは何も知らん」

「お前は知らなくとも、このがきは知っているさ。どこから来たのか話してもらおう」

人狼が仲間のほうに顎で合図をすると、群れの中から黒い影がさっと飛んできて、デイヴィッドのそばに落ちました。

それは、黒く焼け焦げくすんだ赤に汚れた、ドイツ人機銃手の頭でした。溶けた飛行帽が頭蓋骨にへばりつき、歪《ゆが》んだその死に顔にはまだ白い歯がついたままです。

「食うとこなんぞほとんど残っちゃいなかったぞ」人狼が言いました。「それに灰の味がするうえに、何だか酸っぱくてな」

「人は人を食ったりせんもんだ」木こりが吐き捨てるように言いました。「己の行動で、自ら人外《にんがい》であることを証明してどうする」

人狼はそれを無視すると言いました。

「その小僧を守れるものかね。他の連中だって、すぐそいつに気付くからな。俺たちに渡せば、群れぐるみで守ってやるぞ」

しかし、人狼の目が、その言葉が嘘であると告げていました。言葉のひとつひとつに、空腹と渇望とが滲《にじ》み出ていたのです。白いシャツに透けた灰色の被毛にはあばら骨が浮きだし、四肢はひどく痩せこけておりました。他の狼たちも飢えていました。今や、目の前の餌を逃すものかと言わんばかりに、じりじりとデイヴィッドと木こりに迫ってきています。

とつぜん、右のほうで何かがさっと動くのが見え、下っ端の狼が一頭、食欲を堪《こら》えきれずに飛びかかりました。木こりが斧を振り上げてくるりと回転したかと思うと鋭い悲鳴がひとつ響き渡り、息絶えた狼の死体が地面に転がりました。首はほとんど胴体から離れかけています。群れ狼たちは咆吼《ほうこう》し、血の騒ぎと哀しみに悶《もだ》えました。人狼は地面に転がる死体を見つめると、牙を一本残らず剝《む》きだして背中の毛を逆立てながら、木こりに向き直りました。デイヴィッドは、きっと人狼が自分たちに飛びかかってくるのだと感じました。それに続いて群れに襲いかかられ、自分も木こりも八つ裂きにされてしまうのに違いないと。しかし人狼は自分に宿った人の心で獣の心を抑え込むと、怒りをぐっと堪え、再び後肢で立ち上がって首を横に振りました。

「離れてるように命じたんだが、いかんせん奴らも腹ぺこでね」人狼は言いました。「俺やお前の餌を横取りしようという新たな敵が、新たな捕食者がやってきたんだよ。俺たちとは異質な連中さ、木こりよ。俺たちは動物とは違う」

木こりとデイヴィッドは安全な山小屋に近寄ろうとして、じわじわと後ずさりしました。

「勘違いをするなよ、この獣《けだもの》め」木こりが答えました。「わしをお前の仲間のように言うんじゃない。わしの友は、お前や仲間どもではなく木々の葉や地面の土なのだからな」

先ほど息絶えた狼の死体に誘われて、群れの仲間だった狼たちがにじり寄り、喰いつきはじめていました。服を着ていない狼たちです。服を着た狼たちも物欲しそうに死体を見つめてはいましたが、群れの長《おさ》に倣《なら》い、渇望を抑え込もうとしていました。しかし、今にも飛びかかってきそうなのは見るからに明らかでした。人狼の鼻の穴が血の臭いにひくついているのを見てデイヴィッドは、もしそばに木こりがいなければ自分はもうとっくに八つ裂きにされていたに違いないと思いました。下っ端の狼たちはつい今しがたまで仲間だった狼を共食いして満たされていましたが、より人の姿に近いものたちの食欲は、もっとひどいのでした。

木こりの答えを聞いた人狼は、じっと考え込みました。デイヴィッドは木こりの背中に隠れながらポケットに入れた鍵を取りだし、いつでも鍵穴に差し込めるよう静かに握り締めました。

「もし俺たちに何の縁《えにし》もないのなら、話は早い」人狼はそう言うと集まった群れのほうをくるりと振り向き、吠えました。

「野郎ども、喰っちまえ」恐ろしい声が響き渡ります。

デイヴィッドは鍵穴に鍵を差し込んでひねりました。人狼はまた四つ足になり、ふたりに飛びかかろうとして身をかがめています。

と、森の端《はし》にいる狼たちの一頭が、張り詰めた声で咆吼《ほうこう》するのが聞こえました。吠えた狼が姿の見えぬ脅威へと向き直ると、群れの狼たちも一斉にそちらを向きました。そして群れを率いるあの人狼すらも、目の前のふたりから目を離してしまったのです。デイヴィッドが思わずそちらへと視線を向けると、木の幹に巻き付いた蛇のような影が蠢《うごめ》いているのが見えました。先ほど吠えた狼は怯えた声を漏らしながら、後ずさりしています。低い枝から緑色をした蔦《つた》がするりと伸び、取り乱した狼の首に巻き付きました。蔦が被毛の上からぎりぎりと締め上げて狼を持ち上げると、狼は息ができずに宙で脚をばたつかせました。

まるで、森そのものが命を持ったかのように方々から緑色の蔦がうねり、狼たちに襲いかかりました。脚に、鼻に巻き付き、喉に絡《から》み付き、吠える狼や人狼たちを空中に吊り上げたり、地面に組み伏せたりしてゆくのです。蔦はどんどんきつく締まり、狼たちの多くはやがて身動きひとつできないほどになりました。ほかの狼たちはすぐに嚙み付いたり吠えたりして反撃に転じましたが、この敵対者の前にはおよそ無力に等しく、動ける者はもう逃げだしていました。デイヴィッドは、鍵がかちりと回るのを感じました。人狼は、餌を求める渇望と生き延びたい衝動とにその顔を歪めながら、ふたりと森の方角とを見比べています。ふと一本の蔦が、丁寧に耕された野菜畑を這いながら近づいてきました。戦うか、それとも逃げるのか、迷っている暇はありません。人狼は、開いたドアの隙間から安全な山小屋へと逃げ込む木こりとデイヴィッドに向けてもう一度だけ吠え、くるりと尾を向けて南に駆けだしました。ふたりが小屋に転がり込んでがっしりとドアが閉まると、森の端から聞こえてくる狼たちの咆吼や断末魔の鳴き声は閉ざされたのでした。

9

ループと、ループがやってきた理由のこと

暖かなオレンジ色の光が小屋を満たしだすと、デイヴィッドは格子のはまった窓のひとつへと歩み寄りました。木こりはドアにがっちりと閂《かんぬき》をかけてから狼たちが逃げ去ったのを確かめると、石組みの暖炉の中に薪《まき》を積み上げて、火を起こす準備を整えました。森でのできごとで動揺したり、困惑したりしていたのかもしれませんが、表情にはそれをちらりとも覗かせていません。むしろ深々と落ち着き払っており、その様子を見ていると、デイヴィッドの心までも鎮まってくるのです。本当ならば恐ろしいどころか、心が壊れてしまってもおかしくないほどです。何しろ喋る狼に脅《おど》され、生きた蔦《つた》による殺戮《さつりく》を目の当《ま》たりにし、半分喰い荒らされた黒こげのドイツ人機銃手の頭部が足元に転がってきたのですから。しかしデイヴィッドはただ当惑し、むしろ強い好奇心を掻き立てられていたのでした。

デイヴィッドは、手足の指がちりちりと疼《うず》くのを感じました。温かくなったせいで洟《はな》が出てきたので、彼は木こりに借りた上着を脱ぎました。ガウンの袖で洟を拭《ぬぐ》うと、そこはかとない

心細さが胸に芽生えました。彼の衣服は見るからによれよれのこのガウンしかないのですから、どんなにわずかであろうと、今よりも汚したり破ったりするわけにはいきません。ガウンを別にすればスリッパが片方と、ずたずたにズボンが破れたパジャマのみ。パジャマの上衣はこの中で見ると、新品同然にすら思えました。

デイヴィッドのそばにある窓には、内側にはめられた格子との間に鎧戸《よろいど》が降ろされており、外が見えるように細く覗き穴が切ってありました。その隙間から覗くと、血の跡を残して狼たちの死体が森へと引きずられてゆくのが見えました。

「奴らめ、どんどん厚かましく狡猾《こうかつ》になりおって、もはや殺すにも易々《やすやす》というわけにはいかん」木こりがそう言って、窓辺のデイヴィッドに歩み寄りました。「一年前だったら連中も、わしや連れにあんな攻撃など仕掛けては来なかったんだよ。だが今やあいつらは数がずいぶんと増え、今も日増しに増え続けておる。あの言葉どおりに王国を乗っ取ろうとしだすのも、時間の問題だろうな」

「狼を襲ったあの蔦は……?」デイヴィッドは訊ねました。先ほど目にした光景が忘れられないのです。

「森は……ともかくこの森は、自分を守る手立てを持っているのだよ」木こりは答えました。「あの獣《けだもの》どもは異常な、森羅万象の秩序を脅《おびや》かすものだ。だから森は嫌がっているのさ。わしが思うにこれは王様と関係があるに違いない。王様の力が衰えてきているのだ。この世界はどんどん乱れ、日に日に面妖なことになっておる。中でもあのループどものように危険な存在は、かつていなかったんだよ。連中は自らの主権をめぐって争う、人と獣のもっとも邪悪な部分を内包しているのだからな」

「ループ？」デイヴィッドは首をかしげました。「あの狼たちのことですか？」

「確かに狼どもを引き連れちゃあいるが、ありゃあ狼とは違うよ。そして人間とも違う。立とうと思えば二本足で立つこともできるし、長《おさ》は宝石や上質な衣服で身を飾っているがね。あいつはリロイと名乗っておってな。野望と知性を持つ、残虐《ざんぎゃく》でずる賢い奴だよ。今リロイは、王に戦いを挑もうとしておる。森を抜けて来た旅人たちからそう聞いた。何でも、おびただしい数の狼どもの群れが国じゅうから集まってきているということだ。北からは白き狼どもが、東からは黒き狼どもが、灰色の兄弟たちとその長たるループどもの呼びかけに応じてな」

暖炉のそばに腰かけるデイヴィッドを見つめながら、木こりは先を続けました。

木こりが語ったひとつめの物語

むかしむかし、森のはずれにひとりの女の子が住んでおってな。とても元気で明るい子で、いつ迷子になってもすぐに見つかるように、赤いずきんをかぶっていた。森や茂みに紛《まぎ》れても、赤ずきんならぱっと目立つからな。やがて時が流れて少女から大人の女へと成長するにつれ、彼女はみるみる美しくなっていった。しかし男どもがひっきりなしに結婚を申し込んでも、彼女はみんな断ってしまったのだ。どの男も、彼女には物足りなかった。やってきたどの男よりも賢かった彼女には、退屈でたまらなかったのだよ。

祖母《ばあ》さんが森の小屋に住んでおったものだから、彼女はよく籠《かご》にパンや肉を詰めてそこを訪ねては、しばらく一緒に過ごしたものだった。そして祖母さんが睡《ねむ》りに就くと森の木々の間を歩き回り、野生の木の実や珍しい果物を食べて過ごした。ある時、薄暗い木立を彼女が歩いていると、向こうから一頭の狼がやってくるのが見えた。狼は用心して、彼女に見つからないようにやり過ごそうとしたのだが、この子はやたらと研《と》ぎ澄まされた感受性を持っておってな。狼の目に宿る摩訶《まか》不思議な光を見て、恋に落ちてしまったのだよ。狼が背を向けて歩きだすと彼女もその後を追い、一度も足を踏み入れたことのない森の奥深くへと進んでいった。狼は、道がなくなったり見えなくなったりするたびに彼女を振り切ろうとがんばったのだが、赤ずきんはすぐさまそれを見抜いてしまった。この追いかけっこは何マイルも延々と続いた。やがて狼はすっかり諦めると牙を剝きだし彼女に向けて唸り声を立ててみせたんだが、彼女はびくともしなかった。

「素敵な狼さん。私を怖がる必要なんて何もないのよ」彼女が言った。

赤ずきんは手を伸ばすと、狼の頭にそっと置いた。そして被毛に指を滑らせ、狼の気持ちを鎮《しず》めてやった。狼は彼女の美しい瞳を見るとその目で自分だけを見つめてほしいと願い、しとやかな手を見て自分だけが愛撫を受けたいと願い、柔らかな真紅の唇を見て自分だけを味わい尽くされたいと願った。彼女は狼に身を寄せ、そして口づけをした。そしてずきんと花を入れた籠を脇に置くと、獣と一緒に地面に横になった。ふたりの交わりが、狼よりも人間に近い化け物を生み出した。これこそが、リロイと呼ばれる最初のループとなって、多くのものどもがそれに続いたのだ。赤ずきんは、他の女たちも森へとおびき寄せた。彼女は森の小道を方々歩き回っては、肌を艶《つや》やかに若返らせるよく熟した瑞々《みずみず》しい果実や澄み切った湧き水があるのだと言って、行き交う女たちを誘惑したのだよ。時には町や村のはずれまで出かけて誰か少女がそばを通りかかるのを待っては、助けを求める悲鳴をあげる振りをして森の中まで誘い込むこともあった。

だが中には狼どもと寝たいと夢見る女たちもいてな、そうした女たちは自ら赤ずきんについていったのだ。

しかし、戻ってくる者はひとりとしていなかった。ループどもは自らの生みの親とも言える女たちに手のひらを返し、月影の中で喰らってしまったからだ。

こうしてループどもが生まれたのだよ。

物語を話し終えると、木こりは部屋の隅にベッドと並べて置いてあるオーク材のたんすへと歩み寄り、デイヴィッドが着られそうなシャツを引っぱりだしました。さらに、デイヴィッドには少しだけ長いズボンを一本と、粗末な羊毛の靴下をもう一足履けばちょうど良さそうな、ややぶかぶかの靴を一足引っ張りだしました。これは革靴ですが、見るからに何年もずっと履かずに放置されてきたもののようです。どう見ても子供用の服や靴だったものですから、デイヴィッドはいったい誰が身に着けていたものだろうと訝《いぶか》りましたが、それを訊ねようとすると木こりは何も聞こえないかのように、パンとチーズを出して食事の支度を始めてしまったのでした。

食事をしながら木こりは、デイヴィッドがどうやってあの森にやってきたのか、元いたところはどんな世界だったのかを、さらに細かく訊ねました。木こりは戦争や空飛ぶ機械にはさしたる興味も示さず、デイヴィッドや家族たち、そして母親の話を好んで聞きたがりました。

「お母さんの声を聞いたと言ったね」木こりが言いました。「亡くなってしまったのに、変じゃないかね」

「分かりません」デイヴィッドは答えました。「でもあれは母さんの声です。間違えるわけがありません」

木こりは半信半疑といった顔をして、デイヴィッドを見つめました。「この森を抜けていった女など、もうずっと見ておらんのだよ。もしお前のお母さんがこっちに来ているのだとしたら、別の道を通ってきたのに違いないぞ」

そう言うと今度は木こりが、デイヴィッドが迷い込んでしまったこの新世界についてあれこれと教えてくれました。まずは国王の話から彼は始めると、王様はずっと長きにわたりこの世界を治めていたが年老いるにつれて王国を統御する力を失い、今は事実上、東の城に隠居しているのだと言いました。そして、ループたちのことにもさらに詳しく触れ、彼らは人間のように他者を支配しようと企んでいるのだと教えてくれました。さらには、王国の辺境、秘められた邪悪の大地に出現した新しい城のことも。

そして彼は、トリックスターのことも聞かせてくれました。これは誰も名を知らず、王国のどんな生き物とも似つかず、国王さえも恐れる存在だというのです。

「もしかして、ねじくれ男のこと？」デイヴィッドが身を乗りだしました。「よじれた帽子をかぶった？」

それを聞くと木こりは、パンを嚙《かじ》るのをやめて言いました。「なぜ知ってるんだね？」

「見たんです。僕の部屋にいたのを」デイヴィッドが言いました。

「間違いない」木こりがうなずきました。「あいつは子供を連れ去り、連れ去られた子供は二度と戻らないんだ」

ねじくれ男のことを話す木こりの言葉に堪《こら》えきれぬ悲哀と憤怒《ふんぬ》が滲《にじ》んでいるのを察し、デイヴィッドはあの時にループたちの長、リロイが口にした言葉は間違いだったのだと感じました。もしかしたら木こりにはかつて家族があり、何かひどい災厄に見舞われたせいですっかり孤独になってしまったのかもしれません。

10

トリックスターと、その卑劣なまやかしのこと

その夜デイヴィッドは、木こりのベッドで睡《ねむ》りました。ベッドは乾いた木の実や松ぼっくりの香りと、木こりが着る革や毛皮から移った動物の臭いがしていました。木こりは暖炉のかたわらに置かれた椅子に腰かけるとすぐ手近に斧を置き、消え入りそうな炎にゆらゆらと顔を照らされながらまどろみました。

いくら木こりがこの山小屋は安全だとなだめてくれても、デイヴィッドはなかなか睡りに落ちることができませんでした。窓の覗き穴は閉じられており、煙突にはそこから誰かが侵入できないよう、小さな穴をいくつも開けた金属の板が中ほどにはめ込まれていました。表に広がる森は静まり返っていましたが、それは平穏と安息の静寂ではありませんでした。木こりは、夜の森はすっかり変わり果ててしまったのだと言います。森を照らす薄明かりが消え去ると地底深くから出現した出来そこないの奇怪な生物たちが森に跋扈《ばっこ》するようになり、夜行性の動物たちのほとんどは死に絶えるか、取って喰われる恐怖に怯えながら過ごすようになってしまっ

たのです。

　デイヴィッドの胸にさまざまな感情が入り交じり、乱れました。恐ろしいのはもちろん、あの安全な屋敷を後にしてこんな奇怪な世界へと足を踏み込んでしまった自分の馬鹿さ加減を思うと、胸が痛むほどに悔しいのです。どんなに困難だろうと懐かしいあの暮らしに戻りたいと思いましたが、一方では、この国についてもっと知りたい気持ちも湧いていました。何しろ、あの時なぜ、どこから母親の声が聞こえてきたのかも、まだ分からないのです。もしかして、自分は死んでしまったのでしょうか？　彼も母親もさらなる異界へと行く途中で、こんなところに迷い込んでしまったのでしょうか？　それともこの国に母親が囚われているのでしょうか？　もしかしたら、何かの間違いがあったのかもしれません。母親はまだ死ぬ運命にはなく、愛する人びとの元へと自分を帰してくれる誰かが訪れてくれる時を待ちわびながら、この国のどこかに留まっているのかもしれません。ならば、なぜデイヴィッドが自分だけ帰ったりできるでしょう？　まずは母親の身に何が起こったのか、この世界が彼女とどう関わり合っているのか、その真相を見つけだしてから目印の付いた木を探しだし、それから帰ればいいのです。

　父親はもう自分が消えたことに気付いているかもしれないと思うと、両目に涙が溢《あふ》れました。ドイツ軍爆撃機が落ちた衝撃できっとみんな飛び起き、今ごろあの庭は、軍隊か空襲監視員《ARP》によって封鎖されているでしょう。誰かがすぐ、デイヴィッドの姿が見えないのに気付き、今この瞬間にも手分けをして探し回っているはずなのです。いなくなればきっと父親は、彼がどれほど掛け替えのない存在だったのか気付いてくれるのだと思うと、デイヴィッドは満足にも似た気持ちを覚えました。仕事のことも暗号のことも、そしてローズとジョージーのことも忘れ、彼が心配でたまらなくなっているに違いないのです。

しかし、心配されていなかったとしたらどうでしょう？ 彼が消えたおかげで面倒ごとがさっぱり片付いたと思われていたらどうでしょう？ 父親もローズも古い家族の面影《おもかげ》から自由になって新たな一家として新たな人生を始め、年に一度、デイヴィッドの消えた日が来るまでは思いだしてすらくれないのかもしれません。いずれ彼の記憶すらも色褪《いろあ》せ、ほとんど忘れ去られ、何かのついでにひょっこり思いだしてもらうことしかできなくなってしまうのです。デイヴィッドが偶然知ったローズの伯父、ジョナサン・タルヴィーの記憶と同じように。

デイヴィッドはそんな考えを頭から振り払うと、ぎゅっと瞼《まぶた》を閉じました。そしてようやく睡りに落ちると、父親を、ローズと腹違いの弟を、そして人びとの恐怖を食い物にして命を得ようと地の底から這いだしてきた恐ろしいものたちを、夢に見るのでした。

夢の片隅に広がる暗がりに、人影がひとつ見えました。さも愉快そうによじれた帽子を放り上げてみせる人影が。

木こりが朝食をこしらえる音で、デイヴィッドは目を覚ましました。山小屋の奥に置かれた小さなテーブルに着き、ふたりは固い白パンと、粗末なマグカップに注いだ濃い紅茶の朝食を摂りました。外に広がる空には、ごくごく微《かす》かな光が見えるばかり。デイヴィッドは、きっと夜明けまでまだだいぶあるのだと思いました。しかし木こりは、もうずっと長いこと太陽はその姿をはっきりと見せておらず、今やその仄《ほの》かな光だけがこの世界を照らす明かりになっているのだと教えてくれました。それを聞くとデイヴィッドは、もしかしたら何らかの力が働いて、何ヶ月もずっと夜が続く遙か北極圏にまで飛ばされてしまったのではないかと考えましたが、北極だって、長く暗い冬の後にはずっと昼間ばかりが続く夏が訪れるのです。ここは断じて、北極などではありません。彼がいるのは、どこか別の場所なのです。

食事が終わるとデイヴィッドは洗面器の水で顔と手を洗い、少しでも綺麗にしようと爪で歯の隙間をほじくりました。それが済むと、物に手を触れたり数を数えたりと小さな儀式をしたのですが、室内がひどく静かなのに気付いた彼が顔を上げてみると、椅子に腰かけた木こりがじっと彼のしていることを見つめているのでした。

「何をしてるんだね?」木こりが訊ねました。

初めて人からそんな質問をされたデイヴィッドは、いったい自分の行いをどう説明すればいいのか、しばらく口ごもってしまいました。そしてようやく、本当のことを話そうと決めたのです。

「これは決まりごとなんです」デイヴィッドは素直にそう言いました。「母さんを不幸から守るために始めた、毎日の決まりごとなんです。きっと助けてくれるって思って」

「助けてくれたのかね?」

デイヴィッドは首を横に振りました。

「いいえ、駄目でした。もしかしたら、助けてくれていたけど足りなかったのかもしれません。

きっと変なことをしてると思っておいででしょう。こんなことをしてるこの子供は、変な奴だって」

木こりの目にどんな表情が浮かんでいるのかを見るのが怖くて、デイヴィッドは目を逸らしました。そして洗面器を見下ろすと、水に映った自分の顔が波紋に揺れるのを眺めたのでした。

しばらくして、ようやく木こりが口を開きました。「誰もが決まりごとを持ってるもんだ」そう、優しく声をかけます。「だが決まりごとというもんは、目的だとか目に見える結果や安らぎをもたらしてくれるものでなくては意味などありはしない。それを得られないならば、檻《おり》の中の動物がいつまでも歩き回っておるのと変わらんよ。狂っているわけでなくとも、片足くらいは狂気に突っ込んでいるのさ」

木こりは立ち上がると、斧をデイヴィッドに見せました。

「ここをごらん」そう言うと彼は、斧の刃を指差しました。「わしはな、毎朝こいつをぴかぴかに鋭く磨き上げる。そして家を見回り、窓もドアもしっかりと閉まっているのを確かめる。それから畑に出ていって雑草を取り除き、たっぷりと水をくれてやる。次に森に出かけて、通る道をきれいに掃除する。木に傷がついていたら、できる限りの手当てをしてやる。それがわしの決まりごとさ。心から楽しんでおるとも」

そっと自分の肩に手を置いた木こりの顔を見て、デイヴィッドは深い安心感を覚えました。

「ルールや決まりごとはいいが、自分を満たしてくれるものに限るよ。物に触ったり数えたりして、お前は満たされるかね？」

デイヴィッドは「いいえ」と首を横に振りました。「でも、そうしてないと怖いんです。何かが起こってしまいそうな気がして」

「じゃあ、何か安心できる決まりごとを見つけなくちゃだな。新しく弟ができたと言ってお
ったが、その子の顔を毎朝見てはどうかね。お父さんと、お継母《かあ》さんの顔もさ。庭に咲く花や、窓辺の花瓶に活けた花の世話をするのもいい。自分よりも弱い者を見つけ、自分の手で安らぎを与えようとすることだよ。そういう行いを決まりごとや、人生のルールにするんだ」

デイヴィッドはうなずきましたが、表情を見られるのが嫌で顔を背けました。きっと何もかも木こりの言うとおりに違いありませんが、ジョージーやローズにそんなふうに接しようという気には、とてもなれないのです。もっと小さな、ちょっとしたことであれば気にしても構いませんが、自分の人生を邪魔する彼らを守ってやる気などさらさら起きないのでした。

木こりはデイヴィッドが着ていた汚れたガウンと破れたパジャマ、そして片方だけになった泥だらけのスリッパを持ってくると、それをずだ袋にしまいました。そして袋を肩に担ぎ上げ、ドアの鍵を開けました。

「どこに行くんです?」デイヴィッドが言いました。

「お前を元の国に帰してやりに行くのさ」木こりが言いました。

「でも穴は消えちゃったんですよ」

「また開けることができないか、ひとつ頑張ってみようじゃないか」

「でも、母さんをまだ見つけてないんです」デイヴィッドが訴えました。

木こりは、悲しげな目で彼を見つめました。「お前の母さんは亡くなったんだよ。自分でそう言ってたじゃないかね」

「でも声を聞いたんです！　確かに聞こえたんです」

「そうかもしれんが、似た音を聞いただけかもしれん」木こりは答えました。「わしもこの世界のことを何もかも知っているわけではないが、ここは危険な世界だし、日増しに危険は増しておる。お前は帰らなくちゃいかん。ひとつだけ、ループのリロイが正しい部分がある。それは、わしにはお前を守りきれんということさ。自分の身ひとつすら怪しいもんだ。さあおいで。今なら夜の獣《けだもの》どもはぐっすり睡っておるし、昼の獣たちは目覚める前だ。出かけるには打ってつけなんだよ」

デイヴィッドは自分には選ぶことなどできないのだと悟ると、木こりの後に続いて山小屋を出て森に入りました。木こりは折に触れて足を止めると、デイヴィッドに静かにしているよう手を挙げて合図を送り、じっと聞き耳を立てました。

「ループと狼たちは？」一時間ほども歩いてから、デイヴィッドは思い切って訊ねてみました。

生き物といえば、見えるのは鳥や虫ばかりです。

「きっとそう遠くにはおるまい」木こりが言いました。「今は攻撃を受けない安全なところで餌でも漁《あさ》っているのだろうが、いずれまたお前をさらおうとやってくるはずだ。だから、連中が戻ってくる前に何としてもお前を帰してしまわなくてはな」

デイヴィッドは、リロイや狼たちが牙と爪を剝きだして、自分を八つ裂きにしようと襲いかかってくる姿を想像し、震え上がりました。この地で母親探しを続けるのがどれほど危険か彼にも分かりかけていましたが、どうやら木こりはもうすっかり、彼を家に帰そうと決めているようでした。しかし、もし戻ってきたければ、またいつでも戻ってこられるでしょう。あのドイツ軍の爆撃機のせいで破壊され尽くしてしまっていない限り、沈床園《ちんしょうえん》はまだ残っているはずなのですから。

ふたりは、デイヴィッドが初めてこの世界に出てきた、あの天を突く木々の広場へと着きました。すると木こりがだしぬけに立ち止まったので、デイヴィッドはあやうくその背中にぶつかりかけてしまいました。いったいなぜ立ち止まったのかを知ろうとして、おずおずと周囲を見回してみます。

「そんな」デイヴィッドは愕然《がくぜん》としました。

見渡す限り木という木に縒糸《よりいと》が結びつけられているのです。そしてデイヴィッドの鼻は、どのひもからも木こりが動物に囓《かじ》られないように塗ったあの液体の悪臭が漂ってきているのを感じ取っていたのでした。これでは、デイヴィッドの世界からこの世界へと繋がっているのがどの木なのか、分かるはずがありません。デイヴィッドは、自分が出てきたうろが見つかりはしないかとしばらく歩き回ってみましたが、どの木も似たような形をしており、その幹は滑らかなのでした。まるで、一本一本についた窪みが埋まり、節も変形してしまったかのよう。あの時は確かに木々の合間を縫って続いていたはずの小道までもがすっかり消えており、木こりにもどちらに行けばいいのか分からないような有様なのです。あの爆撃機の残骸《ざんがい》すらどこにも見当たらず、機体にえぐられたはずの地面も、完全に元どおりになってしまっているのです。こんなことを成し遂げるには途方もない時間と人手がかかるはずだと、デイヴィッドは胸の中で言いました。なのにたったひと晩で、地面に足跡のひとつも残されてはいないのです。

「いったい誰がこんなことを?」彼は訊ねました。

「トリックスターさ」木こりは答えました。「よじれた帽子のねじくれ男の仕業だよ」

「でもどうして?」デイヴィッドが言いました。「だったら、あなたが結んだ糸をほどけばそれで済むじゃないですか。同じでしょう?」

木こりは、やや考え込んでから答えました。「ああ。だがそれじゃあ奴は物足りないし、面白い物語にはならんと思ったんだろうさ」

「物語ですか?」デイヴィッドは首をひねりました。「どういう意味です?」

「お前は物語の登場人物なのさ」木こりが言いました。「奴は物語を作るのが好きでな。話して聞かせる物語を蓄えておくのだよ。こいつは、最高の物語になる」

「でも、僕はどうやって家に帰ったら?」デイヴィッドが訊ねました。木こりが自分の気持ちを無視して無理にでも元の世界に返そうとしていた時は、何としてもこの新しい国に留まって母親探しがしたかったはず。だというのに、戻る道が消えてしまうやいなや、帰りたくて帰りたくてたまらない気持ちになってきたのです。何とも妙な話ではありませんか。

「トリックスターは、お前を家に帰したくないんだよ」木こりが言いました。

「でも僕は、その人に何もしてないよ」デイヴィッドが言いました。「なのに何で僕をこの世界に閉じ込めようとするんです？　なぜそんなひどいことを？」

木こりは首を横に振ると「それは分からん」と言いました。

「分かる人はいませんか？」デイヴィッドは悲痛な気持ちを抑えきれず、叫ぶように訊ねました。木こりより少しでも事情を知る者がどこかにいるのならば、すぐにでも会いたい気持ちが芽生えていたのです。この木こりは狼の首を刎《は》ねたり勝手な助言をするばかりで、変わりゆく王国の情勢には明るくないような気がしていたのでした。

「王様ならば……王様ならばご存じだろう」しばらくして、木こりがようやく答えました。

「でも、王様はもう国を支配する力を失ってしまったんだと、もうずっと誰も姿を見ていないんだと言っていたじゃないですか」

「だからといって、何が起こっているのかをご存じでないわけはないよ」木こりが答えました。

「王様は、ある本を持っておられるという話だ。失われたものたちの本をね。これは、王様の持ちものの中でもっとも価値のある品なのさ。玉座の間《ま》にしまわれて、ご自分をおいては誰の目にも触れさせないということらしい。聞いた話では、この本には一国を治めるための叡知《えいち》が余すことなく記されていてな、災厄や心配ごとが持ち上がっても、これを開けばたちどころに導きが得られるというのだよ。その本を見れば、お前を家に帰してやるための方法が分かるかもしれんぞ」

デイヴィッドは、じっと木こりの表情を窺いました。なぜだかは分かりませんが彼は、目の前の木こりは王様について真実をすっかり話しているわけではないのだと、強く感じていたのです。しかし木こりはもう質問を待とうとはせず、デイヴィッドの衣服を入れたずだ袋を茂みの中に放り込むと、今来たばかりの道を引き返しだしてしまいました。

「ずっと持っていたって役に立たんからな。なにせ、長い道のりになる」木こりがそう言いました。

デイヴィッドはもう一度だけ名も知れぬ木々たちの森を振り返ると、山小屋へと帰ってゆく木こりの後を追いかけました。

ふたりが立ち去って辺りがすっかり静まり返ってしまうと、年古《としふ》りた巨木が地面に這わす根の陰から、ひとつの人影が姿を現しました。背中は丸まり、指はねじ曲がり、頭にはよじれた帽子が載っています。影は下生えの間を素早く抜けて、丸々と熟して朝露のついた甘そうな果実を実らせた茂みの前で立ち止まりました。しかし、そんな美味しそうな果実には目をくれようともせずに、茂った葉の中に埋もれた、ざらついた汚らしいずだ袋へと手を伸ばしたのでした。影は袋の口に手を突っ込んでパジャマを取りだすと、それに鼻先を押し付けるようにして深々とにおいを嗅ぎました。

「ようこそ、いずれ失われる小僧よ」

影はそうひとりごとをつぶやくとずだ袋を摑《つか》み上げ、森に広がる暗がりの中へと吸い込まれていったのでした。

11

森に迷った子らと、その子らを見舞ったできごとのこと

デイヴィッドと木こりは、何ごともなく山小屋へと帰り着きました。ふたりはそこで革袋ふたつに食べ物を詰め込み、小屋の裏手にある小川に行って金属の水筒ふたつを水でいっぱいにしました。木こりは小川のほとりにかがみ込むと、ぬかるんだ地面に残された跡をしげしげと調べましたが、デイヴィッドには何も言いませんでした。デイヴィッドが歩きながらそれをちらりと見てみると、どうやら大きな犬か狼が残した足跡のように見えました。足跡の底に少し水が溜まっているのを見て彼は、まだ付いて間もないのだと思いました。

木こりは斧と弓、そしてたくさんの矢と長いナイフを用意して装備を整えました。それが済むと今度は物入れから、短剣を一本取りだしました。息を吹きかけて表面に付いた埃を払うと、腰に差すための革帯と一緒にデイヴィッドに渡します。デイヴィッドはそれまで本物の剣を持ったことがなく、木の棒を握り締めて海賊ごっこをした程度でしたが、腰から剣を提げてみると、何だか少し力と勇気が湧いてくるかのように感じるのでした。

山小屋に鍵をかけてしまうと、木こりは扉に手のひらを当て、まるで祈りでも捧げるかのように頭を下げました。悲しげなその様子を目にしてデイヴィッドは、もしかしたら木こりはもうこの家に戻れないと思っているのかもしれないと感じました。森に足を踏み入れたふたりは、北東へと進んでいきました。太陽の代わりに道を照らす弱々しい明かりを頼りにして、足を緩めずどんどん進んでいきます。何時間も歩くと、デイヴィッドはすっかり疲れてきました。すると木こりは休ませてくれるのですが、ほんの少し過ぎると、もう立ち上がって歩きだしてしまうのでした。

「宵闇《よいやみ》が訪れる前に森を抜けてしまわなくてはいかん」木こりが言いました。デイヴィッドにはもう、理由を訊ねるまでもありませんでした。いつ狼やループたちの遠吠えが静かな森に響き渡るかと思うと、彼も恐ろしくて気が気ではないのです。

デイヴィッドは歩きながらふと、周囲の景色をよく眺めてみました。木々はところどころ彼の知るものに似ていましたが、何の木かはっきりと分かるものは一本たりともありませんでした。オークの古木に見えても、常緑の葉が生い茂る下に松ぼっくりがついていたりするのです。まるで大きなクリスマスツリーのような姿形をした木には銀色の葉が茂り、葉のつけ根に赤い木の実がいくつもなっています。しかし、ほとんどの木々は裸でした。時どきデイヴィッドは、子供の顔のような姿をした花を見かけました。しかし木こりとデイヴィッドが近づいてゆくと花は葉を閉じて自分たちを守るように包み込み、ふたりが歩き去っていってしまうまでそっと震えながら待っているのでした。

「あの花は、何ていう名前なんですか？」デイヴィッドが訊ねました。

「名前などないのさ」木こりが答えました。「たまに森に来た子供たちが道を逸れて迷子になって、二度と戻らんことがあるのだ。みんなそこで命を落とす。獣に喰われたり、悪者に殺されたりして、その血が地面に染み込んでいくんだよ。そして時間が経つとああいう花が咲くのさ、往々にして子供が息を引き取った場所から離れたところにね。花はまるで、臆病な子供たちみたいに寄り添って咲く。そうしてたぶんこの森は、子供たちの記憶を留めておくんだろう。森も子供たちの死を悼《いた》んでおるんだよ」

デイヴィッドが見る限り、木こりは普段、彼から何か訊ねないと口を開こうとはしませんでした。その代わり質問をすると、できる限りちゃんと答えてくれようとするのでした。木こりは、デイヴィッドがこの国の土地勘を身につけられるように説明してくれました。国王の城は東方の遙か遠くに建っており、そこまでの間はほとんどが無人で、時おりぽつぽつと人が住んでいるばかりなのでした。大きな裂け目が口を開けて木こりの住む森と東の土地とを隔てているのですが、王城へと旅をするには、どうしてもこれを渡らなくてはいけませんでした。南には広大な黒い海が広がっていますが、これを渡ろうとした勇敢な者はこれまでほとんどいません。この海には海獣や水の竜が棲まい、嵐と大波が荒れ狂っているのです。そして北と西には頂《いただき》に雪をかぶった広大な山脈がそびえ、旅人たちの行く手を阻んでいるのでした。

歩きながら木こりは、ループについてもっと詳しくデイヴィッドに話してくれました。

「昔まだループが現れる前は、狼どもはごく当たり前の動物だった。どの群れもせいぜい十五頭から二十頭くらいのもので、それぞれのなわばりで餌を獲り、命を育んでいたんだよ。だが、ループが姿を現しだして、何もかもがらりと変わってしまった。群れは次第に大きくなり、支配するものとされるものに分かれ、なわばりは徐々に大きくなるか、まったく意味をなさなくなっていった。そして、連中は残酷な生き物へと変わってしまったのだ。かつて、狼は子供が生まれても半分は死んでいった。子供は親狼たちよりも体の割にたくさん餌を食わなくてはいけないものだから、餌が乏《とぼ》しければすぐに飢えてしまったんだよ。時には親に殺されてしまうこともあったが、これは体や心を病んだ兆《きざ》しが見られた時だけだった。普通狼はよい親たちでな、子らに獲物を分け与え、守り、真心と愛情を尽くしたものだったのさ。

　だがループたちの出現により、子らの扱いが変わりはじめた。強靭な子供だけが餌を与えてもらえるようになったのだ。育ててもらえるのは生まれた子供の二、三割か、それより少ないこともあった。弱く生まれた子らは喰われてしまう。それによって群れは強い力を持ったのだが、その有りようは変化していった。今の連中は忠誠心も持たず、互いに依存し合っている。今やループの掟だけが、狼たちを支配しているんだよ。ループがいなかったなら、たぶん元の狼どもに戻るだろうさ」

　木こりは、雌《めす》と雄《おす》の見分けかたも教えてくれました。いわく、雌は鼻筋と額《ひたい》が雄よりもほっそりとしているとのこと。首と肩はか弱くて脚も短いものの、若いころには同じ年齢の雄よりも足が速いものですから、狩りが上手く、危険な敵になるのです。普通の狼の群れでは雌がリーダーになることも多いのですが、この自然の掟もまたループの出現によりすっかり変わってしまいました。群れの中には雌もいるにはいるのですが、大事な決断を下すのはリロイと、その側近たちだけでした。彼らはつけ上がるあまり、何千年と群れを支えてきた雌の才能を捨て去ってしまったのです。今ループたちを動かすのは、もはや力への渇望だけになってしまったのです。

「狼どもは、獲物をとことん追い詰める」木こりは言葉を続けました。「獲物がすっかりへとへとに疲れ果てるまでな。連中は人間よりもずっと速く十マイルでも十五マイルでも走り続けるし、さらにたっぷり五マイルも駆けてからようやく休みを取るほどなんだ。二本足で生きることを選んだループたちはそれほど速く駆けることができないものだから、狼どもにも先行させんようにしたのだが、それでもわしらは足じゃあまったく敵《かな》わんよ。今夜の目的地に着いたら、そこで馬が手に入りゃあいいんだが。馬売りの男がそこにおるはずだ、一頭買うくらいなら十分な金もある」

もう、道らしき道はどこにも見当たらず、ふたりはその代わりに木こりが持つ森の知識を頼りに進みました。もう山小屋からは遥か遠くに来ており、木こりは自分たちが道を誤っていないかを確かめるためにたびたび先を急ぐ足を止めては、苔《こけ》の生え具合を観察したり、木々を抜けてくる風のせいで変わる、その生えかたを見たりするのでした。そうして進んでいるうちに見かけた家は、たったの一軒、それも茶色い残骸《ざんがい》と化した家だけでした。デイヴィッドの見たところ、その家は崩れ落ちたというよりもまるで溶け落ちでもしたかのようで、煤《すす》けて黒くなった煙突だけが、がっしりと原形を留めて残っていました。どろどろに溶けたものが流れ落ちて壁にへばり付き、窓のあった部分はひしゃげて崩れてしまっています。残骸は通り道から手が届くほど近くにあり、壁の中に明るい茶色をした塊《かたまり》が混ざっているのがよく見えました。デイヴィッドは扉の枠を手で擦《こす》ると、爪で引っ掻いて表面を剝《は》がしてみました。すると、それが何か分かり、仄《ほの》かな香りまで漂ってきました。

「チョコレートだ」デイヴィッドが叫びます。「あとジンジャーブレッドも！」

大きな破片をもぎ取り口元に運びかけると、木こりがそれを手からはたき落としました。

「いかんぞ。見た目も香りも甘そうだろうが、中にはまだ毒が残っておるんだからな」

そう言うと木こりは、また物語を始めたのです。

木こりが語ったふたつめの物語

むかしむかし、あるところに姉弟がおってな。父親が死んで母親は再婚したんだが、この継父というのが邪《よこしま》な男だったのだ。男は子供たちが嫌いで、ふたりが家にいるのが厭《いと》わしくてたまらなかった。ある年のこと、畑が不作のせいで食料が足りなくなると、男はさらに子供たちを鬱陶《うっとう》しく思うようになった。なにせ大事な食料だ、分けてなどやるものかと思ったんだな。ほんのこれっぽっちを分け与えてやるのも歯ぎしりしながらという有様で、腹が減っていらいらするあまり、ついに子供たちを喰ってしまおうと妻に言いだした。そうすれば自分たちは死なずに済むわけだし、いずれもっと豊かになったら新しく子供を作ればいいとな。妻はこれを聞いてすっかり怯え、自分が見ていない隙に新しい夫が子供たちに何をするか分かったもんじゃないと震え上がった。だが、彼女だって子供たちを食わせていけないことなど百も承知。そこで彼女はふたりを森の奥の奥へと連れていき、どうかいい人に拾われますようにと願いながら、そこに捨ててきてしまったのだ。

最初の夜、姉弟は怖くてたまらず、すっかり泣き疲れて眠くなるまで泣き通したが、やがて時が経つにつれて、森の様子が分かってきた。姉は弟よりずいぶんと賢く、逞《たくま》しかった。そして罠を仕掛けて小さな動物や鳥を捕まえたり、鳥の巣から卵を盗んだりすることを憶えていった。一方、弟のほうはといえば森をうろついたり空想に耽《ふけ》ったりするのが好きで、そうやって姉が何かふたり分の食料を持ち帰ってくるのを待っていた。昔の暮らしが懐かしくて、今の暮らしを受け入れるために何かする気などは、さらさらなかったのだな。

だがある日、姉がいくら名前を呼んでも弟が戻ってこない。そこで彼女はなけなしの食料のありかへの帰り道が分からなくならないよう、ぽつりぽつりと目印の花を落としながら、弟を探しに出かけた。そして、やがて広場に辿《たど》り着いたのだが、そこに見たこともないような家がひとつ建っていたのだよ。その壁はチョコレートとジンジャーブレッドでできていた。屋根の瓦《かわら》はどれも飴《あめ》細工で、窓ガラスは透明な砂糖で作られていた。壁にはアーモンドとファッジ、それから砂糖漬けのフルーツがちりばめられていた。隅から隅まで余すところなく実に甘やかで、人をうっとりさせずにはおかないほどだった。姉は、弟がそこにいるのに気がついた。弟はチョコレートで口元をまっ黒にして、壁に付いたナッツを摘《つま》んでいるところだった。

「大丈夫、中には誰もいないんだ」弟が言った。「食べてみなよ。すごく美味しいよ」

弟はそう言ってチョコレートをひとかけら差しだしたが、姉は最初、それを受け取ろうとはしなかった。弟は、この家があまりに美味しいものだから、恍惚《こうこつ》として今にも瞼《まぶた》が閉じそうなほどだった。姉はドアに手をかけてみたが、ドアには鍵がかかっていた。そこで窓から覗き込んでみたのだが、カーテンが引かれているせいで中はまったく見えなかった。彼女はこの家に何だか嫌な予感がしたので食べるまいと思ったのだが、何とも甘いチョコレートの匂いについに我慢ができなくなると、ほんの少しだけ囓《かじ》ってみた。チョコレートは想像していたよりもずっと美味しく、胃袋がもっとよこせと悲鳴をあげた。そこで彼女は弟と一緒になって食べて食べて食べまくり、やがてすっかり腹いっぱいになって深い眠りに落ちてしまったのだった。

目が覚めてみると、そこは森の木陰に生えた草の上などではなかった。いつの間にかふたりは家の中におって、天井から吊るされた檻《おり》の中に囚われていたのだよ。老婆がひとり、竈《かまど》に薪《まき》をくべているのが見えた。嫌な臭いをさせた老婆だった。足下の床には、人の骨が積み上がっていた。彼女に喰われてしまった他の子供たちの骨だよ。

「新鮮な肉！」老婆が小声でひとりごとを言うのが聞こえた。「ばあさんの竈に新鮮な肉を！」

小さな弟が泣きだしたのを、姉はぱっと抑えた。老婆はやってくると、檻の格子ごしに中のふたりを覗き込んだ。その顔は黒ずんだいぼに覆われ、すり減った歯はまるで古い墓石みたいにすりきれ、歪《ゆが》んでいた。

「さて、どっちが最初だい？」老婆が訊ねた。

弟は、老婆から逃れようとするかのように腕で顔を隠した。だが、姉は勇敢だった。

「わたしにしなさい。弟よりもお肉が付いているし、こんがり焼いたら美味しいわよ。わたしを食べてる間に弟を太らせなさいな。そうして料理すれば、後でもっとたくさん食べられるんだから」

老婆はこれを聞くと、喜色満面で高笑いをした。

「賢い子だねえ。ばあさんの皿に盛られるのを逃れるほどには賢くないけどねえ」

そう言うと老婆は檻を開け、娘の首根っこを摑《つか》んで引きずりだした。そして檻にまた鍵をかけ直すと、彼女を竈へと連れていった。まださほど熱くなってはいなかったが、それも最初のうちだけだ。

「わたしじゃ入りきらないわ」娘が言った。「この竈は小さすぎるもの」

「そんなはずあるものか」老婆は言った。「お前より大きい子供も入れたことがあるが、こんがりとよく焼けたものだよ」

娘は疑ぐり深い目で老婆を見た。

「でもわたしは手脚も長いし、太っているんだもの。そんな竈に入りきるもんですか。押し込んだりしたら、二度と取りだせなくなっちゃうわよ」

老婆は娘の両肩を鷲摑《わしづか》みにすると、体を揺さぶった。

「やれやれ、賢いと思ったんだが、とんだお馬鹿さんだったようだね。どれ、この竈がどれだけ広いか見せてやるとしよう」

そう言うと老婆はよじ登り、肩口まで竈の中に突っ込んでみせた。

「そらごらん」そう言うと、竈の中に老婆の声が響いた。「わしがふたりも入れるぞ。お前ののような小娘が入らんものかね」

背中を向けている老婆めがけて姉は突進すると、全力を込めて竈の中へと突き飛ばし、扉を思いきり閉めた。老婆は中から扉を蹴り開けようとしたが、姉のほうが素早かった。火を入れた竈から子供が逃げださないように用意していた閂《かんぬき》を扉にがっしりとかけて、老婆をすっかり閉じ込めてしまったのだ。娘はどんどん火の中に薪をくべた。老婆は悲鳴を上げ、泣き喚《わめ》き、耳を塞ぎたくなるような汚い言葉を吐いて娘を罵《ののし》りながら、その身を焼かれていった。竈のあまりの熱さに老婆の体に付いた脂肪が溶け、娘が吐き気を覚えるほどの悪臭を放った。老婆は皮膚が肉から剝《は》がれても、肉が骨から剝がれても暴れ続け、やがて死んだ。姉はまだ燃え盛る薪を火から取りだすと、火が付いたまま家の周囲にばら撒《ま》いた。それから弟の手を引いて、煙突だけが立ったまま溶け落ちてゆく家から連れだし、二度とそこには戻ることはなかった。

それから何ヶ月もの間、姉は森での暮らしをそれはそれは楽しんだ。まずは隠れ家を造り、隠れ家はやがて小さな家へと変わった。どう暮らせばよいのかも段々と分かり、昔の生活のことは少しずつ頭から離れていった。だが弟のほうは楽しくもなんともなく、母親の元に帰りたくて帰りたくてたまらない思いだった。一年と一日が過ぎたある日、弟は姉を置いてひとりで懐かしい我が家に戻ってみたのだが、もう母親も継父もずっと昔にそこを離れており、行き先は誰に訊いても分からなかった。そこで彼は森へと戻ったのだが、姉のところに行こうとはしなかった。彼女が羨《うらや》ましく、腹立たしかったのだよ。代わりに彼は森を抜ける道を見つけた。根っこも茨も綺麗に取り去られ、道端の茂みにはたっぷりとよく熟した果物がなっていた。彼は手近な果物をもいではそれを囓りながら道を歩きだしたが、一歩進むごとに背後で道が消え去ってゆくのには気付かなかった。

しばらく歩き続けて野原に出た彼は、可愛らしい家が建っているのを見つけた。壁には蔦《つた》が這い、戸口の脇には花が植えられ、煙突からはひと筋の煙が立ちのぼっていた。パンの焼けるいい匂いが漂い、窓辺にはできたてのケーキが置かれて冷めるのを待っていた。戸口に、かつての母親と同じように明るく楽しげな女がひとり姿を現した。女が中においでと手を振ると、彼は言われるままに近寄っていった。

「いらっしゃい、いらっしゃい」女が言った。「すっかりくたくたじゃないの、育ちざかりの子には果物だけではとても足りないでしょう。今すぐお料理が焼き上がるし、ふかふかの寝床もありますからね。好きなだけここにいらっしゃいな。ずっと子供がいなかったものだから、息子が欲しくてたまらなかったのよ」

彼が残った果物を投げ捨てると、今来た道がすっかり消えてしまった。弟が女について家に入ると、そこには火にかけられた大釜がぐつぐつと煮立っており、肉切り台には鋭く研《と》いだ包丁が置いてあった。

それっきり、弟の姿を見た者はいないということさ。

12

橋と謎かけと、トロルたちのおぞましき本性のこと

　木こりが話し終えるころには、明かりの様子が変わりはじめていました。木こりははたと口をつぐむと、せめてもう少しだけ暗闇に待っていてほしいとでも願うかのように空を見上げ、いきなり足を止めました。それを追うように、デイヴィッドも空を見ます。ふたりの頭上、ちょうど森のてっぺんあたりの空に、何か黒いものが円を描いて飛んでいるのが見えました。デイヴィッドは、しわがれた鳴き声が聞こえたような気がしました。

「くそ」木こりが吐き捨てるように言いました。

「あれは？」

「カラスだよ」

　木こりは背負った弓を手に取り構えると、矢をつがえました。ひざまずき、狙いを定め、矢を放ちます。狙いは確かでした。体を矢に貫かれたカラスは宙で悶《もだ》え、デイヴィッドからそう遠くない地面に落ちてきたのです。見てみればカラスはもうことされており、矢の先は赤く血

に汚れているのでした。

「忌々《いまいま》しい鳥だ」木こりは死骸《しがい》を拾い上げ、矢を抜きました。

「何で殺したの？」デイヴィッドが訊ねました。

「カラスと狼は一緒に狩りをするんだ。こいつは狼の群れをわしらのほうに呼んでいたのだよ。見返りに、わしらの目玉を狼どもから貰《もら》うためにな」

そう言うと木こりは、今進んできた方角を振り返りました。

「カラスなしではにおいを頼りに追ってくるしかないだろうが、まず間違いなく、連中はそう遠くないところまで来ておるな。急がねば」

ふたりは、まるで狩りを終えて疲れた狼たちのように早足で道を急ぐと、やがて森を抜けて高台に出ました。ふたりの前方には、深さ数百フィート、幅四分の一マイルはあろうかという巨大な裂け目が口を開けておりました。その底をまるで銀の糸のように細長い川が曲がりくねって流れており、そびえ立つ渓谷《けいこく》の岩壁には鳥たちの鳴き声のような音が響き渡っていました。デイヴィッドはその音の正体を確かめようと、恐る恐る崖っぷちから顔を出して裂け目の中を見下ろしました。すると、今まで目にしてきたどんな鳥よりも大きな影が、渓谷の上昇気流を受けてゆったりと滑空しているのが見えました。その足は剝《む》き出しでまるで人間の足のようでしたが、爪先はにゅっと長く突きだし、鳥のかぎ爪みたいに丸まっています。大きく広げられた両腕からは旗のような皮膚がはためき、翼の役目を果たしています。長い白髪を風になびかせるその姿を見つめていると、生き物が歌を唄いはじめました。とても高く、とても美しく響くその歌声が何を歌っているのか、デイヴィッドにもはっきりと聞こえました。

落ちれば喰うぞ
落ちれば死ぬぞ
鳥たちよ恐れよ
ブルードの飛ぶ空を

その歌声に呼応するようにいくつもの声が聞こえてきて、デイヴィッドは、渓谷のあちらこちらに同じ翼獣がたくさん飛んでいるのに気付きました。すぐそばでも、一頭が旋回飛行をしているのが見えます。その様子は雄々しくも、妙に恐ろしくも感じられました。一糸纏《まと》わぬその姿を目《ま》の当たりにするとデイヴィッドは、恥ずかしくてどうしてよいのか分からず、すぐに顔を背けました。

目の前の翼獣は、女性の姿をしていたのです。皮膚の代わりに鱗《うろこ》に覆われていましたが、それでも確かに女性だったのです。デイヴィッドが恐る恐るもう一度見てみると翼獣は、今度は小さく旋回しながら降下しはじめました。ぱっとその両翼を体に折り畳み、弾丸のような姿になって急降下を始めるや、かぎ爪の生えた足を突きだしながら突進して渓谷の岩壁に激突したかに見えたのです。デイヴィッドは、そのかぎ爪に摑《つか》まれて何かがもがいているのに気付きました。小さく茶色い、リスよりも少し大きい程度の哺乳動物のようです。岩から引き剝《は》がされ、小さな手脚でばたばたともがいているのが見えます。女型《めがた》の翼獣は甲高い声で勝ちどきをあげると、捕らえた獲物を喰らうため、デイヴィッドの眼下に突きだした岩棚へと方向を変えました。その声に気付いた他の翼獣たちが、あわよくば獲物を横取りしようと近寄っていきましたが、女型の翼獣が両翼を激しく振って威嚇《いかく》すると、ばらばらに逃げ去っていったのでした。羽ばたきながら空中で停止した翼獣の顔が、デイヴィッドからもよく見えました。女性の顔によく似ていますがもっと長く、もっと細く、唇のないその口元からは鋭い歯が剝きだしになっているのでした。翼獣はその歯を獲物の肉体に突き立てると毛皮ごと大きな肉片を喰い千切り、そのまま食べはじめました。

「あれはブルードと呼ばれておってな」すぐそばから木こりの声が聞こえました。「ハルピュイアどもの群れだよ。王国のこの地域に棲まう、また別の邪悪というわけだ」

「ハルピュイア……」デイヴィッドが繰り返しました。

「ああいう生き物を見るのは初めてか?」木こりが訊ねました。

「ええ。初めてです」デイヴィッドが答えました。

でも読んだことはある。ギリシャ神話の本で見たんだ。それがまさか、この世界の物語に登場しているなんて思ってもみなかった……。

デイヴィッドは気分が悪くなり、後ずさりました。断崖の縁《ふち》にいると、あまりの深さにくらくらと目眩《めまい》がしてくるのです。

「どうやってここを越えるの?」彼は訊ねました。

「川を半マイルも下れば橋が一本かかっておる」木こりが言いました。「光が消えてしまう前に、そこまで辿《たど》り着くぞ」

そう言うと彼はデイヴィッドを引き連れ、足場を失い奈落の底でブルードたちの餌食《えじき》となることがないよう、森の端《は》に沿うようにして歩きだしました。デイヴィッドはそこまで届くブルードの羽音を聞きながら、幾度となく一頭の翼獣が崖っぷちから顔を覗かせては、脅《おど》すような視線でふたりを睨《にら》みつけたように思えました。

「怖がらなくていい」木こりが言いました。「連中は臆病なんだ。落っこちたらすぐさま空中でとっ捕まって、奪い合いの中で八つ裂きにされてしまうだろうが、地上にいる者をわざわざ襲おうという奴らではないのさ」

デイヴィッドはうなずきましたが、安心したわけではありませんでした。この国では臆病者も飢えれば豹変《ひょうへん》するように思いましたし、ブルードのハルピュイアたちは狼と同様にがりがりに痩せ細り、いかにも飢えに苦しんでいそうに見えたのです。

しばらくそうして、足音をハルピュイアたちの羽音と並べるようにして歩いてゆくと、渓谷に二本の橋がかかっているのが見えてきました。二本ともそっくりです。ロープで造られた吊り橋で、足場といえば不揃いの板が敷かれているばかり。デイヴィッドにはどうひいき目に見ても、安全な橋には思えませんでした。木こりは、二本の吊り橋を見て首をひねりました。

「こりゃどういうことだ。橋は一本しかなかったはずなんだがな」

「単に一本増えただけじゃないんですか？」デイヴィッドは言いました。こんな場所なのだから、二本あろうが何の不思議もありません。きっと、渡りたい人がそれだけたくさんいるのです。そしてとにもかくにも、空を飛び、ハルピュイアたちと戦う力でもつけない限り、渓谷を渡るにはこの橋をゆくしかないではありませんか。

と、どこか近くから蠅《はえ》の飛ぶ羽音が聞こえてきました。デイヴィッドは木こりの後について、裂け目からちょうど隠れた森の中にある、小さな原っぱへと足を踏み入れました。そこにはかつて小屋だった残骸《ざんがい》と馬小屋がいくつかありましたが、人が住んでいないのはひと目で明らかでした。ひとつの馬小屋の外に馬の骸《むくろ》が転がっていました。肉はもうほとんど骨から剝がされてしまっていました。木こりは馬小屋を覗いて回ると、最後に開いたままになっている母屋の戸口を覗き込みました。そして、首をうなだれてデイヴィッドのところへ戻ってきました。

「馬商人が消えてしまった。どうやら、生き残った馬を連れて逃げだしてしまったようだ」

「狼が来たの？」デイヴィッドが言いました。

「いや、これは別の何かの仕業だな」

ふたりは、渓谷の縁まで戻りました。一頭のハルピュイアがばさばさと速く羽ばたきながら、空中からじっとふたりを見つめていました。しかしその場に止まっていると思った矢先、とつぜん彼女が体をびくびくと震わせると、その胸先から銀色の銛《もり》の先端が突きだしてきたではありませんか。銛の柄にはロープがくくり付けられており、その先は渓谷の断崖の下へと続いていました。ハルピュイアは体をよじり、逃れようとするかのように銛を摑《つか》みましたが、すぐに羽ばたく力を失うと、身悶え、回転しながら落ちていきました。そしてロープが伸び切るまで落ち続けた先で、鈍く潰れるような音を立てて岩に激突したのです。崖っぷちから身を乗りだし、デイヴィッドと木こりはハルピュイアの骸が岩壁に空いた洞穴《ほらあな》へ向かって引きずり上げられてゆく様子を追いました。体を串刺しにした銛の切っ先のかかりが、抜けないように引っかかっているのです。やがて骸は洞穴の入り口まで引き上げられると、そのまま中へと消えていったのでした。

「うわあ」デイヴィッドが声を漏らしました。

「トロルどもだな」木こりが言いました。「二本めの橋は、そういうわけだったか」

木こりは、橋へと歩み寄りました。二本の橋の間には平岩が一枚置かれており、そこにいかにも苦心したらしい、雑な文字でこう刻まれていました。

ひとりは嘘をつき、
ひとりは真実を語らん。
片や死の道、
片や生の道。
ひとつだけ訊ねよ。
さすれば導きは得られん。

「謎かけだ」デイヴィッドが言いました。

「こりゃいったいどういうことだ?」木こりは首をかしげました。

その答えはすぐに分かりました。デイヴィッドはそれまで、物語に出てくるトロルたちに興味をそそられたことはあっても、本物を見たことなどありませんでした。彼にとってトロルとは橋の下に棲み着いて通りかかる旅人を試し、もし旅人が失敗したら喰ってやろうと舌なめずりをする闇の存在なのです。しかし、火の付いた松明《たいまつ》を手にして渓谷をよじ登ってきたトロルたちは、そうした想像とはずいぶんと違いました。木こりよりも背が低いものの、ずっとずんぐりしており、分厚く皺《しわ》だらけの、まるで象のような肌をしていたのです。背中には恐竜みたいにごつごつと骨が浮きだしていますが、顔は猿のよう。それも、ひどく醜《みにく》い猿です。その顔はおぞましいできものに覆われたかに見えましたが、それにもかかわらず猿と見まがうほどだったのです。トロルたちはそれぞれ片方ずつ橋の前に陣取ると、いやらしい笑みを浮かべました。松明に照らされた両目が邪《よこしま》な輝きを放っています。

「橋が二本、そして道が二本」デイヴィッドは声に出してそうつぶやきましたが、二匹のトロルに聞かれる前にさっと口をつぐみ、何か答えが見つかるまでは黙っていようと胸に誓いました。とにもかくにも、主導権はトロルたちにあるのです。これ以上有利にさせるわけにはいきません。

片方の橋は脆《もろ》く、渡れば死を招いてしまう。そう謎かけが言っているのは、疑いようがありません。ハルピュイアたちの手にかかるのか、それともトロルの手にかかるのか、はたまた運よく双方の手を逃れたものの遙か下まで落下して地面に激突するのかは分かりませんが、そこには明確な死が待っているのです。実際、デイヴィッドが見る限りどちらの橋も実にぼろぼろで危うげでしたが、それでもこの謎かけには答えがあるに違いありません。そうでなくては、謎かけをする意味がないではありませんか。

ひとりは嘘をつき、ひとりは真実を語らん。デイヴィッドにはこれに憶えがありました。ずっと前に、物語か何かの中で見たことがあったのです。そうだ、とデイヴィッドは胸の中で膝《ひざ》を打ちました。ひとりは嘘だけを口にし、もうひとりは真実だけを口にする……。ならば片方のトロルにどちらの橋が正解なのかを訊ねればいいわけですが、たとえ彼に——デイヴィッドにはトロルたちが雄《おす》なのか雌《めす》なのかまったく分かりませんでしたが——訊ねたところで、本当のことを教えてくれるとは限りません。確かこの謎かけには攻略法があったはずですが、デイヴィッドには思いだせませんでした。いったいどう訊ねればいいのでしょう？

ついに明かりがすっかり消え、森からは大きな遠吠えが響いてきました。それもすぐ近くからです。

「渡らねば」木こりが言いました。「狼たちに行方が知れてしまったぞ」

「でもその前に、どっちの橋かを選ばなくちゃ」デイヴィッドが言いました。「選ばない限りあのトロルたちは道を空けてくれないだろうし、もし押し通ったとしても、それで間違った橋を選んじゃったら……」

「そうしたら、もう狼どもに追われて肝《きも》を冷やす必要もなくなるってわけだな」木こりはデイヴィッドを遮って言いました。「知ってるんだ。どうすればいいのか思いださなくちゃ」

「これには正解の訊ねかたがあるんだよ」デイヴィッドが言いました。狼たちがさらに迫ってきている

森を掻き分けて進むがさがさという物音が聞こえてきます。狼たちがさらに迫ってきているのです。

「質問はひとつ」デイヴィッドがつぶやきました。

木こりは左手で斧を構えると、右手でナイフを抜きました。森から何が飛びだしてきてもいいよう、立ち並ぶ木立に向かって身構えます。

「そうだ！」デイヴィッドは声を殺して言いました。「いけるかもしれない」

左側のトロルへと歩み寄ります。このトロルはもう一匹よりやや背が高く、臭いも少しだけましでした。とはいっても、ひどい臭いであるのには変わりませんが。

デイヴィッドは、大きく深呼吸をしました。

「もしあっちのトロルに正しい橋を指差すように言ったら、あいつはどっちの橋を選ぶんだい？」デイヴィッドは訊ねました。

辺りは水を打ったように静まり返りました。トロルはぎゅっと眉根を寄せ、苦悶《くもん》の表情を顔に滲《にじ》ませています。この橋が造られていったいどれだけ経つのかも、何人の旅人たちが渡っていったのかもデイヴィッドは知りませんが、目の前のトロルは今まで一度もこんな質問をされた経験がないに違いありません。やがてトロルはデイヴィッドの真意を推し量るのを諦めたの

か、左の橋を指差しました。

「右の橋だよ」デイヴィッドが木こりに言いました。

「何でそう言いきれるんだね？」木こりが訊ねました。

「もし僕が質問したトロルが嘘つきなら、もう片方は正直者のトロルっていうことになります。正直者のトロルは正解の橋を指差して、嘘つきならば嘘をつくんですから、もし正直者のほうが右の橋を指差すとしたら、嘘つきは僕を騙《だま》そうとして左の橋を指差すわけです。

でも僕が質問したのが正直者のトロルで、もう片方が嘘つきだったとしたら、今度ははずれの橋を指差します。どちらにしても、左側がはずれということになるでしょう」

狼たちが迫り、トロルたちは不機嫌そうで、ハルピュイアたちの甲高い鳴き声が響いていましたが、デイヴィッドは勝ち誇った笑みを堪《こら》え切れませんでした。謎かけの攻略法を、ついに思いだしたのです。木こりの言うとおり、誰かがデイヴィッドを登場人物に仕立てて物語を紡《つむ》ごうとしているのかもしれません。ですが、これはさまざまな他の物語が重なり合って作られる物語なのです。トロルやハルピュイアや、木こりが登場する古い物語を、デイヴィッドはいくつも読んだことがありました。あの狼たちのように喋《しゃべ》る動物たちも、そこには登場したではありませんか。

「行こう」デイヴィッドが木こりに声をかけました。そして右の橋に近づくと、前に立っていたトロルが横にずれて道を空けてくれました。最初の敷板に足を載せ、ぎゅっとロープを握り締めます。自分の選んだ答えに命がゆだねられているのだと思うと自信は揺らぎ、足の下を滑空するハルピュイアたちの姿に不安がどんどん膨れ上がっていきました。ですが、道を選んだ以上はもう引き返したりできません。デイヴィッドはぎゅっとロープを握り締めて下を見ないようにしながら、もう一歩、さらにもう一歩と足を踏みだしていきました。ところがずいぶん進んでから、デイヴィッドは木こりが付いてくる気配がないことに気付きました。立ち止まり、振り向いてみます。

森には狼の目玉がひしめき合い、松明の灯りに赤く光っていました。森から出てきて、ゆっくりと木こりへとにじり寄っているのです。四つ足の狼たちが先頭に立ち、ループたちは後方に留まって、四つ足たちが武器を構えた木こりを喰い倒してしまうのを待っているようです。トロルの姿はもう見当たりません。野生の動物相手に謎かけをしても意味がないと悟り、さっさと引っ込んでしまったのでしょう。

「駄目だよ！」デイヴィッドが叫びました。「早くこっちに！　まだ間に合うよ！」ですが木こりは動こうとしませんでした。その代わりに、デイヴィッドに叫び返したのです。

「さあ行け、急げ。わしはできるだけ長くこいつらを食い止めてみせる。あっちに渡りきったらロープを切るんだぞ。聞こえたか？　ロープを切れ！」

デイヴィッドは首を横に振りました。「駄目だよ！」涙を流しながら、また繰り返します。

「一緒に行くんだ！　ひとりでなんて無理だよ！」

その瞬間、狼たちがまるでひと塊《かたまり》のようになって飛びかかりました。

「走れ！」木こりは斧を振り回し、ナイフの刃を走らせました。デイヴィッドの見ている前で最初の一頭が宙に血しぶきを噴き上げて息絶えると、残りの狼たちが木こりを取り囲み、がちがちと歯を鳴らして嚙みつこうとしています。その横を抜けてデイヴィッドを追いかけようとしている狼までいるのです。デイヴィッドはもう一度だけ振り返ると、一気に駆けだしました。まだ半分も渡り終えてはいませんが、彼が動くたびに橋は身の毛もよだつほど大きく揺れました。響く彼の足音に、やがて板を踏む狼の足音が重なりはじめました。デイヴィッドが左側に顔を向けると、向こう岸に先回りをしてデイヴィッドを引き裂いてやろうと、三頭の狼たちが隣の橋を駆けているのが見えました。デイヴィッドを無事に渡そうと右の橋を守り続ける木こりを、どうしても掻いくぐることができなかったのです。狼たちは、ものすごい速さで渡っていきます。いちばん後ろからは白いドレスのなれの果てをまとい、滴《しずく》の形をした金の耳飾りをつけたループが走ってきます。口元からたれるよだれを、走りながら舌なめずりしているのです。

「走れ！　お前らだってご褒美が欲しいだろう」ループは少女のような声でそう言うと、がちがちと牙を鳴らしました。「向こう側まで渡れば、たんまり喰わせてやるからね！」

ロープを摑むデイヴィッドの腕は痛み、橋が揺れるせいで頭がくらくらしました。狼たちはもう、ほとんど彼に並びかけています。先に向こう側に辿り着くことなど、とてもできそうにありません。

その時、狼たちが渡る橋の敷板がばらばらと剝がれ落ち、先頭の狼が真っ逆さまに落ちていきました。そして空気を引き裂く銛の音が聞こえたかと思うと狼は腹を貫かれ、トロルたちが待つ断崖の洞穴へと引きずり上げられていったのです。

　後に続いていた狼が急に走る足を止めたので、雌のループは勢いあまってあわやそれを橋から突き落としてしまうところでした。同胞が橋に開けてしまった大穴は、小さく見積もっても六、七フィートほどはありそうです。獲物が落ちてくるのを待っていたトロルたちがしびれを切らし、次から次へと銛を打つのが見えます。狼たちは死の橋の上へと足を踏みだし、自分たちの運命を決してしまったのでした。かかりのついた切っ先に貫かれた二匹めの狼は、その激痛に身をよじりながら息絶え、橋を吊るロープの隙間から引きずり落とされていきました。一匹だけ後に残されたループは体にぐっと力を込めると橋に空いた穴を飛び越え、反対側に着地しました。足を滑らせかけましたが何とか持ちこたえ、後肢《あとあし》で立ち上がると勝利の咆吼《ほうこう》をあげます。もうトロルたちの銛も届きません。しかし、彼女目がけて急降下してくる影があったのです。

　デイヴィッドの見る限りそのハルピュイアは、他のどれよりも巨大でした。背も大きく、力強く、とりわけ年老いて見えるのです。ハルピュイアが体当たりを食らわすと、ループはその衝撃で橋を支えるロープを乗り越えて宙に放りだされました。墜落死しようとしているその体を捕らえ、ハルピュイアはかぎ爪をがっしりとループの肉体に食い込ませました。ループは四肢をばたつかせ、ハルピュイアに噛み付こうとして宙をがちがちと噛みますが、勝負はもう誰の目にも明らかです。ぞっとしながら見守るデイヴィッドの視線の先にもう一頭、別のハルピュイアが現れて先ほどの一頭に加わり、ループの首もとにかぎ爪を突き立てました。二頭が激しく羽ばたきながら逆方向へと飛ぶと、ループの体はあっという間にふたつに引き裂かれてしまいました。

木こりはまだ狼を相手に持ちこたえていましたが、これは勝ち目のある戦いではありません。デイヴィッドがなす術《すべ》もなく見つめる先で、木こりはまるで蠢《うごめ》く毛皮の壁のように立ちはだかる狼たちに何度も何度も斧を振るったのですが、最後に力尽きると地面に倒れ臥《ふ》してしまったのでした。狼たちが一斉にその上に飛びかかっていきます。

「やめろ！」デイヴィッドはそう叫ぶと、込み上げてくる怒りと哀しみに身を震わせながらも、また駆けだしました。それと同時に、木こりの体を飛び越えた二頭のループたちが、狼を二頭引き連れて橋へと差しかかりました。獣の足が敷板を踏む音がデイヴィッドのところまで響き、彼らの体の重みで橋はゆらゆらと揺さぶられました。デイヴィッドは橋を渡りきると短剣を抜き、追ってくる獣たちのほうに向き直りました。追っ手は瞬《また》く間に半分を渡り終え、みるみる迫ってきます。橋を支える四本のロープは、デイヴィッドの足元に深々と打ち込まれた大きな丸太にしっかりとくくり付けられていました。デイヴィッドが一本めのロープに向けて剣を振り下ろすと、半分ほど刃が食い込みました。続けざまにもう一度斬り付けるとロープは弾け飛ぶように切れ、橋は大きく右に揺れて二頭の狼たちを渓谷へと振り落としました。ハルピュイアたちが歓喜の悲鳴をあげ、ばさばさと大きな羽音が響いてきます。

しかし橋にはまだ二頭のループが残っています。柔らかな足で残ったロープにしがみつき、持ちこたえているのです。ループたちは二本足で立ち上がり、左側のロープを頼りにデイヴィッドのほうへと進んできているのでした。デイヴィッドがまさにそのロープに向けて剣を構えると、ループたちはおののき悲鳴をあげました。橋が揺れ、刃の下でロープがほころびはじめます。デイヴィッドはループたちを見つめながら刃をロープに当て、それから剣を振り上げると全身全霊の力で振り下ろしました。ロープが呆気なく切れてしまうと、ループたちにはもう足場の敷板しか頼れるものがありません。二頭はすぐに姿勢を崩し、甲高い悲鳴をあげながら落ちていってしまったのでした。

デイヴィッドは、渓谷の遙か向こう側へと目を凝《こ》らしました。木こりの姿はもう見えません。森へと向かって引きずられた血の跡が、地面に付いているばかりです。その場に残っているのはループの長《おさ》、麗しきリロイただひとり。赤いズボンと純白のシャツといういでたちですっくと立ち上がり、憎悪を剝きだしにしてデイヴィッドを睨みつけているのです。リロイは頭をもたげて群れの狼たちに向け遠吠えをしましたが、その場を離れようとはせずにデイヴィッドを睨み続けました。やがてデイヴィッドはリロイを残して橋のたもとを離れると、自分の命を救ってくれた木こりのためにそっと涙を流しながら、小高い丘の向こうに姿を消していったのでした。

13

折にふれて気難しい小人たちのこと

デイヴィッドは砂利と小石が敷き詰められた、周囲よりも少し高くなった白い道を歩いていました。道は、たとえば小川やごつごつとした岩棚があると、そのたびに曲がりくねって先へと続いていました。道の両側にはそれぞれ溝が走っており、それを境に草地が途切れて木々が並んでいます。デイヴィッドが後にしてきたあの森の木々よりも低くまばらで、遠くに小さな岩山の形がよく見えました。とつぜん彼は、ひどい疲れに襲われました。狼たちを振り切ったとたん、力が尽き果ててしまっていたのでした。睡《ねむ》くて睡くてたまりませんでしたが、こんなに開けたところで、それもあの渓谷のほど近くで睡ることなど恐ろしくてできません。まずは、隠れ家が必要なのです。あの吊り橋での一件で彼に抱いた恨みを、狼たちは決して忘れたりしないでしょう。きっとどうにか他の道を通ってあの渓谷を渡りきり、デイヴィッドの追跡を再開するに違いありません。デイヴィッドは、本能的にぱっと空を見上げました。しかし、背後に迫る追跡者たちに彼の居所を知らせようと飛ぶカラスたちの姿は、どこにも見当たりませんでした。

デイヴィッドは少しでも体力を取り戻そうと道端に座り込むと、革袋から小さなパンを取りだして食べ、水筒の水をごくごくと飲みました。そうすると少しだけ元気が出ましたが、革袋と、几帳面に包まれた食料とを見つめていると、あの木こりのことが思いだされてしかたないのでした。また両目に涙が込み上げてきましたが、彼は涙や哀しみになど浸っていられるかとばかりに、首を横に振りました。そして立ち上がって革袋を肩に担ぎ上げたところで、ひとりの小人に危なくつまずきかけてしまったのでした。小人はちょうど左側の溝の中から、デイヴィッドがいる道へと登ってきたところだったのです。

「おい、足元に気をつけろ」小人が言いました。背丈はおよそ三フィートほどで、青いチュニックと黒のズボン、それから膝丈《ひざたけ》ほどの黒いブーツを身に着けています。頭には青く長い帽子を載せており、そのつばには小さな鈴がぶら下がっていたのですが、もう音を鳴らしはしないようでした。顔も手もすっかり泥まみれで、肩にはツルハシを一本担いでいます。鼻はまっ赤で、短く刈り込んだ白い顎ひげを生やしており、食べもののかすをあちこちくっつけているのでした。

「ごめんなさい」デイヴィッドが謝りました。

「まったくよう」

「見えなかったんです」

「おおっと、そりゃあ聞き捨てならんぞ」小人はそう言うと、脅《おど》すようにツルハシを揺らしてみせました。「お前さんは体型で人を差別するのか？　俺がちびだと言いたいのか？」

「ええまあ、小さいとは思いますけど、だからといって悪いなんて思いませんよ」デイヴィッドは慌てて取り繕《つくろ》いました。「僕だって、みんなに比べたら背が低いほうなんですから」

しかし、小人はもう聞いていませんでした。道へと向けて歩いてくる一団に声を張りあげ、呼びかけていたのです。

「おおい、同胞たちよ！　この小僧が俺のことをちびだと言ったんだぞう！」小人は叫びました。

「何て生意気ながきだ！」と声が返ってきました。

「同胞よ、俺たちが行くまでそいつを逃がすんじゃないぞ」また別の声がそう言うのが聞こえましたが、声の主は考え直したかのように「ちょっと待て、そいつはのっぽなのか？」と言いました。

小人はデイヴィッドをじろじろと眺め回すと「そうでかくはないぞ」と言いました。「小人ひとりと半分ってところか、せいぜいひとりと三分の二だろうよ」

「よし、俺たちも今すぐ行くぞ」返事が聞こえました。

デイヴィッドはすぐに、小難しい顔をしながらぶつぶつ「権利」だの「自由」だのとつぶやく小人たちに取り囲まれていました。どうやら「こうしたこと」は日常茶飯事のようです。全員が薄汚れており、ひとり残らず壊れた鈴のついた帽子をかぶっていました。ひとりの小人が、デイヴィッドのすねを蹴っ飛ばしました。

「痛い！　何するんだよ！」デイヴィッドが悲鳴をあげました。

「少しは俺たちの気持ちが分かったか」最初の小人が言いました。

小さな泥まみれの手が、デイヴィッドの革袋を掴《つか》みました。他の小人が剣を盗もうとします。三人めはふざけて、デイヴィッドの体の柔らかい部分をつついてやろうと狙っているところです。

「やめてよ！」デイヴィッドが叫びました。「やめてってば！」

デイヴィッドが乱暴に革袋を振り回すと、それにぶつかった小人がふたりあっという間に溝の中に転がりおち、そこで大げさに転げ回りました。デイヴィッドは、何だか胸がすっとしたような気持ちになりました。

「何てことをしやがる！」最初の小人が、びっくり仰天して言いました。

「君が蹴ったりするからだろ」

「蹴るもんか」

「いや、蹴ったね。それに、誰かが革袋を引ったくろうとしてた」

「そんなことしやしない」

「ふん、ふざけるんじゃないぞ」デイヴィッドが言いました。「身に覚えがあるくせに、ごまかすのか」

小人はうつむくとつまらなそうに地面を蹴り、小さな白い砂埃を舞い上げました。

「分かった、分かったよ」ようやく、小人が口を開きました。「そうだったかもしれん。ごめんよ」

「分かればいいんだよ」デイヴィッドはうなずきました。ひどい怪我を手を伸ばすと、溝に落ちたふたりの小人が這いだすのを手伝ってあげました。ひどい怪我をした者は、誰もいないようです。小人たちもすっかり気が済んだのか、今はデイヴィッドとの出会いをむしろ楽しんでいる様子なのでした。

「あの大闘争を思い出さんかね、同胞たちよ」ひとりの小人が言いました。

「まったくだ、同胞よ」他のひとりが答えます。「労働者はいかなる時も抑圧に抵抗すべし」

「でも、僕は君たちを抑圧なんてしてないじゃないか」デイヴィッドは口を挟みました。

「だが、しようと思えばそうできたろう」最初の小人が言いました。「違うか?」

そして、あまりに悲痛な眼差《まなざ》しでデイヴィッドを見上げました。とにかく抑圧者に打ち勝ちたくてたまらないのだといった顔をしていると、デイヴィッドは感じました。

「まあ、できたかもね」デイヴィッドは、何だか小人たちが可哀想になり、そう言いました。

「万歳!」小人が雄叫びをあげました。「我々は抑圧の脅威を退《しりぞ》けたぞ。労働者は大人しく隷《れい》従《じゅう》などしないのだ!」

「万歳!」他の小人たちが唱和しました。「この鎖をおいて、我らに失うもの何もなし!」

「この鎖って、どの鎖のことさ?」デイヴィッドが言いました。

「俺たちが言っている鎖は比喩《ひゆ》的な鎖さ」最初の小人が説明しました。そして、何かとても大事なことを言ったのだと言わんばかりに、大きくうなずいてみせました。

「なるほどねえ……」デイヴィッドは言いましたが、比喩的な鎖とはいったい何なのか、さっぱり分かりませんでした。この小人たちが何を言っているのか、皆目見当が付かないのです。小人はどうやら、ぜんぶで七人いるようでした。

「君たちに名前はないの?」

「名前?」最初の小人が言いました。「名前だと? もちろん名前くらいあるとも。俺は――」

小人は言葉を止めて偉そうに咳払いをしました。「俺は同胞団団員その一だ。そしてこいつらがその二、その三、その四、その五、その六、最後にその八だ」

「その七はどこに行ったのさ?」デイヴィッドは訊ねました。

すると、気まずい沈黙が流れました。

「同胞団団員その七の話はやめにしておこう」団員その一が、重い口を開きました。「党の記録から公式に削除されたんだからな」

「ママのところに手伝いに帰っちまったんだ」団員その三が、横から説明してくれました。

「あの資本主義者め!」団員その一が吐き捨てるように言いました。

「実家がパン屋でね」団員その三が、またまた解説してくれました。

そして、背のびをして、小声でデイヴィッドに耳打ちをしました。

「団員その七の話は今はまずいんだ。何せあいつのママが焼いたパンを食べるのすら許されないんだからね。半額で売ってもらった、かちかちの古いパンもだよ」

「聞こえたぞ」団員その一はそう言うと、いかにも憤慨《ふんがい》したように言葉を続けました。「パンくらい俺たちにだって焼けるとも。何もあんな背叛者《はいはん》の焼いたパンを食うことなどあるか」

「そうとも、食わないとも」団員その三が言いました。「いつだってかちかちに固いし、あの人が文句を言うからな」

先ほどまでの和《なご》やかな空気を消し去り、小人たちは帰るために道具を手に取りはじめました。

「さて、そろそろ引き上げるとしよう」団員その一が言いました。「会えて嬉しかったぞ、同胞よ。ええと、お前は同胞でいいんだよな？」

「と思います」デイヴィッドは答えました。本当はさっぱり分からなかったのですが、また小人たちと言い争いになるのが嫌だったのです。「同胞だったら、パンを食べてもいいんですか？」

「そのパンが、元団員その七が焼いたものじゃなければ――」

「ママのほうもな」団員その三が、皮肉っぽく口を挟みました。

「――好きなもんを食っていいとも」団員その一は、黙ってろといった顔で団員その三に指を突き立てながら言いました。

小人たちはそう言うと道を下って向こう側の溝に降り、その先から木々の中へと延びている野道へと向かいました。

「すいません」デイヴィッドが声をかけました。「もしよかったら、ひと晩だけ泊めてもらいたいのだけど。何せ道に迷って、もうくたくたなんです」

同胞団団員その一が立ち止まりました。

「あの人が嫌がりそうだなあ」団員その四が言います。

「いや、そうとも限らない」今度は団員その二です。「いつだって、話し相手がいないからってぶつぶつ愚痴《ぐち》ばかりじゃないか。新顔を見たらご機嫌がよくなるかもしれないよ」

「ご機嫌なあ」団員その一は、まるでずっと昔に食べた甘い甘いアイスクリームの味が忘れられないかのように、物欲しげな顔をして言うと、くるりとデイヴィッドのほうを向きました。

「よし同胞、一緒においで。連れていってやろう」

デイヴィッドは、スキップしたいほど嬉しくなってしまいました。

歩きながら、デイヴィッドはもう少しだけ小人たちのことを知りました。本当はもっとたくさん話が聞けるはずと思っていたのですが、小人たちの話ときたら、聞いたところでほとんどわけが分からないのです。「生産方式に対する労働者の所有権」やら「第三委員会における第二議会の原則」やら、言葉があれこれ飛び交って、結局最後には、誰がコップを洗うのかで言い合いになったりするのです。

デイヴィッドは、さっき耳にしたあの人というのが誰なのか何となく心当たりがありましたが、いきなり言うのも失礼かと思い、念のために自分から訊ねてみようと思いました。

「あの人というのは、一緒に住んでいる人？」デイヴィッドは、団員その一に訊ねました。

騒いでいた他の小人たちが、ぴたりと静まりました。

「ああ、残念ながらね」団員その一が答えました。

「君たち全員一緒に住んでるのかい？」デイヴィッドが続けました。なぜだかは自分でも分かりませんが、この七人の小人たちと住んでいるあの人は、どこか妙な感じがします。

「あの人とはベッドは別々。やましいことなどないぞ」小人が言いました。

「疑ったりなんかしてないよ」デイヴィッドは慌てて言いました。やましいこととは何なのか気になりましたが、訊かないでおいたほうがよさそうな気がして、それには触れないようにしました。「ええと、その人はもしかして、白雪姫さん？」

同胞団団員その一がいきなり立ち止まりました。他の小人たちがその背中にぶつかります。

「お前、あいつの友だちじゃないだろうな？」小人が訝《いぶか》しげに訊ねました。

「まさか、ぜんぜん違うよ」デイヴィッドは言いました。「顔も知らないんだ。ちょっと話を小耳に挟んだ覚えがあるくらいでね」

「ふん、そうかい」小人はそれを聞くとどうやら安心したのか、また歩きだしました。「誰でもあいつの話を聞いたことくらいはあるな。『おお、おお、白雪姫はともに住む小人の財産を食いつぶすなり。小人どもには彼女を殺すことも叶わず』ってね。ああ、そうとも。白雪姫については誰でも知ってる」

「今、殺すって言ったの？」デイヴィッドが訊ねました。

「毒林檎《りんご》でな」小人が答えました。「だがこいつは失敗だった。毒の量が少なすぎたんだ」

「毒林檎で白雪姫を殺すのは、いじわるな継母《ままはは》だったと思うけど」デイヴィッドが言いました。

「君は新聞を読まんのだな」小人が言いました。「あの時、継母にはアリバイがあったんだよ」

「最初によく調べておかなくちゃいけなかったんだ」団員その五が言いました

「どうやら、継母は他の誰かに毒を盛りに行っていたんだ。まったく、千にひとつの偶然だよ、そんなのは。何て運が悪いんだ」

今度は、デイヴィッドが思わず立ち止まる番でした。「つまり、君たちが白雪姫を毒で殺そうとしたということ?」

「しばらく大人しく睡っててくれりゃあ、それでよかったんだ」団員その二が言いました。

「ずっとずっとしばらくな」団員その三が言いました。

「でも、いったいどうして?」デイヴィッドは首をひねりました。

「まあ聞いてくれ」団員その一が言いました。「とにかく、俺たちはあいつに林檎を食わせたんだ。食わせて、睡らせて、めそめそ泣いてやったとも。『可哀想な白雪姫。こんなに悲しいことはないが、それでも日々は続いてゆく』ってさ。彼女の体をでかい平らな石の上に寝かせて、涙に暮れる可愛いうさちゃんと花で周囲をぐるりと囲い、綺麗に飾り付けをしてやってさ。だがそこに、あの馬鹿王子がやって来て彼女に口づけをしちまったのさ。王子なんてこの辺りにゃあいないはずなんだがね。どことも知れぬところから、ご大層な白馬に跨《また が》って、いきなりぱっぱかご登場なさったというわけだよ。そして馬を降りると、まるでうさぎの穴に駆け寄る猟犬みたいに、白雪姫にまっしぐら。まったく正気を疑うね、ふらふら適当に馬に乗ってほっつき歩いて、誰とも知れん睡れる女に口づけしちまうなんてさ」

「ありゃあ変質者に違いない」団員その三が言いました。「どっかに隔離しなくちゃいかん」

「何はともあれ、王子様はそんな感じで、まるで香り立つティーポットみたいに白い馬に跨り現れて、お呼びでもない問題にずけずけ首を突っ込んで、気付けば白雪姫はお目覚めってわけさ。それに、ああもう、すっかりご機嫌斜めときたもんだ！　王子様は最初こそ蚊帳《かや》の外だったが、白雪姫は彼に気付くと自由の獲得についてたっぷりとお説教を開始した。王子様はそいつを五分も聞くと結婚を申し込む代わりに馬の背に跨り、すたこらと夕陽の彼方にさようなら、というわけさ。それっきり、二度と現れなかったね。俺たちはこの毒林檎の一件を、近所に住む底意地の悪い継母のせいにしようと騒ぎ立てた。しかしまあ、そこから得た教訓といえば、濡れ衣を着せるのならば、相手をちゃんと選ぶべしっていうところだな。俺たちは裁判にかけられたが、証拠不十分で執行猶予になったんだ。今後また白雪姫の身に何かが起こり、爪ひとつでも欠けたりしようものなら、その時には覚悟をしておくことだと言い渡されたというわけさ」

そう言うと同胞団団員その一は、デイヴィッドにも何の覚悟が必要なのかがはっきり伝わるよう、絞首刑にかかった振りをして苦悶《くもん》の顔を作ってみせました。

「それは大変だったね」デイヴィッドが言いました。「しかし、僕が知ってる物語とはずいぶん違うなあ」

「物語とな！」小人は鼻を鳴らして言いました。「じゃあお前は『めでたしめでたし』で終わればいいのかね？　俺たちがめでたくなんて見えるかね？　めでたしめでたしなんて、俺たちには無縁の話だよ。悲しき悲しき、ならばずっとお似合いだがね」

「熊のところに置き去りにしたらよかったんだ」団員その五が難しい顔をして言いました。「熊どもならば手練《てだ》れの殺し屋だもの、熊にしよう」

「ゴルディロックスお嬢ちゃんの話かい」団員その一は、なるほどといった顔で深々とうなずいてみせました。「そいつは確実だ、実に確実な手だ」

「いや、ありゃあ娘がひどかった」団員その五が言いました。「あれは熊どもを責められんよ、いや本当に」

「ちょっと待ってよ」デイヴィッドは口を挟みました。「ゴルディロックスお嬢ちゃんは、三匹の熊たちが住む家を逃げだして、もう戻らなかったはずだよ」

しかし、彼はそこで黙り込みました。小人たちが、まるで間抜けを見るような目で自分をじっと見つめていることに気付いたのです。

「え？　違うの？」デイヴィッドは、恐る恐る言いました。

「お嬢ちゃんは小熊たちのおかゆに味をしめてな」団員その一は、まるでデイヴィッドに重要な機密を打ち明けるかのように、鼻の横をとんとんと叩きながら言いました。「いつまで経ってもがつがつ食ってるもんだから、熊たちもすっかりうんざりしちまったのよ。『お嬢ちゃんは森に消え、二度と熊の家には現れませんでした』なんて、まあ、考えりゃあ分かるだろう」

「つまり、その……熊たちが女の子を殺してしまったってこと？」デイヴィッドは訊ねました。

「喰っちまったのさ」団員その一が言いました。「おかゆと一緒にね。ここで『森に消えて二度と現れなかった』ってのは、つまり『喰われた』ってことだよ」

「だけど、あの物語は『めでたしめでたし』で終わっていたよ?」デイヴィッドは、わけが分からず訊ねました。「あれはどういう意味?」

「さっさと喰ってしまいました、さ」団員その一が言いました。

そこで一行は、小人たちの家に到着したのでした。

14
実に腹立たしい白雪姫のこと

「いつまで待たせるんだい!」

団員その一が扉を開けると、鼓膜が破れるのではないかとデイヴィッドが思った罵声《ばせい》が響いてきました。団員その一はひどく怯えた様子で「やあ、今帰ったよ!」と、歌うような声を出しました。その言いかたは、デイヴィッドにも覚えがありました。かつて父親は夜遅くまでパブで酒を飲み、デイヴィッドの母親とひと悶着《もんちゃく》あるに違いないと思うと、そんな声を出して玄関から入ってきたものだったのです。

「まったく、『今帰ったよ』じゃないよ」返事が聞こえました。「いったいどこに行ってたんだい? あたしゃ腹ぺこで死んじまいそうだよ。腹がまるで空っぽの樽みたいなんだよ」

デイヴィッドが今までに聞いたことのないような声でした。女の人の声なのは分かりますが、低くも高くも聞こえるのです。水がないだけで、まるで海底に横たわる巨大な海溝のよう。

「ああああ、またお腹が鳴った」声が言いました。「お前たちもよくお聞き」

大きなまっ白い手がにゅっと突き出てくると、団員その一の首根っこを摑《つか》んで体を引っ張り上げ、家の中へと引きずり込みました。「はっきりと聞こえてきました。「はっきり

「ええ、聞こえまふう」やや間を置いて、くぐもった彼の声が聞こえてきました。「はっきりと聞こえまふう」

デイヴィッドは家に入ろうとする他の小人たちのため、ドアの脇へと体をずらしました。小人たちはまるで、家にお茶を飲みに帰る処刑人に、その前にちゃっちゃと首を落とされにゆく死刑囚の列みたいに打ち沈んだ足取りで進んでいきました。デイヴィッドは後ろ髪を引かれるように背後の暗い森を振り返ると、もしかしたら野宿をしたほうがいいのではないかと頭を悩ませました。

「さっさとドアをお閉め！」声の主が怒鳴りました。「寒くて凍えちまうじゃないか。ああ、歯ががちがち鳴る」

デイヴィッドは他に道はないと決意を固めると、家の中に踏み込んでしっかりとドアを閉めました。

目の前に立っていたのは、彼が今まで見たこともないほど大きく、そして太った女性でした。顔は化粧で、まっ白く塗りたくられています。髪は黒く、鮮やかな色に染められたコットンのヘアバンドで結い上げられており、唇はまるで絵の具を塗ったかのような紫色をしています。そして、まるで中でサーカスでも開けそうなほどに大きなピンク色のドレスを身に着けているのでした。団員その一は、彼女の大きな腹の中から響く奇怪な音がよく聞こえるよう、そのド

レスのひだの中に強く押しつけられているところでした。小さな両足は、今にも爪先が地面を離れてしまいそうです。ドレスにはとにかくあちこちにリボンやボタン、蝶結《ちょう》びが飾られてあったものですから、それを見ているとデイヴィッドは、白雪姫はどれが飾りで、どれをほどけばドレスが脱げるのか、本当にちゃんと憶えているのだろうかと思わずにはいられませんでした。彼女の両足は、どう見ても三サイズは小さなシルクのスリッパにぎゅうぎゅうに押し込まれており、指輪は今にも肉に埋もれて見えなくなってしまいそうでした。

「誰だい、お前は？」白雪姫が言いました。

「ほの子はふぉもだちだ」団員その一が言いました。

「友だち？」彼女は、飽きた玩具《おもちゃ》のように団員その一を放り捨てました。「なんで友だちを連れてくるって先に言わないんだい？」そう言ってぱたぱたと髪をはたいて微笑《ほほえ》むと、べっとりと口紅の付いた歯が口元に覗きました。「おしゃれもお化粧も、これじゃ間に合わないじゃないか」

団員その三が団員その八に小声で耳打ちするのがデイヴィッドに聞こえました。とはいえ「何したって」と「無駄」という言葉が、何とか聞こえた程度ですが。しかしあいにく白雪姫の地獄耳はしっかりとそれを捉えており、団員その三は声を殺した甲斐もなく、頭をぶん殴られてしまったのでした。

「口に気を付けな、この屑《くず》め」

そう言い捨てると彼女は大きな蒼白い手をデイヴィッドに差しだし、ちょこんと膝《ひざ》を曲げておじぎをしてみせました。

「私は白雪姫よ。お近づきになれて心から嬉しくってよ」

デイヴィッドはその手を取ると、自分の指がマシュマロのような白雪姫の手の中に飲み込まれてゆく様子を見て鳥肌を立てました。

「僕はデイヴィッドです」彼は声を絞《しぼ》りだしました。

「あら、素敵なお名前」白雪姫はそう言ってころころと笑い、胸に顎を埋めるようにしました。すると胸元に肉が波打つように皺《しわ》が寄り、まるで顔が溶けだしてしまったかのように見えるのでした。「どこかの王子様かしら？」

「王子ではないんです。すみません」デイヴィッドが言いました。

白雪姫はそれを聞くと、あからさまに表情を曇らせました。そしてデイヴィッドの手を放して指で輪をいじり回そうとしたのですが、指輪はあまりにきつく食い込んでいるので、思うように動きませんでした。

「じゃあ、貴族の殿方かしらん？」

「違います」

「じゃあきっと貴族のご子息ね。さぞかしすごい遺産を相続するか、成人したら受け取るんでしょう？」

デイヴィッドは、じっと考え込むような素振りをしました。

「ええと、それも違います。ごめんなさい」

「あらまあ、じゃあいったいどこのどなた？　まさか、また労働者とか抑圧とかそんな話をしに来た、退屈で退屈で退屈で退屈で退屈でたまらない連中の仲間だなんて言わないだろうね。あの小人どもに言っといたはずだけどね、あたいがお茶にするまで革命の話なんてするんじゃないよってさ」

「しかし、俺たちは確かに抑圧されているぞ」団員その一が言い返しました。

「もちろん抑圧されてるだろうさ！」白雪姫が怒鳴りました。「それでたったの三フィートに縮んじまったんだろう。さあ、あたいがまだ冗談を言えるうちに、さっさとお茶の用意をおし。それにブーツも脱ぐんだよ。せっかくぴかぴかの床を泥まみれにされちゃあかなわないからね。お前たちが昨日磨いたばっかりじゃないか」

　小人たちは言われるままにブーツを脱ぐと道具類とともに玄関に置き、小さな流し台の前に並んで、夕食をこしらえるために手を洗いました。二羽のうさぎをオーブンでローストしている間に、パンをスライスし、野菜を切ります。その匂いを嗅いでいると、デイヴィッドの口の中に唾がどんどん湧いてきました。

「どうやらお前も食べたいみたいだね」白雪姫がデイヴィッドに言いました。

「腹ぺこなんです」デイヴィッドはうなずきました。

「じゃあ、連中にうさぎを分けてもらいな。あたいの分は何もやらないよ」

　彼女はそう言うと暖炉の前に置かれた巨大な椅子に体を沈め、頬を大きく膨らませてからうるさいほどのため息をつきました。

「あたいはここで食うからね。ああもう、まったく退屈で退屈でたまらない」

「じゃあ、どうしてここにいるんです？」デイヴィッドが訊ねました。

「どうしてって、じゃあどこに行けってのかね？」白雪姫が言いました。

「おうちはないんですか？」デイヴィッドは言いました。

「父親も継母《ままはは》も引っ越しちまったからねえ。家も小さくて、あたいにゃ暮らせないんだとさ。まあ、退屈で退屈で退屈な連中さ。あいつらといて退屈するくらいなら、あたしゃここで退屈しとくほうがましだよ」

「そうでしたか」デイヴィッドは相づちを打ちながら、裁判の件と小人たちによる白雪姫毒殺計画についての話を切りだしていいものかと頭を悩ませました。気になってしかたないのですが、白雪姫が気を悪くするのではないかと思うと口にするのが憚《はばか》られたのです。何より、目の前にいる小人たちの様子を見ていると、これ以上の面倒に巻き込むのは気が引けるというものです。

しかし、白雪姫のほうからその話を持ちだしてくれたのです。彼女はデイヴィッドに顔を寄せると、ふたつの岩がぶつかり合うようながらがら声で、こう耳打ちしたのでした。「連中は、あたいの世話を焼かなくちゃならないのさ。あたいを毒で殺そうとしたもんで、裁判官にそう命令されたんだ」

デイヴィッドは、自分を毒殺しようとした人たちとひとつ屋根の下に住むのは絶対に嫌だと思いましたが、どうやら白雪姫には、小人たちが二度と毒殺を企てたりしない自信があるようです。そんな企てをすれば命はないのだと。とはいえ同胞団団員その一の表情は、白雪姫と今後も生活をともにするくらいなら死をも歓迎しよう、とでも言っているように、デイヴィッドには見えたのですが。

「でも、ハンサムな王子様と出会いたいんじゃないですか?」デイヴィッドは訊ねました。

「ハンサムな王子様には、もう出会ったんだよ」白雪姫は、うっとりとした顔で窓の外に視線を移しました。「あたいを口づけで起こしてくれたんだけど、ゆっくりしてる暇がなかったようでね。どっかで竜だか何だかを退治したら戻ってくるからと言って、行ってしまったのさ」

「行ったりしないで、俺たちの代わりにこいつの世話を焼いてくれりゃよかったのに」団員その三がぶつぶつ言うと、白雪姫は彼に向けて薪《まき》を投げつけました。

「ちょっとあたいの身になっておくれよ」彼女がデイヴィッドの顔を見つめました。「こいつらが仕事に出ている間、あたいは日がな一日ひとりぼっち。仕事から戻ってきたら戻ってきたで、すぐに不平不満ばかり聞かされるんだよ。そもそも、何で連中が穴掘りなんてしてるのかも、あたいは知らないんだ。何か見つけて持ち帰ったことなんて、一回もありはしないんだからね」

その言葉を聞くと小人たちは、デイヴィッドの目の端で顔を見合わせました。団員その三が堪《こら》えきれずに笑い、団員その四に向こうずねを蹴られて黙らされる音も聞こえました。

「だから、あたいの王子様がまた戻ってくるまで、この小人どもと暮らすのさ」白雪姫が言いました。「それより先に他の王子様が現れて結婚を申し込んできたら、そっちでもあたいは構わないんだけどね」

彼女は小指のささくれを噛んでむしり取ると暖炉の中にそれを吐き捨て、話は終わりだと言わんばかりに大声を張りあげました。

「さてと。あたいの！　お茶は！　いつ入るんだい！」

小屋の中にしまわれているカップやポット、鍋や皿が、ひとつ残らず震えてちりちりと音を立て、天井からはぱらぱらと土埃が落ちてきました。ネズミ穴からはネズミの家族が飛びだしてきて、壁の割れ目から外に逃げだしていきました。もう二度と戻ってはこないでしょう。

「腹が空いてると、ついつい怒鳴っちまっていけないね」白雪姫が言いました。「ちょっと誰か、あたいのうさちゃんを持ってきておくれ……」

みんな押し黙ったまま、食事が始まりました。ただひとり白雪姫だけがずるずるとすすり、きいきいとフォークで皿を引っ掻き、くちゃくちゃと噛み、げっぷを響かせていました。それにしても、いったいどれだけ食べれば気が済むのでしょう？　彼女は目の前のうさぎをまるまる骨にしてしまったかと思うと、有無を言わさず団員その六の皿から肉を引ったくりました。パンをそっくり一斤《きん》と強烈な悪臭を放つチーズを半ブロックを、瞬《また》く間に平らげます。そして、小人たちが納屋でこしらえたエールを次から次へと巨大なジョッキに注いで飲み干しては、団員その一が焼いたフルーツケーキの大きな塊《かたまり》をふたつ立て続けに口に詰め込み、レーズンが固くて歯が欠けたと怒鳴りちらすのです。

「だから、干しすぎだって言ったんだ」団員その二が耳打ちすると、団員その一は何も言わずに顔をしかめました。

テーブルの上の料理が綺麗さっぱりなくなると、白雪姫はよろめきながら立ち上がって暖炉のそばの椅子に身を投げだし、瞬く間に睡《ねむ》りに落ちました。デイヴィッドはテーブルの片付けと皿洗いを手伝ったのですが、それが済むと小人たちは小屋の隅に集まってパイプをふかしはじめました。煙草は、まるで誰かが古靴下でも燃やしているかのような、嫌な臭いがしました。団員その一がデイヴィッドにも勧めてきたのですが、彼は丁重にそれを断りました。

「何を掘ってるの?」デイヴィッドは訊ねました。

するとと小人たちは一斉に咳払いをして、デイヴィッドと目が合わないように顔を背けました。質問に答えようという気があるのは、どうやら団員その一だけのようです。

「石炭、みたいなものさ」

「みたいなもの?」

「何というか、石炭の一種なのさ。石炭の元というか、なんというか……」

「燃えるように光るやつだぜ」団員その三が横から言いました。

デイヴィッドはしばらく考え込んでから「もしかして、ダイヤモンドのこと?」と言いました。

七人の小人たちは、慌ててデイヴィッドに飛びかかって押さえ込みました。「その言葉をここで二度と口にするんじゃない。二度とだぞ」

デイヴィッドはうなずきました。小人たちは、デイヴィッドがことの深刻さを理解したと感じると、すぐに彼を自由にしてくれました。

「つまり、白雪姫にはその、燃えるように光るやつのことは言ってないんだね」

「まあそうだな」団員その一が言いました。「その、なんだ、言ったことはないな」

「あの人を信用してないんだね？」

「だって、信用できるか？」団員その三が言いました。「去年の冬に食べ物が底を突きかけたとき、夜中に団員その四が目を覚ましてみたら、あいつが足に齧《かじ》り付いてたんだぞ」

団員その四は、それがまったき真実であることを伝えるべく、心から真剣な顔をしてデイヴィッドにうなずいてみせました。

「まだ歯形が消えないんだ」

「もしあの鉱山が活きているってばれたら、きっと宝石を採り尽くすまで働かされるはめになっちまう」団員その三が言葉を続けました。「そうしたら今よりもっと俺たちは抑圧されて、貧しくなるんだ」

デイヴィッドは、小屋の中を見回しました。取り立てて変わった点はありません。部屋は、今彼らが座っている部屋と、白雪姫が寝室にしている部屋のふたつだけです。小人たちは暖炉の隣にひとつだけ置かれたベッドで、片隅に三人、もう片隅に四人寝そべり、一緒に睡るのです。

「あいつさえいなければ、ここもうちょいましにできるんだけどな」団員その一が言いました。「でも金目の物が増えたらあいつにまず疑われるし、このままにしておくより他にしょうがない。ベッドをもうひとつ増やすこともできやしない」

「でも、近所にもその鉱山を知っている人はいるんじゃないの？　誰かに疑われるんじゃない？」

「ああ、そのことだったら、近所の人たちにはいつも、大して儲からないって言ってるんだ。俺たちだけが採掘できるようにね」小人が言いました。「なにせ鉱山仕事は大変だ。たっぷり儲かりでもしない限り、誰もやりたいなんて思わんものさ。だから俺たちが慎ましくして、派手な服や金の鎖なんかに湯水のごとく浪費したりしない限りは――」

「ベッドもな」団員その八が言いました。

「そう、ベッドもな」団員その一がうなずきます。「そうすりゃあ、いつかきっと上手くいく日が来てくれる。とにもかくにも、俺たち誰も、これから若返れるわけじゃない。だから少しは楽をして、ちょっとは贅沢がしたいところじゃないか」

小人たちは、椅子の上で睡りこける白雪姫のほうへ一斉に視線を向けると、そろってため息をつきました。

「実はね、誰かに金を握らせて、俺たちを白雪姫から自由にしてもらえたらと願ってるんだ」

「つまり、お金を払って結婚してもらうっていうこと？」デイヴィッドは訊ねました。

「もちろんその人にしてみりゃ悪夢みたいな話だろうけど、その分の埋め合わせはきっちりするつもりさ」団員その一が言いました。「まあ、この国にあの女と一緒に死ぬまで暮らせるだけのダイヤモンドが眠っているかどうかは分からんが、それでも、いくらか苦しみを和らげてやれるくらいは掘れるだろう。極上の耳当てや、超キングサイズのベッドが買えるくらいにはね」

気付けば、何人かの小人たちはこっくりこっくりうたた寝をしていました。団員その一は長い棒を手に取ると、恐る恐る白雪姫に歩み寄りました。

「この人は、起こされるのが嫌いでね」彼は、デイヴィッドを振り返って説明しました。「こうするほうが、ずっと簡単なんだ」

そう言って、白雪姫を棒の先でつつきます。しかし、何も起こりません。

「もっと強くしなくちゃ駄目なんじゃない？」デイヴィッドが言いました。

すると小人は、思い切り力を込めて白雪姫を突きました。どうやら今度は効いたようです。白雪姫がぱっと棒を摑むと思い切りたぐり寄せたので、団員その一はあわやまっすぐ暖炉に放り込まれそうになり、慌てて手を離して石炭バケツの中に突っ込んだのです。

「んもう、何ふんのよ……」白雪姫はそう言うと、口元に垂れたよだれを拭《ぬぐ》って椅子から立ち上がり、よろよろとした足取りで寝室に向かいました。「朝にはベーコンと卵を四つ、あとソーセージを一本。いや、やっぱりソーセージは八本にしとくれ」

そう言い残して彼女は乱暴にドアを閉めるとベッドに身を投げだし、すぐさまぐっすりと睡りに落ちてしまったのでした。

デイヴィッドは暖炉のそばで椅子に腰かけ、体を丸めました。家は、白雪姫と小人たちのいびきで震えています。いびきと鼻息、そして乾いた咳が混ざり合って響き、うるさくてたまらないのです。彼は木こりと、森の中へ続く血の跡を思いだしました。そしてリロイと、彼の瞳に浮かんだ表情を思いだしました。この家で小人たちと過ごすのは、今夜限りにしなくてはいけません。とにかく進まなくてはいけないのです。国王に会わなくては。

デイヴィッドは椅子から立ち上がると、窓辺に歩み寄りました。外には分厚く重い暗闇が広がるばかり、見えるものは何ひとつとしてありませんでした。耳をそばだててみても、梟《ふくろう》が一羽鳴いているばかりです。彼をこの新世界へと導いた母の声は耳を離れませんが、あれっきり、まったく聞こえてはこなくなっていました。呼びかけてくれさえすれば、きっと見つけだすことができるというのに。

「母さん」デイヴィッドはそっとつぶやきました。「もしここにいるんなら、助けて。道を教えてくれなくちゃ、探しだすことができないんだ」

しかし、どこからも返事はありません。

彼は椅子に戻ると、そっと瞼《まぶた》を閉じました。そして睡りに落ちて夢を見ました。自分の寝室と、父親と、新しい家族の夢です。しかし、そこには他にも誰かがいたのです。夢の中にあのねじくれ男が現れて廊下を忍び足で進み、ジョージーの寝室にやってくると、しばらくの間じっと彼の寝顔を見つめてから屋敷を抜けだし、また自分の世界へと戻っていったのでした。

15
人の頭を持つ鹿娘を森で見かけたこと

　翌朝、デイヴィッドと小人たちが出かける時間になっても、白雪姫はまだベッドでいびきをかいていました。小人たちは彼女から離れれば離れるほど、どんどん意気軒昂《けんこう》になってゆくようです。あの白い道の終点に着くと、小人たちは何だかそわそわとした様子で、デイヴィッドを囲んで立ち尽くしました。どうお別れを言えばいいのか分からなくなると、人はそうなるものなのです。

「鉱山がどこにあるのかを教えるわけにはいかん、はっきりとはな」団員その一が言いました。

「はっきりとはね」デイヴィッドが言いました。「ちゃんと分かってるよ」

「まあ、秘密だからな」

「うん、そうだね」

「どこの誰とも知らん連中に、嗅ぎ回られちゃたまらないのさ」

「気をつけたほうがいいね」

団員その一が、どこか悲しげな顔をしてデイヴィッドの耳を引っ張りました。

「右に見えるあのでかい丘を越えればすぐだよ」口早に彼が言います。「そこから一本道で着く。だが入念に隠されてるから、よくよく目を凝《こ》らさないと見つからんぞ。木に目玉の形をした目印が彫ってあるからな。と思う、あれは人が彫ったんだと思うぞ。しかし、あの辺の木々のことはまったく分からん。念のために、ちょっとした連れでもいれば確実だな」団員その一はそう言うと、喜色満面になりました。「はは！　どうだ今の？　『ちょっとした連れ』ってのは、友だちっていう意味と、身長がちょっとした小人たちって意味がかかってるんだぞ。分かったか？」

言われるまでもなく分かっていましたが、デイヴィッドは律儀に笑顔を作ってみせました。

「忘れないでくれよ」団員その一が言いました。「もしどこかで王子様か若い貴族の男と行き逢うことがあったら、というよりも、金さえ貰《もら》えれば最低女と結婚しても構わんくらいに結婚を焦っている御仁《ごじん》を見かけたら、必ず俺たちのところに寄こしてくれ。いいな？　俺たちが来るまでこの道で待ってるように言うんだぞ。勝手に家までやってきて――」

「怖がられたらおしまいだからね」デイヴィッドは、代わりに先を続けました。

「ま、そういうこった。頑張ってくれよ、この道をひたすらまっすぐだぞ。一日も歩くと村があって、お前の旅の力になってくれる人が誰か見つかるはずだよ。だが、たとえ何が起ころうとも、この道をはずれてはいかんぞ。この森にはいかがわしい連中がたくさん棲んでいて、あの手この手で獲物を引きずり込もうとするんだからな。道をはずれると、命取りになりかねんぞ」

小人たちはそう言い残して森の中へと消えていき、デイヴィッドはまたひとりきりになりました。仕事に向かう時に唄おうと団員その一が作った歌を唄いながら歩く、小人たちの声が聞こえます。どうにも調子っぱずれでしたし、団員その一が苦心した割には「労働の集団主義化」だの「資本主義の手先による抑圧」だのという言葉はうまく韻を踏めているようにも思えます。しかしだんだんとその歌が遠ざかり、静まり返った道にぽつねんと取り残されると、デイヴィッドの胸には寂しさが込み上げてくるのでした。

デイヴィッドは、あの小人たちが好きでした。確かに何を言っているのかよく分からないことも多かったのは確かですが、集団で殺人を企てたり、階級意識に囚われたりはしていても、小人たちはデイヴィッドにとって実に楽しい仲間だったのです。小人たちがすっかり行ってしまうと、デイヴィッドはひどく孤独な気持ちになりました。立っているのは大きな街道に違いないというのに、道にはどうやら彼以外、人っこひとり見当たらないようなのです。そこかしこに他の旅人たちの名残《なごり》が残されておりました。消えてからずいぶん経つ焚《た》き火の跡や、腹を空かせた動物に端《はし》を囓《かじ》られた革紐などを見つけるたびに、デイヴィッドは寂しさのあまり、本当に人と行き逢ったような気持ちすら胸に覚えるのでした。早朝と夕暮れ時にだけ大きくその表情を変える薄明かりに包まれていると、デイヴィッドは何だか精も根も尽き果てた気持ちになり、頭がぼんやりとしてきました。時には歩きながらうたた寝をして、刹那《せつな》の夢を見ることもありました。モバリー先生が立ち上がって彼を見下ろしながら何かを話している夢や、目の前を覆う暗闇の向こうから父親の声が聞こえてくる夢です。そして知らず知らず石ころの道をはずれて草地に踏み込んで足をもつれさせ、デイヴィッドはびっくりして飛び起きるのでした。

気付けば、ひどくお腹が空いていました。小人たちと一緒に朝ご飯を食べたものの、お腹がぐうぐうと鳴り、痛いほどなのです。革袋の中にはまだ食べ物がありましたし、小人たちからも少しだけドライ・フルーツを貰っていたのですが、お城に辿《たど》り着くまであといったいどれだけ旅をしなくてはいけないのか、彼には想像もつきません。それについては、小人たちもまったく役には立たなかったのです。デイヴィッドが知る限り、国王はどうやらこの王国の支配からまったく離れてしまっているようでした。団員その一から聞いた話では、ある日、王国の徴税員を名乗る人物が彼らの家を訪れたものの、一時間ほど白雪姫と時を過ごすと帽子を置き去りにして逃げ帰り、二度と戻ってこなかったというのです。国王について団員その一が確かに知っているのは、恐らく国王は実在するはずだということ、そして彼自身ただの一度も目にした経験はないものの、デイヴィッドが今進んでいるこの道を行けばいつか王城に辿り着くはずだということだけなのでした。その言葉を信じてデイヴィッドは、頭をぼんやりさせながら、そして痛むほどお腹を空かせながら、目の前に白く輝きながら続く道をひた歩いているのでした。

何度か道端の溝に転がり落ちそうになっているうちに、ふとデイヴィッドは、森の端《は》に立つ木の枝にいくつも林檎《りんご》の実がなっているのを見つけました。ほぼ熟《う》れかけの青い実を見ていると、口の中に唾が湧きだしてきます。胸の中に、森にどんな誘惑があろうと決して道をはずれてはいけないという、あの小人の警告が蘇りました。ですが、林檎の実をいくつかもいでくるくらいなら、構わないのではないでしょうか？　あそこなら道を見失うはずなどありませんし、落ちた枝を拾って使えば一日分か、もしかしたらもう少し歩いてゆくのに必要なくらい実が採れるかもしれません。立ち止まって耳をそばだてましたが、物音は何も聞こえませんでした。森はひっそりと静まり返っています。

デイヴィッドは道を降りました。地面は柔らかく、一歩足を踏みだすごとにぐっちょりと嫌な音がしました。近づいてゆくにつれて、枝の先のほうになっている林檎は小さく未熟で、高い枝の根元に近くなるほどよく熟して大きく、人の握りこぶしほどもあるのが見て取れるようになってきました。高いといっても木に登ってしまえば手が届くわけですし、デイヴィッドは木登りが大の得意なのです。ものの数分で木をよじ登ったデイヴィッドは、すぐさま太い枝に腰かけて甘くてたまらない林檎の実に齧りついていました。最後に林檎を口にしたのは、もう何週間も前のこと。地元の農家の人が「子供たちにやんな」と言って、こっそりローズに渡してくれたのでした。あの林檎は小さくて酸っぱかったのですが、今度の林檎はデイヴィッドには信じられないほど美味しく感じられました。顎を伝い落ちる果汁も、頬張った固い果肉もたまりません。

彼はひとつめの林檎をすっかり食べてしまうと芯を放り投げ、次の林檎をもぎました。そして、あまりたくさん林檎を食べてはいけませんよという母親の声を思いだしながら、今度はさっきよりもゆっくりと齧りました。母親からは、食べすぎるとお腹が痛くなると言われたのです。デイヴィッドは、きっと食べ物を詰め込みすぎるとお腹が痛くなるのだろうと思っていたのですが、ほとんど丸一日何も食べずに過ごした日にはどうすればいいのでしょう？　とにかく彼に分かるのは、目の前の林檎がうっとりするほど美味しいことと、胃袋がそれを求めてやまないことだけなのでした。

ふたつめの林檎を半分ほど食べたところで、デイヴィッドは森のどこからか物音が聞こえてくるのに気付きました。彼の左のほうから近づいてくるものがあるのです。藪の向こうを何ものかがさっと横切り、褐色がちらりと見えました。頭まで見えたわけではありませんが、どうやら鹿のようだとデイヴィッドは思いました。何かに追われて逃げているのです。デイヴィッドの脳裏に、あの狼たちの姿がさっとよぎりました。木の幹にぎゅっと体を寄せ、見つからないように隠れます。デイヴィッドは息を潜めながら、もしかしたら木の下をゆく狼たちににおいで勘付かれるだろうか、それとも鹿を追いかけるのに夢中で気付かずに通り過ぎてくれるだろうかと、ぐるぐる考えていました。

その刹那《せつな》、先ほどの鹿が茂みから、デイヴィッドが隠れている木が立つ野原へと飛びだしてきました。どちらに逃げればよいか迷うかのように、その場で立ち止まります。初めてその頭をはっきりと見たデイヴィッドは、思わず息を呑みました。何しろそれは鹿ではなく、金髪と深い緑色の瞳を持つ若い娘の頭だったのです。人の首と鹿の胴体がどこで繋がっているのかは、一目瞭然でした。ぐるりと赤いみみず腫れのような傷痕が付いていたからです。物音に気付いた娘が見上げると、デイヴィッドと目が合いました。

「助けて！　お願い！」鹿がすがるように悲痛な声をあげました。

追っ手が迫る音がどんどん近づいてきました。誰かが馬に跨《またが》り野原を目指しながら、今にも矢を放たんとして弓を構えているのが、デイヴィッドのところからも見えます。鹿娘もその音に気付くと後肢《あとあし》に力を込め、森に身を隠そうと飛び上がりました。しかし、彼女がまだ着地する前に、空《くう》を切って飛んできた矢がその首筋を捉えてしまったのです。鹿娘は衝撃で右に吹き飛ぶと、どうと音を立てて地面に落ち、びくびくと身悶《みもだ》えしました。最期の言葉を残そうとして、口をぱくぱくさせているのが見えます。後肢で土を蹴って体を震わせると、彼女はやがて動かなくなってしまいました。

彼女を射貫《いぬ》いた狩人が、大きな黒馬に跨り野原へと駆けてきました。すっぽりとフードをかぶり、秋の森の緑と琥珀《こはく》色をした着衣に身を包んでいます。左手に短弓《ショート・ボウ》を握り締め、肩からは何本も矢をしまった矢筒を提げています。狩人は馬の背を降りると鞍にくくった鞘から長い剣をすらりと抜き放ち、地面に転がる鹿娘の体に近づいてゆきました。剣を振り上げると鹿娘の首に向けて振り下ろし、もう一度振りかぶってまた振り下ろします。デイヴィッドは最初の一撃を見届けると、片手で口を押さえてぎゅっと目をつぶり、顔を背けてしまいました。しばらくして恐る恐る瞼《まぶた》を開いて見てみると娘の頭は鹿の胴体から切り離されており、狩人は髪の毛を摑んでそれを持ち上げているところでした。首から地面へと、どす黒い血液がぽたぽたと滴《したた》っていました。狩人は摑んだ髪の毛を鞍の出っ張りに結び付けて馬の脇腹に生首をぶら下げると、鹿の亡骸《なきがら》を横向きにして馬に背負わせました。そして、自分もまた跨ろうと左足を地面から離れたところでぴたりと動きを止め、じっと地面を見つめたのです。デイヴィッドがその視線の先を追ってみると、狩人は馬の足元に転がる林檎の芯を見つめているのでした。左足を地面に戻すと林檎の芯を一瞥《いちべつ》し、矢を一本さっと矢筒から抜き取ると弓につがえて引き絞ります。そして林檎の木の上、まさにデイヴィッドが隠れているところに、狩人はぴたりと狙いを定めたのでした。

「降りてこい」狩人が言いました。口元に巻き付けたスカーフのせいで、声はいくぶんかくぐもって聞こえました。「降りてこないのなら、射落とすまでだぞ」

デイヴィッドには従うより他にありませんでした。自分が泣きだしているのが分かりました。涙をこらえようとしても、辺りに漂う鹿娘の血の臭いが鼻から入り込んできてしまうのです。彼はひたすら、どうか狩人が今日の狩りにすっかり満足して、今は自分を殺さずにおいてくれますようにと願いました。

デイヴィッドの足が地面に着きました。すぐにでも駆けだして森に逃げ込みたい衝動に駆られましたが、すぐにそんな考えを頭から振り払いました。なにせ、飛び跳ねる鹿を馬の背から一射で仕留める腕を持つ狩人なのですから、逃げ惑う子供ひとり射貫くことなど朝飯前に違いないのです。デイヴィッドは、ただただ慈悲を祈りました。しかし、フードに包まれた狩人の前で鹿娘のうつろな瞳を見つめていると、こんなことをできる人間に慈悲を乞うても無駄なのではないかと思えてなりませんでした。

「地面に俯《うつぶ》せで寝るんだ」狩人が言いました。

「お願いだから何もしないで」デイヴィッドが懇願しました。

「寝るんだ！」

デイヴィッドは地面に膝を突き、そのまま腹這いになりました。狩人が近づいてくる足音がしたかと思うと両腕が背中にねじ上げられ、手首を粗いロープで縛られてしまいました。短剣も取り上げられてしまったのです。両足首もまとめて縛られて担ぎ上げられ、大きな馬の背に載せた鹿の亡骸の脇にどさりと載せられます。脇腹が鞍に押しつけられ、痛くてたまりません。しかし馬が走りだし、まるでナイフをあばらの隙間に突き立てられてでもいるかのようにぐいぐいとひっきりなしに鞍が食い込んでも、デイヴィッドは痛みを頭から追いだそうとし続けたのでした。

いいえ、デイヴィッドにはあの鹿娘の首のこと以外、何も考える余裕などなかったのです。馬が走るたびに彼女の顔がデイヴィッドの顔にこすれ、生暖かい血がべっとりと彼の頰に付くのです。深緑色をした彼女の両目を覗くと、そこには彼の顔が映り込んでいるのでした。

16

森にやってきた三人の医者のこと

デイヴィッドの感じでは、馬が進みだしてかれこれ一時間くらいでした。いや、もしかしたらもっと経っていたかもしれません。狩人はひとことも口をききませんでした。馬の背に揺られ続けてデイヴィッドはすっかり目眩《めまい》がし、頭も痛くてしかたありませんでした。鹿娘の血の臭いはとても強烈で、その肌は彼の頬が触れるたびに少しずつ冷たくなってゆくのでした。

ようやく、馬は森に囲まれて建つ石造りの細長い家に到着しました。無骨で飾り気ひとつなく、小さな窓がいくつかと高い屋根が付いているばかりです。狩人は、家の傍《かたわ》らにある大きな家畜小屋に、自分の馬を繋ぎ止めました。辺りには他にも動物たちがいました。小屋の中では一頭の山羊が藁《わら》を嚙みながら、新たな客人を見て目をぱちくりさせていました。鉄線の張り巡らされた囲いの中では鶏たちが忙《せわ》しなく動き、うさぎ小屋には何羽もうさぎがいます。そのそばでは狐が一匹自分の檻《おり》を引っ掻きながら、目と鼻の先にいる獲物と狩人の両方に気を取られているところです。

馬を降りると狩人は、鹿娘の髪の毛をほどいて鞍《くら》から頭部をはずしました。そしてもう片手でデイヴィッドを持ち上げるとひょいと肩に担ぎ上げ、家の前に引っぱっていきました。狩人が閂《かんぬき》を上げると、鹿娘の頭が扉にぶつかって鈍い音を立てました。家に入った狩人は石造りの床にデイヴィッドを放りだしました。デイヴィッドは背中を打ち付け、目眩《めまい》と恐怖に襲われながらそこに身を横たえ、狩人がひとつひとつランプを点けて回るのを目で追いました。ようやく、家の様子が見て取れるようになりました。

壁には、首がずらりと並んでいました。ひとつひとつ木の板に載せられ、石壁に固定されているのです。鹿や狼など動物の首も多く、何とループの首までが、まるで威厳を讃えるかのように壁の中央に飾られているのが見えました。残りの首は、人間のものでした。まだ十代くらいの若者や老いさらばえた老人の首もありましたが、ほとんどは幼い少年少女たちのもので、眼球の代わりにはめ込まれたガラス玉がランプの灯りを受けて輝いているのです。部屋の片隅には暖炉があり、その隣には藁《わら》敷きの狭いベッドが置かれていました。デイヴィッドが見回してみると、部屋の反対側にはフックから吊るされた干し肉が並んでいるのが見えました。動物の肉なのか人間の肉なのかは、分かりません。

しかし、とりわけ目を引くのはオーク材で作られたふたつの巨大な台でした。大きさからして、家の中で部品を組み立てて作ったのに違いありません。台は両方とも血で汚れており、上には鎖と枷《かせ》、そして革で作られた拘束具が載っているのでした。台の片隅に置かれた収納棚にはナイフやメス、さまざまな手術器具が収まっていました。ひと目で年代物だと分かりましたが、それでも実によく手入れをされ、清潔に保たれているのが見て取れました。テーブルの上方には、装飾の施された台座から金属やガラスの管が一列になって伸びてきていました。半分は針のように細く、残りはデイヴィッドの腕ほどの太さがありました。

部屋にはいくつか棚が置かれており、大きさも形もさまざまな瓶がそこにしまわれていました。透明な液体が入った瓶もあれば、肉体の部位が入れられた瓶もあります。目玉がぎっしりと詰め込まれた瓶もあるのです。眼窩《がんか》からくり抜かれてもう物を見ることはできないはずなのに、デイヴィッドには、まるで生きている目玉のように見えてしかたありませんでした。女の手がひとつ入った瓶もありました。その薬指には結婚指輪がはめられ、赤いマニキュアが爪から徐々に剝《は》がれ落ちてゆくところなのでした。三つめの瓶には脳みそが半分入れられており、その断面に色付きのピンを打って、印が付けてありました。

ですがそんなものより、もっとおぞましいものがそこにはあったのです……。

近づいてくる足音が聞こえました。デイヴィッドを見下ろす狩人は、フードとスカーフをはずしており、その顔がはっきりと見えました。女の顔です。化粧っ気のない赤ら顔で、薄い唇は無表情に固く結ばれていました。髪の毛は頭の上でゆるく縛られていましたが、黒髪と白髪、そして銀髪とが混ざり合い、まるでアナグマの毛皮のようでした。見上げるデイヴィッドの前で彼女が髪をほどくと、その髪がばらばらと落ちて肩や背中にかかりました。女はひざまずくと右手でデイヴィッドの顎を摑《つか》み、あちこちに転がすようにして頭の形を観察しました。それから手を離すと今度は首を調べ、最後に両腕と両脚の筋肉を調べます。

「ぴったりだ」彼女はひとりごとのようにそう口にすると、デヴィッドを横たえたままひとりそこに残し、今度は鹿娘の頭部に向かって何やら作業を始めました。それから何時間も過ぎるころ、ずっと鹿娘の頭にかかりっきりになっていた彼女が、ようやくデイヴィッドに声をかけました。そして彼を立ち上がらせると、作業を終えた鹿娘の生首の前に置いた低い椅子に座らせたのでした。

鹿娘の生首は、暗い色をした一枚の板きれの上に置いてありました。髪の毛は洗われ、板の上に広げて薄い糊《のり》で固められています。目玉はくり抜かれ、代わりに緑と黒のガラスでできた球体が眼窩《がんか》にはめ込まれています。腐敗を防ぐため皮膚は蠟《ろう》のようなもので覆われており、女狩人が握りこぶしを作ってそのてっぺんを叩くと、頭はまるで空洞のような音を立てるのでした。

「本当に可愛いわねえ、そうは思わなくて？」女狩人は言いました。

デイヴィッドは何も言わず、ただ首を横に振りました。この子にだって名前があったはず。母親と父親がいて、もしかしたら姉妹や兄弟だっていたかもしれません。彼らと遊び、愛し、自分もまた愛されていたことでしょう。やがて成長して彼女もまた子供を産み、育んでいたかもしれません。しかし、そうしたものはすべて失われてしまったのです。

「おや、思わないのかしら？」女狩人が言いました。「可哀想だと思っているのね。でも、考えてごらん。やがて年が過ぎればこの子も歳を取り、醜《みにく》く老いさらばえていってしまうのよ。男には利用され、子供たちに謂《い》われのない文句を言われたりしてね。歯は抜け落ち、肌には皺《しわ》が刻まれて衰え、髪の毛も細くしなびてまっ白になってしまう。でもこうしていればずっと若若しく、いつまでもこの美しさを失わなくて済むわ」

女狩人は、身を乗りだしました。手を伸ばしてデイヴィッドの頬に触ると、彼女が初めて笑みを浮かべてみせました。「お前もすぐに、この子のようにしてあげるからね」

デイヴィッドは、首をよじって彼女の手を逃れました。

「誰なの？　何でこんなことをしてるのさ？」狼狽《うろた》えながら、彼が訊ねます。

「私は狩人だもの」彼女は、静かに答えました。「狩人は、狩るものでしょう？」

「でも、この子はまだ小さかったんだぞ」デイヴィッドは言いました。「動物の体をしてたけど、それでもまだ幼い女の子だったじゃないか。言葉だって喋《しゃべ》っていたんだよ。すごく怖がってた。でも、あなたが殺してしまったんだ」

女狩人は、鹿娘の髪を撫でました。

「そうね」彼女がなよびかな声で言います。「思いのほかしぶとかったわ。予想してたより、ずっとずる賢い子でね。だったら狐の体のほうがお似合いってところだろうけど、まあ今となってはどちらでも同じだわね」

「なんてひどいことをするんだ」デイヴィッドは声を荒らげました。恐ろしいのは確かでも、そのひとことひとことには女狩人の仕業への嫌悪が滲《にじ》んでいました。女狩人は彼の声に混じった憎悪を感じて驚いた顔をすると、言葉を尽くして彼を説き伏せようとし始めました。

「狩人というものは、常に新たな獲物を求めるものよ」彼女が言いました。「だけど獣を狩るのは飽きたし、人間狩りはつまらなくてね。人間はいくら頭がよくても、肉体が貧弱でしょう？　だから、動物の肉体と人間の知性を組み合わせられたなら、どんなに素晴らしいかしらって考えたのよ。そうしたら、最高の腕試しができるんだものね！　だけど、そういう合成生物を作るのは本当に本当に難儀でね。繋ぎ合わせる前に、動物も人間も死んでしまうものだから。くっつける前にすっかり血が流れ出てしまうのを、どうしても止められなかったのよ。一滴、また一滴と血が流れていき、脳みそが死に、心臓が止まり、私の努力がすべて水の泡になってしまうのよ。

でもある時、幸運が訪れたわ。森を歩いてきた三人の医者とばったり出くわしたのだけど、彼らを捕まえてここに連れてくることができたのよ。三人は、自分たちが作り上げた奴隷の話を聞かせてくれた。自由に動く手を手首の先に何本も取りつけたり、胴体に脚を一本くっつけたりした奴隷のね。だから、実際に目の前で見せてもらった。ひとりの医者の腕を切り落とし、他のふたりにそれを元どおりくっつけさせたのよ。言葉どおり、彼らはちゃんとくっつけてみせたわ。そこで今度は他の医者をまっぷたつにしてみたら、これまた元どおり。それならばと思って三人めの首を刎《は》ねてみたら、医者たちはこれもすっかり治してしまったの。

私は、三人から奴隷の作りかたを聞きだしてしまうと、彼らを新しい獲物の第一号に選んだの」彼女はそう言うと、壁に飾られた三老人の首を指差しました。「今は、獲物に飽き飽きするようなこともなくなったわ。どの子も、私が組み合わせた動物の力を活かして必死で逃げてくれるんだからね」

「でも、何で子供ばかりを？」デイヴィッドは訊ねました。

「大人はすぐに諦めてしまうからよ」彼女が答えました。「でも、子供たちは違う。だって子供たちは動物になってみたいと夢見るものでしょう？　だから新しい体にも新しい生きかたにも、順応してくれるのよ。それに、私は子供たちを狩るのが好きなの。狩っていて楽しいし、綺麗な顔をしているから、こうして記念に飾るのにもいいでしょう？」

彼女は後ろに下がると、なぜデイヴィッドがあれこれ訊きたがるのかようやく分かったと言わんばかりの様子で、彼をじろじろと眺め回しました。

「名前は何？　あなたどこから来たの？」彼女が言いました。「この国の子じゃないわね。においと喋りかたが違うわ」

「僕はデイヴィッド。ここじゃない、他の国から来たんだ」

「他の国？」

「そう、イングランドから」

「イング・ランド」女狩人は繰り返しました。「そこからどうやってここに？」

「この世界に続く通路に入ってしまったんだよ。そこを通ってきたんだけど、戻れなくなってしまって」

「可哀想に、それは可哀想に」女狩人は言いました。「そのイング・ランドというところには、たくさん子供たちがいるの？」

デイヴィッドは答えませんでした。すると彼女は彼の顎を鷲摑《わしづか》みにし、爪を食い込ませてきました。

「答えるんだよ！」

「いるよ」デイヴィッドは、渋々そう答えました。

女狩人が手を離します。

「その通路とやらを教えてほしいものだわね。ここにはもう、子供なんてほとんどいないのだもの。昔みたいに、その辺をうろついたりはしてくれないのよ。この子はね――」彼女はそう言うと、鹿娘を手で示して言葉を続けました。「この子は私が最後に見つけて、ずっと隠しておいた子よ。だけど、今はあなたがいる。さて……あなたにはこの子のようになってもらおうかしら？　それとも、そのイング・ランドとやらに案内してもらうべきかしらね？」

彼女はデイヴィッドのそばを離れると、しばらくじっと考え込みました。

「私は我慢強い女なの」やがて、彼女が口を開きました。「この国のことならよく知っているし、変化が起きても耐えてきたわ。子供たちはまた戻ってくる。もうすぐ冬になるけど、食料はたっぷりあるわ。あなたは、雪が降ってくる前の、私にとって最後の獲物になるのよ。あの可愛い子鹿ちゃんよりも賢そうだから、あなたを狐にしてあげようかしらねえ。まだ私から逃れた子はひとりもいないけど、もしかしたら上手く逃げ延びて森のどこかで生きていくことだってできるかもしれないわよ。デイヴィッド、希望は必ずあるの。あるものなのよ。今日はもう睡《ねむ》りなさい、明日から始めるとしましょう」

彼女はそう言うと布でデイヴィッドの顔を綺麗に拭いて、唇に優しくキスをしました。それから彼の身をあの大きな台の上に横たえると、夜中に逃げだしてしまわないよう鎖でそこに繋ぎ止め、ランプの灯りをすべて消してしまいました。そして炎の灯りに照らされながら彼女も服を脱ぎ、藁のベッドで睡りに落ちたのでした。

しかし、デイヴィッドは睡れませんでした。自分の置かれた状況のことをずっと考えていたのです。彼は自分の通り過ぎてきた物語を振り返り、ジンジャーブレッドの家の話をする木こりの姿を思い出してみました。どの物語にも必ず何か、学ぶべきものがあるはずです。

そしてデイヴィッドは、作戦を練りはじめたのでした。

17

ケンタウロスと、うぬぼれた女狩人のこと

女狩人は翌朝早くに目を覚ますと身支度を整えました。そして暖炉に肉をかけて少し焼き、ハーブとスパイスで作ったお茶と一緒に朝食を済ませてから、デイヴィッドを起こしに行ったのでした。デイヴィッドは固い台と、体の自由を奪っている鎖のせいで背中も手脚も痛く、ほとんど睡《ねむ》ることもできなかったのですが、胸の中には決意が芽生えていました。今まで彼は、体も安全も、人の善意に守られてきました。あの木こりと小人たちのおかげで、ここまで進んでこられたのです。しかしひとりきりになった今、彼の運命を握っているのは彼自身にほかなりません。

女狩人はデイヴィッドに少しお茶を飲ませると肉も食べさせようとしましたが、彼は頑として、口を開けようとはしませんでした。何しろ、ものすごく臭い肉なのです。

「これは鹿の肉よ」彼女が言いました。「食べなくちゃ駄目。体力を付けなくちゃ」

しかしデイヴィッドは、ぎゅっと口を結んだままでした。あの鹿娘の姿や、触れ合った彼女

の肌の感触で、頭がいっぱいなのです。人と獣がひとつにされたこの動物の肉体は、いったいどんな子供がくっつけられたものだったのでしょう？　もしかしたらあの鹿娘の亡骸《なきがら》から肉が切り取られ、こうして女狩人の朝食になっているのかもしれません。絶対に、何があっても、食べるわけにはいきません。

彼女はやがて諦めると、代わりにパンを持ってきました。そして食事ができるよう、片手を自由にしたのです。彼が食べている間に彼女は一度出ていくと、閉じ込めた檻《おり》ごと狐を運んできて、デイヴィッドの隣に置かれた台の上に載せました。狐は、まるでこれから何が起こるのかすっかり知っているかのように、デイヴィッドの顔をじっと見つめました。そして彼と狐が見つめ合っているのをよそに女狩人は、必要な道具をてきぱきと用意しはじめたのでした。メス、のこぎり、綿棒、包帯、長い針とぐるぐる巻かれた黒い糸、管や小瓶、透明容器、どろとした水薬。それらが整うと彼女はふいごに何本か管を繋ぎ、「血液の循環が止まらないように、念のためにね」と言いながら、狐の小さな脚に合わせて拘束具を調節しました。「いい狐よ、「新しい自分の体を見て、どう？」すべて準備が終わると、彼女が訊ねました。若くて俊敏でね」

狐は白い歯を剝《む》いて、檻の金網を噛み切ろうとしています。

「僕の体とその狐の頭はどうするんだい？」デイヴィッドは訊ねました。

「乾燥させて、冬のために蓄えておくのよ。子供の頭を動物の体に付けることはできるんだけど、その反対は駄目でね。動物の脳は新しい肉体に適応できないものだから、動きも悪くて獲物としては物足りないの。最初のころはそれでも面白半分で作っては逃がしてあげてたんだけど、もうやめた、時間の無駄だもの。生き残ったのは、まだ森に住んでるわ。哀れな生き物。時どきばったり出くわしたりするけど、そんな時は哀れみを込めて屠《ほふ》ってあげるのよ」

「あなたが言ってたことを、夜中に考えてたんだ」デイヴィッドは、言葉を選びながら言いました。「子供たちは動物になってみたいと夢見るものだって」

「そのとおりでしょう？」女狩人が言いました。

「そう思うよ」デイヴィッドが答えました。「僕はずっと馬になりたかった」

女狩人は、それを聞くと興味を引かれたようでした。

「なぜ馬に？」

「子供のころに読んだ物語の中に、ケンタウロスっていう生き物が登場するんだ。半分馬、半分人間の生き物さ。馬の首の代わりに人の上半身が付いていてね、両手で弓矢が使えるんだよ。ケンタウロスは美しく、そして強いんだ。馬の力と速さ、そして人間の器用さと知恵とを兼ね備えた、完璧な狩人なのさ。あなたも馬に乗るとすごく速いけれど、それでも馬と一体じゃないだろう？　父さんは子供のころに馬に乗ってたけど、どんなに上手な乗り手でも落馬するものだって言ってたよ。もし僕がケンタウロスだったら、どんな馬に乗るどんな騎手にも勝てるはずだし、ひとたび狩りに出たら逃げ延びることができる獲物なんてまずいないに決まってる」

女狩人は狐からデイヴィッドに視線を移し、それからまた狐を見つめると、くるりと彼に背中を向けて自分の机へと歩いてゆきました。そして適当な紙を一枚と羽根ペンを取りだして、絵を描きはじめました。デイヴィッドが腰かけたまま目をやると、紙には図表や数字が並んでおり、さらに馬や人間の姿が見事に描かれているのでした。デイヴィッドは、口出しせずにその様子を見守り続けました。そして、じっと待ちながらふと狐のほうを見ると、狐も彼を見つめていました。彼も狐もそうして同じ不安を胸に秘めながら、女狩人が顔を上げるのを待っていたのでした。

やがて彼女は立ち上がると、大きな手術台に戻ってきました。そして言葉ひとつ口にしようとせず、デイヴィッドが動けないようまた元どおりに手を拘束してしまったのでした。デイヴィッドは、ひどく狼狽《うろた》えました。もしかしたら彼の作戦などお構いなしに、手術に取りかかるつもりなのかもしれません。首を切り落として狐の胴体に移植し、血と薬品と苦しみにまみれた新たな生物を作りだそうとしているのかもしれません。首は、斧で一撃のもとに切断するつもりなのでしょうか。それとも軟骨や脊髄《せきずい》をのこぎりでぎいぎい引くつもりなのでしょうか。せめてそうする前に薬を盛って睡らせてくれるのならば、目が覚めた時にはすっかり別の生き物になっているだけで済むでしょう。しかし、もしかしたら苦痛を与えるのも、彼女にとっては楽しみのうちなのかもしれません。着々と準備を進める彼女の両手を見ながら彼は思わず悲鳴をあげかけましたが、ぐっとそれを堪《こら》えました。そして声ひとつ立てず、恐怖を呑み込み続けたのです。そして、その自制心は報われました。

デイヴィッドをしっかり拘束してしまうと、女狩人はフードの付いたマントを纏《まと》い、家を出ていってしまいました。数分後、馬の蹄《ひづめ》の音が外から聞こえました。そして運命の瀬戸際に立たされたデイヴィッドと狐を残し、彼女は森の奥へと馬を駆っていってしまったのでした。

デイヴィッドはしばらくうとうとしていましたが、女狩人が帰ってくる物音で目が覚めました。しかもその音は、出かけていった時よりもずっと近くでしているのでした。家の扉が開き、彼女が姿を現しました。手綱《たづな》を握り締め、馬を引いています。最初のうち馬は家に足を踏み入れるのをためらっているようでしたが、彼女がそっと声をかけると、ようやく扉をくぐって入ってきました。家に立ち込めた臭いに馬は鼻をひくひくと動かし、その瞳に狼狽《ろうばい》と恐怖の色を浮かべました。彼女は壁に取り付けた金輪に馬を繋ぐと、デイヴィッドのところにやってきました。

「話に乗ってあげるわ」彼女が言いました。「あなたが言ってたケンタウロスっていう生き物が、頭から離れなくてね。そんな獣なら最高の狩人になるはずだもの。だから、自分でなってみたいのよ。もし手伝ってくれるなら、逃がしてあげるって約束するわ」

「そんなこと言って、ケンタウロスになったらすぐに僕を殺すつもりだろう?」デイヴィッドは訊ねました。

「だったら弓も矢も折って、あの道に戻るための地図だって描いてあげる。弓矢がなかったら、追いかけられたところで怖くも何ともないでしょう? まあ、また作り直すでしょうけど、そのころにはあなたは遙か彼方よ。それに、いつかあなたが再びこの森にやってきたら、手を貸してくれたお礼に素通りさせてあげるわ」

女狩人はそう言うと、デイヴィッドに顔を寄せて耳元で囁《ささや》きました。

「でも手を貸してくれないのならすぐにでも狐にして、何があっても絶対に今日じゅうに仕留めてあげる。もうへとへとになって動けなくなるまで森を追いかけ回して生きたまま皮を剝《は》ぎ、それを着て冬を過ごすことにするわ。さあ生きるか死ぬか、どっちか選びなさい」

「僕は生きたいです」

「交渉成立ね」女狩人はそう言うとすぐさま弓と矢を暖炉に放り込み、あの白い道の場所を詳しく示した森の地図を描きました。デイヴィッドがそれをていねいにシャツにしまうと、彼女はどう手伝えばいいのかを事細かに教えました。そして家畜小屋からまるでギロチンの刃のように重厚で鋭い巨大な刃を二枚持ってくると、ロープと滑車を使ってそれを手術台の上に吊り下げました。そして、落下した時に自分の体をまっぷたつにするよう片方の刃を整えてからデイヴィッドのほうを向き、切断した胴体にすぐ水薬を塗りつけ、馬とくっつくまでどうやって血を止めればいいかを教え込みました。彼が完全に手順を憶えるまで、何度も何度も説明を繰り返したのです。次に彼女は裸になり、長くずっしりとした刃物を手に取ると、それを二度振り下ろして自分の馬の首を胴体から切り落としてしまいました。おびただしい血しぶきが上がると、デイヴィッドと女狩人は急いで馬の首の切断面のまっ赤な肉に水薬を塗り込みました。水薬がたちまち効果を現し、傷口は音を立てながら煙をあげはじめました。動脈からの出血は、みるみる止まっていきます。馬の肉体は、まだ心臓が脈打ったまま床に横たわっていました。そのかたわらには、目玉が今にも飛びだしそうな、舌を突きだした頭部が転がっています。

「時間がないわ。急いで、急いで！」

女狩人はそう言うと、天井から吊り下がった刃の下で手術台に身を横たえました。デイヴィッドはその裸体を見ないようにしながら、教わったとおりに刃を落とすべく準備に集中しました。もう一度ロープを確かめていると、彼女がデイヴィッドの腕を握り締めました。右手には、鋭く研《と》いだナイフを握り締めています。

「もし逃げだしたり裏切ったりしようとしたら、お前が腕一本分と逃げないうちにこのナイフが私の手を離れ、お前を刺し殺してしまうよ。分かったかい？」

デイヴィッドはうなずきました。片方の足首は、手術台の脚に繋がれているのです。逃げたところで、遠くまでは行けません。女狩人が、腕を摑んでいた手を離しました。彼女の隣には、あの奇跡の水薬が入った瓶が置かれています。デイヴィッドはそれを彼女の切り口に塗り込んで手術台から降ろしてやり、その上半身を馬のところへ運んでいかなくてはいけないのです。そして傷口同士が合わさったところでもっと水薬を塗ってふたつの体を繋ぎ合わせ、ひとつの生き物にするのです。

「さあ、てきぱきおやりよ」

デイヴィッドは一歩下がりました。ギロチンの刃を吊り下げたロープはぴんと張り詰めています。後は、手にした剣でそれを切って刃を落とし、女狩人の体をまっぷたつに切断するだけです。

「いくよ？」デイヴィッドが声をかけて剣をロープに当てると、女狩人はにったりと笑いました。

「いいよ。やって！　早く！」

デイヴィッドは剣を振り上げると、全身全霊の力を込めてロープに振り下ろしました。ロープが弾け飛んで刃が落下し、女狩人の体を一刀両断します。彼女は断末魔の悲鳴をあげると、ふたつに切断された肉体から大量の血を吹きだしながら、手術台の上で身をよじりました。

「水薬を！」彼女が悲鳴をあげます。「早く水薬を塗って！」

しかしデイヴィッドはもう一度剣を振り上げると、今度は女狩人の右手を切り落としてしまったのです。右手はナイフを固く握り締めたまま、床の上にぼとりと落ちました。そしてもう一度剣を構えると、ついに自分を手術台に繋ぎ止めているロープを切ったのでした。馬の亡骸《なきがら》を飛び越えて玄関へと駆けだします。家の中には女狩人があげる、憤怒《ふんぬ》と激痛の悲鳴が響き渡っていました。扉には鍵がかかっていましたが、鍵はそこに差したままになっていました。しかし、デイヴィッドが回そうとしても、鍵は回りません。

彼の背後で女狩人の悲鳴がますます甲高《かんだか》く高まったかと思うと、とつぜん、何かが燃える臭いが漂いはじめました。デイヴィッドが振り返ると、彼女の上半身に開いた巨大な切断面に水薬が塗られ、ぶつぶつとあぶくと煙をあげながら傷が癒えてゆくところでした。右腕にも水薬が塗られています。彼女はさらに切断された手首を浸して傷を癒そうと、床に水薬をぶちまけているところでした。手首を失った右腕と残された左手の力を使い、彼女は床に転がり落ちました。

「戻ってらっしゃい！」彼女が有無を言わさぬ声で怒鳴りました。「まだ終わってないじゃないか。お前なぞ生きたまま喰らってやるぞ」

右腕を右手首にくっつけ、両方の傷口を水薬に浸します。そしてたちまち右腕を元どおりに繋ぎ合わせると、彼女はナイフの刃をがっちりと歯で嚙み締めました。床に爪を立てるようにしながら、女狩人がデイヴィッドのほうにじわじわと近寄ってきます。その手が彼のズボンの裾にかかった瞬間、ようやく鍵が回り、扉が開きました。デイヴィッドは彼女の手を振り払って表に駆けだすと、息を吞んで立ち止まりました。

あまりにも意外な光景が、そこに広がっていたのです。

家の前に広がる野原には、子供の体と獣の頭を持つ生き物たちが集まってきていました。狐、鹿、うさぎ、イタチ……。大きな人間の肉体には不釣り合いな、小さな動物たちの頭。あの水薬の効果で、首はそれに合わせて細く変形しているのでした。合成生物たちは、まるで手足がうまく言うことを聞いてくれないかのように、ぎごちない動きをしています。表情に困惑と苦痛の色を浮かべながら、足を引きずり、よろめいているのです。動物たちがじわりじわりと家に近づいてくると、中から表の草の上に女狩人が這いずり出てきました。口にくわえたナイフを地面に落とすと、彼女はそれを握り締めました。

「いったいここで何をしてるんだい、失敗作ども。さっさと帰るんだ。お前たちにお似合いの影の中へね」

しかし獣たちは、何も答えませんでした。じっと女狩人を見つめたまま、にじり寄るのをやめようとしないのです。彼女がデイヴィッドを見上げました。その顔は、恐怖に歪《ゆが》んでいます。「中に連れてっておくれ、早く。あいつらに捕まってしまうよ。何もかも許してやるから。もうどこにでも逃げていいから。どうかこんなとこに置き去りにしないでおくれ……あいつらと一緒に」

デイヴィッドは首を横に振ると、彼女から後ずさって離れました。少年の肉体にリスの頭を載せた生き物が、彼を見ながら鼻をひくひくと動かしました。

「見捨てないでおくれ」女狩人が悲鳴をあげました。もうほとんどすっかり合成生物たちが作る輪に取り囲まれ、弱々しくナイフを突きだしています。

「助けて！」彼女がデイヴィッドに叫びました。「お願いよ、助けて！」

その瞬間、動物たちが彼女に飛びかかりました。そして爪を立て、嚙みつき、引き裂き、血肉を飛び散らせ、彼女を八つ裂きにしはじめたのです。デイヴィッドはそのおぞましい光景から顔を背《そむ》けると、森の中に逃げ込んでいきました。

18

戦士ローランドのこと

　デイヴィッドは何時間も何時間もかけて、女狩人が描いた地図を正確に辿《たど》ろうと森の中を歩き続けました。なにせ地図には描かれていても、なくなってしまっている道や、そもそも最初から存在しなかった道が、何本もあるのです。遙か昔から道しるべに使われてきた粗末な石塚は、深い草むらに隠れたり、すっかり苔《こけ》に覆われたり、通りがかりの動物や心ない旅人たちに壊されたりしていました。そのためデイヴィッドは時には何度も元いた場所まで戻り、また時には剣を振るって下生えをなぎ払って道しるべを探さなくてはいけないのでした。折に触れデイヴィッドは、もしかしたらあの女狩人が、ケンタウロスになったら自分を追いかけ回して狩ってやろうと目論み、偽の地図を描いて自分を欺《あざむ》いたのではないかと怖くなりました。

　しかし、ふと木々の隙間から細く白い筋が見えたかと思うと、デイヴィッドは森の端《は》に辿り着いており、目の前にはあの白い道が延びていたのです。自分がどこにいるのか、彼には分かりませんでした。あの小人たちと別れた辺りまで戻ってしまったのかもしれませんし、逆にずっと東に出たのかもしれません。ですが、そんなのはどうでもいいことでした。またこうして森を抜けだし、国王の居城へと続く道に戻ってこられただけで、嬉しくてたまらなかったのです。

辺りを照らす薄明かりが消えはじめるまで、彼は歩き続けました。もうすぐこの残光すら消えてしまうのだと思うと、心はざわめきました。デイヴィッドはこの国に迷い込んでからずっと悲しい気持ちでしたが、消えようとしている光を見ていると、余計に悲しい気持ちになってしまうのです。彼は手近な岩に腰かけて干涸《ひから》びたパンをひと切れと、小人たちから貰《もら》ったドライ・フルーツを少し食べると、道の横をずっと流れている小川で冷たい水を飲みました。

父親とローズは、今ごろどうしているのでしょう？　きっとふたりはものすごく心配しているに違いないとデイヴィッドは思いました。しかし、ふたりがあの沈床園《ちんしょうえん》に気付いたら、いったいどんなことになるのでしょう？　そもそも沈床園は、まだ少しでも形を留めているでしょうか？　夜空を照らして燃え盛る爆撃機の炎と、墜落してくるあのエンジンの轟音《ごうおん》が胸に蘇《よみがえ》ります。きっと墜落の衝撃で沈床園の石壁や爆撃機の部品が弾け飛び、芝生や辺りに立つ木々は炎に包まれてしまったのでしょう。デイヴィッドの世界とこちらの世界とを繋ぐ、デイヴィッドが飛び込んだあの壁の割れ目も、墜落の衝撃で吹き飛んでしまったかもしれません。父親はあの爆撃機が落ちた時にデイヴィッドが沈床園にいたことも知らなければ、そこで彼の身にどんなことが起こったかも知りません。デイヴィッドは、人びとが爆撃機の残骸《ざんがい》を掻き分け、もしかしたらどこかに小さな死体が見つかるのではないかと恐れながら、黒こげになったドイツ兵たちの骸《むくろ》を選り分けている姿を思い描いたのでした……。

何度か胸をよぎったことではありますが、初めてこの世界に出てきたあの森を離れ、こうしてどんどん遠くへと旅をしていて、本当にいいのでしょうか？　もし父親や誰かが別の通路を発見してデイヴィッドを探しに出たとしたら、やはりあの同じ場所に現れるのではないでしょうか？　あの木こりは国王に会いにゆくのが最良なのだと完全に確信を持っているようでしたが、その木こりも死んでしまいました。あの森を無事に抜けることも、そしてデイヴィッドを守ることもできなかったのです。デイヴィッドは、ひとりぼっちなのでした。

デイヴィッドは、道を眺めました。もう後戻りはできません。狼たちは今も彼を追い求めているに違いありませんし、たとえあの渓谷《けいこく》まで戻れたとしても、渡るには他の橋を見つけなくてはいけないのです。今はただ国王がきっと力になってくれるはずだと信じて、進んでゆくより他に道はないのでした。もし父親が探しに来てくれるなら、どうか無事でいてほしいと願うばかりです。デイヴィッドは、万が一父親か誰かが彼を探してこの道を訪れた時のため、小川のほとりから平石を一枚拾い上げ、尖った石を使ってそこに自分の名前と、自分が今進んでいる方向を示す矢印を彫りつけました。矢印の下に、彼はさらに「国王の元へ」と書きました。それから、森の中にあった道しるべと同じような小さな石塚を道端に作ると、そのてっぺんに伝言を彫った平石を載せたのでした。今できることは、これくらいしかありません。

残りの食料を革袋にしまっていると、白馬に跨《また》った人影がひとつ近づいてくるのに彼は気が付きました。思わず身を隠したくなりましたが、こちらから見えているということは、あの乗り手からもこちらが見えているということです。馬が近づいてくると、その乗り手が双子の太陽の紋章があしらわれた銀の胸当てと、同じく銀の兜《かぶと》を身に着けているのが見えました。帯の片側には剣が一本、そしてもう片側には弓と矢筒が吊られています。どうやら両方とも、この世界では一般的な武器なのでしょう。鞍《くら》にはまた、胸当てと同じく双子の太陽がついた盾が取り付けられていました。デイヴィッドのところまで進んでくると騎手は馬を止め、道にたたずむ少年を見下ろしました。彼の顔を見てデイヴィッドは、木こりのことを思いだしました。どこか似たところがあるのです。あの木こりのように、真摯《しんし》で優しげな顔をしているのです。

「少年、君はどこに行くところなのかな?」騎手がデイヴィッドに声をかけました。

「王様に会いに行くところです」デイヴィッドは答えました。

「王様とな?」騎手はそれを聞くと、強く興味を引かれたようでした。「いったい王様に会って、どうしようというのだね?」

「家に帰りたいんです。王様が持っている本の中に、僕が元いた世界に帰る方法が書いてあるかもしれないって言われたんです」

「元の世界というのは?」

「イングランドです」デイヴィッドは答えました。

「ふむ、聞き覚えのない名前だ」男は首をひねると、ふと思い付いたように付け加えました。

「きっと遙か遠い国なのであろうな。まあ、この国から見ればどこもかしこも遙か遠いのだがね」

馬の背で少し身をよじるようにして彼は周囲を見回し、木々や遠くの丘、そして道の前後を眺めました。

「ここは、子供がひとりで歩くようなところではないぞ」彼が言いました。

「二日前に、大きな渓谷を渡ってきたんです」デイヴィッドは答えました。「狼たちに追われていて、僕を助けてくれた人は、木こりのおじさんは――」

デイヴィッドには、その先が続けられませんでした。木こりの身に何が起きたのか、言葉にしたくなかったのです。狼の群れに埋もれてゆくあの姿と、森の中に続く血の痕跡が、また胸をよぎりました。

「渓谷を越えただと?」騎手が言いました。「では、ロープを切って橋を落としたのは君なのか?」

デイヴィッドは、彼の表情を読み取ろうと見つめました。面倒なことになりたくない気持ちもありましたが、あの橋を壊したせいで大変なことになってしまったのではないかとも思ったのです。ですが嘘はつきたくありませんでした。ついたところで見抜かれ、責められるのだという直感もありました。

「しかたなかったんです」デイヴィッドは、そう答えました。「狼たちが追いかけてきてたから。ああしなければ、殺されていたでしょう」

すると、騎手が微笑《ほほえ》みました。「そりゃあトロルたちに気の毒なことをしたな。あのお遊びを続けるなら橋を再建しなくてはならないし、ハルピュイアどもに四六時中悩まされてさぞかし大変だろう」

　デイヴィッドは、肩をすくめてみせました。トロルたちなら、可哀想だなどと思いません。馬鹿馬鹿しい謎かけを無理強《じ》いして旅人の命を脅《おど》かすなど、外道《げどう》の所業ではありませんか。彼はむしろ、何匹かハルピュイアの餌食《えじき》になってしまえばいいのにとすら思いました。無論、トロルたちが美味しいとはとても思えなかったのですが。

「私は北から下ってきたから、君がしたことで困ったりはしていないよ」男が言いました。

「しかし、トロルどもを出し抜き、ハルピュイアからも狼からも逃げおおせた少年とならば、ぜひともご一緒したいものだな。どうだ、取引をしよう。もししばし私に同行してくれるのであれば、国王のところまで連れていってあげようじゃないか。果たさねばならん仕事があるのだが、そのためには道中の手助けが必要なのだよ。なに、たっぷり数日もあれば終わる仕事だとも。力になってくれるのであればお返しに、王宮まで君を無事に送り届けてみせよう」

　どうやら、デイヴィッドには大して選択の自由はなさそうです。狼たちは橋で彼に殺された仲間たちの恨みを決して忘れないでしょうし、今ごろ、彼の後を追ってきているに違いありません。あの橋では、運が良かっただけです。二度めは、ああ上手くはいかないでしょう。ひとりでこの道を歩いていたのでは、いつまたあの女狩人のように彼を殺《あや》めようとする存在と出くわすか、分かったものではありません。

「じゃあ、一緒に行かせてください。ありがとう」デイヴィッドが言いました。

「よろしい。私はローランドだよ」男が言いました。

「僕はデイヴィッドです。あなたは騎士なんですか?」

「いいや、ただのつまらない兵士さ」そう言ってかがみ込むと、彼は手を差し伸べました。デイヴィッドがそれを握ると、ローランドはあっという間に彼を地面から持ち上げ、馬の背に乗せてしまいました。

「とても疲れている様子じゃないか」ローランドが言いました。「勇ましい君を馬に乗せていれば、私の威厳も少しは増すというものだよ」

彼がかかとで脇腹を蹴ると、馬は速足《トロット》で進みはじめました。

デイヴィッドは、馬に乗った経験などほとんどありません。馬の揺れに体を合わせるのはなかなか難しく、鞍の上でお尻がやたらと跳ねるせいで、どうにも痛くてたまりません。しかしスキュラ——これはふたりが乗っている馬の名前です——が襲歩《ギャロップ》で駆けると、その時ばかりはデイヴィッドも顔を輝かせました。まるで道の上を飛んででもいるかのようで、スキュラはデイヴィッドが乗った分の重みをものともせず、地面を蹴り立てて進んでゆくのです。初めて彼は、狼たちへの恐怖が少しだけ薄らぐのを感じました。

しばらくそうして進んでゆくと、周囲の情景が変化してきました。草は焦げ付き、地面はまるで爆発でもあったかのようにひび割れ、盛り上がっているのです。木々は切り倒されて、その幹は削って尖らされ、まるで外敵の襲来に備えて守りを固めるかのように地面に打ち込まれておりました。地面を見渡せば、あちらこちらにばらばらになった鎧《よろい》や、傷だらけの盾や、折れた剣などが転がっています。まるで大きな戦《いくさ》でもあったかのような光景です。しかしデイヴィッドが見る限り、地面に血が染み、あちこちの水たまりは茶色というよりも赤々としているというのに、どこにも死体が横たわっている様子がないのです。

しかし、それよりひときわ目を引くものがあったのです。スキュラはその何かが漂わせるあまりの異質さ、あまりの奇怪さに立ち止まると、不安げに蹄《ひづめ》で地面を引っ掻きました。あのローランドでさえ、あからさまな恐怖を顔に浮かべているのです。何かの正体を知るのは、デイヴィッドただひとりでした。

それは第一次世界大戦の遺物、あのマークV戦車でした。ずんぐりした六ポンド砲が無傷で左の砲塔から突きだしていますが、車体のどこにもマークのようなものは見当たりません。むしろ傷ひとつなくぴかぴかで、工場かどこかで組み上げられたばかりにすら見えるほどなのです。

「あれは何だ？　分かるか？」ローランドが言いました。

「戦車《タンク》だよ」デイヴィッドが答えました。

ですが、タンクという言葉ではこの物体が何なのかローランドには分からないだろうと考え、デイヴィッドは言葉を続けました。「これは機械なんだ。人が乗り込んで動ける、何と言うか、大きな装甲に覆われた車みたいなものなんだよ。これは――」彼はそう言って、六ポンド砲を指差しました。「銃だよ、大砲みたいなものだね」

デイヴィッドは車体に打たれたリベットに手足をかけ、戦車によじ登りました。ハッチは開いていました。操縦席を覗き込むと座席の隣にブレーキやギアの操縦系統と、巨大なリカルド製エンジンのメカニズムが見えますが、人の姿はどこにも見当たりません。やはり、一度も使われたことがないように思えました。戦車の上から周囲を見回しても、地面がぬかるんでいるというのに、戦車が走ったような跡は見当たりません。まるでこのマークV戦車が、どこから忽然《こつぜん》と現れたかのようなのです。

デイヴィッドは戦車から降りました。最後の数フィートほどを飛び降りると、地面から水しぶきが跳ねました。自分のズボンに血と泥が染み込むのを見てデイヴィッドは、今自分たちが立っているのは数多《あまた》の戦士たちが怪我を負い、もしかしたら命を落としたかもしれない場所なのだと思いました。

「いったいここで何があったの？」デイヴィッドがそう言うと、ローランドはまだ戦車の出現に不安を抱きながら、鞍の上で姿勢を直しました。

「分からない」ローランドが言いました。「見たところ、何か戦いがあったんだと思う。それも最近ね。まだ血の臭いがするけど、それにしても死体がひとつも見当たらないのはどういうことだ？　埋葬されたにしては、墓も見当たらない」

ふたりの背後から声が聞こえました。「旅人よ、ここを探しても何もないぞ。この戦場に死体なんてありはせんよ。死体は……他のところさ」

ローランドは、剣を抜きながらスキュラの向きを変えました。デイヴィッドにも後ろに乗るよう手を貸します。デイヴィッドは急いでその背に乗ると自分の短剣に手を伸ばし、鞘から抜きました。

沿道には、遙か昔に失われた何か巨大建造物の一部であった石壁が、今もなお立っています。その石組みの上に、ひとりの老人が腰かけていました。すっかり髪が抜け落ちて青い血管の走るその頭は、まるでどこかの荒涼とした大地を流れる川が記された地図のようにも見えました。その両目はまっ赤に血走り、眼窩《がんか》が目玉と不釣り合いに大きすぎるせいで、両目の下からは皮膚に隠れているはずの赤い肉が覗き、垂れ下がっているのでした。鼻は長く、唇は蒼白くかさかさに乾いています。老人はまるで修道士のように、足首の上までしか丈のない、古びた茶色のローブを纏《まと》っていました。足には何も履いておらず、黄色い爪が並んでいます。

「誰がここで戦ったのだね？」ローランドが訊ねました。

「さあ、名前は訊かんかったからね」老人が答えました。「勝手に来て、勝手に死んでいったよ」

「何のために？　何か理由があって戦っていたのに違いないが」

「間違いない。連中は己の正義を信じて疑ってなどいなかったとも。あいにく、彼女は違ったがね」

戦場に立ち込めた臭いにデイヴィッドは吐き気を催すと、目の前の老人がますます信用できない気持ちになってきました。この惨状を生んだ彼女の話をする老人の口ぶりからも、話しながらにやつくその顔からも、ここで死んだ人びとが本当に無残な死にかたをしたのがまざまざと分かるのです。

「彼女というのは誰だ？」ローランドが訊ねました。

「あれは獣《けだもの》さ。森の奥深くに立つ廃墟の塔の下に棲む怪物よ。長き眠りに就いていたが、また目覚めたんだよ」老人はそう言うと、背後の森を指差しました。「死んだのは王国の兵士どもさ。死にゆく王国の支配を手放すまいとして、そのツケを払わされたんだな。ここで必死の抵抗をしたが、手も足も出やしなかった。兵士どもは死者や怪我人を引きずって、防衛のためにあの森まで退いたんだが、それこそあの女の思うつぼというものよ」

デイヴィッドは咳払いをすると言いました。「あの戦車はどうやってここに？　この国のものじゃないでしょう？」

老人は、ぼろぼろの歯がまばらに生えた紫色の歯茎を剥《む》きだし、にやりと笑いました。「たぶんお前と同じだろうよ、小僧。お前もこの国のもんじゃなかろうが」

ローランドは老人との距離を保ちながら、スキュラを森に向けました。勇敢なスキュラは、少しだけ躊躇《ちゅうちょ》したものの主人の命令に従い歩きはじめました。

　血の臭いと腐敗臭は、ますます濃く立ち込めてきました。ぼろぼろの木々が行く手に広がるのを見つめながら、デイヴィッドは、臭いはここから漂いだしているのだと確信しました。ローランドは馬から降りるようデイヴィッドに告げると、森に背を向けてあの老人を見ててくれと頼みました。老人は相変わらずあの低い壁に腰かけ、ふたりをじっと見つめています。

　きっとローランドは、茂みの向こうの光景を見せたくないと思ったのでしょう。しかし、ローランドが茂みを掻き分けて雑木林へと足を踏み入れる音を聞いていると、デイヴィッドは自分も見てみたいという衝動を抑えきれなくなってしまいました。ちらりと振り向くと、木々の枝から吊り下げられた無数の死骸《しがい》が見えました。血まみれの骸骨、と言ってもいいほどの姿です。デイヴィッドは、慌てて顔を背けました。

目の前にあの老人の目玉があるのを見て、デイヴィッドは息が止まりそうになりました。壁に腰かけていたはずが、いったいどうやってこんなに早く、音も立てずに近づいてきたというのでしょう。今や、酸っぱい果実のような臭い息が分かるほど目と鼻の先にいるのです。デイヴィッドが剣の柄《つか》を握り締めても、老人はまばたきひとつしようとはしません。

「ずいぶんと家から遠くに来たものだなあ、小僧」老人は右手を伸ばすと、もつれたデイヴィッドの髪に指で触れました。デイヴィッドは頭を振ってそれを逃れると、老人を突き飛ばそうとしました。しかし、まるで壁でも押しているかのようなのです。いかにも弱々しげな姿をしているというのに、老人はデイヴィッドよりもずっと頑強なのでした。

「まだお袋さんの声は聞こえるのか？」老人はそう言うと、姿なき声を捉えようとでもするかのように、左手を耳に当てました。「デイヴィッドや」歌うような高い声で、老人が言います。

「ああ、デイヴィッドや」

「やめろよ！　ふざけるな！」デイヴィッドが怒鳴りました。

「やめなかったらどうする気だね？」老人が笑いました。「遠く遠く家を離れて死んだお袋を恋しがるお前のような子供に、いったい何ができるというんだね？」

「痛い目に遭わせてやるぞ」デイヴィッドは睨《にら》みつけました。「本気だからな」

老人は地面に唾を吐き捨てました。唾は地面に落ちると焼けるような音を立てて広がり、地面にぶくぶくと泡立つ水たまりを作りました。

その水たまりの中に、デイヴィッドは見たのです。父と、ローズと、幼いジョージーの姿を。みんな笑っています。あのジョージーさえも、かつてのデイヴィッドと同じように父親の手で高々と放り投げられ、きゃっきゃと笑っているのでした。

「お前がいなくてもへっちゃらだとさ」老人が言いました。「お前など大事じゃないんだとさ。お前が消えちまって清々《せいせい》したんだとさ。父親はお前のせいでお袋さんを思いだしちゃあ胸を痛めていたが、今は新しい家族と一緒に、お前のことも、お前の気持ちのこともまったくお構いなしで幸せなのさ。お前なんてもう忘れちまったよ、お袋さんを忘れちまったのと同じようにな」

水たまりに映った光景が消え、代わりに父親とローズの寝室がそこに映しだされました。父親とローズがベッドサイドに立ち、口づけを交わしています。デイヴィッドが見ている前で、ふたりはベッドに倒れ込みました。顔にちりちりと痛みが走り、腹の底から猛烈な怒りが込み上げてきます。こんなの信じたくもないのに、忌々《いまいま》しい老人の口から吐きだされた湯気の立つ唾液が作った水たまりに、まざまざと動かぬ証拠が映っているのです。

「そらごらん」老人が言いました。「今さらお前が戻ったところで、しょうがないんだよ」

笑い声を立てる老人に向けて、デイヴィッドは剣を振り下ろしていました。自分でも分からないうちに、手が出てしまったのです。あまりに腹立たしく、あまりに悲しかったのです。こんなにも強い裏切りを受けたことなど、今までなかったのでした。何だか、自分以外の何かが彼の体を乗っ取り、意思を持つことすら許してくれないかのようでした。腕が勝手に持ち上がり、老人に向けて斬りつけたのです。切っ先が茶色のローブを引き裂き、下から覗いた素肌に赤い筋を残します。

老人は飛び退《の》くと、胸についた傷に指先で触れました。赤い血に指が染まります。老人の顔が変化を始めました。にゅっと伸びて半月のような形になり、曲がった鼻の先に着いてしまうほど顎が突きだしてきたのです。禿《は》げた頭から、もつれ合ったごわごわの黒髪が生えてきています。彼がローブを脱ぎ捨てると、ぱっと緑と金の服に変わりました。飾りの付いた金色のベルトを巻き、蛇の胴体を象《かたど》った金の短剣をそこに差しています。見事な生地の一部が、デイヴィッドの剣によって切り裂かれ、傷口にどす黒い血が染みています。そして、その手には平らで丸い円盤が握られておりました。老人が宙に放り上げると、円盤はよじれた帽子になって彼の頭はその中に収まりました。

「お前は、僕の部屋にいた奴だな」デイヴィッドが言いました。

ねじくれ男がデイヴィッドを威嚇《いかく》するように声をあげると、腰の短剣がまるで本物の蛇のようにうねうねと蠢《うごめ》きました。男は、怒りと苦痛に表情を歪めています。

「わしはお前の夢の中を歩いてきた」彼が言いました。「だからお前が何を考え、何を感じ、何を恐れているのかすべて知っているぞ。お前がどんなに不躾《ぶしつけ》で、嫉妬深く、厭《いと》わしい子供かもな。だがな、それでもわしはお前を助けてやるつもりだった。お袋さんを見つけだすために手を貸してやるつもりだったのに、まさか斬りつけてくるとはな。まったく、まったくなんというがきだ。この世に生まれてきたことを心の底の底から後悔させてやることだって、このわしにはできるんだが、しかし――」

男は、ふと声の調子を変えました。物静かで落ち着いたその声を聞くと、デイヴィッドはなぜだか余計に恐ろしくなりました。

「しかし、許してやろう。お前にはまだまだわしが必要だからな。わしはお前に母親を見つけださせ、そろって元の世界に帰してやることができる。わしだけだよ、そんな芸当ができるのは。その代わり、お返しにちょっとだけ頼みたいことがある。なに、お前にとってはどうでもいいような、つまらない頼みさ――」

しかし、言葉を続けるよりも早く、ローランドが戻ってくる音が聞こえました。ねじくれ男は、デイヴィッドの目の前で指を振ってみせました。

「話はまた今度にするとしよう。そうすりゃあお前も、ちょっとはわしのことが好きになるだろうさ」

ねじくれ男はそう言うと、その場でくるくると回転を始めました。そして回転がどんどん速く、強くなると、地面に穴を開けて、茶色のローブだけを残して目の前から姿を消してしまったのでした。地面に吐かれた唾液は土にすっかり染み込んで、デイヴィッドの世界を映した光景も掻き消えてしまいました。

ローランドが駆け付けてくると、ふたりはねじくれ男が地面に開けた暗い穴の中を覗き込みました。

「あれは誰だったんだ？　そもそも人間なのか？」ローランドが訊ねました。

「老人の振りをしてたんだよ」デイヴィッドは答えました。「僕を元の世界に帰してやるって、それができるのは自分ただひとりだって言うんだ。きっと木こりのおじさんが言ってたのは、あいつのことだよ。あいつがトリックスターに違いない。ねじくれ男にね」

ローランドは、デイヴィッドが握り締めている剣から血が滴《したた》っているのに目を留めました。

「あいつを斬ったのか？」

「頭に来ちゃったんだよ」デイヴィッドが言いました。「そうしたら、自分でもわけが分からないうちに、手が出てしまったんだ……」

ローランドは藪《やぶ》から大きな葉を一枚採ると、それを使って剣を拭《ぬぐ》いました。「君は衝動を抑える術《すべ》を身につけなくてはいかんな。剣は血を欲するのだよ。そのために鍛造《たんぞう》され、他の目的など持ちはしないのだ。剣を操ることができなければ、君が剣に操られてしまうぞ」

ローランドはデイヴィッドに剣を返すと、「次にあの男に出会ったら、斬るのではなく殺してしまうんだよ。どんな口車を使おうと、奴は君にとって害にしかならんのだからね」

ふたりは、草をはんでいるスキュラのところへと歩いていきました。

「森の中で何を見たの？」デイヴィッドが訊ねました。

「君も見たんじゃないのかね」ローランドはそう言うと、デイヴィッドが言いつけを守らなかったことに少し苛立《いらだ》ったように、首を横に振りました。「正体は分からないが、何者かが兵士たちを殺して骨から肉を引き剝がし、残った亡骸《なきがら》を木に吊るしていったのだよ。森の中は見渡す限り、どこもかしこも死体だらけだ。地面はまだ血の海だよ。しかし兵士たちは何とかこの獣に——もしかしたら他の何かかもしれないが——一矢《いっし》報いてからこときれたようだ。地面に見るもおぞましい、悪臭を放つものが残っていて、折れた矢尻や剣の切っ先がどろどろに溶け落ちていた。傷つけることができたのだから、仕留めることだってできるだろう。だが、少年ひとりと兵士ひとりの手に負えるような代物ではないよ。我々には関係のない話だ。先を急ぐとしよう」

「だけど——」デイヴィッドには、それ以上言葉が見つかりませんでした。物語の中では、違うはずなのです。兵士や騎士は、竜や怪物を退治するはずではありませんか。恐れを抱かず、死の恐怖から逃げだしたりもせずに。

しかしローランドはさっさとスキュラに跨り、手を差し伸べてデイヴィッドを待っているところです。「デイヴィッド、もし言いたいことがあるのなら、言っておきたまえ」

デイヴィッドは、言葉を探しました。ローランドを責めるようなことを言いたくはなかったのです。

「兵隊たちはみんな死んじゃって、殺した奴は、怪我をしてるとはいえまだ生きているんでしょう?」デイヴィッドが言いました。「じゃあきっと、また人殺しをするに決まってるよ。もっとたくさん殺すかもしれない」

「かもしれないな」

「じゃあ、何とかしなくちゃ」

「君は、たかだか剣一本半でこの獣を仕留めろと言っているのかい？　デイヴィッド、人生は危険だらけだ。生きていれば危険に出くわすこともあるし、時には命の危険を冒して立ち向かわなくてはいけないことだってあるだろう。だが、むやみに命を差しだす必要はない。人間はひとつの命しか生きられず、ひとつの命しか賭けられない。希望なき戦いに命を賭けたところで、それが何の栄光になろうかね？　さあ、おいで。夕焼けが濃くなっている。今宵の隠れ家を見つけねば、手遅れになってしまうぞ」

デイヴィッドは少しだけ躊躇しましたが手を差しだし、ローランドに引っぱり上げてもらいました。死んだ兵士たちの姿を想像し、いったいどんな怪物ならあんな仕業ができるのかと考えてみます。あの戦車はまだ戦場にぽつねんと置き去られたまま、異質にたたずんでいました。どうやって元の世界からこちらの世界に来たのかは分かりませんが、操縦士もいなければ、操縦されてきたような形跡すら見当たりません。

戦場を立ち去りながらデイヴィッドは、ねじくれ男が作りだした水たまりに映る光景と、自分が言われた言葉を胸に呼び起こしていました。

「**お前など大事じゃないんだとさ。お前が消えちまって清々したんだとさ**」

まさかそんなことが本当であるはずがありません。本当であっていいものでしょうか。しかし確かに父親は見るからにジョージーを溺愛《できあい》していますし、散歩をする時にはローズの手を取って歩きました。夜中になれば寝室のドアの向こうでふたりが何をしているのかも、デイヴィッドには想像が付きます。あの世界に帰ったとしても、誰もそれを望んでいなかったらどうすればいいのでしょう？　本当にデイヴィッドがいないほうが皆幸せなのだとしたら、どうすればいいのでしょう？

あのねじくれ男は、何もかも元どおりにしてくれると言っていました。ちょっと手を貸してあげさえすれば彼に母親を取り戻させ、一緒に元の世界へと帰してくれるのだと。ローランドが拍車をかけて急がせるスキュラの背に揺られながらデイヴィッドは、いったいどんな手伝いをすればいいのだろうと考えていました。

ちょうどそのころ、目も耳も届かぬ遙か遠くで勝利の遠吠えが空に響き渡りました。あの渓谷を渡る別の橋を、狼たちが見つけだしたのです。

19

ローランドの物語と、狼の斥候のこと

夜になってもローランドは、進む足を止めようとはしませんでした。己の冒険の行く末も不安でしたし、デイヴィッドを追ってくる狼たちのこともひどく気がかりだったのです。しかしスキュラの力は尽きかけていましたし、デイヴィッドはもうくたくたで、ローランドの腰にしがみついているのすら危ういようなありさまです。やがて教会のような廃墟が見えてくると、ローランドは何時間かそこで休んでいこうと言いました。辺りはとても冷え込んでいましたが、彼は火を焚《た》いては駄目だと言いました。その代わりに毛布を取りだしそれでデイヴィッドの体をくるみ、銀の水筒の中身を飲ませてくれたのです。中に入った液体をデイヴィッドが飲むと、まず喉が焼けるように熱くなり、それから体がぽかぽかと暖かくなりました。地面に横たわり、空を見上げます。尖塔が空を目指してそびえ立ち、まるで死者の眼《まなこ》のように、窓には何もはまっていないのでした。

「ここは新たな宗教の礼拝堂だよ」ローランドが、嫌悪の滲《にじ》む声で言いました。「王はそれを人々に認めさせようと力を尽くしたのだ。まだそのための意志と、その意志を実施する力とを持っていた当時の話だよ。だが今や王は居城にてくよくよと思い悩み、礼拝堂はすっかりもぬけの殻になってしまった」

「あなたは何を信じるの？」デイヴィッドは訊ねました。

「私が信じるのは、自分が愛し、信頼できるものたちだよ。他のものはすべて下らない。王の言う神など、この礼拝堂と同様に空っぽなのさ。神を信じる者たちはあらゆる幸《さち》を神の御業《みわざ》だと言い、しかし祈りが聞き届けられず苦難のうちに取り残されることがあれば、これは人間の手にはとても負えぬ、神の試練なのだと言う。そんなもののどこが神などと呼べるものかね？」

話すローランドの表情に浮かぶ憤怒《ふんぬ》と敵意を見てデイヴィッドは、彼もまたかつてはその新たな宗教の信奉者で、何かが起こって離反したのではないかと感じました。デイヴィッド自身もまた母親の死後、何週間も何ヶ月も教会の信者席に座し、神父が神を、そして神がいかに人を愛しているか語るのを聞きながら、同じように感じたことがあったのです。神父の言う神と、母親をじわじわとなぶり殺しにした神とが同じものだとは、とても思えなかったのです。

「じゃあ、誰を愛するんですか？」彼はローランドに訊ねてみました。

しかしローランドは、それが聞こえない振りを装いました。「その国に住む人々の話を聞かせてくれ。下らん神の話でなければ、何でも聞きたいんだ」

そのようなわけで、デイヴィッドはローランドに、両親のこと、沈床園《ちんしようえん》のこと、ジョナサン・タルヴィーと彼の持っていた古い本のこと、どこからか聞こえてきた母親の声を追ってこの不思議な国に迷い込んできたこと、そして最後に、ローズとジョージーの誕生のことを話して聞かせたのでした。話しているとどうしても、ローズとあの赤ん坊への憤《いきどお》りが声に出てしまいました。ローランドの前ではもっとちゃんとしていたいのに、デイヴィッドは自分が本当に子供じみて、恥ずかしく思えてなりませんでした。

「それはさぞかしつらかったろう」ローランドが言いました。「奪われたものはあまりに大きいが、しかし与えられたものも大きいのではないかね」

ローランドは、説教していると思われては困ると考えたのか、しばらく黙り込みました。そしてスキュラの鞍《くら》に寄りかかると、デイヴィッドに物語をひとつ聞かせてくれたのでした。

ローランドが語ったひとつめの物語

むかしむかし、とある老王が、遙か彼方の国の王女に息子を婿《むこ》にやると約束した。王は、何代にもわたり一族に伝わってきた黄金の杯《ゴブレット》を息子に託すと、これは花嫁への贈り物のひとつであり、彼女の一族と自分の一族の縁《えにし》の象徴となるものだと告げた。ひとりの召使いがあれこれと王子の世話を焼くように申しつけられ、ふたりは王女の国へと旅立っていった。

だが、だいぶ旅を続けたところで、王子に嫉妬していたこの召使いは彼が睡《ねむ》っている間にゴブレットを盗み、王子の持ち物の中からもっとも高価な服を取りだしてそれに着替えてしまった。王子が目を覚ますと召使いは、このことを人に話したら彼にも彼の愛する者たちにも死んでもらうことになると脅《おど》しをかけ、これからお前は何から何まで自分を世話する召使いとして暮らすのだと誓いを立てさせた。こうして王子は召使いとなり、召使いは王子となって、王女の住まう城へと辿《たど》り着いたのだよ。

城に入った偽王子は盛大な儀式で歓迎されたが、本物の王子はといえば、中に入れてもらえずに豚の世話を申しつけられた。というのも偽王子が、この召使いはできが悪く言うことを聞かないので、信用ならんと言ったからだ。そこで王女の父親は豚でいっぱいの豚小屋へと王子を追いやり、泥まみれの藁《わら》くずまみれで睡らせ、一方の偽王子には極上のご馳走を食べさせ、世界いち柔らかな枕で睡らせたのだった。

だが、この国の老王というのが実に聡明な御仁《ごじん》でな。この豚の世話係がとても物腰の柔らかな人物で、自分のまかされた豚や他の召使いたちにも心を尽くして親切にしているという噂を耳にすると、ある日のこと自ら出向いていって、身の上を語って聞かせてくれるよう彼に頼んだのだよ。だが約束に囚われていた王子は、それはできないと言って断ってしまった。人に逆らわれたことなどなかった老王はかんかんに腹を立てたが、王子はその足元にひざまずくとこう言った。

「誰にもこの身の真実を打ち明けぬと、死の誓約に縛られているのです。王様を軽んじているわけではありません、どうかご慈悲を。しかし約束は約束。それを守らねば、人は獣《けだもの》と変わりません」

老王はそれを聞くとしばし考えてから王子に言った。「なるほど、どうやら口に出せぬ秘密のせいで苦しんでいる様子だが、声に出して言ってみたらきっと気も楽になるのではないかね。召使い部屋に火の消えた暖炉があるから、それに向けて打ち明けたならば、ぐっすり眠れるようになるはずだ」

王子は、その王の言葉に従った。しかし老王は暖炉の陰の暗闇に身を潜めて、王子の語る真実の物語をすっかり聞いていたのだ。その夜は、王女が偽王子と結婚する前夜だったので、老王は盛大な宴を催した。そこで王は本物の王子に仮面を着けさせて自分の玉座の隣に呼び寄せ、もう片側には偽王子を招いた。そして偽王子に「もし君が嫌でなければ、君の知恵試しをさせてはくれまいか」と言った。偽王子が迷わず首を縦に振ると、王は他人になりすまして他人の富と権利とを横取りしたとある詐欺師の話をして聞かせた。だが偽王子はとにかく傲慢《ごうまん》な男であったうえに自分の企みがばれているとは思ってもいなかったので、その話が自分のことを言っているのだなどとは露《つゆ》ほども思わなかった。

「君なら、この男をどうするね?」王が訊ねた。

「私なら裸にひん剝《む》いて、釘をびっしり打ち込んだ樽の中に閉じ込めてやります」偽王子が答えた。「そしてその樽を四頭の馬に引かせ、男がずたずたになって命を落とすまで街を走り回らせるでしょうね」

「それがお前の受ける罰になるぞ」王が言った。「同じ罪を犯したのだからな」

こうして本物の王子は元の地位を取り戻して王女と結婚し、その後いつまでも幸せな人生を送った。一方、偽王子のほうはといえば釘の出た樽の中でずたずたになったが、それを嘆く者は誰もおらず、死んですぐ誰からもすっかり忘れられてしまったのだそうだ。

物語を話し終えると、ローランドはデイヴィッドを見つめました。

「私の物語を聞いて、どう思ったかね？」

デイヴィッドは、不思議そうに眉を寄せました。「似たような物語を読んだことがあるけど、そっちの主人公は王子様じゃなくてお姫様だったよ。終わりかたは一緒だけれどね」

「この終わりかたが好きかい？」

「子供のころは好きだったよ。偽王子には相応《ふさわ》しい最期だと思ったからね。悪者が罰を受けて死ぬのが、僕は好きだったんだ」

「今はどうだい？」

「残酷だと思う」

「だが彼は自分にその力があったら、他人に同じ仕打ちをしていたのだよ」

「そうだけど、でもだからといってそんなふうに罰していいってことじゃないよ」

「つまり君は、慈悲を与えるというのだな？」

「もし僕が本物の王子だったら、そうすると思うよ」

「しかし、許せるのかね？」

デイヴィッドはそれを聞くと、考え込みました。

「いや、悪いことをしたんだから、罰は受けなくちゃいけない。僕ならば豚の世話をさせて、本物の王子が無理強《じ》いされたのと同じように生きさせて、もし彼が動物や人を傷つけたりしたならば、王子と同じ目に遭わせるんだ」

ローランドは、そのとおりだといった様子でうなずきました。「それこそ公平かつ慈悲のある罰というものだ。さあ、もう寝よう。狼どもが追ってきているし、休める時に休んでおかなくてはいけない」

デイヴィッドは言われるままに身を横たえました。そして荷物を枕にして頭を載せると、瞼《まぶた》を閉じるやいなやすぐ睡りに落ちてしまったのでした。

夢も見ずに睡っていたデイヴィッドは、あの偽りの夜明けが訪れる前に、一度だけ目を覚ましました。瞼を開くと、ローランドがそっと囁《ささや》くようにして誰かに語りかけているのが聞こえたように思いました。そこで静かに振り向いてみると、彼は小さな銀のロケットを開いているのでした。ロケットには、ひとりの男性の肖像がしまわれていました。ローランドよりも若く、とても美しい青年の肖像に向けて、彼は語りかけていたのでした。話の内容まではデイヴィッドにはよく聞こえませんでしたが、ローランドは何度も「愛」という言葉を強く口にするのでした。

気まずくなったデイヴィッドは声が聞こえないよう頭まで毛布を引き上げ、睡りの訪れを待ったのでした。

デイヴィッドが目を覚ますと、ローランドはもう起きだして旅の準備に取りかかっているところでした。ふたりでわずかばかりの朝食を分け合うと、デイヴィッドは小川で顔を洗い、いつもの決まりごとをしようと思いました。しかし、木こりの言葉を思いだしてはっと手を止めました。そして代わりに剣を綺麗にし、岩を使って刃を鋭く研《と》いだのです。そして革帯が盤石《ばんじゃく》で鞘止めの金輪も無傷なのを確かめると、スキュラに鞍を取り付ける手順や、手綱やくつわの締めかたを教えてほしいと頼んだのでした。ローランドは快くそれを引き受けると、さらに、脚や蹄《ひづめ》を見て馬が怪我をしたり足を痛めたりしていないかを確かめる方法も教えてくれました。

デイヴィッドはあのロケットにしまわれている肖像のことを訊いてみたかったのですが、闇に紛《まぎ》れて盗み見していたのかと思われるのが嫌で、口に出せませんでした。その代わり、出会った日からずっと気になっていたことを訊ねてみることにしました。そうすれば、あのロケットの肖像に描かれた人物のことも分かるかもしれません。

「ローランド」デイヴィッドは、スキュラの背に鞍を載せているローランドに声をかけました。

「ローランドはいったい、何のために旅をしているの?」

ローランドはスキュラの胴に馬具をしっかり結びつけました。

「友だちがいてね」ローランドは、デイヴィッドを振り向きもせずに答えました。「ラファエルという男なんだが、彼の勇気を疑う人々が叩く陰口にすっかり嫌気が差して、己の勇気を示してやろうと思っていたんだ。そんな折に、とある魔女によって財宝のぎっしりしまわれた部屋で睡りに就かされた姫の話を耳にしてな、彼女を呪いから救ってやろうと胸に誓ったのさ。だがラファエルは私たちの国を後にしたきり、二度と戻らなかった。私とは、兄弟よりも近い存在だったんだよ。そこで、彼の身に何が起こったのかを解き明かし、もし命を落としているのなら必ずや復讐してやると私は固く決意した。姫の睡る城は、月のうつろいとともに場所を変えるという。今は、ここから馬で二日とかからぬところにある。その城壁の中に入り込んで真実を曝いてから、君を国王の元へと連れていってやるつもりだよ」

デイヴィッドがスキュラの背に跨《また》がるとローランドは手綱を握って先に立ち、馬が怪我をしたりしないよう地面に隠れた窪みを探しながら、元の道へと引いていきました。デイヴィッドは前の日に長いこと馬に揺られたせいでまだ体のあちこちが痛みましたが、それでもずいぶんと馬にも、馬の歩むリズムにも慣れてきました。そして、朝の薄明かりが空に射すと鞍の出っ張りを握り締め、ふたりは教会の廃墟を後にして旅に戻ったのでした。

しかし、そんなふたりを見張っている者がありました。廃墟の向こうに広がる茨の茂みの奥からふたりを見つめる、黒い瞳があったのです。それは、黒々とした被毛を持つ、獣よりもむしろ人に似た顔を持つ一頭の狼でした。ループと雌《めす》狼との間に生まれたその一頭は、母親の外見と本能とを受け継いでいました。それに、まるで突然変異体のように目を瞠《みは》るほどに大きく獰猛《どうもう》で、ポニーほどもあるその体に、人の胸をひと嚙みで喰いつぶせるほどの顎を持っているのです。この狼は、デイヴィッドの痕跡を探すためによこされた斥候でした。においを追って道を走り、森の奥に建つ小さな家へと辿り着いたのです。そこで狼は、小人たちが家の周囲に仕掛けた罠のせいで、命を落としかけることになりました。底に鋭く尖った棒が何本も立てられた穴が掘られており、その上に枝や草をかぶせて隠してあったのです。狼はあわや穴に落ちて死ぬことを免《まぬが》れると、それからはよくよく用心して進むようになりました。狼は、小人たちの臭いと混ざり合った少年のにおいを追いかけるとまた道に戻って進み、小川へと行き当たりました。そこで少年のにおいは消え、濃い馬の臭いがそれにとって代わりました。狼はその臭いを嗅ぐと、どうやら少年はもう足で歩いてはおらず、それにひとりではないに違いないと思いました。狼は、群れが容易に付いてくることができるよう、道しるべの代わりにあちこちに小便を残しながら進んでいきました。

斥候は、ローランドとデイヴィッドに気付かれない方法をよく心得ておりました。一方、群れは渓谷を渡って少し進んで足を止め、王城へと向かうためにさらなる仲間たちの到着を待っていました。リロイはこの斥候に、あわよくばデイヴィッドを捕らえて自分のところに連れもどしてくるよう伝え、彼を見つけだす役目を任せたのです。生け捕りにするのが無理であれば、確かに見つけだした証拠として少年の首を持ち帰るよう、リロイは命じたのでした。斥候はもう、持ち帰るのは首のほうにしようと決めていました。新鮮な人間の肉など長いこと口にしていませんし、残りは食ってしまおうと思っていたのです。

狼はあの戦場に差しかかったところで、また少年の臭いを感じ取りました。一緒に漂っている何か他の臭いに敏感な鼻を刺激され、思わず目に涙が浮かびます。腹が空いてたまらない斥候は戦場に散らばる兵士の骨を銜《くわ》えるとその髄《ずい》を吸いだし、ここ何ヶ月もの間でようやく少しだけ腹が満たされたような気持ちになりました。そうして力を取り戻した狼はまた馬の臭いを追いかけはじめると、立ち去ってゆく少年と兵士の背中がまだ視界から消えぬうちに、ふたりが休んでいた教会の廃墟へと辿《たど》り着いたのでした。

狼は、長く、高く跳べる太い後肢《あとあし》の持ち主です。今までにもその巨大な肢で何人という乗り手たちを馬から地面へと引きずり降ろし、長く鋭い牙で喉笛を引き裂いてきたのです。たかが少年ひとり、どうということもありません。狙いを定めて飛びかかれば、騎手に気付かれるよりも早く少年に嚙みつき、八つ裂きにしてしまうことができるでしょう。それから逃げだせば、騎手に追いかけられたところで、先に待ち受けている群れの中へと誘導すればいいだけの話です。

騎手は注意深く下生えや分厚い茨の茂みを確かめながら、ゆっくりと馬を引いて進んでいます。狼は、機会を窺いながらその後を追っていきます。騎手の行く手に木が一本倒れているのを見て狼は、きっとあそこで先に進む道を探すために馬の足が止まるはずだと考えました。そうしたら、その隙に少年を捕らえることができるはずです。狼は足音を忍ばせながら馬を追い越しました。先回りすれば、馬が立ち止まった時に襲いかかるのにいちばん都合のよい場所が見つかると思ったのです。倒木のところにやってくると、右手の茂みの中にちょうど良さそうな厚い平岩があるのを見つけました。少年の血を味わうところを想像するだけで、口元からよだれが垂れてきます。馬の姿が見えてくると斥候は、飛びかかるために体を強ばらせました。

しかしその時背後から、金属が石にぶつかる微《かす》かな音が聞こえたのです。狼はぱっと振り返りましたが、その時にはもう手遅れでした。きらめく刃がちらりと見えたかと思うと、喉の奥深く——苦痛や驚きの悲鳴をあげることもできないほど奥が燃えるような熱さに襲われたのです。狼は自分の血で喉を詰まらせると、四肢の力を失い岩の上に倒れ、死を間近にした戸惑いにかっと目を燃やしました。やがてその炎が消えてゆき、斥候の肉体は震え、痙攣《けいれん》するのをやめ、やがてぴくりとも動かなくなってしまいました。

その虚《うつ》ろな黒い瞳には、あのねじくれ男の顔が映り込んでおりました。ねじくれ男は手にした剣で斥候の鼻を切り落とすと、それを革帯に付けた小さな革の小袋の中にしまいました。新たな戦利品というわけです。リロイと狼の群れは、同胞の亡骸《なきがら》を見つければきっとここで足を止めることでしょう。同胞がこんな無残に殺されているのを見れば、きっと誰を相手にしているのか狼たちも気付くに違いありません。少年は自分の、自分ただひとりのものです。狼どもにその骨を喰らわせるなどできはしないのです。

デイヴィッドとローランドはねじくれ男が見守る中、前を通り過ぎていきました。そして、スキュラはあの斥候が予想したとおりに倒木の前で足を止めると、ふたりを乗せてそれをひと息に飛び越えて道に出たのでした。ねじくれ男はそれを見届けると、生い茂る茨の奥に姿を消していきました。

20

村と、ローランドが語ったふたつめの物語のこと

その朝、デイヴィッドとローランドは誰の姿も見かけませんでした。こんなにも道ゆく人が少ないのは、デイヴィッドにとって意外でした。道は隅々までよく手入れがされていましたし、きっとあちこちに向かう人たちが歩いているに違いないと思ったのです。

「どうしてこんなに静かなの？」デイヴィッドが訊ねました。「何で誰もいないの？」

「世界が異様な変化を続けているものだから、人びとが怖がって出歩こうとしないのさ」ローランドが答えました。「昨日お前が目にした兵士たちの亡骸《なきがら》にしてもそうだし、私が話して聞かせた眠り姫と魔女の話にしてもそうだ。この国ではいつも危険と隣合わせで、生きていくのが大変なのさ。それに今は新たな脅威が現れ、そいつらがいったいどこから姿を現したのかすら誰にも分からない有様だ。王宮から聞こえてくる噂話が本当なら、国王にすら分からぬほどなんだよ。人びとは、もう王の時代は終わったのだと話している」

ローランドは右手を挙げると、北東の方角を指差しました。「あそこに連なる丘を越えたと

ころに集落があるのだが、明日王城に着く前にそこで夜を明かすとしよう。きっとそこに行けば眠り姫と、我が友の身の上も誰かが知っているかもしれない」

さらに一時間ほど進んでゆくと、森から現れた人びとの一団と出くわしました。男たちは棒の先に死んだうさぎや野ねずみを提げて運んでいます。誰もが先を尖らせた木の棒や、粗雑な短剣で武装をしていました。馬が近づいてくるのに気付くと、彼らは警戒するように武器を構えました。

「誰だ」ひとりの男が言いました。「名前を明かさんのなら、それ以上近寄ってはいかんぞ」

ローランドは、男たちの武器が届かないところでスキュラの手綱を引き、歩みを止めました。

「私はローランド。そしてこの子は連れのデイヴィッドだ。食料と一夜の寝床を求めて、この先にある村にゆくところだ」

先ほどの男が、剣を降ろしました。「寝床なら見つかるだろうが、食料はわずかしかないぞ」そう言って、棒にぶらさげた動物の死骸《しがい》をひとつ指差します。「野辺からも森からも動物どもがほとんど姿を消してしまってな。二日がかりで獲物はこれだけだ。そのうえ、ひとり命を落としちまったよ」

「命を落としたとは、どういうことだね？」ローランドが訊ねました。

「しんがりにいたんだがね。悲鳴が聞こえて戻ってみたら、もう影も形も見えなくなってしまっていた」

「彼をさらった奴の痕跡はなかったのかね？」ローランドが言いました。

「駄目だったよ。あいつがいたはずの場所は、地中から何者かに襲われたように踏みにじられていたが、地面には血と、どんな動物のものとも俺たちには分からない薄気味悪いもんが残されていただけだった。そうして死んだのはそいつだけじゃなくて前にも何人かやられているんだが、犯人の姿を見た者は今のところ誰もおらんのだよ。今はこうして大勢で出かけることにしているが、きっと間もなく村まで襲われるに違いないと、皆冷や冷やしているよ」

ローランドは、デイヴィッドと来た道を振り返りました。

「馬で半日ほど行ったところで、兵士たちが大勢死んでいるのを見た」ローランドが言いました。「着けていた記章からすると、どうやら王の兵士たちらしい。強者《つわもの》揃いで武装も念入りだったが、それでもこの獣《けだもの》には歯が立たなかったのだ。もし高く強固な壁を作ることができないのであれば、この脅威が去るまであなたがたは家を離れたほうがよいかもしれんな」

男はしかし、首を横に振りました。「俺たちには農場があり、家畜がいる。父親も、そのまた父親も、この土地で暮らしてきたんだ。こんなにも苦労して築いてきたものを、そう易々《やすやす》とは捨てられんよ」

ローランドは何も言いませんでしたが、デイヴィッドにはその心の声が聞こえるようでした。**では死ぬしかないな。**

デイヴィッドとローランドは男たちとともに、話をしたり、ローランドの銀の水筒に入った酒を分け合ったりしながら進んでいきました。彼らはこの親切にすっかり感謝すると、お返しに国に起きた変化の話や、新たに森に現れた攻撃的で飢えた生き物たちの話を聞かせてくれました。そして、近ごろますます大胆不敵になってきている狼たちについても話してくれました。狩人たちは森にいる間に罠を仕掛け、遠くから侵入しようとしてきたループを一頭仕留めていました。純白の被毛を持ち、アザラシの革で作ったズボンをはいたループです。息を引き取る前にループは自分が遙か北方からやってきたこと、そして自分の死に報いるため仲間たちがやってくることを言い残しました。木こりがデイヴィッドに言ったとおりです。狼たちは王国を手中に収めようと、軍隊をつくろうとしているのでした。

ゆるい曲線を描いて続く道を進んでゆくと、前方に村が見えてきました。村の周囲は開けており、そこで牛や羊が草をはんでいます。先を削って尖らせた丸太で作った壁が村を囲んで張り巡らされており、さらに、近づく者を見張るための物見台が取り付けられていました。村の家々の煙突からは細く煙が立ちのぼっており、壁の先端から突きだすようにして教会の尖塔が立っていました。ローランドはそれを見ると、複雑そうな表情をしてみせました。

「たぶんここの人びとは、例の新たな宗教の信者たちだよ」彼がそっとデイヴィッドに声をかけます。「ことを荒立てたくはないから、私の意見もここでは胸にしまっておくとしよう」

一行が近づいてゆくと壁の向こうから大声があがり、壁に付けられた門が開きました。子供たちが父親を迎えにそこに集まり、女たちは息子や夫に口づけをしようと駆け寄ってきます。みんな不思議そうな顔をしてローランドとデイヴィッドを見つめましたが、彼らについて誰かが口にするよりも早く、ひとりの女性が大声をあげて泣き崩れました。狩人たちの中に、自分の待っていた男の姿が見当たらないのです。若く愛らしいその女性は、しゃくり上げながら何度も「イーサン！　イーサン！」と名を呼びました。

フレッチャーという名の狩人たちの長《おさ》が、デイヴィッドとローランドに歩み寄りました。彼の妻は、夫が無事に戻ってきた安堵を顔に浮かべ、そばに立っておりました。

「イーサンというのは、今回我々が失った者の名だよ」彼が言いました。「ふたりは婚約していたんだ。だというのに、今じゃ彼女は彼を葬《ほうむ》る墓を持つこともできん」

他の女性たちが彼女を慰《なぐさ》めようと、その周囲に集まっていました。そしてそばに建つ小さな家の中に連れてゆくと、扉を閉めてしまったのでした。

「こっちへ」フレッチャーが言いました。「俺の家の裏に馬小屋がある。そこでよければ寝床にしていいし、今夜の分の食事を分けてあげよう。ともあれ我が家の食料も乏《とぼ》しいのでな、君らには旅立ってもらわなくてはいけない」

ローランドとデイヴィッドは礼を言うと、彼の後について狭い道を歩いてゆきました。やがて、壁を白く塗った木造の小屋が見えてきました。フレッチャーはふたりを馬小屋に連れてゆくと水と新鮮な藁《わら》、そしてスキュラのためのしなびた麦のありかを教えました。ローランドはスキュラから鞍《くら》を外すと彼女が不安げにしていないのを確かめてから、桶に溜めた水でデイヴィッドと一緒に顔を洗いました。ふたりとも服はひどい臭いでした。ローランドには着替えがありますが、デイヴィッドが持っているのは今着ている服がすべてです。これを聞いたフレッチャーの妻は息子の古着を持ってきてくれました。息子はもう十七歳になり、自分の妻子がいるのだと言います。着替えたデイヴィッドはずいぶんと久しぶりにさっぱりした気持ちになると、ローランドとともに、フレッチャーと家族たちが待っている母屋の食卓へと向かいました。息子はフレッチャーと違って髭も薄く白髪交じりではなかったものの、長い赤毛を生やしたその風体は、実によく父親と似ておりました。息子の妻は色黒で、小柄で、口数も少なく、腕に抱いた赤ん坊から目を上げようとはしませんでした。フレッチャーには他にもふたり子供がいましたが、これはどちらも娘でした。ふたりともデイヴィッドよりやや年下くらいで、彼のことをいたずらっぽく盗み見ては、くすくすと忍び笑いをしてみせるのでした。

ローランドとデイヴィッドが席に着くと、フレッチャーは食事の前に瞼《まぶた》を閉じて頭を下げ、その日の糧《かて》への祈りを捧げました。デイヴィッドはローランドを横目で見てみたのですが、彼は瞼も閉じず、祈りを捧げようともしてはいませんでした。

みんなは村を取り巻く問題のことを話し、狩りの旅のこと、イーサンが姿を消したことに話題を移すと、最後にローランドとデイヴィッド、そしてふたりの旅の目的を聞きたがりました。

「茨の城へ向かうのにここを通ったのは、お前さんがたが初めじゃないよ」フレッチャーは、ローランドから旅の目的を聞くと言いました。

「なぜ茨の城と呼ぶんだね？」ローランドが訊ねました。

「その名のとおりだからさ。茨のように棘《とげ》のある蔓《つる》植物に覆われているんだ。壁に近づくだけでも、ずたずたにされちまいかねない。あれを越えるにゃあ、胸当てだけじゃあとても足りんよ」

「というからには、見たことがあるのだね？」

「だいたい半月ほど前かな、この村を突っ切ってく影をひとつ見たんだ。その正体を突き止めようと追いかけてみて、音も支えもなく宙を漂ってゆく城を見つけたというわけさ。城が地面に降りるまで追いかけた連中もいたんだが、俺たちはあえて近づこうとはしなかった。あの手のものは、放っておくに限るからな」

「今の話では茨の城へと向かった者は他にもいたということだが、その者たちはどうなったのかね？」ローランドが訊ねました。

「誰ひとり戻っちゃこなかったさ」フレッチャーが答えました。

ローランドはシャツの下に手を入れると、あのロケットを取りだしました。それを開き、若者が描かれた肖像をフレッチャーに見せます。「その中に、この男の姿を見なかったかね？」

フレッチャーは、ロケットをまじまじと眺めました。「ああ、この御仁《ごじん》なら憶えておる。この村で馬に水をやって、宿でエールを飲んでいった男だ。日暮れ前にここを発ったきり、二度と姿は見なかったがね」

ローランドはロケットを閉じると、また胸に戻しました。そして、食事が終わるまでひとことも喋ろうとはしませんでした。食事が済むとフレッチャーはローランドを暖炉の前に招き、煙草を勧めました。

「お父さん、お話を聞かせて」フレッチャーの足元に座っていた娘が、父親を見上げました。

「あたしもお話が聞きたい！」もうひとりの娘も声を揃えます。

しかし、フレッチャーは首を横に振りました。「もうお話はすっかり話しちまったよ。ひとつ残らずな。だがもしかしたら、この客人が何か話して聞かせてくれるかもしれんぞ」

そう言って彼がローランドの顔を見ると、ふたりの娘たちもこの見知らぬ兵士のほうを振り向きました。そしてローランドはしばらく考えてから手にしたパイプを置き、物語を語りはじめたのでした。

ローランドが語ったふたつめの物語

むかしむかし、アレクサンダーという名の騎士がいた。騎士の鑑《かがみ》と言えるような男だよ。勇気と力を持ち、忠実で謙虚な人物だったが、いかんせんまだ若かった彼は、己の勇気を示すことができずに焦っていた。彼の住む国は長きにわたりとても平和なところだったので、アレクサンダーには戦《いくさ》で名を挙げるような機会がほとんどなかったのだよ。そこである日のこと彼は王と師の元へ参上すると、己を試し、自分が偉大なる騎士たちと並び立つだけの価値がある男なのかを見極めるため、見知らぬ新たな土地へと旅に出たいと申しでた。王は、出立を許してやらなくてはこの若き騎士の気が済まないようだと悟ると彼に旅立つ許しを与えた。こうしてアレクサンダーは馬と武器を用意すると、世話をしてくれる従者のひとりも携えず、たったひとりで己を待ちうける宿命を求めて旅立っていったのだった。

それから数年間にわたりアレクサンダーは、長く夢見てやまなかった冒険の日々を送り続けた。彼は、遙か東方の王国へと向けて旅をする騎士団に入った。その王国にはアブカネザルという大魔法使いがいたのだが、これがひと睨《にら》みで人間を塵《ちり》に変えてしまう力の持ち主でな。この魔法使いが占領した地には、人びとの名残《なごり》が灰のように風に舞って漂っていた。噂では人の作った武器ではこの魔法使いは倒せぬらしく、かつて討伐に乗りだした者たちは皆殺されてしまったということらしい。しかし騎士たちは倒す方法がきっと見つかるはずだと信じ、この魔法使いから身を隠している真の国王が約束した大いなる褒美を求めて道を急いでいるのだった。魔法使いは残忍な小鬼《インプ》たちを引き連れて、城の前で騎士たちと相まみえた。そして、熾烈《しれつ》で血みどろの戦いが繰り広げられた。仲間の騎士たちは悪鬼どもの爪や牙に倒れたり、魔法使いに睨まれて塵に変えられたりしていった。しかしアレクサンダーは構えた盾を決して降ろさず、そして魔法使いのいるほうを絶対に見ないようにしながら敵軍の中で剣を振るって前進を続け、ついに魔法使いの目と鼻の先にまで迫った。そしてアブカネザルの名を大声で呼ぶと、魔法使いがその眼差《まなざ》しを自分に向けた瞬間に盾をくるりと回転させて内側を相手に向けたのだ。実はその前夜、アレクサンダーは一睡もせずに盾を磨きあげて、陽光をまばゆく跳ね返すほどに仕上げていたのだよ。アブカネザルはその盾に映った己の姿を目にするや、たちまち塵になってしまった。そしてインプの大群も宙に掻き消え、二度と王国に姿を現すことはなかった。

国王は約束どおりアレクサンダーに金銀財宝を用意すると、彼を王国の後継者にすべく娘たちをずらりと並べてみせた。しかしアレクサンダーはそれをすべて断ると、たったひとつだけ願いを伝えた。自分の仕える王に、己の挙げた手柄を伝えてほしいというのだ。国王がそれを確かに受け入れると、アレクサンダーは退席し、また旅を続けた。そして西の大地で古《いにしえ》より生きる兇悪な竜を退治すると、その皮を使ってマントをひとつこしらえた。そして、悪魔にさらわれた本物の女王の息子を救いに行く時には、そのマントで冥府の熱気から己の身を守ったのだった。そうして彼が手柄を立てるたびに王にはそれが伝えられ、アレクサンダーの勇名はますます高まった。

十年の時が過ぎ、アレクサンダーはさすらいの旅路に疲れてきた。体は数多《あまた》の冒険でついた傷に覆われ、今や騎士の中の騎士としての評判は盤石《ばんじゃく》のものだという自負もあった。彼は故郷への帰還を決断すると、長い長い帰路に就いた。だが、そんな彼に暗い路上で盗賊や追いはぎたちが襲いかかった。そして、数えきれぬほどの戦いですり切れ果てていたアレクサンダーはそれを何とか追い払ったのだが、命取りとも思える深手を負わされてしまったのだった。彼は旅を続けたが、今や弱り果て、息も絶え絶えだった。ふと通りかかった丘の頂《いただき》に城を見つけたアレクサンダーは城門まで馬を乗り付け、助けを呼んだ。その国には傷ついた旅人には救いの手を差し伸べる習慣があり、特に騎士は追い返したりせずに手を尽くしてやらねばならなかった。

だが、上階に灯りが点っているというのに、城からは何の返事もなかった。そこでアレクサンダーがもう一度呼びかけると、今度は女の声がそれに答えた。

「私には何もして差し上げられません。どうかここを立ち去り、よそに救いをお求めくださいませんか」

「怪我をしているのです」アレクサンダーが答えた。「手当てをしなくては、死んでしまうかもしれません」

だが女はまた答えた。「お引き取りください。私にできることはありません。さあ。二マイルも行けば村があります。そこでなら手当てを受けられましょう」

どうにもできずにアレクサンダーは城門に背を向けると、村に続く道へと馬を進ませはじめた。そこで、彼は力尽きてしまった。馬の背から落ちて冷たく固い地面に倒れると、周囲の世界はどんどんと暗闇に覆われていったのだった。

目が覚めた彼は、清潔なシーツの敷かれた大きなベッドの上にいた。豪華な部屋だったが、ずいぶんと長く空き部屋にでもなっていたのか、埃が積もり、あちらこちらに蜘蛛《くも》の巣が張っていた。体を起こしてみると、傷には手当てがされ、汚れた衣服も替えてあった。武器や鎧《よろい》はどこにも見当たらなかった。ベッドのそばには食事と、ワインの入った水差しが置かれていた。彼は食事をしてワインを飲むと、ベッドの横に吊るされていたローブに身をくるんだ。まだ体力は戻らず一歩進むごとに体は痛んだが、どうやら死の危険は免れていた。彼は部屋を出ようとしたが、扉には鍵がかかっていた。すると、またあの女の声が聞こえてきた。

「できる限りの手は尽くさせて頂きましたが、どうか我が家を歩き回るのはご遠慮くださいませんか。ここにはもう何年も、誰ひとり足を踏み入れてはおりません。ここは私のものです。またあなたが旅を続けられるくらい元気になられたら扉を開けて差し上げますので、どうかその時は必ず旅立たれ、二度とお戻りになりませんことを」

「あなたは誰ですか？」アレクサンダーが訊ねた。

「私はレディ」彼女が言った。「今はもう他の名はありません」

「どこにいらっしゃるんですか？」アレクサンダーは言った。声はどこか、壁のずっと向こう側から響いてくるようなのだ。

「私はここですよ」彼女が答えた。

彼の立つ右手の壁にかけられた姿見が輝き透明になると、その向こうに女性の姿が現れた。漆黒《しっこく》のドレスに身を包み、他に何もない部屋で大きな玉座に腰かけていたのだ。その顔はヴェールに覆われ、両手にはベルベットの手袋がはめられていた。

「私をお救いくださったあなたのお顔を、どうか見せては頂けますまいか？」アレクサンダーが訊ねた。

「それはできません」レディが答えた。

彼女の意志に従おうと、アレクサンダーは頭を下げた。

「召使いはいないのですか？」アレクサンダーが言った。「私の馬が無事にしているのか知りたいのです」

「召使いなど私にはおりません」レディが答えた。「私がこの手でお世話をしていますよ。元気にしています」

アレクサンダーには訊きたいことがありすぎて、いったいどれから口にすればいいのかも分からなかった。彼が口を開くと、レディが手を挙げてそれを制した。

「私はもう行かなくては。あなたはお睡《ねむ》りを。一刻も早く元気を取り戻し、ここを立ち去って頂きたいのですから」

鏡がまた輝くとレディの姿は掻き消え、代わりにアレクサンダーの姿がそこに映っていた。アレクサンダーは他に何もできずにベッドに戻ると、また睡りに就いたのだった。

翌朝目を覚ますと、ベッドの横には焼きたてのパンと温かい牛乳の入ったポットが置かれていた。夜中に誰かが入ってきたような物音に、アレクサンダーは憶えがなかった。ともあれ彼はいくらか牛乳を飲むと、パンを囓《かじ》りながら例の姿見に歩み寄って覗き込んでみた。鏡は鏡のままだったが、レディがガラスの向こうから自分を見つめているのが、アレクサンダーには分かっていた。

偉大なる騎士というのはそういうものだが、アレクサンダーも今や、ただ剣を振るうばかりの男ではなかった。リュートとリラを演奏するようになっていたのだ。詩を書きもしたし、絵も少々描いた。そして遥か昔に生きた先人たちの知恵を求めて、読書に耽《ふけ》ることも愛した。そこで、次にまた鏡の奥にレディが現れた夜、彼は怪我から回復するまでの間、そうしたものを与えてはくれまいかと彼女に頼んだのだった。翌朝になって目覚めてみると、部屋には古びた本が積んであり、うっすらと埃をかぶったリュートと、カンヴァスと、絵の具と絵筆が用意されていた。彼はリュートをひとしきり掻き鳴らすと、本の山に手を着けた。そこには歴史や哲学、天文学、道徳学、詩学、そして宗教の本などが積んであった。それらを読み進めて日々を送っているとレディは以前より頻繁にガラスの奥に姿を見せては、彼が読んだ話をあれこれと訊きたがった。話していると、彼女がそうした本を何度も読み、内容を熟知しているのがアレクサンダーにはよく分かった。彼の住んでいた国では女性はこういった書物を読むのを禁じられていたのでアレクサンダーは驚いたが、そうして話ができるのは楽しく、ありがたかった。レディに頼まれてリュートを演奏すると、その音色に彼女が聴き惚れているのが分かった。

こうして日々が過ぎ、週が過ぎ、レディはさらに頻繁に鏡の向こう側に姿を現しては、アレクサンダーと芸術や本の話をし、楽器の演奏に聴き入り、彼が何の絵を描いているのかを訊ねて過ごすようになっていった。アレクサンダーは、描き上げるまで絵を見られたくないと思い、自分が睡っている間に覗いたりしないよう彼女に約束させていたのだった。アレクサンダーの傷はもはやほぼ癒えていたが、それでもレディはもう彼をさっさと追いだそうとは思っていないようで、彼のほうもまた、城に留まりたいと思うようになっていた。彼は鏡の奥に住む得体の知れないヴェールの女と、すっかり恋に落ちていたのだった。彼は自分が剣を振るった戦《いくさ》の話や、冒険の旅で挙げた武勇を彼女に話して聞かせた。アレクサンダーは自分が偉大なる貴婦人に相応しい、偉大なる騎士であることを彼女に認めてほしかったのだ。

二ヶ月が過ぎたある日、レディはアレクサンダーを訪れるといつもの場所に腰かけた。

「なぜそう悲しげにしていらっしゃるの?」彼女は、アレクサンダーがひどく悲しげな面持ちをしているのに気付くと訊ねた。

「絵を描き上げることができないのです」彼が答えた。

「なぜ？　絵筆も絵の具もあるではないですか。何か他に入りようなものがおありなの？」

アレクサンダーはレディからも見えるように、壁に向けていたカンヴァスを鏡のほうに向けた。それは、レディの肖像画だった。アレクサンダーは彼女の顔をまだ知らないので、顔だけは白いまま残されていた。

「お許しください」彼が言った。「私はあなたを愛してしまった。この二ヶ月の間ともに過ごして、あなたのことを知りすぎてしまった。あなたのような女性を私は知らないし、ひとたびこの城を去ってしまえば、もう会えるような気がしない。どうかあなたも、同じように私を想ってはくれますまいか？」

レディは首をうなだれた。そして何か言いかけたように見えたその時、鏡が光を放って彼女の姿を掻き消してしまったのだった。

数日が過ぎても、レディは姿を現さなかった。アレクサンダーは、もしかしたら自分の言葉が彼女を傷つけてしまったのではないかと、ひとり頭を悩ませ続けた。毎晩深く睡り、翌朝には食事が用意されていたのだが、それを運んでくるはずのレディの姿を見かけることは決してなかった。

さらにその五日後のこと、部屋の鍵が回る音が聞こえたかと思うと、レディが入ってきた。相変わらず顔をヴェールで覆い黒いドレスに身を包んでいたが、アレクサンダーには、何かがいつもの彼女と違うのが分かった。

「あなたのおっしゃったことを考えておりました」彼女が言った。「私も、同じ気持ちなのです。どうか、包み隠さずおっしゃってください。あなたは私を愛しておられるの？　たとえどんなことが起ころうとも、変わらず私を愛してくださるの？」

　アレクサンダーの胸の奥に潜んでいた若さゆえの焦りが騒ぎ、彼はろくろく考えもせずに答えていた。「はい、必ずや愛し続けましょう」

　するとレディは彼に顔を見せるため、初めてヴェールを上げた。そこに現れたのは、女性と獣の入り交じった顔だった。パンサーや雌虎《めすとら》のような、野生の森に棲む獣だよ。アレクサンダーは何か喋ろうと口を開いたが、目の前の顔を見ていると何も言葉が出てこなかった。

「継母《ままはは》に、こんな姿にされてしまったのです」レディが言った。「私は美しい娘だったのですが、あの人はその美貌に嫉妬して私に呪いをかけて獣と混ぜ合わせ、お前など二度と誰からも愛されないのだと私に告げたのです。私はその継母の言葉を信じて我が身を恥じ、あなたがやってくるまで閉じこもっていたのです」

　レディは、両腕を広げてアレクサンダーへと歩み寄っていった。その瞳には希望と、愛と、そしてそこはかとない不安とが浮かんでいた。今まで誰の前でも自らをさらけだしたことのなかった彼女は、まるで鋭い刃《やいば》に己の心を晒《さら》している気持ちだったのだ。

　だが、アレクサンダーは歩み寄ろうとしなかった。そして、むしろ後ずさりしたその瞬間に、彼の運命は決してしまったのだ。

「この嘘つきめ！」レディが悲鳴をあげた。「何ていい加減な男！　愛してくれると言ったのに、お前が愛しているのは自分だけじゃないの！」

彼女は顔を上げると、彼に向けて鋭い牙を剝《む》いた。指先から長い爪が飛びだし、手袋を突き破る。レディはアレクサンダーに向けて唸《うな》り声を立てると飛びかかり、嚙みつき、引っ掻き、爪で引き裂いた。口の中に温かい血の味が広がり、被毛の上に滴《したた》った。

彼女は寝室で彼の身を八つ裂きにすると、泣きながらその亡骸《なきがら》を喰らったのだった。


ふたりの姉妹は、怯え切った顔をしてローランドの物語を聞き終えました。ローランドは立ち上がるとフレッチャーに食事の礼を言い、そろそろおいとましようとデイヴィッドを手招きしました。戸口で別れ際、フレッチャーはそっとローランドの腕に手をかけました。

「もし迷惑でなければ、みんなに声をかけてやってくれないか。年寄りたちが不安がっているんだ。お前さんの話した獣は必ずや近くに潜んでいるはずだし、きっとこの村も狙われていると信じているんだよ」

「武器はないのか?」ローランドが訊ねました。

「あるにはあるが、お前さんもご覧のとおりだよ。俺たちは百姓だ。狩人でも戦士でもない」フレッチャーが言いました。

「もしかしたら、それは幸いというものかもしれんよ」ローランドが言いました。「兵士では、大して役に立たなかろう。あなたたちのほうがきっと上手くやる」

フレッチャーは、ローランドが真面目に言っているのか、それとも馬鹿にして言っているのか分からないような顔をして見つめました。デイヴィッドすら、分からなかったのです。

「俺をからかってるのか?」フレッチャーが顔をしかめました。

ローランドは、手を伸ばして彼の肩に置きました。「そういうわけではない。兵士たちは他の軍隊と衝突するように、暴れ狂うこの怪物に立ち向かわなくてはいけない。見知らぬ土地で、知らぬものを相手に戦わなくてはいけないのだよ。私は兵隊たちが築いた砦の残骸をこの目にしたが、とてもそれだけでは守りきれず、彼らは森への撤退を強《し》いられそこで皆殺しにされてしまった。この怪物の正体が何かは分からんが、木々や茂みをなぎ倒した痕跡から見るに、巨大で重いやつに違いない。巨体ゆえに素早く動けるとは思わないが力は強く、槍や剣で傷つけた程度ではびくともせんのだろう。外で戦ったのでは、兵士に勝ち目などありはしないよ。だが、あなたがたは兵士たちとは事情が違う。ここはあなたがたが熟知する、あなたがたの土地だからだよ。この怪物のことは、家畜を脅《おびや》かしに来た狼や狐のようなものだと考えればいい。どこか場所を決めてそこに誘いだし、罠にはめて殺してしまえばいいのさ」

「おとりを使うというのか? それは家畜のようなもののことか?」

ローランドはうなずきました。「おそらく上手くいくだろう。奴は肉の味がお気に入りだし、最後にあの場所で喰らってからこの村まで、ろくろくありついていないだろうからな。壁が守ってくれるように祈りながらここに閉じこもるのも、化け物退治を企てるのもいいだろうが、いずれにせよそれを成し遂げるには多少の家畜は犠牲にしなくてはならないだろう」

「そいつはどういう意味だね?」フレッチャーは、恐れたように言いました。

ローランドは桶の水に指を浸すと石の床に膝《ひざ》を突き、そこに小さく口を開けた円をひとつ描きました。

「これがこの村だ。外部からの攻撃を防ぐために壁が立てられている」ローランドはそう言うと、円から外側に向けて何本か矢を描きました。「だが、もし敵を中に招き入れて門を閉じてしまったとしたら、どうかね？」そう言って開いていた円を閉じると、今度は内側に向けて矢を描きました。「すると、この壁が罠になるというわけだよ」

フレッチャーは、石の上ですでに乾いて消えかけている円をじっと見つめました。

「それで、中に入れてからいったいどうしろというんだね？」

「村に火を放って何もかも焼き尽くすんだよ」ローランドが言いました。「生きたまま丸焼きにしてしまうのさ」

その夜、ローランドとデイヴィッドが寝静まった後に猛吹雪《もうふぶき》が起こり、村とその周辺はすっかり雪に覆われてしまいました。次の日も雪は一日じゅう、数フィート先も見えないほどの強さで降り続けました。ローランドは天気が戻るまで村に留まることに決めましたが、彼もデイヴィッドももう食料など持っておらず、村には人びとが食べる分すらもほとんど残っていないのでした。そこでローランドは長老たちに会わせてくれるように頼むと、村人たちが重要な問題を語り合う場になっている教会に出かけていきました。そして、自分とデイヴィッドを村に置いてくれるのであれば化け物退治の力になることを約束したのでした。デイヴィッドは教会の後列に腰かけてローランドが自分の計画を話す様子や、ああでもないこうでもないと議論が紛糾《ふんきゅう》する様子を眺めていました。村人たちの中には自分たちの馬を焼き殺すと聞くと異議を唱える者もいましたが、デイヴィッドには彼らを責めるような気にはなれませんでした。彼らは、怪物がやってきても壁が守ってくれるはずだという希望にすがり、留まりたいと望んでいたのです。

「では、壁では止められなかったら？」ローランドが言いました。「そうしたらどうなる？やはり駄目だったかと思った時には、もう死ぬしかなくなっているんですぞ」

長い時間をかけた末、話し合いはようやくまとまりました。天候が回復したらすぐに女子供と年寄りは村を離れ、近隣の丘陵地帯の洞窟に避難することになったのです。家具から何から大事なものをすべて運び去って、家をもぬけの殻にしてゆくのです。村の中心部に建つ何軒かの家々には、タールや油を入れた樽を運び込むことになりました。化け物がやってきたら、まずは壁を盾にして攻撃をします。それで追い払いも仕留めもできなかったら、化け物を村の中央に誘導しながら撤退してゆくのです。そして導火線に火を点けて、罠にはめた化け物を焼き殺すのですが、これは最後の手段でした。村人たちによる投票が行われ、これが最善の策だと決まったのでした。

ローランドは、足音も荒く教会から出ていきました。デイヴィッドが走らなければ追いつけないような勢いです。

「何をそんなに怒っているのさ？」デイヴィッドが訊ねました。「ほとんどローランドの計画どおりになったじゃないか」

「ほとんどじゃ駄目なのだ」ローランドが答えました。「我々には、相手が何ものなのかすら分かっていない。分かっているのは、鍛えた鋼鉄の武器を手にした手練《てだ》れの兵士たちですら仕留められなかったという事実だけだ。それが、たかだか農夫たちにいったい何ができる？　私の言うとおりにすれば、ひとりの犠牲も出さずに怪物を仕留められる公算が高いというのに。棒切れとわらしべ程度で立ち向かい、たかだか数週間で再建できる掘っ立て小屋を守るために、連中は無駄死にしようと言うのだぞ」

「でもここは、あの人たちの村だもの」デイヴィッドは答えました。「したいようにさせるしかないじゃないか」

ローランドは進む足を緩めると、立ち止まりました。髪の毛には白く雪が積もっています。そのせいで、彼はずっと歳を取って見えました。

「ああ、彼らの村だとも」ローランドが言いました。「だが、今や私たちは連中と一蓮托生《いちれんたくしょう》だ。この作戦に失敗したら、せっかくの骨折りも虚《むな》しく、連中と一緒に我々も死ぬことになってしまうじゃないか」

雪が舞い降り、家々では火が焚かれ、そこから立ちのぼる煙の臭いを風が森の暗がりの底へと運んでゆきます。

その臭いを感じて鼻をひくつかせると、怪物は隠れ処《かくが》の中で動きだしたのでした。

21

怪物が村に襲来したこと

翌日も、そのまた翌日も、人びとは村を空ける準備に明け暮れました。女子供と年寄りたちは持ちだせるものを片っ端からまとめ、荷車や馬を残らず使っては荷物を運び続けました。ただしスキュラだけは別です。ローランドが自分の目の届くところから離そうとしなかったのです。その代わり彼はスキュラに跨《またが》ると、壁の内側と外側を回り、どこかに弱い場所がないか入念に確かめて回り、不満げな顔で帰ってきました。雪はまだ降り続いており、指はかじかみ、足は凍り付きそうなほど。そのせいで村の守りを固める作業は難航し、男たちは口々に、こんなことをして意味があるのか、女や子供たちと一緒に逃げたほうがいいのではないかと愚痴をこぼしはじめました。あのローランドさえも、疑念を抱いたような顔をしていたのです。

「この怪物は、鋭く砕いた木や石の破片や、よく燃える薪《まき》も使って迎え撃つべきだ」ローランドがフレッチャーに言うのが聞こえました。怪物がどちらの方角から襲来するのかもまったく予想できなかったので、ローランドは壁が破られた時に備えて人びとに退路を指導したり、村に侵入した怪物をどう攻撃すればよいかを何度も繰り返し手解《てほど》きしました。彼は、怪物がやってきた時に村人たちが取り乱し、闇雲に逃げ惑うようなことになってほしくなかったのです(そうなるだろうと彼は思っていたのですが)。そんな事態になれば全滅するしかありませんが、ローランドは、戦いの雲行きが怪しくなった時に村人たちが踏みとどまり、怪物に立ち向かう意志を持ってくれるなんて、ろくに信じられなかったのでした。

「彼らも臆病者というわけじゃない」ローランドは焚《た》き火のそばに腰を下ろし、まだ温かい搾《しぼ》りたての牛乳を飲みながら、デイヴィッドに言いました。周囲の男たちは木を鋭く削ったり、刃物を研《と》いだり、内側から壁を補強するために牛や馬を使って丸太を引きずって村に運び、まとめたりしているところでした。もう夜がすぐそこに迫っており、話し声もほとんど聞こえません。誰もが身を強ばらせ、恐れていたのです。「あの男たちも、妻や子のためならば命を投げだすさ」ローランドが言葉を続けました。「盗賊や狼や、他の野獣どもが相手なら彼らだって立ち向かい、生死をかけて戦うだろうとも。しかし今回は違う。彼らには自分たちが戦おうとしている相手が何なのかも分からず、理解もできず、そのうえひとまとまりとなって戦う訓練も受けていなければ、ろくに経験もないのだよ。いくらともに立ち上がろうと、ひとりひとりはそれぞればらばらに怪物と向き合うのさ。彼らが一致団結するのは唯一、誰かひとり勇気をくじかれて逃げだし、残りもみんなそれを追いかけだす時さ」

「ローランドは、人をあんまり信用しないんだね」デイヴィッドが言いました。

「私はどんなものもあんまり信用しないよ」ローランドが答えました。「自分のことすらね」

彼はそう言うと牛乳を飲み干し、バケツに溜めた冷水でカップをすすぎました。

「さあ行こう。まだまだ木を削って尖らせ、なまくらになった刃物を鋭く研がなくてはいけない」

彼が虚《うつ》ろな笑みを浮かべました。デイヴィッドは、微笑《ほほえ》みもせずにそれを見つめ返しました。

彼らは、門のそばに集結したこの小さな軍隊のもっとも大きな部隊を率いて、怪物を引き付ける役目を果たす手はずになっていました。もし怪物が壁を破って侵入したならば、罠の仕掛けられている村の中心部におびき寄せてゆくのです。閉じ込めて殺す機会は一度だけ、たった一度だけしかありません。

目を凝《こ》らさないと見えないほどに仄《ほの》かな銀色の月が空にかかるのを待たずに、村人と動物たちの最後の一団は村を去り、数人の男たちに道中の無事を守られながら洞窟へと出発しました。そして護衛の男たちが戻ってくると壁の上に人が立ち、近づいてくるものがないか数時間交代で見張りを始めました。男たちの総数はおよそ四十人、そしてデイヴィッドです。ローランドは他の人びとと洞窟に避難したいかと訊ねたのですが、デイヴィッドは震え上がっているにもかかわらず、みんなと村に残ると答えたのでした。そう答えた理由は、自分でも分かりませんでした。今信頼できる唯一の人間であるローランドと一緒のほうが安全だという気持ちもありましたが、好奇心があったのも確かです。どんな怪物なのかは分かりませんが、姿を見てみたかったのです。ローランドもそれが分かっていたのでしょう。村人たちからなぜデイヴィッドが留まるのを許したのかと訊ねられると、この子は自分の従者であり、剣や馬と同じくらいに大切なのだと説明してくれたのでした。デイヴィッドはその言葉があまりに誇らしく、顔が熱くなるほどでした。

男たちは門の前の広場に年老いた雌牛を一頭繋いで怪物をおびきだそうとしましたが、ひと晩、ふた晩と何ごともなく過ぎると、苛立《いらだ》ちと疲労とを募らせはじめました。雪は勢いを弱めることなく降り続け、辺りはますます凍り付かんばかりに寒くなっていきます。壁の上に立つ見張りたちは、吹雪のせいで森を見渡しもできません。幾人かの男たちが、愚痴《ぐち》をこぼしはじめるのが聞こえました。

「こんなの馬鹿馬鹿しいぞ」

「怪物だって俺たちと同じく凍えているんだ。こんな天気の中で襲ってきたりするものか」

「怪物なんてはなっからいないんじゃないのか？　イーサンは狼か、もしかしたら熊にでも襲われたのかもしれない。怪物がいる証拠なんて、あの余所《よそ》者が兵士たちの死骸《しがい》を見たという言葉だけじゃないか」

「鍛冶《かじ》屋の言うとおりだ。もしみんな騙《だま》されてるんだとしたら、どうする？」

彼らをなだめようとしたのは、フレッチャーでした。

「騙していったいどんな得があるんだね？」彼は、人びとを見回しました。「彼はひとりきりだし、連れも子供たったひとりだ。俺たち全員の寝首を掻くことなどできんし、ここには盗めるような物もありゃしない。食い物が欲しいと言ったところで、ほんのこれっぽっちしかないんだからな。信じるのだ、皆のもの。そしてじっと耐え、見張りを続けるんだ」

すると不平を言う者はいなくなりましたが、誰もが凍えて惨《みじ》めな気持ちで、妻や家族が恋しくてたまらないのでした。

ローランドは、片時もデイヴィッドのそばを離れませんでした。休憩する時には彼の隣に身を横たえて眠り、見張りの番が回ってくると、彼と一緒にぐるりと壁を見回って歩いたのです。今や防壁はできる限り固く補強されています。ローランドは村人たちと言葉を交わして冗談を飛ばしながら、まどろむ彼らの眠気を覚まし、落ちた士気を奮い立たせるのでした。村人たちの間を歩き回って村の守備について指示を出すローランドの姿を見つめながら、デイヴィッドは、本当に彼が自分で言うとおりのただの兵士なのかと疑問に感じていました。ひとりきりで馬に乗って旅をしているとはいえ、デイヴィッドには彼が人の上に立つ、天性の指導者であるように思えてならなかったのです。

二日めの夜、ふたりは分厚い毛布に身をくるんで、大きな焚き火の前に座っていました。ローランドは、そばに建つ小屋のどれかで睡《ねむ》ってもいいと言ってくれたのですが、デイヴィッドはその言葉には従おうとしませんでした。他の人びとは表に出ておりますし、自分ひとりがぬくぬくと休んで今以上に頼りなく思われるくらいならば、寒く無防備な外で睡るほうが彼にとってはまだましなのでした。炎に浮き上がるローランドの肌には影が揺らめき、頬骨はごつごつと際立ち、眼窩《がんか》はより黒々と深く見えました。

「ラファエルは、どうしちゃったんだと思う?」デイヴィッドが訊ねました。ローランドは何も答えず、ただ首を横に振りました。

デイヴィッドは、きっと黙っていたほうがいいと分かっていても、話がしたい気持ちなのでした。自分の抱く疑問や疑念を、ローランドもまた抱いているのが彼にはなぜだか分かるのです。ふたりを引き合わせたのは、単なる偶然などではありません。ここでは、偶然のみによって引き起こされることは何ひとつありはしないのです。できごとには常に何か理由が——隠れた法則が——あり、デイヴィッドにもそれがちらりと垣間見える時があるのでした。

「死んでしまったと思ってるの？」デイヴィッドは静かに訊ねました。

「ああ」ローランドが答えました。「胸でそう分かるよ」

「でも、いったい何が起こったのかを確かめなくちゃと思ってるんだね」

「そうしなくては、この心も安まらんからね」

「でも、ローランドだって死んじゃうかもしれないよ。追いかけたなら、同じ目に遭って死んでしまうかもしれないじゃないか。ローランドは、死ぬのが怖くないの？」

ローランドが木の枝を手に取って炎をつつくと、夜空に火の粉が舞い上がりました。火の粉はまるで炎に焼かれて必死に逃げてゆく羽虫の群れのように、わずかに上空に昇るとそこで消え果ててしまうのでした。

「死の痛みは恐ろしいとも」ローランドが言いました。「かつて傷を負ったことがあった。本当にひどい傷で、そのまま死んでしまうんじゃないかと怖かった。あの苦しみは忘れられないし、二度と味わいたいとも思わんさ。

だがな、人の死のほうが私は怖いんだよ。誰ひとり失いたくはないから、命ある人びとのことはずっと心配なのだ。時どき、人を失う恐怖に囚われてしまうあまり、彼らが生きている現実を心から享受できていないのではないかと自分を疑うんだ。私には、そういうところがあるのだ。相手がラファエルでも、それは同じだよ。だが、それでもあの男は私にとってこの体を巡る血も同然なんだ。ラファエルがいなければ、私はかつての自分よりもつまらない人間になっていただろう」

デイヴィッドは、じっと炎を見つめました。ローランドの言葉が、胸の中に何度も響きます。それは、彼が母親に対して抱いていた気持ちとまったく同じなのでした。デイヴィッドもまた母親を失ってしまうのを恐れるあまり、ふたりで過ごす最後の日々を心から楽しむことができなかったのです。

「お前はどうなのだ？」ローランドが訊ねました。「お前はまだ幼い。この国の人間でもない。怖いとは思わないのか？」

「怖いよ」デイヴィッドが答えました。「でも、母さんの声を聞いたんだ。母さんはきっと、この国のどこかにいる。探しださなくちゃ。そして連れて帰らなくちゃいけない」

「デイヴィッド、お前の母上は亡くなったんだよ」ローランドが、優しく言いました。「自分でそう言っていたじゃないか」

「じゃあどうしてこの国に母さんがいるの？　なぜあんなにはっきりと声が聞こえたの？」

答えようとせずに黙っているローランドを見ていると、デイヴィッドはだんだんと腹が立ってきました。

「いったいこの国は何なのさ?」デイヴィッドは声を荒らげました。「名前もない。ローランドも、ここが何て呼ばれてるのか教えてくれないだろう? 王様がいるっていうけど、もしかしたらいないかもしれない。この国のものじゃないはずのものが、たくさんある。戦車だろ、あの木から僕を追いかけてきたドイツの爆撃機だろ、それにハルピュイアだってそうだよ。変なことばっかりだ。こんなの……」

デイヴィッドの声が、消え入るように途絶えました。まるで真夏にもくもくと湧き上がる怒りと混乱で満ちた黒雲のように、彼の頭の中で言葉が形になっていったのです。その言葉がひとつの質問と組み合わさると、彼は自分でも知らないうちにそれを口に出していました。

「ローランド、あなたは死んでいるの? 僕たちは死んじゃったのかい?」

ローランドは、炎の向こうからデイヴィッドを見つめました。

「分からない。私もお前も、ちゃんと生きているはずだよ。冷気も温もりも感じるし、飢えや渇き、そして欲望や後悔だって覚える。手には剣の重みをずっしりと感じるし、夜に鎧《よろい》を脱げば、肌に跡だって残っている。パンや肉の味も分かる。一日跨って過ごせば、この体にスキュラの香りもうつる。死んでいたとしたら、そんなことがこの身に起こり得るかね?」

「そうだね」デイヴィッドは答えました。別の世界へと旅立っていった死者たちがどんなふうにものごとを感じるのか、彼にはまったく分かりませんでした。分かるはずがないのです。彼に分かるのは、ひんやりと手に伝わった母親の肌の感触だけでしたが、自分の肉体はまだ温もりを宿しているのです。ローランドと同じように、自分だって匂いや、手触りや、味を感じます。痛みや不安を感じます。炎が放つ熱も分かりますし、その中に手を突っ込めば肌に大火傷《やけど》を負うのもよく知っています。

それでもこの世界は不思議と、奇妙であると同時に懐かしくもあるのでした。まるでここに来たことにより、デイヴィッドの人生がこの世界の理《ことわり》に何らかの影響を及ぼし、変化させてしまったかのように。

「この場所の夢を見たことはある？」デイヴィッドが訊きました。「僕や、ここにある何かが夢に出てきたことはなかった？」

「あの道で出くわすまで、私はお前なんてまったく知らなかった」ローランドが答えました。

「それに、ここに村があるのは知っていても、今まで訪れたことなどありはしなかった。あの道を旅したのは、初めてだったんだよ。デイヴィッド、この国はお前と同じように本当に存在する。だから、お前の心の奥深くから形づくられた、夢か何かのようなものなんだなどと考えてはいけないよ。狼の群れやそれを率いる人外《にんがい》の話をするお前の目には恐怖が浮かんでいたし、きっと見つかれば、お前は喰われてしまうに違いない。あの戦場に満ちていた兵士たちの腐敗臭だって本当さ。いずれ彼らを滅ぼした敵と相まみえる時がくるだろうが、生き延びられるかどうかは分からない。それもこれも、すべては現実なんだよ。お前は今、痛みを感じているね。痛みを感じるということは、死に得るということだ。お前はここで殺されてしまうかもしれないが、そうなればお前が住んでいたという世界は永遠に失われてしまうんだ。それを忘れるな。忘れてしまえば、お前は消えてしまうのだからね」

かもしれない、とデイヴィッドは胸の中で言いました。

かもしれない。

門に立っていた見張りがあげた叫び声が響き渡ったのは、三日めの夜がすっかりふけてからのことでした。

「来てくれ、来てくれ！」村に続く本道を見張っていた若者が叫びます。「何か音がして、地面で動くものが見えたんだ。間違いない」

外で睡っていた村人たちが、それを聞いて起きだしてきました。門から離れたところでも人びとが叫び声に気付いて駆けてこようとしていましたが、ローランドはその場に留まるようにと大声で指示を出しました。そして自分は門に向かうと梯子《はしご》を登り、壁の頂《いただき》にある見張り台へと向かったのです。見張り台では人びとが目の高さに開けられた小窓を通して壁の向こう側を見張っていましたが、数人がローランドを迎えに出ました。雪は彼らが掲げる松明《たいまつ》に落ちると、小さな音を立ててすぐに蒸発しました。

「何も見えないぞ」さっきの若者に、鍛冶屋が声をかけました。「何か見間違いで俺たちを起こしたんじゃないだろうな」

不安そうな雌牛《めうし》の鳴き声が聞こえました。睡りから目覚め、繋がれている杭から自由になろうとして縄を引っ張っているのです。

「待て」ローランドはそう言うと、壁に取り付けられた矢筒から矢を一本取りました。どの矢の先にも、油を染み込ませた布が巻き付けられています。彼が矢の先で松明に触れると、ぱっと炎が上がりました。ローランドは入念に狙いをつけると、動くものが見えたと見張りが言う辺りに向けて矢を放ちました。数人の男たちが、それに続きます。放たれた矢は、まるで死にゆく星々のように夜空を飛んでいきました。

しかし、舞い落ちてくる雪と影のように立つ木々の他に、何も見えるものはありませんでした。ですがしばらくして何かが蠢《うごめ》いたかと思うと、地の下から黄色い巨体が出現したのです。まるで大ミミズのようなその生き物は頭に黒々とした濃い毛を生やしており、毛の先は鋭く尖った矢じりのようになっているのでした。一本の矢が怪物の体に刺さり、肉の焦げる嫌な臭いが立ちのぼりました。あまりの悪臭に、壁の上に立つ村人たちは鼻と口を覆わずにはいられなかったほどです。矢傷からぶくぶくと黒い体液が溢《あふ》れだし、火矢の炎に晒《さら》され泡だちました。デイヴィッドが覗いてみると、怪物の体には折れた矢や槍が突き刺さったままになっていました。あの戦場で兵士たちと戦った名残《なごり》に違いありません。いったい全長がどれほどになるのかは見当も付きませんでしたが、その体は少なく見積もっても太さ十フィートはあるように思えました。怪物は地面から抜けだそうと身をくねくねとうねらせると、やがて、その恐ろしい顔を村人たちの前にさらけだしました。まるで蜘蛛《くも》のように大小さまざまの目玉がいくつも固まってついており、にゅっと突きだした口の先には鋭い歯が何列にもなって並んでいます。目と口の間に見える鼻の穴は、村人と、その血管を流れる血の臭いを嗅ぎ取ったかのようにひくひくと動いていました。口の両側には尖ったかぎ爪を三本生やした腕が付いています。きっとあの爪で獲物を捕らえ、口の中で嚙み砕くのでしょう。どうやら口からは音が出せない様子でしたが、森の地面を這いずりだすとぬめった音が響き渡り、怪物がまるで美味しい葉へと首を伸ばすイモムシのように体を起こせば、その体から透明な粘液が滴《したた》り落ちました。怪物は地面から二十フィートほども頭をもたげ、その下半身を見せています。そこには黒々として尖った脚が二列になって並び、蠢きながら地面を進んでいるのでした。

「ありゃあこの壁より高いぞ！」フレッチャーが怒鳴りました。「壁を壊したりせずとも、乗り越えてきちまう！」

ローランドはその言葉には応えず、周りにいた全員に向けて、矢に火を点けて獣の頭部へと放つように号令をかけました。怪物に向けて、炎の雨が降り注ぎます。的《まと》を外す矢もあれば、怪物の皮膚から生える鋭く尖った剛毛に弾かれる矢もあります。しかし他の矢はしっかりと命中したのです。デイヴィッドが見守る前で一本の矢が怪物の目玉に命中すると、瞬《また》く間に燃やしてしまうのが見えました。腐ったような肉が燃える臭いは、ますます濃く立ち込めました。獣は苦痛のあまり首を振り回すと、壁に向けて進みだしました。もう、その大きさがはっきりと見て取れます。口元から尻尾の先まで、三十フィートもあるのです。強く降りしきる雪に行く手を阻まれているとはいえ、怪物はローランドが思っていたよりもずっと俊敏でした。あっという間に壁に到達してしまうでしょう。

「できるだけ長く矢を放ち、あいつを壁に引き付けたらすぐに撤退だ！」ローランドは叫ぶと、デイヴィッドの腕を鷲摑《わしづか》みにしました。「私と一緒に来てくれ。お前の力が要る」

しかし、デイヴィッドは動けませんでした。獣の黒い瞳にすっかり呑まれ、目が離せなくなってしまっていたのです。まるで自分が見た悪夢の破片が何らかの力で命を持ち、空想の影の中に潜んでいた怪物がついに姿を現したかのような気持ちだったのです。

「デイヴィッド！」ローランドが怒鳴って握り締めた腕を揺さぶると、デイヴィッドはようやく我に返りました。「さあ、行くぞ。時間がないんだ」

ふたりは梯子を下りると門へと急ぎました。太い丸太を組んで作った両開きの門は丸太を半分に割いた閂《かんぬき》がかけられており、片側を思い切り押し上げないと外れないようになっています。ローランドとデイヴィッドは門に手をかけると、全身全霊の力でそれを押し上げました。

「おい、何をしてるんだ！」鍛冶屋が怒鳴りました。「俺たちを殺す気か！」

その時、怪物がその巨大な頭部を鍛冶屋の上にぬっと現したのです。そして片腕を伸ばして鋭いかぎ爪で彼の体を高々と摑み上げ、獲物を待つように開いた口へと運びだしたではありませんか。デイヴィッドは、鍛冶屋の死を見ていられずに目を逸らしました。村人たちは槍や剣を振るい、獣の体を突き刺したり、斬りつけたりしています。中でもとりわけ大柄なフレッチャーは手にした剣を振り上げ、一撃のもとに怪物の腕を切り落とそうとしました。しかし腕はまるで丸太のように太く、固く、皮膚に傷を付けるのが精一杯だったのです。ですが、その痛みに怪物は進撃をやめて身悶《みもだ》えしました。その隙に村人たちは壁からの撤退を始め、デイヴィッドとローランドは門にかかった閂をやっとの思いで外したのです。

怪物が壁を乗り越えようとするのを見ると、村人たちはローランドから受けていた指示どおり、フックの付いた棒を壁の向こうにいる獣に向けて突きだし、攻撃を始めました。肉を切り裂かれた獣が、村人たちの頭上でぐねぐねとのたうち回ります。それが奏功して怪物は進む速度を緩めはしましたが、それでも深手を負うことすら厭《いと》わずに何とか防衛線を突破しようと押し進んできました。その時、ローランドが門を開いて壁の外に飛びだしました。矢を一本抜いて火を点けると、怪物の頭部目がけて放ちます。

「おい！　こっちだ、こっちに来い！」ローランドが叫びました。

両腕を大きく振り、また矢を放ちます。怪物はその巨体を壁から離すと、傷口から吹きだす体液で雪の地面を黒く染めながら這いつくばりました。そして、逃げるローランドを捕まえようと両腕を伸ばしながら門を無理やりくぐり抜け、首を突きだし、がちがちと歯を鳴らして進みだしたのです。村に入った怪物はしばらく進むのをやめると、曲がりくねった何本もの道や逃げてゆく村人たちを眺め回しました。ローランドが、松明と剣を振り回しました。

「どこを見ている！　私はこっちだぞ！」彼が叫びます。

ローランドはまた矢を放ちましたが、それが口元をかすめても、獣はもう彼には見向きもしませんでした。頭を下げ、鼻の穴を開いたり閉じたりさせて臭いを嗅ぎながら、辺りを探っているのです。デイヴィッドは鍛冶場の陰に身を隠していましたが、ふとこっちを向いた獣の黒い瞳に映る自分の顔に気付いてぎょっとしました。見つかってしまったのです。獣は口を開けて唾液と血液を滴らせながら、デイヴィッドへと伸ばした腕で鍛冶場の屋根を叩き壊しました。デイヴィッドはその爪から間一髪逃れると、何とか飛び退《の》きました。微《かす》かにではありますが、ローランドの声が聞こえます。

「走れ、デイヴィッド！　そいつをおびき寄せるんだ！」

　デイヴィッドは立ち上がり、村の中を走る細い道を一気に駆けだしました。怪物は宙に爪を振りかざし、家々の壁や屋根を破壊しながら、目の前を走ってゆく小さな獲物を追いかけていきます。足を取られたデイヴィッドが転ぶと、鋭い爪が服の背中を切り裂きました。デイヴィッドが転がるようにして爪を逃れ、また立ち上がります。村の中心は、もう石を投げれば届きそうな距離に迫っています。教会の周囲には、かつて平和だったころ市場が開かれた広場がありました。今はそこに、怪物を誘い込んで火だるまにしてしまうべく、溝が掘られ、油を流し込む準備がされているのでした。デイヴィッドはすぐ背後にまで怪物に迫られながらも、開け放たれた教会の扉を目がけて走っていきます。ローランドはもう扉のところにおり、大きな声をあげてデイヴィッドを呼んでいます。

　と、怪物がいきなり立ち止まったので、デイヴィッドは振り向いて見つめました。すぐそばの家々では村人たちが溝に油を流し込む用意をしているところでしたが、彼らもまた作業の手を止めて怪物へと視線を集めました。怪物が震え、身を揺さぶりはじめました。目を疑うほどがばりと口を大きく開き、痛みに耐えかねたように痙攣《けいれん》しているのです。するととつぜん怪物が地面にどうと倒れ、腹部がみるみる膨れ上がっていくではありませんか。中で何かが蠢いているのが見えました。腹の内側で、何ものかが身を押しつけているようです。

　あの女、というねじくれ男の言葉をデイヴィッドは思いだしました。怪物は雌なのだと、彼は言ったのです。

「子供を産む気だ！」デイヴィッドが叫びました。「すぐに殺さなくちゃ！」

ですが手遅れでした。ばりばりと大きな音を響かせて獣の腹が破れると、怪物をそのまま小さくしたような幼獣たちがうじゃうじゃと這いだしてきたのです。一体一体がデイヴィッドほどの大きさをした幼獣の目はまだ何も見えず濁《にご》っておりましたが、がちがちと餌を求めて歯を鳴らしているのでした。這いだしながら母親に嚙みつき、今にも死に絶えそうなその肉体を貪《むさぼ》っている幼獣もいます。

「油を注げ！」ローランドが号令を出しました。「油を注ぎ、火を点けて逃げるんだ！」

幼獣たちはもう、広場の方々へと散らばりはじめています。すでに、獲物を狩る強烈な本能に突き動かされているのです。ローランドはデイヴィッドを教会に引っ張り込むと、すぐに扉を閉ざしました。外側から何かがぶつかり、扉が音を立てて揺れました。

ローランドはデイヴィッドの手を取ると、鐘楼《しょうろう》に向かいました。鐘の吊ってある頂上まで石段を登り詰め、そこから広場を見下ろします。

怪物はさっきと変わらず横向きに倒れたまま、もうぴくりとも動きはしませんでした。まだ息があったとしても、そう長くはもたないでしょう。何匹かの幼獣が内臓に嚙み付き、目玉を嚙《かじ》り、母体を喰らっているのが見えます。他の幼獣たちは身をうねらせながら広場に散らばったり、餌を求めて周囲の家々を漁ったりしています。溝の中に油が流し込まれても、幼獣たちは一向に気に留めた様子はありませんでした。デイヴィッドが視線を移すと、生き残った村人たちが怪物から逃れようと必死に門に向けて駆けてゆく姿が遠くに見えました。

「火が点いてない！」デイヴィッドは叫びました。「誰も点けなかったんだ！」

ローランドは矢筒から、火矢を一本抜きました。

「じゃあ私たちが代わりに点けるしかあるまいよ」

彼は松明から矢に火を移すと、眼下に見える溝の一本に狙いを定めました。放たれた矢が、黒々とした油に命中します。瞬《また》く間に火の手が上がり、広場に掘られた溝をなぞりながら燃え広がっていきました。その通り道にいた幼獣たちは炎に包まれ、じゅうじゅうと音を立てて身悶えしながら息絶えていきます。ローランドは二本めの矢を取ると、とある家の窓の中目がけて射ましたが、何も起こりませんでした。デイヴィッドが見回してみると、燃え盛る広場から逃げだそうとしている幼獣たちが見えます。しかし、森に帰すわけにはいきません。

ローランドは最後の矢を弓につがえると、頰の真横まで引き絞ってから放ちました。今度は家の中で大きな爆発が起こって、その爆風で屋根が吹き飛びました。たちまちそこから火柱が立ちのぼり、ローランドが家の中に仕掛けたとおり樽から樽へと炎が移っていきます。広場じゅうに燃え盛る雨が降り注ぎ、触れたものを焼き殺していくのです。

生き残ったのは、火の手が届かない教会の塔のてっぺんにいたローランドとデイヴィッドだけでした。ふたりは、身を焼かれる怪物たちの悪臭と鼻を突く油煙の臭いに包まれながら、じっとそこに立っていました。やがて火勢は衰え、夜の静寂《しじま》の中に残るのは、残り火がくすぶり、そこに降る雪が蒸発する小さな音ばかりになったのでした。

22

ねじくれ男とデイヴィッドが抱いた疑いのこと

翌朝、デイヴィッドとローランドは村を離れました。そのころにはもう雪もやんでおり、厚く積もった雪で地形が隠されてしまっていたものの、木々に覆われた山々の合間を抜けてゆく道がどこにあるのかは見て取れました。避難所の洞窟からは、女子供や老人たちが村へと戻ってきています。くすぶる我が家の残骸《ざんがい》を前にして泣き崩れる人びとや、死の報《しら》せを受けて嘆く人びとの声が聞こえました。あの怪物との戦いで、三人の男たちが命を落としてしまったのです。他の人びとは馬や牛を連れて広場に集まっていました。農作業に使っていた家畜を使い、今度は黒こげになったあの怪物や幼獣たちの死骸を綺麗に片づけるのです。

ローランドは、自分が獣の標的になった理由に心当たりはないのかデイヴィッドに訊ねようとはしませんでしたが、出発の準備をしている間、彼が何か言いたげな視線を自分に向けていることにデイヴィッドは気付いていました。一部始終を目撃していたフレッチャーからも、探るような視線を向けられているのを感じました。しかしたとえ訊ねられても、デイヴィッドにはどう答えればよいのかまったく分からないのでした。あの怪物にどこか見覚えがあるような、想像の片隅に重なるようなこの感じを、どう説明できるでしょう？　とりわけ恐ろしかったのは、あの怪物が生まれたのには自分にも責任があるように思い、兵士や村人たちの死に良心の呵責《かしやく》を感じてしまっていることなのでした。

スキュラに鞍《くら》を載せてふたりでいくばくかの食料と新鮮な水とを積み終えると、ローランドとデイヴィッドは村を抜けて門に歩いてゆきました。ふたりの道中の無事を祈りに出てきた村人は、わずかばかり。残りは知らん顔を決め込むか、家々の瓦礫《がれき》の中から睨《にら》みつけているのでした。ふたりの出発を心の底から残念そうにしていたのは、フレッチャーただひとりだったのです。

「連中の無礼をどうか許してほしい」フレッチャーが言いました。「せっかく救ってもらったのに、何とも恩知らずなことだよ」

「村がこうなったのは私たちのせいだと思っているんだ」ローランドが答えました。「屋根を吹き飛ばした張本人に感謝などできないのはしかたないさ」

フレッチャーは、ばつが悪そうな顔をしてみせました。

「中には、あの怪物はお前さんがたをつけてきたんだと言う者もいてな、最初に村に招き入れたのがそもそもの間違いだと言うんだよ」彼は目を合わせないようにしながらさっとデイヴィッドの顔を見ました。「その坊主のことや、あの怪物が坊主を追いかけていった様子をとやかく噂する連中もいる。坊主は呪われているから、さっさと追い払っちまったほうがいいって言うんだ」

「僕たちを中に入れて、フレッチャーさんは何も言われないの？」デイヴィッドが訊ねると、フレッチャーはその心遣いにいささか面食《めんく》らったような顔をしました。

「なあに、四の五の言っても連中はすぐに忘れちまうよ。もう、男衆で森に出かけて木を切りだしてこようと相談しているところだ。村はすぐ元どおりさ。風向きのおかげで南側と西側の家々は無事だし、村が元に戻るまではみんなで寝床を分け合って過ごせばいい。いずれ連中にだって、お前さんがたがいなかったら村なんて跡形もなくなって、あの怪物や幼獣たちにやられてごろごろ死人が出てたって分かるはずさ」

フレッチャーはそう言うと、袋に詰めた食料をローランドに手渡しました。

「これは受け取れないよ」ローランドが言いました。「みんな腹を空かせているじゃないか」

「あの怪物も退治したことだし、動物たちも戻ってくるとも。そうすりゃあ、また狩りが再開できる」

ローランドは礼を言うと、出発のためスキュラの鼻先を東へと向けました。

「お前は子供なのに勇敢な男だな」フレッチャーが、デイヴィッドに声をかけました。「もっと何かやれる物がありゃあいいんだが、あいにくこれしか見つからなくてな」

彼がデイヴィッドに手渡したのは、何か黒ずんだかぎ爪のようなものでした。重く、表面はまるで骨のような手触りです。

「こいつは、あの獣の爪だよ」フレッチャーが言いました。「もし誰かに臆病者呼ばわりされたり、勇気がくじけちまいそうになったりした時には、こいつを握ってお前さんがどれほど勇敢に戦ったかを思いだすといいぞ」

デイヴィッドは礼を言うと、爪を革袋の中にしまいました。それからローランドがスキュラに合図をし、ふたりは燃え落ちた村を背にして旅立っていったのでした。


薄明かりに包まれた世界を進んでゆくと、辺りの景色は降り積もった雪のせいでなおさらかすんで見えました。何もかもが青みを帯びた輝きを放っているかのようで、大地はいつもより明るく、そして異質なものに映ったのです。こごえるほどの寒さで、ふたりの吐く息も宙で凍るようでした。デイヴィッドの鼻の穴の中で毛が凍り付き、吐きだす息がまつ毛で氷の結晶になります。ローランドはスキュラが溝や雪に足を取られて怪我をしないよう、ゆっくりと慎重に進んでゆきました。

「ねえ、気になっていることがあるんだ」ずっと黙っていたデイヴィッドが口を開きました。

「ローランドは自分をただの兵士だって言うけど、それが本当だとは思えないんだよ」

「何でそんなことを言うんだい？」ローランドが言いました。

「村の人たちへの指示の出しかただって見事だったし、ローランドをよく知らない人たちも素直に従ってたろう？　それに、その鎧《よろい》と剣だよ。僕はきっとただの銅か、色をつけた金属でできたものだとばかり思ってたんだけど、よく見てみたら金じゃないか。それに胸当てと盾についた太陽の紋章も金でできてるし、鞘にも剣の柄《つか》にも金が使われているもの。ただの兵士だったら、そんなものを持ってるかい？」

ローランドはしばらく黙り込んでから、口を開きました。「昔は、ただの兵士なんかじゃなかったんだ。父が広大な土地を治める領主でね、長男だった私は、その後継者だったんだよ。だが父は、私の生きかたをどうしても快く思ってはくれなかった。だから言い争いになってね、父は怒りに震えて私のことを自分の前からも、自分の領地からも追いだしてしまったんだ。そして追いだされた私は間もなく、ラファエル探しの旅に出たというわけさ」

デイヴィッドにはもっと訊きたいことがあったのですが、ローランドとラファエルの間に横たわる秘密はふたりだけの、とても個人的なものなのだと感じて黙っていました。あまり突っ込んだ質問をするのは無礼というものでしょうし、ローランドを傷つけてしまうかもしれません。

「お前はどうなんだい？」ローランドが訊ねました。「お前の話や故郷の話を、もっとよく聞かせておくれ」

デイヴィッドはそれに応じると、自分の世界のすごいところを言葉にして伝えようと頑張りました。飛行機や無線や映画、そして自動車の話をして聞かせたのです。それから戦争や、国同士の諍《いさか》いと街々への爆撃の話もしました。あまりに突飛な話に思われたかもしれませんが、ローランドは驚きをおくびにも出さずに聞いていました。まるで子供が作ったおとぎ話を聞く大人たちと同じように、そんな空想を生みだす幼い心に感銘を受け、そして自分はその空想を信じることはせずに、耳を傾けていたのです。彼がもっとも興味を示したのは、木こりが語った国王の話と、国王の秘密が綴《つづ》られた『失われたものたちの本』についての話でした。

「私も、国王は本も物語も実にたくさんご存じだと聞いたことがある」ローランドが言いました。「確かに王国は崩壊しかかっているのかもしれないが、物語ならいくらでも聞かせてくれるに違いない。お前を王の元に向かわせた木こりは、きっと正しいのではないかな」

「ローランドの言うとおり王様が衰えているとして、もし死んでしまったら王国はどうなってしまうの?」デイヴィッドが訊ねました。「跡を継ぐ子供が誰かいるのかい?」

「国王には王子も王女もいないんだ」ローランドは答えました。「ずっと長い間、それこそ私が生まれる前から国を治めておいでだが、いちどもご結婚されなかったんだよ」

「じゃあ前の王様は?」デイヴィッドは身を乗りだしました。昔から、王様や王女様、そして王国や騎士の話が彼はたまらなく好きなのです。「王様のお父さんは、やっぱり王様だったんでしょう?」

ローランドは、難しい顔をしながら記憶を辿《たど》りました。

「確か、先代は女王だったという話だよ。とてもとても年老いた女王でな。その女王が、誰も見たことのない若者が間もなくやってきて、この国を継ぐだろうと予言されたのだ。当時を知る人びとの話では、まさしくそのとおりになったんだそうだよ。それから数日のうちにひとりの若者が現れて国王となり、女王は褥《しとね》に入ると睡《ねむ》りに就き、二度と目を覚まされなかったというのだ。人びとの話では、まるで……死を歓迎しておられるかのようだったそうだ」

ふたりは急激な冷え込みで凍り付いた川に差し掛かると、そこで小休止を取ることにしました。ローランドは剣の柄で氷をたたき割り、下に流れる水をスキュラに飲ませてやりました。彼が食事をしている間、デイヴィッドは川沿いを散歩してみました。お腹は空いていません。朝にフレッチャーの奥さんが自家製のパンとジャムをたんまり振る舞ってくれたのが、まだ胃袋の中に溜まっていたのです。デイヴィッドは氷の上に投げて遊ぼうと、石を探すために岩に座って雪を掘ってみました。雪は深く、あっという間に肘《ひじ》まで埋まってしまいました。指先に小石がいくつか触れました。

その刹那《せつな》、突然すぐ横の雪の中から手が突きだしてきたかと思うと、彼の二の腕を摑《つか》み上げました。白く、細く、そして尖った爪の生えた手が信じられないほどの力で、デイヴィッドを岩から雪中へと引きずり込んだのです。デイヴィッドが助けを求めて叫ぼうと口を開くと、もう一本別の手が現れてその口を塞いでしまいました。積もった雪の底へと引きずり込まれて埋もれると、木々も空も見えなくなりました。二本の手は、押さえつける力を緩めてはくれません。背中にごつごつとした地面を感じて息ができない恐怖に貫かれると、今度は地面が崩れ落ち、デイヴィッドは土と石に囲まれた空洞に落ちていました。二本の手が緩み、暗闇の向こうから光が射しているのが見えます。頭上から垂れ下がる木の根が微《かす》かに顔に触れると、デイヴィッドは自分のいる空洞に三本のトンネルが集まるように口を開けているのに気付きました。空洞の隅には、黄ばんだ骨が散らばっていました。骨を覆っていたはずの肉は、はるか以前に腐り落ちたか、分解されたかしてしまったようでした。そこかしこをミミズや甲虫や蜘蛛《くも》が這い回っては喧嘩をし、冷たく湿った土の上で死んでゆくのでした。

そして、そこにはあのねじくれ男がいたのです。隅にうずくまっていたのです。デイヴィッドを引きずり込んだその片手にカンテラを持ち、もう片手に大きな黒い甲虫を握っています。デイヴィッドが見つめる前で、ねじくれ男は脚をばたつかせる甲虫を頭から口の中に入れると半分に食い千切り、デイヴィッドの目を見つめながらくちゃくちゃと嚙みました。残された下半身は何秒かもがいてから、ぴたりと動きを止めました。ねじくれ男が、それをデイヴィッドに差しだします。デイヴィッドは、食い千切られた断面から思わず目を逸らしました。まっ白なのです。彼は吐き気が込み上げてくるのを感じました。

「助けて！」デイヴィッドが叫びました。「ローランド、助けてってば！」

返事はありません。悲鳴の振動で空洞の天井から土埃がぱらぱらと舞い落ちてきただけです。土埃が彼の頭に落ち、口にも入り込みました。デイヴィッドはそれを吐きだすと、もう一度叫ぼうと息を吸い込みました。

「そいつはよしたほうがいいなあ」ねじくれ男はそう言うと歯をほじくり、歯茎のあたりに挟まった長く黒い甲虫の脚を引っ張りだしました。「このあたりは地面が緩いし、それにこう雪が積もっちゃあね。そいつがお前の頭上から崩れてきたらと思うとぞっとするわい。間違いなく死ぬぞ、それもあまり気持ちのよくない死にかたでな」

デイヴィッドは口を閉じました。虫とミミズ、そしてねじくれ男と一緒にこんなところで生き埋めになるのはごめんです。

ねじくれ男は甲虫の下半身に手をかけると背中を剝《は》がし、はらわたをすっかり剝《む》きだしにしてしまいました。

「本当に食わんのかい?」彼が訊ねます。「こんなに美味いのに。外はパリパリ、中身はとろとろだ。たまにはパリパリはともかく、とろとろのところだけ喰いたい時もあるがね」

そう言うとねじくれ男は甲虫を口につけて中身を吸い込み、殻を隅に放り投げました。

「お前とわしは、話さにゃならんことがある」彼がデイヴィッドを見つめました。「上にいるお前さんの、なんだ、友だちに邪魔されんところでな。お前はどうやら、ばったり出くわした他人と組んで助かろうと思っとるようだが、そいつはちと違う。お前がこうしてまだ生き長らえてるのは、あんな愚かな木こりや恥知らずの騎士のおかげじゃなく、このわしのおかげなのだからな」

デイヴィッドは、自分を助けてくれた恩人がそんなふうに辱《はずかし》められるのに耐えきれませんでした。

「木こりのおじさんは愚かなんかじゃない。それにローランドだってお父さんと喧嘩しただけだ。誰に恥じることがあるもんか」

ねじくれ男はいやらしい笑みを浮かべました。「あの男からそう聞いたのか? これはこれは。お前は、あのロケットにしまわれた肖像を見たことがあるかね? あの男が探している、ラファエルとかいう若者だったかな? 何とまあ素敵な名前じゃないか。ふたりは、とても仲が良いのだよ。そう、それはそれは仲が良いのだよ」

いやらしく薄汚れたその口ぶりに、デイヴィッドはどう言い返せばいいのかも分かりませんでした。

「もしかしたらお前を、新しいお友だちにしようとしているのかもしれんなあ」ねじくれ男が言葉を続けます。「夜中、お前が睡っている間にその顔をじっと見ているに違いないぞ。何と美しい少年だろうと思いながらな。お前と仲良くなりたいのさ。ただの仲良しよりも、ずっと仲良くしたいのさ」

「あの人のことをそんなふうに言うな」デイヴィッドは声を荒らげました。「許さないぞ」

ねじくれ男は蛙《かえる》のように隅からぴょんと飛びだすと、デイヴィッドの目の前に着地しました。骨張った手で痛いほどデイヴィッドの顎を摑《つか》み上げ、肌に爪を食い込ませます。

「おい小僧、わしに指図しようと思うなよ。やろうと思えばその頭を切り落として、晩飯のテーブルに並べることだってできるんだぞ。すっかり中身を喰いつくしたら頭蓋骨に穴を開けて、蠟燭《ろうそく》立てにしてやろうか。もっとも、中身など大して詰まっちゃおらんだろうけどな。お前はあんまり賢い小僧とは言えん。そうだろう？　見知らぬ世界にのこのこやってきて、死んだと分かってる人間の声を追いかけているんだからな。自分じゃ帰り道のひとつも見つけられないというのに、帰るために力となってくれるたったひとりの相手を責め立てる。それはわしのことだがね。お前はとことん無礼者の恩知らずで、何にも分かっちゃいないただのがきだ」

ねじくれ男がぱちんと指を鳴らすと、長く尖った針が一本現れました。死んだ甲虫の脚を編んで作ったような黒い糸が、そこに通っているのが見えます。

「いい子にしないなら、その口を縫い付けちまうぞ」

彼はそう言うと顎を摑んでいた手を離し、ぽんぽんとデイヴィッドの頰を叩きました。

「わしに悪気がない証拠を見せてやるとしよう」ねじくれ男は猫なで声でそう言って、ベルトに取り付けた革袋に手を突っ込むと狼の斥候から切り取った鼻を引っ張りだし、デイヴィッドの目の前でぶらぶらと揺らしてみせました。

「こいつはお前を追っていたんだがな、森の廃墟になった教会から出てきたお前の姿を見つけたんだよ。わしが邪魔しなかったら、きっとお前の息の根を止めていたはずさ。こいつが行くところには、仲間どもがついてくる。こいつらはどんどん変容していて、もう誰にも止められん。こいつらの時代が幕を開けようとしてるのさ。王がそれを知っていたとしても、奴にゃあ連中を止める力なんぞありゃしない。お前は連中に見つかる前に元の世界に戻るのが賢明だが、わしがその手助けをしてやろうというんだよ。なに、わしが知りたいことを教えてくれさえすりゃあ、夜の訪れより早くベッドの中に帰してやるよ。お前も家じゃあ何ひとつ不自由せず、厄介ごとだってすぐに解決しちまうさ。父親はお前を愛してくれるとも、お前ただひとりだけをな。もしたったひとつ質問に答えてくれりゃあ、わしがそれを約束してやる」

デイヴィッドは、ねじくれ男と交渉したくなどありませんでした。信用できるとはとても思えませんし、まだまだたくさんの隠しごとをしているのは疑いようがありません。どんな約束を交わそうと、彼が言うほど単純でもなければ、安全でもないに違いないのです。とはいえ、ねじくれ男の話はほとんど真実なのだということも、デイヴィッドには分かっていました。狼たちは迫っており、デイヴィッドを見つけだすまできっと諦めないでしょう。ローランドだって、狼ぜんぶを相手にすることなどできやしません。それに、あの怪物です。あれほどまでに兇悪な化け物が、この国にはまだまだ跋扈《ばっこ》しているに違いありません。ループやあの怪物よりも恐ろしい化け物がいても、まったく不思議ではないのです。デイヴィッドの母親はこの世界にいるのか、それとも他の世界にいるのか分かりませんが、いずれにせよ彼の手の届かないところなのは確かでしょう。見つけるのは不可能です。これまでは、どんなに馬鹿馬鹿しいとは分かっていても、心の底から信じようとしてきました。母親に、どうか生きていてほしいと。会いたくてしかたないのです。時おり母親のことを忘れてもまた思いだし、喪失の痛みを新たに胸に覚えるのです。しかし、彼の抱く孤独の答えはこの世界にはありません。もう、帰らなくてはいけないのです。

デイヴィッドは、口を開きました。

「知りたいことって、何さ?」

ねじくれ男はデイヴィッドに顔を近づけると、囁《ささや》きました。「お前の家に住む子供の名前を教えておくれ。お前の腹違いの弟の名前が、わしは知りたいんだよ」

デイヴィッドはそれまでの恐怖を忘れ、首を捻《ひね》りました。

「なぜそんなものを?」彼には、意味が分かりません。もしあの時自分の部屋で見た人影がこのねじくれ男だったとしたら、屋敷の他の部屋に行っていてもおかしくないではありませんか。デイヴィッドは、誰かが顔に触れたような気味の悪い感覚に目を覚ました夜を思いだしました。そして、ジョージーの部屋に時どき漂っていた、奇妙な臭いも(ジョージーも時どき変な臭いをさせましたが、それよりずっと妙な臭いだったのです)。もしかしてあれは、この男がその場にいた印だったのではないでしょうか？　ねじくれ男はそうして家に忍び込んだものの、ジョージーの名前を聞くことに失敗していたのではないでしょうか？　ですが、彼の名を知るのがなぜそうも大事なのでしょう？

「お前の口から聞きたいのさ」ねじくれ男が言いました。「大したことではないだろう、実に実に取るに足らんような話だ。さあ、教えておくれ。それで何もかも終わりだ」

デイヴィッドは、大きな音を立てて唾を呑み込みました。今すぐにでも帰りたいほど、あの家が恋しく思えます。ジョージーの名前を口にしさえすれば、それでいいのです。いったい、それで誰が困るというのでしょう？　デイヴィッドが声を出そうと、口を開きます。しかし、その場に響き渡ったのはジョージーの名前ではありませんでした。

「デイヴィッド！　どこにいるんだ？」

ローランドの声です。頭上で土を掘る音がしています。ねじくれ男はとつぜん邪魔が入って舌打ちをしました。

「さっさとしろ！」彼はデイヴィッドをせっつきました。「名前だ！　名前を言わんか！」

デイヴィッドの頭にぱらぱらと土がかかり、蜘蛛が頰を這っていきました。

「そら、言うんだよ！」男が金切り声をあげるや頭上の土が崩れ落ちて目に入り、猛烈な勢いで土砂が降ってきました。すっかり埋もれてしまう前にデイヴィッドは、崩落を逃れようとトンネルの一本に向けて駆けてゆくねじくれ男の姿を見つけました。口からも鼻からも、土砂が入り込んできます。息を吸い込もうとしても、喉につかえて上手くいきません。土の中で溺《おぼ》れてしまいそうです。その時、二本の手が伸びてきて力強く彼の両肩を摑んだかと思うと、土の中から清々《すがすが》しい空気の中へと引きずりだしてくれました。視界が開けても、まだ土砂や虫のせいで上手く息が吸えません。ローランドはデイヴィッドの背中を叩くと、喉に詰まった土や昆虫を吐きださせました。デイヴィッドは土も血も痰《たん》ももがく昆虫も一緒くたにして吐きだし咳き込むと、雪の上に身を横たえました。頰で涙が凍り付き、歯はがちがちと音を立てていました。

ローランドが、横に膝《ひざ》を突きました。「デイヴィッド、教えてくれ。いったい何があった?」

教えてくれ。教えてくれ。

ローランドの手が顔に触れるのを感じ、デイヴィッドはびくりと身じろぎました。ローランドはそれを感じ取ると、さっと手を引っ込めて身を離しました。

「うちに帰りたい」デイヴィッドが涙声で言いました。「それだけさ。もううちに帰りたいよ」

そう言うと彼は雪の上で体を丸め、涙が涸《か》れ果てるまで泣き続けたのでした。

23

進み来《きた》る狼たちのこと

デイヴィッドはスキュラの背に跨《また》がりました。ローランドは彼と一緒に乗ろうとはせず、また手綱を引いて歩きだしました。無言のふたりの間で空気は張り詰めており、デイヴィッドにはローランドが感じている痛みも、その原因も分かっていましたが、いったいどう謝って仲直りをすればいいのか分かりませんでした。あのねじくれ男が話していた、ローランドと今は亡きラファエルの間柄は、きっと本当なのでしょう。しかしデイヴィッドには、ローランドが自分に同じような気持ちを抱いているとは思えないのでした。心の奥底では、違うと知っていたのです。ローランドは彼にひたすら優しくしてくれるばかりでしたし、もしそこに何らかの下心があったならば、ずっと前にそれが顔を覗かせていたに違いないのです。ローランドが差し伸べてくれた温かな手を拒んでしまったことを思うとデイヴィッドは胸が痛みましたが、それを口に出して謝ってしまえば、ねじくれ男の言葉がほんのわずかでも真実なのだと無理やり認めさせられてしまうことになるのです。

デイヴィッドが元気を取り戻すには、長い時間がかかりました。言葉を発すると喉が痛み、小川の冷たい水でうがいをしても、口にはまだ泥の味が残っていました。しばらく黙ったまま道を進み、ようやく彼はローランドに、地下でのできごとを話して聞かせました。

「あいつに頼まれたのは、たったそれだけなのかい?」ローランドは、デイヴィッドの口から一部始終をほとんど聞いてしまうと訊ねました。「腹違いの弟の名前を知りたいと、それだけなのかい?」

デイヴィッドはうなずきました。「教えれば、家に帰してやるって言うんだ」

「信じるのか?」

デイヴィッドはその質問を胸の中で繰り返しました。「うん。もしあの人がその気になれば、できるんだと思う」

「じゃあ、どうするのかお前が自分で決めなくちゃな。だが、何ごとにも危険は付きものなんだと憶えておくんだぞ。あの村人たちも、村の瓦礫《がれき》の山を見てそれを学んだろう。何を得るにも代価は支払わねばならないものだし、だったら首を縦に振る前にその代価とは何かを知っておいたほうがいい。お前の友だちだった木こりはあいつをトリックスターと呼んだそうだが、もしその言葉どおりだとするならば、あいつはこれっぽっちも信用するに足らんということになる。あの男と取引をするつもりなら、気をつけるんだぞ。奴の口にする言葉にはうわべ以上の意味があるし、必ずや何かを隠しているのだからな」

話している間も、ローランドはデイヴィッドを振り向こうとはしませんでした。その後何マイルも、ふたりはまた黙りこくったまま進んでいきました。やがて夜になり馬を止めて休むと、ふたりはローランドが起こした小さな焚《た》き火を挟んで腰かけ、話もせずに食事をしました。ローランドはスキュラから鞍を降ろすと、それをデイヴィッドのために敷いた毛布からずっと離れた木に立てかけました。

「ゆっくり休むといい」ローランドが言いました。「私は疲れていないから、お前が睡《ねむ》っている間は森を見張っているよ」

デイヴィッドは礼を言うと横になって瞼《まぶた》を閉じましたが、なかなか睡りに就くことができませんでした。狼とループたちのこと、父親とローズとジョージーのこと、失われた母親とねじくれ男の申し出のことが、頭を離れないのです。この国から帰りたい。もしあのねじくれ男にジョージーの名を教えればそれで済むのなら、そうしてしまうべきなのではないでしょうか。しかしこうしてローランドが見張っている限り、ねじくれ男は彼に近づけません。デイヴィッドの胸の中で、ローランドへの苛立《いらだ》ちは募りました。ローランドは、彼を利用しているのではないでしょうか。彼を守り、王の元へ送り届ける約束と引き換えにさらに多くを求められるのではないでしょうか。デイヴィッドは会ったこともない、ローランドだけが大切に思う赤の他人の捜索に付き合わされているわけですが、あのねじくれ男の言葉を信用するとしたら、ローランドは普通の意味で大切に思っているわけではないのです。デイヴィッドの世界には、ローランドのような人を指す言葉があります。誰もそうは呼ばれたくはない、最悪の言葉です。デイヴィッドはずっとそうした人びととは距離を置くよう言われてきたというのに、今やこの見知らぬ国でずっと道のりをともにしているのです。しかし、それももしかしたら終わりに近づいているのかもしれません。翌日には城に着くはずだとローランドは踏んでいるようですし、そうなればついにラファエルが辿《たど》った運命の真相が分かるのです。それが済めばデイヴィッドは国王のところへ送り届けてもらい、ローランドとお別れになるのです。

デイヴィッドが睡り、ローランドが物思いに耽《ふけ》っていたころ、フレッチャーは弓を握って横に矢筒を置き、村の防壁の上にひざまずいていました。他の男たちもうずくまっており、あの怪物と戦った夜のように、松明《たいまつ》の灯りに彼らの顔が浮かび上がっていました。村人たちは、広がる森を睨《にら》みつけていますす。暗闇に包まれていても、そこに何かがおり、蠢《うごめ》いているのはもう分かっているのです。数えきれないほどの影が、木々の合間で動いているのが見えています。灰色と白、そして黒の毛皮に包まれた四つ足の生き物たち。そして、その中に二足で歩き、人間のように着飾り、顔にかつて動物だったころの名残《なごり》がある生き物が交ざっています。

フレッチャーは身震いしました。これはあの時話に聞いた狼の軍勢に間違いありません。夏空をゆく渡り鳥の一群も見たことがありますが、これほど大量の動物たちが群れをなしているところなど初めて見るのです。いえ、動物などではありません。目の前の生き物たちを動かしているのは、獲物を狩って喰らおうとする単純な本能などではないのです。長《おさ》たるループたちに鍛えられ、統率されて動くこの群れは、人と狼のもっとも恐ろしいところを組み合わせた存在になっているのです。王の軍勢といえども、戦場ではこの群れに敵《かな》わないでしょう。

一頭のループが群れから歩み出ると森の端《は》に立ち、小さな村の防壁の向こうに集まる男たちを眺めました。とりわけ見事に着飾ったこのループは明らかに人間とは違った容貌をしてはいても、離れたところにいるフレッチャーの目からはひときわ人間らしく見えるのでした。

いずれ王となるはずの狼、リロイです。

延々と怪物を待っている間、ローランドはフレッチャーに狼とループについて自分が知っていることや、デイヴィッドがどう彼らを出し抜いたのかを話して聞かせました。フレッチャーはふたりの無事と幸せを願ってはいましたが、今は彼らがこの村にいないのをとにかく有り難く感じました。

リロイはきっと、彼らがこの村にいたことを知っているに違いないのです。もしまだ壁の中にデイヴィッドたちがいるのではないかと疑えば、全軍を挙げて村に襲いかかってくるでしょう。

フレッチャーは立ち上がると、野原に立つリロイのほうを見つめました。

「何をしてるんだ」そばで誰かが囁《ささや》くのが聞こえました。

「動物相手に恐れなどなすものか」フレッチャーは答えました。「あの人外《にんがい》を喜ばせてやる気など、俺には毛頭ないぞ」

リロイはフレッチャーの身振りですべてを理解したかのようにうなずくと、指先の爪で自分の喉笛をゆっくりなぞりました。国王を片付けたらここに戻ってきて、フレッチャーや村人たちがどれほど勇敢かを見てやろうというのです。リロイはくるりと背を向けると、群れへと引き返していきました。村人たちはただなす術《すべ》もなく、狼たちの大群が王国を手中に収めるために森を進んでゆく様子を眺めているのでした。

24　茨に囲まれた古き城塞のこと

　翌朝デイヴィッドが目を覚ますと、ローランドはそこにいませんでした。焚《た》き火も消え、木に繋がれていたはずのスキュラも見当たりません。立ち上がって眺めると、森の奥に続いてゆく馬の蹄《ひづめ》の跡が見つかりました。彼の中に、複雑な感情が渦巻きました。最初に不安がよぎり、次に安堵のような気持ちが湧き、続けて何も言わずに自分を残していってしまったローランドへの怒りが芽生え、最後に疼《うず》くような恐怖を胸に覚えたのです。とつぜん、またねじくれ男とひとりで向き合うのだと思い、ぞっとしました。そのうえ狼たちがやってくるのだと思うと、なおさらぞっとします。水筒から水を飲むと手がぶるぶると震え、こぼれた水がシャツを濡らしました。それを手で払おうとすると、ざらついた生地に爪が引っかかりました。ほつれた糸を振りほどくと爪が割れ、彼はその痛みに思わず声をあげました。込み上げる怒りに耐えかねてそばの木に水筒を投げつけ、乱暴に腰を下ろすと両手に顔を埋めます。

「やれやれ、そんなことをしてどうするんだい？」ローランドの声が聞こえました。

デイヴィッドは、はっと顔を上げました。森の端《は》から、スキュラに跨《また》がったローランドが彼を見つめています。

「置いてかれちゃったのかと思ったんだよ」デイヴィッドは言いました。

「どうしてそんなことを」

デイヴィッドは肩をすくめました。癇癪《かんしゃく》を起こしたのも、ローランドを疑ってしまったのも、恥ずかしくてたまりません。彼は、その気持ちを隠そうとして、逆に食ってかかりました。

「だって、起きたらいないじゃないか。疑ったってしかたないだろう?」

「この先の道を調べに行っていたんだよ。さっき出かけたばかりだし、それにお前もここにいればまず安全だ。ここの地下には割と浅いところに岩盤があってな、我らが友人も穴を掘ってお前に近づくことはできないのさ。それに、何かあればすぐ聞こえるところに私はいたんだよ。私を疑う理由は、何ひとつありはしないよ」

ローランドはスキュラの背を降りると手綱《たづな》を引き、腰かけているデイヴィッドのほうへと歩いてきました。

「あの小男めがお前を地下に引きずり込んでから、私たちはどうもうまくいっていないみたいだな」彼が言いました。「言葉からすると、私に何か言いたいことがあるようだね。ラファエルに対するこの気持ちは私のものだ、私ただひとりのものだ。彼を愛していたし、人にはそうとだけ知っていてもらえればいい。他のことは、誰にも関係のない話だからね。

お前は、私の友人だ。勇敢だし、見かけよりも、そしてお前が自分で思うよりもずっと強い子だ。たったひとりで見知らぬ男と一緒に見知らぬ国に囚われているというのに、狼やトロルにも、そして武装した兵士たちを滅ぼした怪物にも立ち向かい、あのねじくれ男の小賢《こざか》しい申し出だってはね付けようとしているじゃないか。そんな身の上にもかかわらず、私には絶望した顔のひとつも見せやしない。実は最初、王の元に連れてゆくと約束した時は、きっと足手まといになるに違いないと思ったものさ。だがどうだい、お前はむしろ尊敬と信頼を得るに相応《ふさわ》しい男だと、自分で証明してみせたじゃないか。今度は私が、お前の尊敬と信頼を得るに相応しい男だと示してみせなくてはな。じゃないと、私たちも終わりになってしまうからね。さて、私と一緒に来てくれるかい？目的地はもう目と鼻の先なんだ」

彼がデイヴィッドに手を差し伸べました。デイヴィッドがそれを握り締めると、ローランドは手を引いて彼を立たせました。

「ごめんよ」デイヴィッドが言いました。

「なに、謝る必要は何もないとも」ローランドが微笑《ほほえ》みました。「さて、荷物をまとめよう。いよいよもうひと頑張りだぞ」

出発して間もなく、進んでゆくふたりを包む空気が変わりました。デイヴィッドの髪の毛も腕に生えた産毛も逆立ち、手を触れてみるとぱちぱちと静電気が走るのです。東から吹く風がかび臭く乾燥した、まるで地下室のような妙な臭いを運んできます。登り続ける道が山の端《は》に差し掛かると、そこでふたりは足を止めて眼下を見下ろしました。

そこには、まるで白い雪景色についた染みのように、黒々とした城塞がそびえていました。何かとても独特なところがあったものですから、デイヴィッドはそれが城塞であるのも忘れてしまったほどでした。主塔と幾重もの壁と、そして離棟の数々があるのが分かりましたが、まるで湿った紙に水彩絵の具で描いたかのようにぼやけて見えました。城塞は森のまん中に建っていましたが、まるで大きな爆発でもあったかのように、木々は軒並み地面に倒れてしまっているのでした。胸壁には、何か金属が輝いています。何羽という鳥たちが頭上を飛び交い、先ほどの乾いた臭いはますます濃くなっていました。

「屍食鳥《ししょくちょう》どもだ」ローランドが指差しました。「死んだ人間を喰うんだよ」

デイヴィッドには、ローランドが何を考えているのか分かりました。ラファエルはあそこに足を踏み入れ、それっきり戻らなかったのです。

「お前はここにいたほうがいいかもしれないな」ローランドが言いました。「おそらくそのほうが安全だろう」

デイヴィッドは周囲を見回しました。ここに生えている木々は、よそで見たものとは様子が違います。古び、ねじれ、幹にはまるで病のようにぽつぽつと穴が開いているのです。まるで、苦悶《くもん》のうちに固まってしまった老人や老女たちの姿のようでした。こんなところにひとりで残りたいとは、とても思えません。

「安全なもんか。後ろからは狼が追ってきてるし、森には他に何が棲んでいるかも分からないんだよ？　置いていくつもりなら、自分の力で僕はついていくからね。あそこでだって、僕は役に立つかもしれないじゃないか。あの村で怪物に追いかけられた時みたいに、今回だってがっかりさせたりしないよ」デイヴィッドは、もう決めたんだという顔で言い張りました。

ローランドは異を唱えたりせず、彼を連れて城塞へと向かいました。森を抜けていると、いくつもの囁《ささや》き声が聞こえました。どうやら木々の幹に開いた穴の中から聞こえてくるようでした。デイヴィッドにはそれが木の声なのか、それとも木の中に棲む姿の見えぬ何かの声なのか、判断できませんでした。穴の中で何かが動くのが二度見え、さらに一度はその奥からこちらを覗く目玉も見えたのですが、デイヴィッドがそれを伝えてもローランドはことさら気にも留めず「心配しなくていい。そこにいるのが何であれ、あの城塞とは関係がないものだよ。手出しをしない限り、こちらに害をなしたりはしないさ」と言うのでした。

しかし、それでも彼はゆっくりと剣を引き抜くと跨る鞍の上に置き、右手でその柄《つか》を固く握り締めていました。

森の木々はあまりに鬱蒼《うっそう》と繁り城塞の姿もすっかり見えなくなるほどでしたので、とつぜん爆風に吹き飛ばされたようなあの光景の中に出ると、デイヴィッドはたじろぎました。爆発が起こったのか、それとも何か別の理由があるのかは分かりませんが木々は地面からもぎ取られ、剝《む》きだしになった根の下にぽっかりと穴が開いています。その中心に建つ城塞を見てデイヴィッドは、なぜ遠くからではぼやけて見えるのかを理解しました。主塔も壁も胸壁も隅から隅まで茶色の蔓《つる》植物に覆い尽くされ、その蔓からは優にデイヴィッドの手首よりも太さのある長く黒い棘《とげ》が生えているのです。蔓を辿《たど》れば壁をよじ登ることができるかもしれませんが、もしわずかでも足を踏み外せば、腕か脚が、運が悪ければ頭か心臓が、待ち受ける棘の餌食《えじき》となってしまうことでしょう。

ふたりは城塞の周囲をぐるりと巡ってようやく城門へと辿り着きました。門は開いていましたが、入城を妨げるかのように蔓が障壁を作り上げていました。茨の隙間から前庭と、閉ざされた主塔の扉が見えました。その前の地面に鎧《よろい》がひとつ転がっていましたが、兜《かぶと》も頭もどこにも見当たりませんでした。

「ローランド」デイヴィッドが声を潜めて言いました。「あの騎士は……」

しかしローランドは、城門にも鎧にも目を向けてはいませんでした。首を上に向け、胸壁を凝視《ぎょうし》していたのです。デイヴィッドはその視線を追うと、遠くから壁に光って見えたものの正体を知りました。

棘に串刺しにされた人間の頭部が城壁のてっぺんにいくつも並び、城門の外を睨《にら》みつけていたのです。多くは兜を着けていませんでしたが中にはかぶったままの頭もあり、そのフェイスガードは上げられたりもぎ取られたりして、表情がさらけだされていました。まだ人の顔の形を留めているものもちらほら混ざっていましたがほとんどは骸骨になりかけており、肉はほぼ残らず、ただ灰色をした紙のような皮膚が骨の上にへばりついているだけでした。ローランドはひとつひとつ、胸壁に並んだその頭部を入念に見回していくと、すべて確かめてからようやく安堵の表情を見せました。

「私が見る限り、ラファエルはあそこにいないようだ。顔も兜もぜんぶ違う」

彼はスキュラを降りて、門に近づきました。剣を引き抜き、棘を切り落とします。しかし切られた棘が地面に落ちてしまうと、断面から元よりさらに長く太い棘がにょきにょきと、すぐに突きだしてきたのです。あまりに急激に育ったので、ローランドはあわや胸を突き刺されかけて飛び退《の》かなくてはいけなかったほどです。それを見たローランドは次に、蔓そのものを切り裂いてしまおうとしたのですが、斬りつけても蔓にはほんの微《かす》かな傷しかつけることができず、その傷もたちまち元どおりに癒えてしまうのでした。

ローランドは後ずさりすると、剣を鞘に収めました。

「どこかに入れるところがあるはずだ。そうでなくては、あの騎士があそこで命を落とすこともなかったのだからね。今は様子を見てみよう。ただじっと様子を見るんだ。時が経てばそのうち、秘密が解けるかもしれん」

ふたりは寒さを凌《しの》ぐために小さな焚き火を起こすと、静寂と不安に包まれながら茨の城を見張り続けました。

夜になりました。この奇妙な世界を包み込む闇がさらに深まり、影という影をみるみる黒々と濃く変えていくのです。デイヴィッドが空を見上げると、仄《ほの》かに銀色をした月が現れていました。ふたりが城の周囲を回った時にずっと聞こえていた森の囁き声は、月が出るとぱたりと聞こえなくなりました。屍食鳥も、一羽残らず姿を消してしまったようです。

デイヴィッドとローランドだけが、世界に取り残されてしまったみたいでした。

と、塔のてっぺんに薄明かりが点ったかと思うと、窓辺に何かの影が現れてまた光を遮りました。影はそこにとどまって、地上にいる少年と兵士をしばらく見下ろしていましたが、また窓辺を離れてどこかへ立ち去っていきました。

「見たか」ローランドが先に口を開きました。

「女の人みたいだったね」デイヴィッドが言いました。

言葉には出しませんでしたが、きっと眠り姫を見張っている魔女に違いありません。デイヴィッドとローランドに迫っている危険を思いださせるように、胸壁に晒《さら》された男たちの兜が月光を跳ね返していました。彼らはしっかりと装備を整えてこの城にやってきたはずなのに、それでも命を落としてしまったのです。城門の内側に横たわっている騎士の亡骸《なきがら》は、ローランドより少なくとも頭ひとつ分は背が高く、体つきは同じくらいがっしりしています。この塔を護《まも》っている者はきっと、強く、速く、とてつもなく残酷なのに違いありません。

ふたりが見張っていると、城門を固めている蔓と棘が、うねうねと蠢《うごめ》きはじめました。ゆっくりとほどけ、人ひとりが通れるほどの隙間をそこに開いていったのです。まるで鋭い棘が今にも噛み付かんとして並ぶ、大きな口のようにも見えました。

「これは罠だよ。決まってる」デイヴィッドが言いました。

ローランドは立ち上がりました。

「罠だったらどうだというんだ？」彼が言いました。「ラファエルの身に何が起こったのか、突き止めなくてはならない。壁や茨を座して眺めるためにここまでやってきたのではないんだ」

左腕に盾を取り付けたローランドは、恐れているようには見えませんでした。むしろデイヴィッドは、出会ってからこんなに嬉しそうにしている彼を見るのは初めてなのでした。何しろ、消えた友の身にどんな苦難が降りかかったのかを突き止めるために、自らの故郷を後にして旅立ってきたのです。城塞の中で何が起きているのかも、友の生死も今はまだ分かりませんが、ラファエルの旅がどう終わりを迎えたのか、その答えは今や目の前にあるのです。

「お前はここで、火を絶やさずにいてくれ」ローランドが言いました。「もし夜明けまでに私が戻らなかったら、スキュラに乗って全速力でここを離れるんだ。スキュラは今やお前の馬であるのも同然だし、彼女もお前のことを私同様に愛しているからね。あの道をまっすぐ進めば、いずれ王城に辿《たど》り着くはずだ」

彼はそう言うと、デイヴィッドに微笑みかけました。

「お前とともに旅を続けられたことを、心から光栄に思うよ。もし再会が叶わなかった時のために、お前が無事に家に戻れるよう、そして求める答えを見つけることができるよう、私は祈っているよ」

デイヴィッドはローランドと握手を交わしました。涙は見せません。ローランドと同じくらい、自分も勇敢でいたかったのです。その時のデイヴィッドはまだ、ローランドの真の勇気を疑ってはいなかったのでした。ローランドはきっともうラファエルの命は諦めており、彼を殺した何ものかへの復讐を胸に誓っているはずです。しかし茨の城へと向かう準備をしているローランドを見ていると、もしかしたら彼は心のどこかでラファエルのいない人生など嫌なのではないか、ひとりで生きるくらいなら死んだほうがましだと思っているのではないかとも、デイヴィッドには思えるのでした。

デイヴィッドは、ローランドと一緒に城門へと歩み寄りました。門の前に立ったローランドが、不安げな顔をして待ち受ける茨を見上げます。まるで茨が、近づいたらお前を飲み込んでやるぞと言っているように見えるのです。しかし、茨はぴくりとも動きません。ローランドは何ごともなく、無事にそこをくぐることができたのです。彼は騎士の亡骸を越えると塔の扉を押し開き、もう一度デイヴィッドを振り向いて剣を掲げました。そして最後の別れをして暗がりの中に姿を消していったのでした。門にはびこる蔓と棘がまた蠢きだして庭園へと続く道を塞いでしまうと、辺りはまた水を打ったような静寂に包まれました。

森に立つ高い木のてっぺんから、あのねじくれ男が一部始終を眺めていました。木の幹に棲まう姿なき声も、今はもう黙っています。この国に棲むどんなものよりも、このねじくれ男を恐れているのです。確かに城の主は古《いにしえ》より生きる恐ろしい存在ですが、ねじくれ男のほうがさらに年老いて残虐なのです。彼は、焚き火のそばに座っている少年の姿をじっと見下ろしました。スキュラは繋がれないまま彼に寄り添うように立っていました。勇敢で頭のよいスキュラは、そうやすやすと震え上がって乗り手を置き去りにして逃げだすような馬ではないのです。ねじくれ男は、もう一度デイヴィッドの前に姿を現して弟の名を訊ねたい気持ちに駆られましたが、今はよしておこうと思い直しました。ひとりきりで、茨の城と死んだ騎士の生首を眺めながら森のはずれで夜を明かせば、朝を迎えるころにはあの少年もきっと、自分と取引をしようという気持ちを強めているはずなのですから。

ねじくれ男には分かっていたのです。騎士ローランドは決してあの城塞から生きて戻らず、デイヴィッドはまたこの世界にひとり取り残されてしまうのだと。

デイヴィッドには、時間がやたらと長く感じられました。ローランドの帰還を待ちわびながら、小枝をくべて焚き火を燃やし続けます。時おりスキュラがそっと彼の首に鼻先をすり寄せ、自分はひとりじゃないのだと思いださせてくれました。彼女がいてくれるのが、デイヴィッドは嬉しくてなりませんでした。力強く忠実なスキュラがいるだけで、心が落ち着くのです。

しかし、やがて旅の疲れが訪れ、デイヴィッドは意識があやふやになってきました。そしてほんの何秒かうとうとすると、すぐに夢を見はじめたのです。故郷の景色がさっとよぎり、ここ何日かのできごとが頭の中に蘇《よみがえ》りました。狼や小人たち、そして怪物の幼獣たちがひとつの物語となって夢に現れたのです。母親が彼の名を叫ぶ声が聞こえます。死の床で痛みに耐えかねて彼を呼んだ、あの時のような声なのです。やがて彼女の顔は、ローズの顔と入れ替わっていきました。父親の愛情が彼からジョージーに向けられていったのと、ちょうど同じように。

しかし、本当にそのとおりなのでしょうか？　デイヴィッドは自分がジョージーを恋しく思っている気持ちに気付くと、驚きのあまりはたと目を覚ましかけました。赤ん坊のジョージーが彼に向けるあの微笑みと、彼の指を握り締めるむくむくとした手。確かにジョージーはうるさくて、臭くて、わがままに泣いてばかりですが、それはどの赤ん坊だって同じことではありませんか。ジョージーが悪いというわけではないのです。

ジョージーの顔がゆっくり消え去ったかと思うと、今度は剣を握り締めて長く暗い廊下を進んでいくローランドが見えました。歩いているのは塔の中でしたが塔そのものが幻のようなものでできており、近づくものを捕らえようと罠の仕掛けられた部屋や廊下が数えきれないほどそこに隠れているのです。夢の中のローランドが大きな丸い部屋に足を踏み入れ、信じられないように目を丸く見開きました。デイヴィッドの名を呼びながらいくつもの影の中に現れ、壁がまっ赤に染まっていくのです……。

デイヴィッドは跳ね起きました。そこはあの焚き火の隣でしたが、火は今にも消え入りそうに弱まっていました。ローランドは戻っていません。デイヴィッドは立ち上がると、城門に歩み寄りました。離れてゆく彼を見てスキュラが不安げにいななきましたが、焚き火のそばを動こうとはしませんでした。デイヴィッドは城門の前で立ち止まると、恐る恐る手を伸ばして一本の棘に指先で触れてみました。するとたちまち蔓も棘も引っ込み、城塞の入り口が開いたではありませんか。デイヴィッドはスキュラと、ちろちろ燃える焚き火のほうを振り返りました。ここにいちゃだめだ、と胸の中でつぶやきます。夜明けまで待っていてはいけません。スキュラに王のところまで乗せていってもらい、そこでどうすべきかを聞くのです。

しかし、彼は門の前から動きませんでした。ローランドが残した言いつけは胸に憶えていても、友人を見捨ててゆく気になどなれなかったのです。デイヴィッドが茨の前でどうすべきか迷っていると、彼を呼ぶ声がどこからか聞こえてきました。「デイヴィッド」声は、囁くように呼びかけてきます。「私はこっちよ、早く来てちょうだい」

それは、母親の声でした。

「私はここに連れ去られてきてしまったの」声が続けます。「病気のせいで意識が途絶えたと思ったら、元の世界からここに来ていたのよ。あの女が見張ってるわ。目を覚ますことも、逃げだすこともできない。助けて、デイヴィッド。愛してるなら、どうか助けてちょうだい……」

「母さん、怖いんだよ」デイヴィッドが答えました。

「こんな見知らぬ国で、あなたは本当に勇敢に生きているわ。私は、夢の中であなたを見守っているの。本当にあなたが誇らしいのよ、デイヴィッド。あとほんの少しだけ進んで。もう少しだけ勇気を出して。それだけが私のお願いよ」

デイヴィッドは小袋の中に手を伸ばすと、あの怪物の爪を取りだしました。それをぎゅっと握り締め、フレッチャーの言葉を胸に呼び起こします。あんなに勇敢に立ち向かったのですから、母親のためにまた同じ勇気を振り絞らなくては。ねじくれ男は木の上からその様子を見てデイヴィッドがどうするつもりなのかを察すると、ぱっと立ち上がりました。枝から枝へと飛び移り、猫のように地面に飛び降ります。しかし、もう手遅れでした。デイヴィッドが門をくぐり抜け、茨の壁は元どおり道を閉ざしてしまったのです。

ねじくれ男は怒りの声をあげましたが、城塞に足を踏み入れたデイヴィッドには、もう届きませんでした。

25

茨の城の魔女と、ラファエルとローランドが辿《たど》った運命のこと

庭園に敷き詰められた黒と白の石畳には、昼間に屍食鳥《しよくちょう》が落とす糞があちこちに染み付いていました。胸壁へと曲線を描いて続く階段の壁には武器が並べられていましたが、槍も、剣も、盾も、すっかり錆《さ》び付いて使い物にならなくなっていました。武器の中には、見事な装飾を持つものも見当たりました。複雑な螺旋《らせん》模様や、銀と銅で織りなされた繊細な鎖模様が施され、剣の柄《つか》や盾の表面がひと揃いになっているのです。その美しい技巧の粋と不吉なこの城の情景は、まるで不釣り合いに感じられました。きっとかつては、このような邪《よこしま》なところではなかったのでしょう。悪辣《あくらつ》な何者かが城を乗っ取り棘《とげ》と蔓《つる》で覆い尽くし、元の城主たちは死んでしまったか、逃れていってしまったのに違いありません。

中に入ってみると、この城が受けた攻撃の爪痕がまざまざと見て取れました。特に壁や庭園には、砲火を受けて開いた穴がいくつもそのまま残っているのです。とても古い城なのはひと目で明らかでしたが、なぎ倒されている周囲の木々を見る限り、ローランドが耳にした話や、

フレッチャーが見たというできごとは本当なのでしょう。この城は宙に浮かび、月の満ち欠けに応じて場所を移しているのです。

壁の下にはいくつか馬小屋が作られていましたが干し草の一本もそこにはなく、使われた当時には漂っていたはずの健康な家畜のにおいも今や消え果ててしまっていました。残るのは、主人を失い飢え死にした馬たちの骨と、ゆっくり朽ちてゆく骸《むくろ》が染み付かせた腐臭ばかりなのでした。馬小屋から塔を挟んで反対側には、かつて衛兵の詰所と厨房《ちゅうぼう》だったと思われる建物が残っていました。デイヴィッドは恐る恐る窓をひとつずつ覗いて回ったのですが、どこを見ても空気はすっかり死に絶えておりました。詰所には剝《む》きだしの寝台が残っており、厨房には空っぽの竈《かまど》が口を開いたままになっていました。テーブルの上には皿やカップが並んでいます。まるで食事の最中に何かが起こり、二度と兵士たちが戻ってこなかったことを物語るようでした。

デイヴィッドは、塔の扉へと向けて歩いていきました。庭園に転がる騎士の亡骸《なきがら》は、まだその大きな手で剣を握り締めたままでした。剣はまだ錆びておらず、鎧《よろい》も光沢を放っています。さらに目を引くのは、肩当てに開いた穴に差し込まれた一本の白い花です。まだしおれ切っていないところを見ると、この騎士がこときれてからそう経ってはいないのだとデイヴィッドは感じました。首にも周囲の地面にも、血痕は残っていません。デイヴィッドはそんなふうに人の首を落とす方法など見当も付きませんでした。どう考えてもまったく血を流さない方法など思い付かないのです。彼は騎士が誰なのか知りたい気持ちに駆られると、もしかしたらローランドと同じように胸当てに紋章のひとつでも付いていないだろうかと思いました。しかし、俯《うつぶ》せに倒れたこの大きな騎士をひっくり返すことなど、デイヴィッドにできるのでしょうか？しかし、やはりこの騎士の身元が分かるのならば、そうするべきです。そうすれば彼の身に何が起きたのかを人に伝えもできるかもしれないのですから。

デイヴィッドは地面に膝《ひざ》を突き、亡骸を起こすために深々と息を吸い込むと、全力で鎧を押しました。騎士の体は、拍子抜けするほど楽に動きました。鎧は確かに重いのですが、それでも中に人が入っているほどには重くなかったのです。仰向けになった騎士の胸当てには、両脚の爪に一匹の蛇を捕まえた鷲《わし》の姿があしらわれていました。右の拳を固め、軽く鎧を叩いてみます。するとまるでゴミ箱でも叩いているかのように、鎧の中で音が反響するのが聞こえました。中身が空っぽのようなのです。

しかし、この鎧は空っぽなどではありません。ひっくり返す時に中で何かが音を立てて動いたのを感じたデイヴィッドが、首の落とされたところから中を覗き込んでみると、そこには骨と皮が転がっていたのです。首と体とをかつて繋げていた脊柱《せきちゅう》の断面が白く覗いていましたが、やはりどこにも血痕は見当たりません。理由は分かりませんが騎士の体は鎧の中で、すっかり抜け殻になってしまったのです。おそらく幸運のお守りにすべく鎧に差したあの白い花がまだ咲いているというのに、あっという間にほとんど消え果ててしまったのです。

デイヴィッドは城から逃げだしたくなりましたが、きっとあの茨の門は開いてくれないだろうと思いました。ここは入ったが最後出ることのできない場所。そして疑う気持ちこそあれ、デイヴィッドはまた母親の呼び声を確かに耳にしたのです。もし本当にここにいるのだとすれば、見捨てていけるはずがありません。

デイヴィッドは騎士の亡骸をその場に残し、塔の中へと足を踏み入れました。石造りの螺旋階段が、頭上へと伸びているのが見えます。耳をそばだててみても、物音は何も聞こえませんでした。母親かローランドの名を叫びたい衝動に駆られましたが、塔の主に自分の存在を知られるのが怖くてデイヴィッドはそれを抑えました。とはいえ、あの茨をどけて通り道を開けたのですから、待ち受ける何者かは、彼がやってきたことなどもうとっくに知っているのでしょう。それでもデイヴィッドは、騒ぎ立てるより息を殺していたほうが賢明だと思い、口をつぐんだのでした。あの時窓辺に姿を現して灯りを遮った人影が、彼の脳裏に蘇《よみがえ》りました。そして、美女を捕らえて口づけのみが目覚めさせることのできる悠久の睡《ねむ》りに就かせてしまった魔女の物語を思いだしました。もしかして、睡らされている女性こそ、デイヴィッドの母親なのでしょうか？　答えはこの階段の先にあるのです。

デイヴィッドは剣を引き抜くと、階段に足をかけました。十段上るごとに壁に細い窓がつけられており、そこから入り込む仄《ほの》明かりがデイヴィッドの行く手を照らしてくれていました。十二の窓を数え終えるとようやく石段が終わり、石造りの床が姿を現しました。両側に部屋の並んだ廊下がそこから延びていました。外から塔を見る限りでは幅二、三十フィートほどに見えたのですが、目の前の廊下は果てしなく続きながら影の中に消えてゆくように思えました。壁に松明《たいまつ》の並んだその廊下はどう見ても長さ数百フィートはありそうだというのに、どうしたわけか、こんなに小さな塔の中に収まっているのです。

デイヴィッドは部屋をひとつひとつ覗き込みながら、ゆっくりと廊下を進んでいきました。寝室もいくつかあり、それはそれは大きなベッドやビロードの天蓋《てんがい》などで豪奢《ごうしゃ》に飾り立ててありました。他にはソファや椅子が置かれた部屋や、グランドピアノしか置かれていない部屋もありました。ある部屋には、微妙に違うだけの同じ絵画が数えきれないほど掛けられていました。そっくりな顔をした双子の少年が描かれているのですが、まったく同じ絵画がその背景に置かれているので、自分の背中を見つめるふたりが無限に連なっているのです。

廊下を半ばほどまで進むと、巨大なオーク材のテーブルと百ほどの椅子が置かれた大きなダイニング・ルームがありました。テーブルには蠟燭《ろうそく》が並べられており、豪勢な食事に明かりを投げかけています。七面鳥、鴨《かも》、アヒルのローストが並び、その中央には口に林檎《りんご》をくわえた大きな豚が置かれていました。大皿には魚や冷肉が盛られ、大きな鍋の中では蒸された野菜が湯気を立てています。あまりのいい香りに胃袋が悲鳴をあげると、デイヴィッドはその衝動に抗《あらが》うことができず、吸い込まれるように部屋に足を踏み入れていきました。どうやら誰かが七面鳥を切り分けていたようで、脚が切り離され、薄切りにされた柔らかくしっとりとした胸肉が何枚か小皿に盛られていました。デイヴィッドはそれを一枚指で摘み上げてかぶり付きかけると、テーブルの上に一匹の昆虫が蠢《うごめ》いているのに気が付きました。大きな赤い蟻《あり》が一匹、テーブルに落ちた七面鳥の皮の切れ端に向かって歩いていたのです。蟻はぱりぱりとした茶色の皮をがっしりと顎で挟んで運び去ろうとしたのですが、まるで思ったよりずっと重かったかのように、いきなりふらつきはじめました。そして挟んでいた皮を落とすとさらに何歩かよろめき、やがてすっかり動かなくなってしまいました。デイヴィッドが指でつついてみても、ぴくりともしません。死んでしまったのです。

デイヴィッドは七面鳥の肉をテーブルに投げ捨てると、急いで指をごしごしとこすりました。そして落ち着いて眺め回してみると、数えきれないほどの昆虫の死骸があるではありませんか。テーブルの表面にも並んだ皿の上にも、料理に入っていた何らかの毒に冒された蠅《はえ》や甲虫の死体がごろごろと落ちているのです。デイヴィッドはすっかり食欲を失うとテーブルから飛び退《の》き、廊下へと駆け戻りました。

しかし次の部屋を覗いてみた彼は、さっきのダイニング・ルームとは比べものにならない寒気を覚えました。そこには、デイヴィッドの部屋そのものだったのです。彼の部屋よりいくらか片付いてこそいましたが、本棚に並んだ本まで、何もかもすっかり同じなのです。ベッドは整えられていたものの、枕とシーツは微《かす》かに黄ばみ、うっすら埃が積もっていました。棚も埃をかぶっており、デイヴィッドが部屋に入ると床には足跡が残りました。正面には、庭園に向けて窓があります。窓は開け放たれており、外からは笑い唄う人の声が漏れ込んできていました。歩み寄り、窓から外を覗いてみます。窓の下に広がる庭園では、三つの人影が輪になって踊っているところでした。デイヴィッドの父親と、ローズと、そして少年がひとりです。その少年に見覚えはありませんでしたが、彼にはそれがジョージーであるのがすぐに分かりました。恐らく四歳か五歳くらいの姿でしょうが、今と同じようにぽっちゃりとしています。右手を父親に、左手をローズに握られてみんなで踊りながら、ジョージーは満面の笑みを浮かべていました。見上げれば、抜けるような青空から太陽の光がさんさんと降り注いでいます。「ジョージー、ポージー、プディングとパイ」みんなが声をそろえて唄います。「女の子たちにキスして泣かせた」

蜂が飛び、鳥たちが唄い、ジョージーはご機嫌で笑っています。

「もうみんな、お前のことは忘れてしまったのよ」母親の声がしました。「このお前の部屋にも、今は誰ひとり立ち入らないわ。父さんも最初のうちは来ていたけれど、もうお前のことはいなくなったものと諦めて、あの子と新しい女と生きる歓びを見つけてしまったのよ。あの女はまだ知らないけれど、また妊娠しているわ。ジョージーに妹ができるの。そうしたら父さんはまたふたりの子供たちに囲まれて、お前との思い出など要らなくなってしまうのよ」

声は、どこから聞こえるのか分からないほどあちらこちらから響いていました。デイヴィッドの中からも、外の廊下からも、彼が立つ床の下の階からも、頭上の上階からも、壁を組む石からも、そして本棚に並ぶ本たちからも聞こえてくるのです。一瞬、窓ガラスに映る透きとおった母親の姿すら見えました。彼の背後から、母親がじっと自分に視線を向けていたのです。彼が振り向いてもそこには誰もいないというのに、窓ガラスには確かに彼女の姿が映っているのでした。

「でもそれを止めることはできるのよ」母親の声が、また言いました。窓に映る彼女の唇が動いていましたが、デイヴィッドには、言葉と唇の動きが合っていないように見えました。「もうしばらくだけ勇気を持って頑張りなさい。私を見つけてくれさえすれば、またあの懐かしい日々に戻れるんだもの。ローズとジョージーは、私たちに座を明け渡してどこかに消えてしまうわ」

気付けば、下の庭園から聞こえてくる声が変わっていました。唄うのも笑うのもやめていたのです。デイヴィッドが見下ろしてみると父親は芝生を刈っており、母親がはさみを手に薔薇《ばら》の茂みに向かい、ひとつひとつの枝からていねいに赤い花を切り取っては足元に置いた籠《かご》に放り込んでいるのが見えました。ふたりの間に置かれたベンチに腰かけて本を読んでいるのは、デイヴィッドです。

「ごらん、私たちの未来が見えたでしょう？　早く来てちょうだい、もうずっと離ればなれなんだもの。でも気をつけなさい、あの女がお前に目を光らせ、待ち構えているのだからね。私を見つけたら、左も右も見ずにひたすら私の顔だけを見るようにするんだよ。そうすれば、万事上手くいくのだから」

窓に映った母親も、庭園に広がっていた情景も、掻き消えていきました。冷たい風が巻き起こり、部屋の景色をぼんやりとかすめながら亡霊の群れのように埃を舞い上げていきました。デイヴィッドは埃のせいで喉を詰まらせ涙を流すと、廊下へと駆け戻ってうずくまり、咳き込んで埃を吐きだしました。

とつぜん、そばで物音がしました。乱暴に扉が閉まり、内側から鍵をかける音がしたのです。慌ててデイヴィッドが振り向くと、また別の扉が、それに続いてまた別の扉が音を立てて閉まって鍵がかかりました。通り過ぎてきたすべての部屋の扉が、ぴったり閉じてしまったのです。彼の目の前で寝室の扉もだしぬけに閉まると、廊下の先に連なる扉にも残らず鍵がかかる音がしました。今や廊下を照らすのは壁の松明だけでしたが、それも階段に近いところから、次々と消えはじめているのです。背後を飲み込んだ暗闇は、徐々にデイヴィッド目がけて進んできています。廊下は今にも、まったき闇に閉ざされてしまいそうでした。

デイヴィッドは、影に追い付かれないよう全速力で駆けだしました。扉が閉ざされる音が、耳に鳴り響きます。固い石造りの床に足音を響かせながらあらん限りの力で走っているというのに、松明の炎はそれよりも早く消えていきました。すぐ背後の松明が消えたかと思うと今度は真横が暗くなり、ついに前方の明かりがあっけなく消えました。デイヴィッドは、暗闇の中にひとり取り残されたりせず何とか追い付けますようにと願いながら、一心に駆け続けました。しかしやがて最後の松明が消え、辺りは足元も見えないほどの闇に包まれてしまったのでした。

「そんな！」デイヴィッドが叫びました。「母さん！　ローランド！　何も見えないよ、助けて！」

しかし、誰も答えてはくれません。デイヴィッドは、どうすればよいのか分からず呆然と立ち尽くしました。前方に何が待ち受けているかはまったく分かりませんが、背後に階段があるのだけは分かります。振り返って壁伝《づた》いに進んで行けば辿り着けるはずです。しかしそれでは母親を、そしてまだ生きているならローランドを見捨てることになってしまうではありませんか。ですがこのまま進み続ければ、何も見えないまま正体の分からぬ、母親の声が「あの女」

と呼ぶ敵の餌食《えじき》になってしまうでしょう。この城を蔓と棘とで守り、鎧の騎士を骨と皮に変え、その首を胸壁に飾る魔女の餌食に。

その時、ふと遠くに小さな光が見えました。まるで闇を飛ぶ蛍のような光が現れ、母親の声がまた聞こえたのです。

「デイヴィッド、恐れては駄目よ。もう目と鼻の先なんだから。そんなところで諦めないで」

言われたとおりに進むに連れて光はどんどん強さと明るさを増し、やがて光の源であるランプが天井から吊るされているのが見えてきました。ゆっくりと、その下に口を開けたアーチ道が浮かび上がってきます。デイヴィッドはそちらへと歩み寄っていくと、四本の巨大な石柱に支えられた丸天井を持つ、大きな部屋の入り口に立ちました。壁と柱は、あの城門よりもずっと分厚く棘のある蔓に覆われていました。長く鋭い棘の中には、デイヴィッドの背丈より長いものまであるのです。それぞれの柱の間には装飾の施された金属の枠から吊り下がったランプがあり、それが投げかける光が、金貨や宝石のしまわれたチェストや、ゴブレットや金色の額縁や、剣や盾を照らしだしておりました。どれも黄金や高価な宝石で作られたものばかりです。およそ誰にも想像の付かないほどの金銀財宝の山だったのですが、デイヴィッドはそれにはろくに目もくれませんでした。彼は部屋の中心に設《しつら》えられた石の祭壇に釘付けになっていたのです。そこにはまるで死んでいるかのように動かない、ひとりの女性が横たわっていたのでした。赤いビロードのドレスに身を包み、胸の上で両手を組み合わせています。デイヴィッドがさらによく見ていると、呼吸をするたびに彼女の胸が上下するのが分かりました。ということは、彼女こそ魔女の魔法にかけられてしまった眠れる美女に違いありません。

デイヴィッドが部屋に足を踏み入れるとランプの明かりを受けて、蔓の這う右手の壁のずっと上のほうで、何かがまばゆく煌《きら》めくのが分かりました。ぱっと見上げたデイヴィッドはあまりの光景に、胃袋をものすごい力で鷲摑《わしづか》みにされたような痛みに襲われて身をかがめました。

床から十フィートほどのところで、ローランドの体が巨大な棘に貫かれていたのです。棘は胸当てを貫いて双子の太陽の紋章を破壊し、突きだしています。ごくわずかですが、鎧には血痕が残っていました。ローランドの顔は灰色に痩せ細り、頬は落ちくぼみ、頭蓋骨の形が皮膚に浮き出ています。彼の亡骸の隣には、同じく双子の太陽が付いた鎧を纏《まと》った死体がありました。ラファエルです。ローランドは友の運命の行方を、ついに突き止めたのです。

そこにいたのは、ふたりだけではありませんでした。丸天井の室内のあちこちに、まるで茨の網にかかってやつれ果てた蠅のように、人間の亡骸がいくつも残されていたのです。中にはずっと長いことぶら下がっているものもあるようで、鎧は赤茶けた色に錆《さ》び付き、顔は骸骨さながらに干涸《ひから》びているのでした。

デイヴィッドの怒りが恐怖を飲み込み、逃げだしたい気持ちを吹き飛ばしました。その瞬間、彼は少年から男に変わり、大人へと続く道が本当に始まったのでした。彼は知らない間に何ものかに襲いかかられたりしないようゆっくり体を回して周囲を警戒しながら、眠れる美女へとじわじわ近づいていきました。左右を見てはいけないという母親の言葉を忘れたわけではありませんが、それよりも、壁の上でこときれたローランドの姿を目にした彼は、友人をそんな目に遭わせた魔女と対決し、殺してやりたい気持ちになっていたのです。

「出てこい！　姿を見せろ！」デイヴィッドは叫びました。

ですが室内には言葉を返す者も、彼の挑発に応える者も、いません。ただ夢か現実か、「デイヴィッド」と彼を呼ぶ母親の声が聞こえただけです。

「母さん、ここにいるよ」彼が答えました。

石の祭壇はもう目の前です。眠れる美女のところまで、五段の階段が続いていました。デイヴィッドは姿なき敵を――ローランドや、ラファエルや、そして串刺しにされて干涸びた姿で壁にぶら下がる男たちを殺した殺人鬼を――警戒しながら、ゆっくりと石段を登ってゆきました。ようやく祭壇に辿り着き、眠れる美女の顔を見下ろしてみます。そこにいたのは、彼の母親でした。透きとおるようにまっ白ですが頰には微かな桃色が差し、唇は艶《つや》やかに濡れています。石作りの祭壇に広がる赤い髪は、まるで燃えているかのようです。

「ロづけをして」母親の唇は動いていないのに、デイヴィッドには声が聞こえました。「ロづけをして、また一緒になりましょう」

デイヴィッドは頰に口づけをしようと、彼女のかたわらに剣を置いて身をかがめました。唇が母親の肌に触れます。とても冷たく、開いた棺《ひつぎ》に横たわっていた時よりも冷たく、あまりの冷たさに唇が痛いほどでした。唇の感覚がなくなり、舌が痺《しび》れ、吐いた息は氷の結晶に変わって小さなダイヤモンドのように宙で煌めきました。唇を離すと、また彼の名を呼ぶ声が聞こえました。しかし今度は女性の声ではありません。男性の声が彼を呼んでいたのです。

「デイヴィッド！」

彼は声の出所を求めてきょろきょろと辺りを見回しました。壁の上で何かが動きました。ローランドです。彼の左手が弱々しく動くと、まるでそうすれば最後の力を振り絞って伝えるべきことを伝えられるのだとでもいうかのように、胸を貫いている棘を摑《つか》みました。頭をよじり、残された力を全身から掻き集めるようにして、彼が言葉を絞りだしました。

「デイヴィッド」消え入るような声で彼が言います。「気をつけろ」

ローランドはそれから右手を持ち上げて祭壇の上の美女を指差しました。そして最後の命が抜け落ちるとともに、棘に貫かれた肉体はがくりとすべての力を失ったのでした。

デイヴィッドが眠れる美女に視線を戻すと、彼女は瞼《まぶた》を開いておりました。そこに覗く瞳は、彼の母親のものではありませんでした。茶色をした、あの優しく温かい瞳ではありませんでした。女の両目はまるで雪に落ちたタールのように、色を持たぬ黒い瞳なのでした。顔まで変わり果てています。見覚えこそあるものの、彼の母親の顔ではなくなっていたのです。そこにあったのは父親の恋人、ローズの顔なのでした。髪の毛は赤から黒へと変わり、まるで夜が液体になってそこに溜まっているかのようです。女が石の寝台の上で身を起こすのを見て、デイヴィッドは思わず後ずさると石段から落ちかけてしまいました。彼女が背骨を反らし、両腕に力を込め、まるで猫のように体を伸ばしました。両肩にかかっていたショールがはらりと落ち、白く滑らかな素肌と乳房の先に付いたふたつの乳首が露《あら》わになりました。デイヴィッドがその胸元に目をやると、肌の上に凍り付いたルビーのネックレスのように、血液の滴《しずく》が残っているのに気付きました。女は寝台の縁からドレスが垂れるにまかせ、デイヴィッドのほうに向き直ります。そして彼女は深い漆黒《しっこく》の瞳でデイヴィッドを見つめ、並んだ歯の先端を蒼白い舌でぬるりとなぞったのでした。

「ありがとう」彼女が言いました。低く柔らかな声でしたが、まるで言葉を喋る力を得た蛇が話しているかのように、その言葉にはしゅうしゅうという音が混ざっているのでした。「なんとなんと美しい坊やだろう。なんとなんと勇ましい坊やだろう」

デイヴィッドは後ずさりながら階段を降りていきましたが、彼女はまるで彼との距離を保つかのように、そのつど一歩ずつ前に歩みだしました。

「私綺麗でしょう?」彼女はそう訊ねると小さく首をかしげ、眉間に皺《しわ》を寄せました。「君の好みじゃないかしらね? さあおいで、もう一度口づけしてちょうだい」

彼女はローズであっても、ローズではありません。夜明けの約束を持たぬ夜であり、光の希望を持たぬ闇なのです。デイヴィッドは剣に手を伸ばし、それを祭壇に忘れてきてしまったことに気付きました。取り戻すには彼女の横をすり抜ける方法を探す以外にありませんが、もしそうしたならばその刹那《せつな》に殺されてしまうに違いないのが本能で分かります。剣のほうを振り向いているところを見ると、彼女にはデイヴィッドの考えが見えているのです。

「剣なんてもう要らないよ」女が言いました。「こんな子供がここに来たことなんて未だかつてなかったわねえ。こんなに幼くて、こんなに美しい子が来たことはねえ」

彼女はすらりとした指を伸ばすと血の付いた爪で、自分の唇に触れました。

「さあ、口づけをしてちょうだい」囁くような声で、女が言います。

デイヴィッドは彼女の瞳に映り込んだ自分の姿がその漆黒に吸い込まれ、彼女の奥深くへと沈んでゆく様を見て、自らが辿る運命を知りました。くるりと背を向け、最後の数段を飛び降ります。しかし降り立ち際に右の足首を、おかしな方向に捻《ひね》ってしまったのでした。激痛が走りましたが、そんなものに屈するわけにはいきません。前方の床に、死んだ騎士たちの誰かのものだった剣が落ちているのが見えました。あれを手に取りさえできたなら——。

彼の髪の毛にガウンの端をかすらせながら傍らを影がひとつ飛んでゆくと、女が目の前に姿を現しました。その素足は地面に触れてもいません。血と夜を思わせる赤と黒を纏い、宙に浮いていたのです。彼女の顔は、もう笑みを浮かべてなどいません。唇を開いて牙を覗かせたかと思うと突然、まるで鮫《さめ》の口内のように鋭い歯が何列にも並んだその口を、目を疑うほど大きくがばりと開いてみせたのでした。デイヴィッドに向け、女が手を伸ばします。

「さあ、口づけをするんだよ」彼女の爪がデイヴィッドの肩にぎりぎりと食い込み、彼の唇を目がけて顔が近づいてきます。

デイヴィッドは、上着のポケットの中に右手を突っ込みました。その手を宙で振り回すと、握り締めた獣の爪が女の顔にずたずたの赤い線を作りました。しかしぱっくりと傷口が開いたというのに、血が流れないのです。それは、女に血が通っていないからなのでした。彼女は金切り声を上げて傷口を片手で押さえましたが、その刹那《せつな》、デイヴィッドはまた爪を突きだすと左から右に向けて切り裂き、瞬《また》く間に彼女の目を潰してしまいました。女が手を伸ばしてその爪でデイヴィッドの手を摑み上げ、獣の爪を跳ね飛ばします。デイヴィッドは脱兎《だつと》のごとく、部屋の戸口に向けて駆けだしました。今はただ、あの闇に飲まれた廊下に戻り階段まで辿り着くことしか頭にありません。しかし蔓がうねり、よじれ、彼の行く手を遮ると、偽ローズとともに彼を閉じ込めてしまったのでした。

女はまだ宙に浮いたままでした。両腕を大きく広げ、目も顔も無残に切り裂かれています。デイヴィッドはもう一度床に落ちている剣を拾い上げようと、部屋の入り口から離れました。女が潰れた両目で彼の動きを追いかけます。

「においがするよお。こんなことをして、ただでは済まさないから覚悟するんだよ」

彼女は歯をがちがちと鳴らして爪を立てながら、デイヴィッドに飛びかかりました。デイヴィッドは一度右に跳ぶと、彼女を出し抜き続けざまに左へと跳躍して剣を拾おうとしましたが、それを見透かした彼女に道を塞がれてしまいました。女は目にも留まらぬ速さで動き回りながら突進し、デイヴィッドの逃げ道を塞ぐようにして、茨の壁へと追い詰めていきます。ふたりの間には、もう数フィートほどの距離しかありません。デイヴィッドは首と背中に鋭い痛みが走るのを感じました。もう逃げ場はありません。彼を捕らえようとした女の手が、わずか一インチの鼻先で空を切りました。

「さあさあ」彼女が詰め寄りました。「お前は私のものだよ。ずっと愛してあげるから、お前も私を愛して死んでちょうだい」

首を突きだし、顔がまっぷたつになるのではないかというほど大きく口を開き、女はデイヴィッドの喉笛に嚙みつこうとその鋭い歯を剝きだしました。女がデイヴィッドに向けて飛びかかります。彼はぎりぎりまで引き付けてから、床に身を投げだしてかわしました。デイヴィッドの顔に女のドレスが覆い被さり、音しか聞こえなくなります。腐った果物が潰れるような音がし、それから彼女の片足に頭を蹴られると、それっきり辺りは静まり返りました。

デイヴィッドは、自分を覆う赤いビロードの中から転がり出ました。女は、心臓とその横を、棘に串刺しにされていました。右手も棘に貫かれていましたが、左手は無事です。棘を握り締めた左手だけが、小刻みに震えていました。デイヴィッドは、女の顔を見上げました。もうローズの顔はしていません。髪の毛は銀色に変わり、肌はしわしわに老いてしまっているのです。棘の刺した傷口から、湿ったかび臭い悪臭が漂いだしていました。たるんだ胸元に、下顎がだらりと垂れ下がっています。彼女はデイヴィッドのにおいに鼻の穴をひくつかせながら、何かを言おうとしました。しかし、その声はあまりに弱く、デイヴィッドには彼女が何を言ったのか聞き取れないほどでした。女の命が尽きようとしているのは明らかでしたが、デイヴィッドはそれでも警戒しながら彼女に顔を寄せました。臭い息が鼻を突きましたが、それでも今度は言葉がはっきりと聞こえました。

「ありがとう」女は、そう囁いたのでした。そして棘に刺されたままぐったりと全身の力を失うと、デイヴィッドが見ている前で塵《ちり》となり、崩れていったのでした。

女が消え去ってゆくに従い壁を這っていた蔓も枯れてしなびていき、騎士たちの骸《むくろ》が音を立てて床に落ちはじめました。デイヴィッドは、横たわるローランドに駆け寄りました。体じゅうの血液を、ほとんど失ってしまっています。デイヴィッドは泣きだしたい気持ちでしたが、涙は出ませんでした。デイヴィッドはローランドの亡骸を引きずるようにしながら階段の上へと運び上げると、必死に抱え上げて石の寝台に横たえてやりました。そして、ラファエルの体も同じように運び、ローランドの隣に寝かせました。それからかつて本で読んだ物語に出てきた騎士たちと同じように、ふたりの剣を胸の上に置き、両手を柄《つか》に置いたのでした。それから自分の剣を拾い上げて鞘に収めると、塔の螺旋階段へと戻るためにスタンドのランプをひとつ手に取りました。いくつもの扉が並んだ廊下は今や跡形もなく、ただ埃を被った石畳と崩れかけた壁が残るばかりになっていました。外に戻ってみると、やはり茨はすっかり枯れ果てており、ぼろぼろに朽ちた城塞の名残《なごり》がそこにあるだけなのでした。城門の横では、焚き火の消えた灰のそばで、スキュラが彼の帰りを待っていてくれました。戻ってくる彼の姿を見つけ、嬉しげにいないています。デイヴィッドはその額《ひたい》にそっと手を置くと、彼女の主人の身に起こったことを優しく囁いて聞かせてやりました。そして鞍に跨《またが》り、森へと、東に続く道へと、スキュラの鼻先を向けたのでした。

森を抜ける道は、ひっそりと静まり返っていました。森の生き物たちはデイヴィッドが近づく物音を恐れ、身を隠していたのです。あのねじくれ男も、また木々のてっぺんの枝で息を殺して少年の姿を見つめながら、この新たな展開をどう自分の利とすればよいのか、じっと考えていたのでした。

26

ふたつの人殺しとふたりの王のこと

デイヴィッドとスキュラは、東へと続く道をひた進んでいきました。デイヴィッドはじっと行く手に目を凝《こ》らし続けていたのですが、ほとんど何も見えません。スキュラは主人の逝去を彼女なりに静かに、そして立派に悼《いた》むかのように、前よりも頭を低く垂れながら歩みました。悠久の夕暮れの景色に雪が煌《きら》めき、茂みや木々からはまるで涙が凍り付いたようなつららがさがっています。

ローランドはもういません。デイヴィッドの母親もいません。生きていると信じ続けた自分が馬鹿馬鹿しく思えました。冷たく暗い世界に響くスキュラの蹄《ひづめ》の音を聞きながらデイヴィッドはおそらく初めて、母親は死んでしまったのだということを自分はずっと知っていたと受け入れていました。ただ、生きていると信じたかっただけなのです。母親が死んでしまう前にその命を繋ぎ止めようとして希望にすがり、繰り返し続けた、あの決まりごとと同じなのです。しかしあれは、彼をこの国へと導いたあの声と同じ見せかけの希望、実体など持たぬ夢だったのです。元いた世界を変えることなどできはしないのです。まるでそれを変えてしまえるかのように見せかけて自分を弄《もてあそ》ぶこの世界が、彼は腹立たしくてたまらない気持ちでした。もう、帰る以外の道はありません。王に会ってもどうにもならなかったら、あのねじくれ男と取引を交わせばいいのです。ジョージーの名前を声に出して伝えれば、それだけで済んでしまうのですから。

しかし、ねじくれ男は何もかも元どおりになると言っていたはず。嘘に決まっています。母親は死に、彼女とともにあった世界は永遠に消え去ってしまったのです。いくら帰っても、母親はもうそこではただの思い出に過ぎないのです。あの世界は今やローズとジョージーのもの。どんなに頑張ってみたところで、ふたりのことを消し去ってしまうことなどできないのです。ねじくれ男の約束がでたらめなのだとしたら、そのせいで他にいったいどんな災難が起こるのでしょう？　彼はローランドの言葉を思いだしました。

奴の口にする言葉にはうわべ以上の意味があるし、必ずや何かを隠しているのだからな。

ねじくれ男との取引には、常に罠と危険が付きものなのです。デイヴィッドは、どうかあのトリックスターと二度と会うことなく、国王が快く彼の頼みを聞き入れてくれればいいと願いました。しかし今のところ耳にした話を思いだすと、疑念は膨《ふく》らむばかりです。ローランドは見るからに国王を軽視していましたし、あの木こりにしても、もう王国に対してかつてのような支配力はないのだと認めていたではありませんか。おそらく、リロイと彼の率いる狼の軍勢と相まみえんとしている現状は、国王にとって耐え難いほどの試練になっているのに違いありません。きっと国王は無理やりこの王国を己の手から奪い取られ、リロイの牙の餌食になってしまうのです。そんな瀬戸際に立たされているのを知りながら、たとえ少しでも、この世界に迷い込んだちっぽけな少年の力になどなってくれるのでしょうか？

それに例の、『失われたものたちの本』はどうなのでしょう？　デイヴィッドが自分の世界に戻る助けになってくれるのでしょうか？　本の中に通路に繋がる別の木の地図や、帰してくれる魔法の呪文が記されていたりするのでしょうか？　もし本当にそれが魔法の書なのだとしたら、国王はその力で自分の王国を守ればいいではありませんか。デイヴィッドは、国王がどうかオズの魔法使いのような、彼の望みを叶える力など持たぬ、優しいだけのまがい物ではありませんようにと願わずにいられませんでした。

デイヴィッドは物思いに耽《ふけ》るのと、誰もいない道にすっかり慣れてしまっていたばかりに、すぐそばに人が近づいてきているのにも気付きませんでした。ほとんどぼろ切れしか纏《まと》わず、スカーフで目の他をすべて覆い隠した男がふたり、目の前にいたのです。ひとりは短剣を持ち、ひとりは今すぐにでも射ようかといった様子で弓に矢をつがえています。ふたりは茂みの中から飛びだして偽装のために身をくるんでいた白い毛皮を投げ捨てると、武器を構えてデイヴィッドの前に立ちはだかったのでした。

「止まれ！」剣を構えた男がそう怒鳴ると、デイヴィッドはふたりまであと数フィートというところでスキュラを制しました。

弓矢を構えていた男は矢の向いた先を見ると、弦《つる》を緩めて弓を降ろしました。

「何だよ、ただのがきじゃないか」しわがれた、脅すようながらがら声で彼が言います。男がスカーフをほどくと、縦に切り裂かれたような傷痕が口元に残る顔が現れました。もうひとりも同じように顔をさらけだすと、その鼻はほとんど切り落とされてしまっているのでした。残っているのは、中央に穴がふたつ開いた、傷だらけの軟骨だけでした。

「がきだろうが何だろうが、乗っている馬のほうは極上さ」男が言いました。「こんながきにゃもったいないぜ。きっとこのがきだってどっかから盗んできたんだ。だったら俺たちがかっぱらったところで、悪いことなど何もあるまいさ」

男がスキュラの手綱《たづな》に手を伸ばすのを見て、デイヴィッドは馬を下がらせました。

「盗んだりするもんか」デイヴィッドが静かに言いました。

「何だと？」盗賊が言葉を返しました。「おいがき、今何て言った？　俺に口答えしようってんなら、俺たちに出くわしたことを後悔する間もなく叩っ斬っちまうぞ」

男が、デイヴィッドに剣を向けました。雑な作りの粗末な剣で、刃には研石《といし》を使った跡が残っています。スキュラがいななくと、剣から逃れるように後退しました。

「聞こえなかった？」デイヴィッドがまた口を開きました。「僕は盗んでなんかいないし、この馬も君たちと一緒になんて行かないよ。さあ、あっちに行ってくれよ」

「この野郎――」

剣の男がまたスキュラの手綱を取ろうとしたのを見て、デイヴィッドは後肢《あとあし》で立ち上がらせ、そのまま前に進ませ男を踏みつぶすといわんばかりに前肢を降ろしました。その蹄が額《ひたい》に当たると頭蓋骨が砕ける虚《うつ》ろな音が響き渡り、男は死体となって地面に崩れ落ちました。もうひとりの盗賊は驚きのあまり、何もできずに狼狽《うろた》えました。デイヴィッドが剣を抜き、それを構えてスキュラを進めようと声をかけているというのに、もたもたと弓を上げようとするだけで精一杯です。デイヴィッドが剣を振り抜くと、切っ先が男の喉元を襲い、ぼろ布《きれ》ごと切り裂きました。盗賊がよろめき、弓を取り落としました。首を片手で押さえながら話そうとしても、口から漏れるのはただごぼごぼという音ばかりでした。指の隙間から血が流れだし、雪の地面に飛び散ります。仲間の隣に膝から崩れ落ちる男を覆う布の前部はもうまっ赤に血に染まり、心臓の動きが弱まるにつれて、吹きだす血は勢いを失っていきました。

デイヴィッドは、死にゆく男のほうにスキュラを向けました。

「だから言ったんだ！」デイヴィッドが叫びました。彼は泣いていました。ローランド、母親、父親、そしてジョージーとローズさえも含め、彼が失ったすべてのもののために泣いていました。触れることのできるものも、感じることしかできないものも、すべてのために。「あっちに行けって言ったのに、それを聞かないからこうなるんだ。自業自得だぞ。お前たちは馬鹿だ。救いようのない馬鹿だよ！」

弓手は何かを喋《しゃべ》ろうと口をぱくぱくさせましたが、声は出ませんでした。その目はじっと、デイヴィッドを見つめています。その細く閉じてゆく目を、彼は見つめ返しました。弓手は自分が何を言われているのかも、雪に血しぶきを撒《ま》き散らしている自分の運命も、ほとんど分かっていないようです。

やがてゆっくりと、その両目が大きく見開かれ、穏やかになっていきました。まるで、死の訪れですべてわけが分かったとでも言わんばかりに。

デイヴィッドはスキュラから降りると、諍《いさか》いの中で怪我をしなかったかを確かめるため、彼女の脚を調べました。どうやら無事のようです。デイヴィッドの剣は、血に濡れていました。男たちがまとうぼろ布で拭《ぬぐ》おうかと思いましたが、彼らに触れたいとはとても思えません。しかし自分の服で拭い、彼らの血で汚れるのも嫌です。彼は革袋の口を開けると、フレッチャーがチーズを包んでくれた綿モスリンを一枚取りだし、剣に付いた血を拭き取りました。それから血まみれになった布を雪の上に投げ捨てると、男たちの死体を道沿いの溝の中に蹴り落としました。もっとしっかりと隠すような元気は、とてもなかったのです。突然、胃がごろごろと鳴りはじめました。口の中にすっぱい味が広がり、体じゅうに汗が噴きだしてきます。デイヴィッドはよろめきながら死体から離れると、嫌な臭いを放つげっぷしか出なくなるまで何度も何度もえずき、吐き続けました。

ふたりも殺してしまった。そんなつもりではなかったというのに、彼はその手でふたりを殺《あや》めてしまったのです。渓谷ではループや狼たちを殺し、森の小屋では女狩人を殺し、塔では魔女を殺しましたが、こんな気持ちにはなりませんでした。彼らの死を導いたのは確かに自分でも、剣の刃で肉を切り裂いて殺すようなことは今までなかったのです。もうひとりを殺したのはスキュラの蹄だとしても、スキュラを立ち上がらせてあの男を襲うよう命じたのは、他ならぬ自分なのです。自分が何をしているのか考えるまでもなく、体が勝手にそう動いたのです。彼が何よりも恐ろしいのは、自分には人殺しができるのだという事実なのでした。

彼は雪で口をすすいでスキュラの背に跨《また》がると、自分の兇行を、せめてその記憶を置き去りにして、また道を進みだしました。風は吹いていません。雪はまっすぐ、ゆっくりと降り続け、雪の地面の上にさらに積もりながら、道も、木々も、茂みも、生者も、そして死者も、等しくそのヴェールの下に包み隠してゆきます。盗賊たちの骸《むくろ》もやがてすっかり白い雪に覆われるでしょう。そして、狼たちの湿った鼻がその臭いを嗅ぎ取って掘り起こしでもしない限り、悼まれることも見つけだされることもなく、春の訪れまでそこに睡《ねむ》り続けるのです。低く咆吼《ほうこう》をあげて狼の群れがやってくると、森はやにわにざわつきはじめました。弱き狼たちは食べ残しを奪い合って争い、強き狼たちはさっさと腹を満たしています。しかし森には食料が乏《とぼ》しく、群れのすべてが満腹になれるわけではありません。今や群れは膨れ上がり、何千頭という規模になってしまっているのです。遙か北からやってきた白き狼たちは雪景色にすっかり溶け込み、黒い瞳と赤い口がなければどこにいるかも分かりません。東から来た黒き狼は迷信によると、獣の姿になった魔女や悪魔の霊魂なのだそうです。西の森から来た灰色の狼たちは他の狼よりも大きくのろまで、自分たち以外は信用せずに群れで固まっています。そして最後にループたちは、人間のように着飾り、狼のように血を求め、王のような支配者になりたいと渇望しているのです。ループたちは群れから離れて森の端《は》に立ち、四つ足の同胞たちがあの死んだ盗賊たちのはらわたを奪い合うのを眺めていました。一頭の雌狼《めすおおかみ》が、道のほうからそこへやってきました。その口には乾いた血のこびりついた綿モスリンをくわえています。その血の味を舌に感じるとよだれが湧いてきましたが、彼女は生地を噛んで飲み込んでしまいたいのを必死にこらえました。そして、自分たちの長《おさ》の足元にそれを落とすと、うやうやしく下がりました。リロイが綿モスリンを手に取って鼻先へ運び、においを嗅ぎます。死んだ男の血液が強く鋭い臭いを放っていましたが、その向こうから確かにあの少年のにおいがします。

リロイが最後にこの臭いを嗅いだのは、斥候たちに連れられていったあの城塞の庭園でのことでした。斥候たちが不穏な空気を感じて塔の階段を登るのを拒む様子を見て、リロイは上階に何があるのかを確かめるためというよりも、自らの勇気を同胞たちに示すためにそこを登っていったのです。魔女が消え去ってしまった今、古い城塞の中に建つ塔はもうもぬけの殻でした。在りし日の名残《なごり》といえば最上階にある石作りの部屋で、そこは死者の骸と、かつて人間ではない何ものかだった塵にまみれているのでした。中央には、ローランドとラファエルの亡骸が眠る石の寝台がありました。リロイはにおいでそれがローランドであることを認めると、あの少年の守護者が落命したことを悟ったのでした。思わずふたりの鎧《よろい》を剝ぎ取って肉体をずたずたに引き裂いてやりたい衝動に駆られましたが、リロイはそうはしませんでした。そんなのは動物の所業であり、彼はもはや動物などではないのです。彼は亡骸をそのままにして立ち去ると、仲間たちの前では顔にこそ出さなかったものの、ほっとしながら塔を後にしました。塔にはリロイの理解を超えた何かが存在し、それが彼を不安な気持ちにさせていたのです。

今、そうして血まみれの端布《はぎれ》を手に立っていると、自分が追いかけている少年への畏怖の念がほのかに湧き起こってきました。目覚ましい成長ではないか、とリロイは胸の中で言いました。ついこの間まではただおどおどするばかりの子供だったはずのお前が、鎧の騎士たちにもできなかったことを成し遂げたのだからな。そして男どもの命を奪うや、次の人殺しに備えて刃を拭ったのだ。お前を殺しちまうのが、俺は少々惜しい気すらするよ。

リロイは日に日に狼らしさをなくし、人間に近づいておりました。少なくとも自分ではそう思っていました。体にはまだごわごわとした毛が生え、耳は尖り、歯は鋭いままでしたが、もうその鼻面は狼と言えるほどには突きだしておらず、顔の骨の形も狼より人間に似た形へと変形してきているのです。四つ足で歩くこともほぼなくなり、速く駆けなくてはいけない時と、少年のにおいを見つけだした興奮に一瞬我を忘れてしまった時を除いては、ずっと二本足で過ごしているのでした。においを探すには、たくさん手下がいるのは実に便利なことでした。いくら馬が人間よりもずっと強烈なにおいを放っているとはいえ、近ごろの雪では見失ってしまうこともしばしばです。しかし大勢の斥候たちを放ったたび、彼らはすぐに求めるにおいを嗅ぎ当てるのでした。デイヴィッドを追ってあの村に辿《たど》り着き、群れで総攻撃をかけようとした時もそうです。斥候が馬の足跡を見つけて、目標がもう東へと立ち去り、村人たちとはともにいないのを突き止めてきたのです。それでもループたちの中には空腹のあまり村を襲いたがる者たちもいたのですが、そんなことをしても貴重な時間を無駄にするだけだと、リロイには分かっていました。それに、群れの腹を空かせておくのは彼にとって好都合でもありました。いざ城を攻める時、狼たちがより兇暴になるからです。リロイは村の防壁の上にいる村人たちがおじけづく中、ひとり立ち上がって自分に抗《あらが》った男の姿を胸に呼び起こしました。あの立ち居振る舞いには実に敬服させられました。彼は人間が生まれながらにして持つ多くの側面を敬服してやまないのです。だからこそ彼は自分の身に起きている変容を快く受け止めているのですが、だからといって、あの村に引き返して自分に楯突《たて》いた者を見せしめにしないわけにはいきません。

少年と兵士が道を立ち去ってから、狼の群れはしばらく足踏みを強いられました。ふたりがまっすぐに王城への旅を続けるものとリロイが思い込み、その過ち《あやま》に気付くのに半日かかってしまったのです。茨の城を発ったデイヴィッドを群れが見失ってしまったのは、彼が持つ幸運のたまものでした。狼たちは森に立つ木々の中に潜む正体の分からぬ何ものかを恐れて森を警戒し、その最深部を迂回して城塞を目指したのです。リロイはもう城の中に誰も残っていないのを確かめると、十二頭の斥候を森に放ってデイヴィッドを追わせ、本隊には安全な回り道から東に建つ王城に向かわせたのでした。やがて無事に戻って群れと合流した斥候は、たった三頭のみでした。七頭は木々に潜む何ものかに殺されてしまい、後の二頭は――リロイはこれに大きく興味を抱いたのですが――喉笛を切り裂かれ、鼻を削ぎ落とされた死骸となって発見されたのです。

「ねじくれ野郎があのがきを守ってやがる」報せを受けると、リロイが深く信頼する部下の一頭が唸《うな》りました。彼もまたゆっくりと微《かす》かにではありますが、人間の姿へと変化を続けておりました。

「奴は新王を見つけた気でいるのさ」リロイが答えます。「だが俺たちの手で、人間どもによる支配に終止符を打ってやる。あのがきに戴冠《たいかん》などさせるものかよ」

彼がひと吠えして号令を発するとループたちは、もたもたする同胞に唸り、噛み付いて急き立てながら、群れをまとめはじめました。彼らの夜明けはもう目前。城までの行軍は、あと一日もかからず終わるでしょう。辿り着いてしまえば全軍にたっぷり行き渡るほどの肉にありつくことができ、リロイ新王による血の支配が幕を開けることになるのです。

獣《けだもの》以上人間未満の何ものかへと向けて変容を続けていようとも、リロイの内に広がる深淵の底の底は、いつも変わらず狼のままなのです。

27

城に辿《たど》り着いたデイヴィッドが王に歓迎されたこと

夜が訪れると、惨《みじ》めで気怠《けだる》い昼間はやれやれといった様子で去っていきました。デイヴィッドの心は沈み、長時間鞍の上で過ごしているせいで、背中と脚はすっかり痛くなっていましたが、あぶみを自分に合わせて乗り心地をよくすることも知っていましたし、ずっとローランドを見ていたものですから、どう手綱《たづな》を取ればいいのかも分かります。相変わらずスキュラは彼にとってずいぶん大きすぎましたが、それでもだいぶ楽に乗れるようになっているのでした。雪は勢いを弱めてまばらになり、やがてすっかりやみました。大地はまるで、雪化粧をして自分が以前よりすっかり美しくなったのを知っており、この静寂と白妙《しろたえ》を楽しんでいるかのようでした。

やがて、曲がり道に差しかかりました。顔を上げれば遙か地平線がなよびかな黄色い光にそっと包まれており、デイヴィッドはもう城は近いのだと悟りました。デイヴィッドは急に元気が湧いてくるのを感じると、自分もスキュラももうくたくたで腹ぺこでしたが、彼女に急ぐよう合図をしました。スキュラは、もう新鮮なかいばときれいな水、そして温かな厩《うまや》の匂いがするかのように駆け足になりましたが、デイヴィッドはすぐにまた手綱を引いてそれを制すると、じっと聞き耳を立てました。穏やかな夜だというのに、風の音のような何かが聞こえたのです。スキュラも同じことを感じたのでしょう、いななき、地面を蹴っています。デイヴィッドの気持ちも張り詰めていましたが、彼はスキュラを落ち着かせようと、そっと脇腹を叩いてやりました。

「落ち着いて、スキュラ」静かに囁《ささや》きかけます。

音がまた、さっきよりはっきりと聞こえました。狼の咆吼《ほうこう》です。あらゆる音が雪に包まれくぐもっているせいでどのくらい遠くから聞こえてくるのかは分かりませんが、いずれにせよ聞こえてくるほど近くに迫っているのは明らかです。デイヴィッドにとってこれは、すでに近すぎる距離なのでした。右手に広がる森で何かが動くのが見えると、デイヴィッドは白い牙とピンク色の舌が音を立てて自分に噛みつこうとしている様子を想像しながら剣を抜きました。しかし、森から現れたのはあのねじくれ男でした。曲線を描く細身の刃を手にしています。デイヴィッドは近づいてくるねじくれ男の喉元に剣の切っ先をぴたりと向けると、じっとそちらを睨《にら》みつけました。

「剣を収めな」ねじくれ男が言いました。「お前がわしを怖がる理由なんぞ、どこにもありゃしないよ」

しかしデイヴィッドは、剣を降ろそうとはしませんでした。震えひとつしない自分の腕を、頼もしげに見つめます。ねじくれ男は、動じた様子を見せませんでした。

「なるほどなるほど」彼が口を開きました。「じゃあ好きにすりゃあいい。狼どもはもうすぐそこだ。わしがどれだけ足止めできるか分からんが、お前が城に着くくらいまでならもたせてやるよ。このまま進むがいい。近道をしようなんて思うんじゃないぞ」

また狼の咆吼《ほうこう》が、今度はいくつも、もっと近くで聞こえました。

「なぜ助けてくれるの?」デイヴィッドは訊ねました。

「わしはずっとお前を助けてきたんだぞ」ねじくれ男は答えました。「お前が意固地に、それを分かろうとしなかっただけよ。お前が城に無事辿《たど》り着けるよう、道中の影となって命を助けてやってきたんだ。さあ、王のところへ行くんだ。待っているぞ。行け!」

言うやいなやねじくれ男はデイヴィッドの前から飛び退《の》き、森の端《は》を回り込むようにしながら駆けだしていきました。もう想像の中で狼を切り裂いているのでしょう、その刃を振り回して風を切る音を立てながら。デイヴィッドはその姿がすっかり見えなくなってしまうと、言われたとおりにする以外に道もないまま輝く地平に向けてスキュラを歩ませはじめました。ねじくれ男はオークの古木の根元にあいたうろの中から、それを見送っていました。ここまで思いのほか苦労を強《し》いられはしましたが、少年はもうすぐ辿り着くべき場所に辿り着き、ねじくれ男は自分の求める見返りへと一歩近づくのです。

「ジョージー、ポージー、プディングとパイ」彼はそう唄うと、舌なめずりをしました。「ジョージー・プディング、ジョージー・パイ」にんまり笑い、笑い声を抑えるために手で口を塞ぎます。何ものかが近づく物音がしたのです。どこかそばから荒々しい息づかいが聞こえ、吐きだされた息が夜闇に白く浮かび上がりました。ねじくれ男はナイフを握る手だけを残し、半ば雪に埋もれるようにして身を丸めました。

そして、狼の斥候が真横を通るのを見計らって、ねじくれ男は喉元から尻尾の先まで切り裂いてしまいました。こぼれ落ちた内臓が、凍てつく夜の空気の中で湯気を立てました。

デイヴィッドが目的地に近づくにつれて、道は曲がりくねり、細くなっていきました。両側には岩山がそびえ立って峡谷となり、スキュラの蹄《ひづめ》の音を響かせました。この辺りは頭上の壁に守られて、それほど雪が積もっていなかったのです。そこを抜けるとデイヴィッドの前に、一本の川が流れる低地が姿を現しました。一マイルほど離れたところの川岸に、高く堅牢な壁に囲まれていくつもの塔や建物を持つ、大きな城が建っています。窓には灯りが点り、胸壁には赤々と燃える炎がずらりと並んでいました。衛兵たちが見張りをしているのが見えます。デイヴィッドが眺めていると城門の落とし格子が上がり、馬に跨《また》がった十二人の騎兵たちがそこから出てきました。騎兵たちは跳ね橋を渡るとデイヴィッドのほうを向き、馬を走らせはじめました。デイヴィッドは狼に怯えながら、彼らの元へとスキュラを進めました。騎兵たちも馬を急がせると彼と合流し、護《まも》るように取り囲みました。しんがりにいた騎兵は渓谷のほうを向き、その方角から敵が現れてもいいように槍を構えています。

「ずっとお待ちしておりました」ひとりの騎兵が言いました。他の騎兵たちよりも年上で、その顔には歴戦の傷痕が残されていました。兜《かぶと》の下からは茶色がかった灰色の髪が覗き、黒いマントの下には青銅《ブロンズ》のちりばめられた銀の胸当てを装備しています。「安全な城内にお連れするのが我々の役目。さあ、おいでなさい」

周囲をぐるりと武装した騎兵たちに囲まれながら進んでゆくと、護られているような気にも、囚われたような気にもなりました。彼らが無事に跳ね橋を渡り終えて城に入ると、すぐに落し格子が閉まりました。召使いたちがやってきて、デイヴィッドが馬の背から降りるのを手伝ってくれました。それから凍え切った彼の体を柔らかな黒い毛皮で作られたマントでくるむと、熱くて甘い飲み物がそそがれた銀のカップを手渡してくれたのでした。ひとりの召使いがスキュラの手綱を取り、厩へと歩きだしました。デイヴィッドがそれを引き留めようとすると、騎兵を率いている男が言いました。

「彼らは御馬の面倒をよく見てくれるし、あなたの寝室のすぐそばにある馬小屋に入れてくれるでしょう。私は王の衛兵長、ダンカンと申す者です。どうかお気を楽に。あなたは我が王の大切な客人、我々がいれば何も心配ありません」

ダンカンは、デイヴィッドに付いてくるよう言いました。デイヴィッドは言われたとおりに彼に続き、前庭から城の奥へと入っていきました。中にはデイヴィッドがこれまでの旅で目にしたよりもたくさんの人びとがおり、彼はすっかり注目の的になっていました。侍女たちは働くのをやめ、手を口に当てて彼のことを話しています。老人は前を通り過ぎてゆく彼に軽く会釈し、幼い少年たちは憧れるかのような視線を彼に向けました。

「皆、あなたの話を山ほど聞かされているのです」ダンカンが言いました。

「何で僕を知ってるの?」デイヴィッドが訊ねました。

ですがダンカンは、王はご存じなのだとしか教えてはくれませんでした。

ぱちぱちと音を立てる松明《たいまつ》や豪奢《ごうしゃ》に飾られた部屋をいくつも過ぎながら、ふたりは石畳の廊下を歩いていきました。首に黄金を巻いて書類を手に持った、先ほどの召使いたちはもうおらず、周囲には廷臣たちが立っていました。彼らは、位《くらい》の高い人びとです。彼らは、幸福と不安、疑念、そして恐怖までもが混ぜ合わさった複雑な表情でデイヴィッドを見つめているのでした。しばらく歩いた後、ダンカンとデイヴィッドは、竜と鳩の彫られた大きな両開きの扉の前にやってきました。長槍を持った衛兵がふたり、両脇を護《まも》っています。デイヴィッドたちの姿を認めると、衛兵たちはふたりのために扉を開けました。そこに現れたのは、大理石の柱が並び、見事に織られた敷物の敷かれた大きな部屋でした。壁には戦《いくさ》や結婚式、葬儀、戴冠式《たいかんしき》の様子が描かれた何枚ものタペストリーが下がり、室内に温もりを与えていました。部屋には、大勢の廷臣や兵士たちがおり、二本の列を作っていました。デイヴィッドとダンカンはその間を抜け、玉座へと続く三段の石階段の前に立ちました。玉座には、何歳かも分からぬほどの老人がひとり、腰かけていました。赤い宝石がちりばめられた黄金の冠はいかにも重たそうで眉の上までさがっており、冠の触れている額《ひたい》の肌は荒れて赤くなっていました。瞼《まぶた》は半ば閉じかけ、とても浅く息をしています。

ダンカンは片膝《ひざ》を床に突くと頭を下げました。デイヴィッドにもそうするようズボンを引っ張ります。王の前に出た経験などないデイヴィッドはどう振る舞えばいいのか分からずダンカンのまねをすると、前髪の隙間から老王の姿を見上げました。

「陛下。少年をお連れしました」ダンカンが言いました。

その声に気付くと、国王が瞼をやや大きく開きました。

「そばに」と、デイヴィッドに声をかけます。

デイヴィッドは立ち上がっていいものか、膝で歩いていけばいいものかわかりませんでした。王に失礼を働き面倒を起こすのはごめんです。

「立ちなさい」王が言いました。「その顔を私に見せておくれ」

デイヴィッドは立ち上がると、石段に歩み寄りました。そして、王の皺《しわ》だらけの指で手招きをされるがままにそれを登り、王と向き合いました。王はさも大変そうに身を起こすと、ほとんどデイヴィッドに覆い被さるようにして、彼の肩に手をかけました。肩に感じる王のあまりの軽さに、デイヴィッドは茨の城で目にした、干涸《ひから》びた騎士たちの姿を思いだしました。

「長い道のりをよくぞ来たな」王が言いました。「そんな旅を成し遂げられる者など、そう何人もおらんよ」

デイヴィッドは、何を言えばいいのかも分かりませんでした。「ありがとうございます」と答えるのもおかしい気がしましたし、そもそも彼は誇らしいような気持ちになどなれなかったのです。ローランドと木こりは死んでしまい、あのふたりの盗賊たちの亡骸《なきがら》が道端のどこか雪の下に埋もれているのです。王も、それを知っているのでしょうか？　どうもこの王は、王国への支配を失いかけているにしては、事態を深く理解しているように思えます。

デイヴィッドは、ようやく言葉を選んで「ここに来ることができたのは大変な幸せです、陛下」と答えると、きっとローランドの霊がこの言葉を聞いたら感動するに違いないと思いました。

王はまるで、自分に会えて幸せでない者などいるものかとでもいうように、微笑《ほほえ》みながらうなずきました。

「陛下」デイヴィッドは言葉を続けました。「陛下は僕を家に帰す力をお貸しくださると聞きました。一冊の本をお持ちで、その中に――」

王が皺の刻まれた手を挙げました。その甲には紫の血管が何本も浮きだし、茶色の染みがたくさん付いています。

「それはまたいずれにしよう」王が言いました。「またいずれにな。今はとにかく、食べてよく休むことだ。朝がきたら、また話をするとしよう。ダンカンが、お前を部屋まで案内してくれる。なに、部屋はすぐ近くだよ」

そうして、初めての謁見《えっけん》は終わりました。背中を向けるのは失礼だろうと思ったデイヴィッドは、階段まで後ずさりました。ダンカンは感心したように彼に向けてうなずくと立ち上がって一礼し、玉座の右手にある小さな扉にデイヴィッドを案内しました。扉をくぐると玉座の間を見下ろすように作られた回廊へと上る階段が続いているのですが、彼が連れられていったのは、その回廊に面する部屋のひとつでした。広々とした部屋で、片隅には大きなベッドが置かれ、中央には椅子が六脚並んだテーブルがあり、もう片隅には暖炉が設《しつら》えてありました。小さな窓が三つ、外を流れる川と城への道を見下ろして並んでいます。ベッドの上には着替えが用意されており、テーブルには食事が並んでいました。あつあつのチキンとポテト、三種の野菜、それからデザートの新鮮な果物が並んでいます。水差しもひとつ置かれており、磁器のポットからはホットワインのような香りが漂っていました。暖炉の前には大きなバスタブがあり、その下に赤々と燃える炭を入れた器が置かれお湯が沸かされていました。

「どうぞ、お好きなように食事をなさり、お休みください」ダンカンが言いました。「私は朝にお迎えにあがります。何かご入り用のものがありましたら、ベッドのそばにあるベルを鳴らしてください。扉に鍵はかかっておりませんが、どうか外出はお控えください。あなたはこの城をご存じではありませんし、迷子になったら大変です」

ダンカンが頭を下げて出てゆくと、デイヴィッドは靴を脱ぎました。チキンと果物をほとんど平らげると、ホットワインも少し飲んでみたのですが、こちらは口に合いませんでした。ベッドのそばにある小さな個室には中央に丸く穴の開けられた木の腰かけがあったのですが、これはどうやらトイレのようでした。壁には花束や香草がたくさんかけられていましたが、それでもひどい悪臭がしています。デイヴィッドはずっと息を止めながらできるだけ急いで用を足し、すぐに個室を飛びだしてドアを閉め、深呼吸をしました。それから服を脱いでバスタブの中で体を洗うと、ぱりっとした綿の夜着に着替えました。ベッドにもぐり込む前に、デイヴィッドは部屋の扉のところへ行ってそっと開けてみました。眼下に見える玉座の前には、もう衛兵たちも王の姿も見当たりません。しかし回廊にはまだ衛兵が歩いておりました。デイヴィッドに背中を向けている衛兵を見つけて逆側を確かめると、回廊の反対にもうひとりいるのでした。分厚い壁であらゆる音が遮られているため、まるで城には彼と衛兵たちしかいないかのようでした。デイヴィッドは扉を閉め、ぐったりと疲れきった気持ちでベッドに身を投げだしました。そして、ものの数秒もせずに深い睡《ねむ》りに落ちていったのでした。

デイヴィッドはとつぜん目を覚ますと、自分がどこにいるのか分からずにしばらく狼狽《うろた》えました。てっきり自分の寝室に戻ってきたのだと思い、きょろきょろと本やゲームを探してみるのですが、どこにも見当たりません。すると、急にすべての記憶が戻ってきました。体を起こしてみると、睡っている間に暖炉の前に新たな薪《まき》が積まれていました。夕食の残りと彼が使った食器は片付けられています。バスタブと炭の容器までもが、彼の目が覚めないうちにすべて持ち去られていたのです。

今が早朝なのかも深夜なのかも分かりませんでしたが、デイヴィッドはきっと真夜中なのだろうと考えました。まるで城全体が睡ってしまったかのようで、窓から外を眺めれば、細くたなびく雲に囲まれるように蒼白い月が浮かんでおりました。彼を起こしたのは何だったのでしょう。デイヴィッドは懐かしい家の夢を見ていましたが、そこで家の者ではない誰かの声を聞いたのでした。最初は、それを夢の中のできごとにしてしまおうとしました。疲れきって泥のように睡る時には、目覚まし時計を夢の中で電話の音に見立てたりしたものです。しかし今、たくさんの枕に囲まれながらふかふかのベッドに腰かけていると、ふたりの男が低い声で話すのがさっきよりもはっきりと聞こえるのでした。それに確かに、ふたりが彼の名前を口にするのまで分かったのです。デイヴィッドはベッドカバーを押しのけると、足音を殺して扉に歩み寄りました。鍵穴に耳を近づけてみたのですが、声はくぐもっており、よく聞こえません。そこで彼は音を立てないように扉を開け、外を覗いてみることにしました。

回廊を巡回していた衛兵たちの姿は、もう見当たりません。声は、階下にある玉座の間から聞こえていました。デイヴィッドはシダの活けられた大きな銀の飾り壺の陰に身を隠すと、話をしているふたりの人物を観察しました。ひとりは王でしたが、玉座には腰かけていませんでした。白と金の寝間着の上に紫色のガウンを羽織り、石の階段に腰かけているのです。頭のてっぺんは禿《は》げあがり、茶色の染みがたくさんついていました。長い白髪をだらしなく耳元とガウンの襟元にたらし、王は大広間の寒さに震えているのでした。

玉座に腰かけていたのは、ねじくれ男でした。脚を組み、両手の指を合わせるようにしています。どうやら王の言った何かが気に入らなかったのでしょう、いかにも気分の悪そうな顔をして彼は、石作りの床に唾を吐き捨てました。唾はべちゃりと床に落ちると、しゅうしゅうと音を立てました。

「まあそう慌てなさんな」ねじくれ男が言いました。「たかだか何時間か延びたって、死ぬわけでもなし」

「わしを殺してくれるものなど、誰もいはせんよ」王が答えました。「しかしお前は、もうこんなことも終わりだと言ったではないかね。わしは休みたいのだよ、睡りたいのだよ。自分の墓に身を横たえ、塵《ちり》と朽ち果ててしまいたいのだ。お前は、ようやくわしも死ねるのだと言ったではないか」

「小僧は、あの本が役に立つと信じ込んでいる」ねじくれ男が言いました。「だが、小僧が自分にとっちゃ何の価値もないものだと知ったら、いよいよわしらが小僧から見返りを貰《もら》う番さ」

王が体勢を変えるのを見てデイヴィッドは、膝の上に一冊の本が載っているのに気付きました。とても古くぼろぼろになった、茶色い革表紙の本です。王は哀しみの表情を浮かべながら、さも愛おしげにその本の表紙を指でなぞりました。

「この本は、わしには代え難い価値のあるものだ」王が言いました。

「ならば、墓まで持っていくといいさ」ねじくれ男が答えました。「誰の役にも立ちゃあしないんだからな」「それまでは、あの小僧を引き付けておくのに利用するといい」

王はさも難儀そうに立ち上がると、よろよろと石段を下りました。そして壁を窪ませて作られた飾り棚《アルコーブ》に歩み寄ると、そこに置かれた金色のクッションの上に本をそっと載せたのでした。そんなものがあるのに、デイヴィッドは今まで気付きませんでした。王と謁見《えっけん》した時には、覆いがかけられていたせいで見えなかったのです。

「心配なさるな、陛下」ねじくれ男は、皮肉たっぷりに言いました。「わしらの取引も、もうすぐ終わる」

王は顔をしかめました。「あれが取引なんて呼べるものかね。わしにとっても、お前が確実に我がものとするためここまで連れてきたあの子にとってもな」

ねじくれ男は玉座から飛び上がると、ひとっ飛びで王の目の前に着地しました。しかし王は驚いた様子もなければ、避けようとする素振りも見せません。

「今さら取引を交わしてないなどとは言わさんぞ」ねじくれ男が脅《おど》しました。「お前の望み通りのものをわしはやったし、その見返りはきっちり貰うと約束したはずだぞ」

「あの時わしはまだ子供だったし、怒っていた」王が答えました。「自分のせいでどんな災厄が起こるかも分かっていなかったのだ」

「だからそれでいいとでも言うのかね？　がきのころのお前は、ものごとを黒か白か、善か悪か、楽しいか苦しいかでしか考えちゃいなかった。それが今や、何を見ても灰色なのだという。自分の王国を治めることもできず、善悪の判断も付けようとしないどころか、どっちがどうだろうと構わんといった顔だ。取引を交わしたあの日、自分が何に同意したのか忘れたとは言わさんぞ。なのにお前ときたら後悔のせいで記憶も濁《にご》らせたか、自分の弱みをわしのせいだと責めようとしよる。口に気をつけろよ、この老いぼれめ。さもないと、わしがお前の首根っこを摑んでいるんだと、その身に思い知らせてやるぞ」

「これ以上、わしに何をしようと言うんだね？」王は訊ねました。「わしに残されたのはもう死のみだが、お前はそれをわしから取り上げ続けているではないか」

ねじくれ男は、鼻同士がくっつかんばかりに王に顔を近づけました。

「思いだせ、よく思いだすんだぞ。楽な死と苦しい死というものがあってだな。わしにはお前を春風のようにさわやかに逝かせてやることも、その骨身が味わう限りの苦痛を与えて殺すこともできるのだ。そいつを忘れてもらっては困る」

ねじくれ男はそう言うとくるりと背を向け、玉座の背後に立つ壁へと歩いていきました。そして、ユニコーン狩りを描いたタペストリーが松明の灯りの中でひらりと揺れたかと思うと、もうその場には王ただひとりしかいなくなっていたのでした。老王はもう一度あのアルコーブへと歩み寄ってさっきそこに置いた本を手に取り、ページに書かれたことをじっと見つめました。そして、しばらくそうした後にまた本を閉じ、回廊の下にある扉の奥に姿を消したのでした。ひとりきりで取り残されたデイヴィッドは衛兵が戻ってくるのを待ちましたが、衛兵たちは姿を現しませんでした。五分過ぎても辺りが静まり返っているのを確かめると、デイヴィッドは玉座の前へと階段を降りてゆき、石の床に足音が響かないように気をつけながら、あの本が置かれたところに向かいました。

この本こそ、木こりとローランドが話していた本に違いありません。ついに『失われたものたちの本』を見つけたのです。しかしあのねじくれ男の言葉が本当ならば、いかに王がこの本を王冠よりも大事にしていようと、まったく価値などありはしないことになります。デイヴィッドは、たぶんねじくれ男が間違っているんだと、胸の中で言いました。きっと、本の中に何が書かれているか、分かっていないだけなのです。

デイヴィッドは手を伸ばして本を手に取ると、それを開きました。

28
失われたものたちの本のこと

デイヴィッドが最初に開いたページは、子供が描いた鉛筆画で飾られていました。木々や庭、長い窓を持つ大きな家の絵が描かれていたのです。空には微笑《ほほえ》む太陽が浮かび、線で描かれた人びとが描き込まれています。男の人がひとり、女の人がひとり、そして小さな男の子がひとり、手を取り合って正面扉の隣に立っているのです。デイヴィッドが他のページを開いてみると、ロンドン・シアターで開かれた公演のチケットの半券が貼られていました。その下に子供の字で「はじめてのげきじょう！」と描かれています。隣のページには、海辺の桟橋の絵はがきがありました。とても古い絵はがきで、写真は白黒というよりも白と茶色に見えるのでした。さらにあちこちとページをめくってゆくと、押し花や、ひと房の犬の毛（「名犬ラッキー」と書き添えてありました）や、写真や絵、女性のドレスの切れ端、金メッキが剝《は》がれて下から安っぽい金属が覗いた切れた鎖などが貼られていました。また、とあるページには他の本から切り取ってきたページがありました。竜を退治するひとりの騎士が描かれ、少年の文字で猫と鼠《ねずみ》の詩が書かれているのです。あまり上手な詩ではありませんが、韻《いん》はちゃんと踏んでありました。

デイヴィッドには意味が分かりませんでした。どれもこれもこの世界ではなく、彼が元いた世界にあるものばかりなのです。デイヴィッドのものではない誰かの土産物や記念品の数々が、本の中には次々と見つかるのです。彼はページをめくってゆくと、やがて日記が書かれているのを見つけました。ほとんどの日記は短く、学校での日々や、海岸への旅行や、大きく毛むくじゃらの蜘蛛《くも》を見つけたことなどが書かれています。ページをめくっていくにつれて日記はどんどん長く細かく、そして苦々しさと怒りとに満ちていきました。日記には、今度新しく妹が誕生することや、家族たちがその誕生にすっかり夢中になっていることに対する少年の怒りが綴《つづ》られていたのです。それは「まだぼくとママとパパだけだったころ」に戻りたいと願う、悔しさや、懐旧なのでした。デイヴィッドは少年の気持ちが分かるようにも思いましたが、一方では嫌悪感も覚えました。妹への、そして彼女をこの世界に迎えようとする両親への怒りがあまりにも強く、純粋な憎悪が剝《む》きだしになっていたのです。

「あの子を消してしまえるのなら、ぼくはなんだってする」と、あるページには書かれていました。「玩具《おもちゃ》をぜんぶ、本をぜんぶあげてもいい。ためているおこづかいだっていらない。これから死ぬまで、ずっと床そうじをしたっていい。もしあの子がいなくなってくれるなら、魂を売ってもかまわない!!!」

しかし、最後の日記は他のものより短く終わっていました。ただひとこと「決めた。そうする」とだけ書かれていたのです。

最後のページには、写真館の大きな花瓶の隣に立つ一家四人の写真が貼られていました。頭の禿げた父親と、レース飾りのついた白いドレスを纏《まと》った愛らしい母親の姿。彼女の足元では水兵の格好をした少年が、たった今写真家に何かひどいことを言われたような顔をしてカメラを睨《にら》みつけています。彼の隣にはひらひらとしたドレスの裾と黒い靴が一足見えましたが、そこに写っているはずの少女の姿は、削り取られてしまっているのでした。

デイヴィッドは本のいちばん最初のページを開いてみました。すると、そこにはこう書かれてありました。


ジョナサン・タルヴィーの本。


デイヴィッドはぱっと本を閉じると、おどおどとその場から後ずさりました。ジョナサン・タルヴィー。義理の妹と一緒に姿を消し、行方不明になったまま二度と戻らなかったローズの伯父の名前ではありませんか。この本は、ジョナサンが歩んだ人生の印が残された、彼の本だったのです。デイヴィッドはあの老王と、彼が本に触れる愛おしげな指先を思いだしました。

「この本は、わしには代え難い価値のあるものだ」

ジョナサンが、あの国王だったのです。ねじくれ男と取引し、その見返りにこの国の支配者になったのです。もしかしたら、デイヴィッドと同じ道を通ってこの世界にやってきたのかもしれません。しかしいったいそこにはどんな経緯《けいい》があり、消えた少女の身には何が起こったのでしょう？　あのねじくれ男と交わした何らかの契約は、結局高くついてしまったのでした。死を願うあの老王の姿こそが、その生きた証拠なのでした。

頭上から物音が聞こえました。また衛兵の姿が回廊に現れたのを見て、デイヴィッドは玉座の間が空っぽに見えるよう、壁に貼り付くようにして身をこごめました。こうなっては、姿を見られずに部屋へと引き返すことはできません。デイヴィッドはきょろきょろと辺りを見回し、他の道がないか探しました。王が姿を消した通路が見えましたが、衛兵たちと出くわすことなくそこを通るのは無理でしょう。では、玉座の裏にかけられたタペストリーはどうでしょう？どういうからくりかは分かりませんが、ねじくれ男はあそこから出ていったのです。もしかしたらそこならば衛兵たちがいないかもしれないと、デイヴィッドは思いました。それにしても不思議です。デイヴィッドは初めて、ねじくれ男や王が思うよりも自分が彼らのことを知っているような気がしたのです。今、それを試してみない手はありません。

デイヴィッドは足音を忍ばせてタペストリーに近づくと、それを壁から持ち上げてみました。その裏に、一枚の扉が姿を現しました。デイヴィッドが取っ手を押し下げると、扉は音もなく開きました。それをくぐると、石作りの飾り棚に立てられた何本もの蠟燭《ろうそく》に照らされた、低い天井の通路に出ました。デイヴィッドの髪の毛に触れるほど、天井が低いのです。彼は扉を閉めると、城の地下にある寒く暗い場所へと続く通路を、ひたすら降りてゆきました。今は使われていない地下牢の前を通りかかると、いくつかの牢には人骨が散らばったままになっていました。それに、苦痛や拷問を与える道具が山ほど用意された部屋もあります。囚人が悲鳴をあげるまで体を引っ張る拷問台や、指の骨をへし折るのに使う指ねじりの拷問具や、肉を引き裂く棘《とげ》や槍の数々。奥の隅には、ミイラの棺《ひつぎ》のような形をした鉄の処女が置かれています。デイヴィッドも博物館で見た覚えがありますが、蓋の内側には囚人を苦しませて殺すためのするどい釘が取り付けられているのです。デイヴィッドはその光景に身震いすると、できるだけ足早に拷問部屋を通り抜けました。

やがて、大きな砂時計が置かれた広々とした部屋に出ました。砂時計の膨《ふく》らみはそれぞれ家一軒分はあろうかというほど巨大で、上の膨らみにはほとんど砂が残っていません。材料の木もガラスも、ひどく古いもののように見えます。誰のために、何のためにこの砂時計が時間を計っているのかは分かりませんが、それももうほとんど終わりに近づいているのでしょう。

砂時計の隣には小さな部屋があり、染みのついたマットレスに古びた毛布をかぶせただけの簡素なベッドが置かれていました。ベッドの向かい側の壁にはあらゆる刃物の武器が立てかけられており、短剣や剣やナイフが、長さの順に整理されて並んでいました。また、部屋にはいろいろな大きさと形をしたガラス瓶が並んだ棚も置かれていました。一本の瓶が、うっすらと光を放っているように見えます。

すぐそばから嫌な臭いがしているのを感じて、デイヴィッドは鼻筋に皺《しわ》を寄せました。臭いの元を探そうとして振り向いたデイヴィッドは、天井から紐で吊るされた狼の鼻に頭をぶつけそうになりました。二十、いや三十個ほどもあるでしょうか、中にはまだ血で濡れたものもあります。

「誰なの？」いきなり声が聞こえたので、デイヴィッドは心臓が止まりかけるほど驚きました。声の主を探してきょろきょろしても、誰の姿も見当たりません。

「あの人は、あなたがここにいるのを知ってるの？」また声が聞こえました。少女の声がするのです。

「見えないよ」デイヴィッドが言いました。

「わたしからは見えるわ」

「どこにいるの？」

「こっちよ、棚の上」

デイヴィッドは声を追いかけて、瓶の並んだ棚の前へ行きました。そして、端のほうに置かれた緑色の瓶の中に、小さな少女が入っているのを見つけたのです。長い金髪と、青い瞳を持つ少女でした。仄《ほの》かな光を放ち、質素な白いナイトガウンを着ています。ガウンの左胸に穴が開いており、その縁《ふち》に大きなチョコレート色の染みがついていました。

「こんなとこに来ちゃ駄目よ」少女が言いました。「見つかったら、わたしみたいにひどい目に遭わされるわ」

「いったい何をされたんだい？」デイヴィッドは訊ねました。

しかし少女はただ首を横に振り、涙を堪《こら》えるようにぎゅっと唇を結んだだけでした。

「君の名前は？」デイヴィッドは、話を変えようとして言いました。

「アンナよ」少女が答えます。

「僕はデイヴィッド。どうやったら君をそこから助けだせるの？」

「そんなの無理よ」少女が言いました。「だって、わたしはもう死んじゃってるんだもの」

デイヴィッドは、瓶に顔を近づけました。少女の小さな手がガラスに触れていますが、指紋はひとつも付いていません。顔は蒼白く、唇は紫で、両目の周りには黒々と輪のような痕が付いているのです。ガウンに開いた穴はさっきよりはっきりと見えますが、どうやら縁に付いた染みは血の乾いた跡のようでした。

「いつからここに？」彼が言いました。

「もう何年になるか分からないわ」彼女が答えました。「ここに来た時は、まだとても小さかったの。最初、この部屋には小さい男の子もいたのよ。今でもたまに夢に見るわ。今のわたしみたいな感じだけど、すごく弱っていてね。わたしがここに連れてこられてすぐに消えてしまって、それっきり見なくなったわ。でも、わたしもどんどん弱ってきているの。怖いわ。あの子と同じ目に自分も遭うんじゃないかと思うと。誰にもどうなったか知られないまま、消えてしまうんじゃないかって」

彼女は泣きだしましたが、涙は落ちませんでした。死者には、涙や血がないのです。

デイヴィッドは、内側から彼女が触れたところに自分も小指で触れました。ふたりを分かつのは、一枚のガラスだけです。

「君がここにいるのを、誰か知ってるの？」デイヴィッドが訊ねると、少女がうなずきました。「兄さんがたまに来てくれるわ。今はもうすっかりお爺さんになっているけれど。兄さんといっても、本当の兄さんだったわけではないのよ、ずっと。わたしがそうだったらいいって思ってるだけで。わたしに悪いことをしたって言うのよ。あれは本心だと思う。悪かったたって思ってるんだわ」

突然デイヴィッドの胸の中で、恐ろしい考えが形になりはじめました。

「ジョナサンがここに君を連れてきて、あのねじくれ男に差しだしたのか」彼が言いました。

「それが、あの人が交わした取引だったのか」

彼は固いベッドの上に乱暴に腰かけました。

「あの人は、君に嫉妬してたんだ」デイヴィッドが言いました。今度は彼女だけでなく自分にも語りかけるように、静かな声で。「そしてねじくれ男が、君から解放してやるって言ったんだよ。ジョナサンは王様になって、その前にいた年寄りの女王様が、死ぬことを許されたに違いない。たぶんその女王もずっと前にねじくれ男と同じ取引をして、君が見たっていう男の子をあいつに差しだしたんだろう。弟か、従兄弟《いとこ》か、近所の子供か分からないけれど、本当に嫌いでいなくなればいいって思ってた子をね」

夢の中を彷徨《さまよ》うねじくれ男には、少女の夢が聞こえたのです。彼が住むのは想像の世界、あらゆる物語が始まる世界なのです。物語はいつでも、読まれたり声に出して話されたりして命を吹き込まれたいと願っています。そうやって物語は、彼らの世界からこちらの世界へとやってくるのです。しかし、ねじくれ男も一緒に、自分の世界とこちらの世界を行き来しているのです。自らの物語を作りだそうとして、嫉妬や怒りや自惚《うぬぼ》れを抱いて邪《よこしま》な夢を見る子供たちを狩りに来るのです。そうしてさらった子供たちを王や女王に仕立て上げて、本当の力は己の手に握り締めたまま、彼らに見せかけの力をあげるのです。その見返りに子供たちは自分が嫉妬を燃やす相手を差しだし、ねじくれ男がそれを城の地下にある自分の住処《すみか》へと連れてゆくのです……。

デイヴィッドは立ち上がると、また瓶の少女に歩み寄りました。

「話すのはつらいとは思うけど、どうか君がここに来た時の話を僕に聞かせておくれ。重要なことなんだ。お願いだから、頑張って」

アンナは悲しげに顔をしかめ、首を横に振りました。

「いやよ」と小声で言います。「つらいんだもの。思い出したくない」

「お願いだよ」デイヴィッドの声には、新しい力がみなぎっていました。まるでいずれ大人に成長するデイヴィッドが刹那《せつな》顔を覗かせたような、深い声なのです。「二度とこんなことを起こさないためにも、君に何が起きたのかを話して聞かせて」

アンナはぶるぶると震えていました。唇は紙のように薄くなるほどぎゅっと結ばれ、小さな拳は骨が皮膚を突き破りそうに浮き出るほど強く握り締められています。やがて、彼女は哀しみと怒りと、そしてかつての痛みの入り交じったうめき声を漏らすと、言葉を口にしました。

「わたしたちは、屋敷の沈床園《ちんしょうえん》からここに来たの」彼女が言います。「ジョナサンは、いつだってわたしにつらく当たったわ。わたしに話す時には、ひどいことばかり言って。つねったり、髪を摑《つか》んで引っ張ったり。そしてわたしを迷子にさせようと森に連れ出して、置き去りにしたりもした。わたしが大声で泣き喚《わめ》くのを聞くと、両親に聞きつけられたら大変だと思って、すぐに戻ってきたけれど。もし人に言いつけたりしたら、知らない人にやっちゃうぞって言うのよ。それに、自分は本当の子供だけどわたしは違うから、何を言っても信じてもらえるものかって。わたしがまだ小さかったから哀れんでもらえただけで、いなくなったとしてもすぐに哀しみなんて忘れてしまうんだって。

でも、時どきジョナサンがわたしを憎んでるのを忘れたみたいに親切で優しくなることがあったのよ。代わりに本物のジョナサンが顔を見せたみたいにね。あの夜わたしが沈床園にまで付いていってしまったのも、その日ずっとジョナサンがわたしに優しくしてくれてたからだと思う。自分のおこづかいでわたしにお菓子を買ってきてくれたし、わたしが床に林檎《りんご》のプディングを落としたら自分の分をわけてくれたのよ。その夜、ジョナサンがわたしを起こして、見せたいものがあるって言ったの。ふたりだけの特別な秘密なんだって。みんなもう寝静まっていて、わたしたちは手を繫いで足音を立てないようにしながら、沈床園に歩いていった。そして、壁に開いた穴を見せられたの。怖かった。入りたくなかった。でもジョナサンは、もし中に入ったら見たこともないような夢の世界が見られるって言うの。ジョナサンが先に入って、わたしは付いていった。最初は、何も見えなかったわ。暗くて、蜘蛛がいるばかりで。でもやがて木や花が見えて、林檎の花と松の匂いがした。ジョナサンが広場でぐるぐると踊り回りながら、わたしにも一緒に踊ろうって言った。

だから、そうしたの」

少女は、しばらく口をつぐみました。デイヴィッドは、続きをじっと待ちました。

「そこでは、男がひとり待ってた。ねじくれ男が、岩に腰かけていたわ。わたしを見つめて舌なめずりをすると、男がジョナサンに言った。

『さあ、教えてくれ』

『この子はアンナだよ』ジョナサンが答えた。

『アンナか』ねじくれ男は、まるで自分がその響きを好きかどうか確かめるみたいに声に出して言った。『ようこそ、アンナ』

そして座っていた岩から飛び上がるとわたしを両腕で抱きしめて、ジョナサンと同じようにぐるぐると回り出したのだけれど、それがすごい速さだったものだから地面に穴が開いて、わたしたちはミミズや甲虫がいる木の根や土の中を通り抜けて、この世界の地下を走るトンネルの中に出たの。わたしはわんわん泣いたけど、ねじくれ男はどんどん走り続けて、やがてこの地下の隠れ家にやってきたのよ。

それから――」

彼女は言葉を止めました。

「それから?」デイヴィッドが身を乗りだしました。

「わたしは、心臓を食べられてしまった」消え入るような声で、少女が言いました。

デイヴィッドは、血の気が失せるのを感じました。あまりのおぞましさに、倒れてしまうのではないかと思ったほどです。

「あの男が爪でわたしの胸を引き裂いて手を突っ込んで、心臓を掴みだして、目の前で食べてしまったのよ」彼女が言葉を続けました。「痛かった、本当に痛かった。あまりに痛くてたまらなくなって、わたしは自分の肉体を離れてしまった。死んだ自分を見下ろしながら昇ってゆくと、光が見えて、声が聞こえたの。そうしたらガラスがかぶさってきてこの瓶に閉じ込められて、その日からこの棚にずっと捕まっているのよ。次に姿を現したジョナサンは冠《かんむり》をかぶってて、自分のことを王様だと言っていたけれど、ちっとも楽しそうには見えなかった。びくびくしてて、哀れな顔をして、それっきりそのとおりの人になってしまった。わたしはといえば、睡くないから一度も睡ってないの。お腹が空かないから何ひとつ食べてないの。喉も渇かないから水一滴飲んでないの。ただひたすら、何日経ったのか、何年過ぎたのかも分からないままここにいるしかないんだわ。ジョナサンの顔に刻まれた年月を見る以外にはね。でも、ここに来るのはたいていあの男のほうばかりよ。あの男も前より年老いていて、それに病気なの。わたしが消えてゆくように、あの男も弱っていっているんだわ。いつだったか、寝言を言ってるのを聞いたわ。今あいつは、次の誰かを探しているのよ。ジョナサンの代わりになる誰かを、そしてわたしの代わりになる誰かをね」

デイヴィッドはもう一度向こうの部屋に視線を移すと、上の膨《ふく》らみにほとんど砂がなくなった、あの砂時計を見つめました。もしかしたらあれはねじくれ男の人生の終わりまで、日を、分を、時を刻み続ける砂時計なのではないでしょうか？　新しい子供を連れてくることができると砂時計がひっくり返り、新たに時を刻みはじめるのではないでしょうか？　いったいあの砂時計はこれまで何度、ひっくり返ってきたのでしょう？　埃や黴《かび》に覆われてこそいるものの、棚にはたくさんの瓶が並んでいます。どの瓶にもその昔、誰か子供の魂が閉じ込められていたのでしょうか？

取引。それはねじくれ男にその子供の名前を伝え、自らを破滅へと追い込むこと。本当ならば守ってやらなくてはいけない、か弱い弟妹や友だちのような、自分を頼もしく思い信頼し、尊敬し、いずれ少年時代が終わって大人になるまでずっとそばにいてくれる誰かを裏切ってしまった苦しみに付き纏われながら生きる、権力なき支配者になることなのです。一度その取引を交わしてしまえば、もう後戻りはできません。自分の犯したひどい過ちを知りながら、懐かしい暮らしに戻ったりすることは、誰にもできはしないのです。

「僕と一緒に行こう」デイヴィッドが言いました。「こんなところに、もう一分だって置いておけないよ」

少女の入った瓶を棚から持ち上げます。蓋《ふた》にはめられたコルクは、デイヴィッドがどれだけ力を入れても開こうとはしませんでした。顔がまっ赤になるほど頑張っても駄目なのです。デイヴィッドがきょろきょろと見回してみると、部屋の隅に古びた袋がひとつ落ちているのが目に留まりました。

「君をここに入れておこう」デイヴィッドは少女に声をかけました。「誰かに見られるといけないからね」

「ありがとう」アンナは答えました。「わたし、怖くないわ」

デイヴィッドは瓶をそっと袋に入れると、それを肩に担ぎました。しかし、彼がその場を立ち去りかけたその時、部屋の隅にある何かが目に飛び込んできたのです。それはデイヴィッドと木こりが王との謁見の旅に出る前に捨てたはずの、彼のパジャマとガウン、そしてスリッパの片割れでした。今や遙か昔のことのように思えても、彼が置き去りにしてきたはずの人生の印が、こんなところに残されていたのです。そんなものがねじくれ男のねぐらにあるのは、とても我慢できません。デイヴィッドはそれらをまとめて抱えると、扉に隠れるようにして聞き耳を立てました。物音は何ひとつ聞こえません。デイヴィッドは深呼吸をして心を落ち着かせ、一気に駆けだしました。

29

ねじくれ男の秘密の王国と、そこに彼が隠した宝物のこと

ねじくれ男のねぐらはデイヴィッドが思い描くよりもずっと大きく、ずっと深くにありました。城の遙か地下に広がっており、錆《さ》びついた拷問道具や死んだ少女の亡霊を閉じ込めた瓶などとは比較にならぬほど恐ろしいものがしまわれた部屋もごろごろありました。これはねじくれ男の世界の中心、あらゆるものたちが生まれ、あらゆるものたちが死に果てるところなのです。最初の人類が世界に生まれた時、ねじくれ男もまた生まれました。言ってみれば人々が彼に命と目的とを与え、すべての物語を知る彼はその見返りに、伝えるべき物語を人々に授けたのです。細部のあちらこちらを大きく変えているものの、自分を描いた物語も彼は用意していました。その物語の中では子供たちではなく、ねじくれ男の名前が隠されているのです。しかし、これは彼のおふざけというもの。というのは、ねじくれ男には本当は名前などないのです。誰もが好きなように彼を呼ぶわけですが、この男はもう気が遠くなるほど年をとっているわけですから、いまさら誰にどう呼ばれようが構いません。トリックスター、ねじくれ男、ルンプ

ル――。
　ルンプル――何だったでしょう？　まあ、今は置いておくとしましょう……。
　ねじくれ男にとって大事なのは、子供たちの名前だけなのです。彼が己の世界に与えた物語には、ひとつの真実がありました。使いかたさえ間違えなければ名前が力を持つのですが、ねじくれ男はそれをどう使えばいいのか深く深く知っているのです。彼のねぐらの中でとある部屋を覗けば、それがよく分かります。そこには、失われた子供たちの名前が記された頭蓋骨が数えきれないほど転がっています。それほどたくさんの取引を、彼は子供たちと交わしてきたのです。ねじくれ男はそのひとりひとりの顔と声をよく憶えており、折に触れて子供たちの名前の果てに囲まれて立ち尽くしては彼らの思い出を呼び起こし、室内を子供たちの影で――失われた少年や少女たちが両親恋しさにすすり泣く声で満たすのです。それは忘れ去られ、そして裏切りを受けた子供たちの合唱なのでした。
　過去に語られた物語やこれから語られる物語の数々は、ねじくれ男にとって財宝の山でした。細長い地下室には分厚いガラス瓶がずらりと並べられており、そのひとつひとつに、腐らないよう骸《むくろ》が黄色い液体に浸されているのです。ほら、こちらに来てご覧なさい。ガラス瓶に息がかかって白く曇るほど顔を寄せれば、瓶の中にでっぷりと太って頭が禿《は》げた男の白く濁《にご》った瞳が見えるはず。もうずっと昔に息を吸うのも吐くのもやめてしまったというのに、まるでこの男が呼吸をしているようではありませんか。彼の皮膚が破れ、焼けただれた様子をご覧なさい。口や喉が、お腹や肺が、ぶくぶくと膨れ上がっている様子をご覧なさい。ねじくれ男が大のお気に入りにしているこの男の物語を、あなたも聞いてみたいとは思いませんか？　これは本当に、本当に、聞くもおぞましい物語なのです……。

　さて、この男は名前をマニウスといい、それはそれは強欲な地主でした。持っている領地は広大で、片端から飛び立った鳥が一昼夜かけて空を飛んでももう片端まで辿《たど》り着けないほどでした。自分の畑を耕したり、領地の村々に住んだりする人びとからは、とてもたくさんの代金を取っていました。ちょっと領地に足を踏み入れただけの人びとからもお金を取るものですからマニウスは巨万の富を築いていたのですが、それだけでは満足せず、さらに裕福になる方法はないものかと彼はずっと頭を悩ませていました。もし花の蜜を吸いに来た蜂や、地面に根を下ろした木からもお金を取れたなら、マニウスは迷わずそうしたでしょう。

　ある日、マニウスが自分の領地でもっとも大きな果樹園を歩いていると、とつぜん地面がもこもこと盛り上がって、あのねじくれ男が飛びだしてきました。地下にトンネルを張り巡らすのに、忙しく働き回っているところだったのです。ねじくれ男の着ているものは泥だらけで汚れていましたが、金のボタンと金の縁取りが光っており、腰につけた短剣にはルビーやダイヤがちりばめられていました。マニウスはそれを見て取ると、ねじくれ男に言いました。

「ここはわしの領地だ。地上のものも地下のものもわしのものなのだから、その下に道を掘るのであれば金を払ってもらわなくてはならんぞ」

　ねじくれ男は、腹に一物ありそうな顔をして顎をさすると言いました。「なるほど、一理ある。では、見合った金を払ってやろう」

マニウスはそれを聞くと、満面の笑みを浮かべました。「今夜はわしのためにご馳走を用意する手はずになっていてな。食前と食後にテーブルに載ったご馳走の重さを量るから、わしが食べたのと同じ重さの分だけ黄金を持ってくるんだ」

「腹一杯の黄金というわけか」ねじくれ男が言いました。「いいだろう。じゃあ今夜お前のところに行って、お前が食った分だけ黄金をやるとも」

話がまとまるとふたりは握手を交わし、そこで別れました。その夜ねじくれ男は、食べて食べて食べまくるマニウスを眺めていました。マニウスは七面鳥を丸々二羽とハムを一本食べると、ジャガイモと野菜料理をボウル何杯もおかわりし、さらに大きな器に入ったスープを飲み干すと、そのうえ果物とケーキとクリームを大皿何杯分も平らげたばかりか、高級ワインを次次とグラスに注いでは胃袋に流し込んでいきました。食事の前に入念に料理の重さを量っていたねじくれ男は、彼が食べ終わると、わずかばかりの残飯を量りました。その差たるや実にすさまじく、黄金に換えたなら畑千枚でも楽々買えそうです。

マニウスは、大きなげっぷをしました。もうくたくたで、瞼《まぶた》を開けるのもつらいほど疲れ果てています。

「さあ、約束の黄金はどこにある？」彼が訊ねました。しかしねじくれ男の姿はどんどんぼやけはじめ、部屋がぐるぐると回転しだしたかと思うと、答えもまだ聞いていないというのにマニウスは睡《ねむ》りに落ちてしまったのです。

目が覚めてみると、彼は薄暗い地下室に置かれた木の椅子に、鎖で拘束されていました。□

は金属の万力でこじ開けられ、頭上にはぐつぐつと音を立てて煮える大釜が吊るされています。彼の真横に、ねじくれ男が姿を現しました。「わしは約束を守る男だよ。さあ、腹一杯の黄金をやろうじゃないか」

大釜が傾き、溶けた黄金がマニウスの口の中へと注がれ、肉を焦がし骨を焼きながら、喉の奥に流れ込んでいきます。想像を絶するほどの痛みですが、マニウスはすぐ死んだりしませんでした。ねじくれ男は拷問を長引かせるため、死を遅らせる方法をよく知っているのです。彼は黄金を少しだけ注ぐと、まずそれが冷えるのを待ってから次にまたすこし注ぎ、そうして黄金がマニウスの奥歯に迫るほど満ちてしまうまで、延々とそれを続けたのでした。もちろんねじくれ男もずっと彼を生かしておけるわけではありませんから、そのころにはマニウスもとっくにこときれてしまっておりました。そうしてマニウスは数えきれないほどのガラス瓶と一緒に、部屋にしまわれることになったのでした。ねじくれ男は時おりそこを訪れ、自らの悪ふざけが生みだした最高傑作を眺め、追憶に浸っては笑みを浮かべるのでした。

ねじくれ男の住処《すみか》には、そんな物語が山ほどあるのです。千の部屋がそれぞれ千の物語を持っているのです。ある部屋には、テレパシーを持つ蜘蛛《くも》が無数に飼われています。とても年老いていて、とても賢く、そしてとてもとても大きな蜘蛛で、全長四フィートほどもあるうえに、たった一滴を井戸に垂らしただけで村をひとつ全滅させられるほどの強い毒を持つ牙を生やしているのです。誰かがトンネルに入り込んでくると、ねじくれ男はその蜘蛛たちを放ちました。蜘蛛たちは侵入者を見つけると糸を吐きだしてそれを捕まえ、巣を張り巡らせた部屋へと連れ帰り、肉を喰らい、少しずつ体液を吸いながら、じわじわと死に追いやってゆくのです。とある衣装部屋にはひとりの女が何もない壁に向かって腰かけ、延々とその長い銀髪を櫛《くし》でとかしています。ねじくれ男は誰かに腹を立てると、相手をその女のところに連れていきました。女が振り向くと、鏡のようなガラスの瞳に映る自分の姿が見えました。そこに映しだされるのは自らの死の瞬間で、人は自分がいつどんな最期を迎えるのかを知ることになるのです。あなたがもし、そんなことを知ったからといってどうということはないと思うのなら、それは大間違いというもの。人は、自分がいつどのように死ぬのかを知ってはいけないのです（誰もが心のどこかで、永遠の命を願っているものですから）。そうしたことを知ってしまった人間は、睡ることも、食べることも、そして人生が与えてくれるどんな喜びも享受することができなくなり、自分が目にした光景に苦しみ続けるしかなくなってしまうのです。人生は楽しみのない、ひたすら恐怖と寂寥《せきりょう》ばかりに満ちた生ける死へと変わり果て、やがてそれが終わりを迎えるころには、解放される喜びさえ覚えるようになるのです。

寝室には、一糸纏《まと》わぬ姿をしたひと組の男女がおり、ねじくれ男は子供たちをそこに連れていきました（彼に命を与えてくれる特別な子供たちではなく、村からさらってきたり、森で道が分からなくなり迷子になったりした、普通の子供たちです）。すると男女は寝室を包む暗がりの中、子供たちが聞いてはいけない話を、夜に子供たちが寝静まってから大人たちが深い夜闇の中で何をしているのかを、その子供たちに囁《ささや》いて聞かせるのです。そうすると、子供たちの中で幼い自分が死んでしまうのです。準備も整う前に無理やり大人にさせられ、無垢さを略奪され、毒々しいイメージに心が押しつぶされてしまうのです。やがてその子供たちは邪《よこしま》な大人に成長し、自らが受けたむごい仕打ちを己の手で広めてゆくのでした。

飾り気のない質素な鏡だけが置かれた明るい部屋もありました。初夜を迎えて睡る夫婦をねじくれ男が訪れ、花婿か花嫁をさらってきて鏡の前に座らせると、そこに伴侶《はんりょ》が隠しとおしたいと願う後ろ暗い秘密があますことなく映しだされるのです。それまでに犯した罪悪や密かに犯したいと願っている罪悪、そして心を苛《さいな》む過去の不実や、これから起こし得る不実が映しだされるのです。それが済むと元いたベッドに連れもどされるのですが、目が覚めるころには部屋のことも、鏡のことも、ねじくれ男にさらわれたこともすっかり忘れてしまっています。思いだせるのは、自分が愛し、その見返りに愛してくれていると思っていたはずの相手が、信じていたとおりの姿ではなかったのだということだけ。すると人生は疑念と裏切りへの恐怖とで、すっかりぼろぼろになってしまうのでした。

よく澄んだ水に似た液体が張られた大きなプールがいくつもある大広間では、ひとつひとつのプールに王国の各地が映しだされていました。これが、城からどんなに離れたところのできごとだろうとねじくれ男が知り尽くしている秘密でした。このプールの中に飛び込めば、そこに映る場所に実体となって現れることができるのです。空気が揺れ動いて輝いたかと思うと、そこからにゅっと腕が突きだし、次に脚が、そして最後に顔と曲がった背中が現れ、ねじくれ男は城の地下深くから遠くの部屋や野辺まで、瞬時に移動することができるのです。ねじくれ男は、とりわけ大家族を持つ誰かを連れ去ってきては、この大広間に鎖で宙づりにしていたぶるのが大のお気に入りでした。彼らの見ている目の前で家族たちの元へと飛んでいき、ひとり、またひとりと殺してゆくのです。ひとり殺すたびに大広間に戻ると、命乞いをする囚われ人の慟哭《どうこく》に耳を傾けるのですが、どんなに泣き叫んで慈悲を乞おうとも、ただのひとりたりとも見逃したりはしないのです。そうしてついに皆殺しにしてしまうと、すっかり打ちひしがれた囚われ人をもっとも深く暗い地下室へと連れてゆき、孤独と悲嘆のうちについに気がふれてしまうまで、そこに置き去りにするのでした。

小さなものも、大きなものも、あらゆる悪事はねじくれ男にとって、パンに塗るバターのようなもの。張り巡らしたトンネルとこのプールとを使ってねじくれ男は他の誰よりも己の世界を深く知り、そこで得た知識によって、裏から王国を支配する力を手に入れるのです。そしてねじくれ男はずっともうひとつの世界、つまり私たち人間が棲まう世界の影の中に潜み、少年少女たちの心を壊して守るべき相手に無理やり裏切りを働かせ、王や女王として己のそばに束縛してきたのでした。もし脅されるのに嫌気がさして反逆する子供がいれば、ねじくれ男は、いつか必ず取引の犠牲となって瓶に閉じ込められた哀れな子供たちを生き返らせ、ふたり一緒に自由にしてやると約束してみせました（たとえばジョナサン・タルヴィーのように、ねじくれ男との契約が過《あやま》ちであったとすぐさま察した子供たちがほとんどでした）。

しかし、そのねじくれ男の手に負えないこともありました。よそ者を連れてくると、この世界に変化が起こるのです。子供たちの抱く恐怖や、夢や、悪夢といったものが、こちらの世界で現実になってしまうのです。ループたちは、そうやって命を手に入れたのでした。ジョナサンはとても幼いころから、人間のように歩いて言葉を話す狼や獣《けだもの》たちが出てくる物語が、嫌で嫌でたまりませんでした。ねじくれ男がジョナサンを王国へと連れてきた時にその恐怖もついてきて、狼たちが変容を始めてしまったのでした。狼たちは、まるでジョナサンが胸に秘めたねじくれ男への憎悪が形を取ったかのように、彼を恐れもせずにどんどん数を増やしていきました。ねじくれ男はその勢力を利用できないものかと願っていましたが、今や群れは王国にとって最大の脅威となっているのでした。

しかし、デイヴィッドという名の少年は、ねじくれ男がそそのかした他の子供たちとは違いました。怪物と、茨の城に住む女を退治してしまったのです。デイヴィッドは気付いていませんでしたが、そうした存在は彼自身が抱く恐怖が姿形をとって生みだされたものだったのです。ねじくれ男を驚かせたのは、そんな恐怖の権化に立ち向かうデイヴィッドの姿でした。デイヴィッドは怒りと哀しみを力にして、年上の男たちでもできなかったことを成し遂げてしまったのです。少年は強かったのです。恐怖を克服してしまうほどに強かったのです。そして今や、憎悪や嫉妬心を克服しようとしはじめてすらいるのです。もしそんな少年を思うがままにできたなら、きっと偉大なる王が誕生するに違いありません。

しかし、ねじくれ男には時間がありません。早く、新たな子供の命を食い物にしなくてはいけないのです。ジョージーの心臓を喰らえば、その寿命を我がものとできるのです。ジョージーが百歳まで生きる定めであればねじくれ男が代わりとなってその百年を生き、ジョージーの魂は小瓶の中に囚われるでしょう。ねじくれ男は固く狭いベッドで睡りながら、彼の放つ光を吸い込んでゆくのです。

あの砂時計が刻むねじくれ男の命は、あと一日も残されていません。真夜中を迎えるよりも先に、デイヴィッドから腹違いの弟の名を聞きださなくてはいけないのです。今、プールの大広間に腰かけたねじくれ男は、城を取り巻く山々の上に現れたいくつもの影を見て、ずっと長い間感じていなかった本物の恐怖を胸に覚えていました。一刻の猶予も許されない、計画の最後の仕上げにかかるところだというのに。

山頂に群がりだした狼たちは、今にも城へと押し寄せてくるに違いありません。

迫り来る狼の軍勢にねじくれ男が気を取られている隙に、デイヴィッドは小瓶に囚われたアンナを連れて入り組んだトンネルをくぐり抜け、玉座の間へと駆け戻りました。タペストリーに隠された扉へと近づくと、男たちの叫び声や、荒々しい足音や、武器や鎧《よろい》がぶつかり合う金属音が聞こえてきました。デイヴィッドは、もしかしたら自分がいなくなったせいで騒ぎになっているのかもしれないと思うと、部屋を留守にした理由を必死に考えはじめました。タペストリーの端から外を覗くとすぐそばにダンカンが立っており、胸壁を固め、すべての出入り口を封鎖するよう兵士たちに指示を出していました。彼が背を向ける瞬間を見計らってデイヴィッドは陰から飛びだすと、上階の回廊に続く階段に向けて一目散に駆けだしました。彼の姿に気付いていても、誰ひとり気に留めようともしません。デイヴィッドは、自分が騒動の原因ではないのだと確信しました。寝室に駆け込んだデイヴィッドは扉を閉め、アンナの亡霊を閉じ込めた瓶を入れた袋を肩から降ろしました。ねじくれ男の住処《すみか》から城へと移動する短い間にもアンナの放つ光は弱まり、彼女は今や以前よりも顔を青ざめさせて瓶の底にぐったりとしているのでした。

「どうしたの？」デイヴィッドが訊ねました。

アンナが右手を挙げると、その手は今にも消え入りそうなほどに透きとおっていました。

「力が入らないの」アンナが言いました。「自分が自分じゃなくなっちゃうみたい。もう消えてしまいそう」

デイヴィッドには、かける言葉も見つかりませんでした。彼はアンナの隠し場所を探すと、大きな衣装だんすの隅の暗がりに決めました。ずっと昔に張られた蜘蛛の巣に、抜け殻になった昆虫の死骸がかかっているばかりで、他には何も見当たりません。しかし、そこに瓶を置こうとすると、アンナが彼を呼び止めました。

「やめて、こんなところ嫌よ。何年もずっと暗闇にひとりで囚われていたんだもの、もう暗いところは嫌。森や人間が見えるように、どうか窓辺に置いて。静かにしてるし、そんなところにわたしがいるなんて誰も思わないわ」

そこでデイヴィッドが窓をひとつ開けてみると、外には装飾の施された鉄のバルコニーが取り付けられていました。ところどころ錆《さ》びており手が触れると崩れましたが、瓶を載せておくくらいなら大丈夫そうです。バルコニーの片隅にデイヴィッドがそっと瓶を置くと、アンナはガラスに貼り付くようにして外を眺めました。出会って初めて、彼女が笑みを浮かべます。

「すごい、何て綺麗なの」彼女が声をあげました。「あの川も、向こうの森も、あっちにいる人びとも。デイヴィッド、ありがとう。ずっとこの景色が見たかったのよ」

しかし、デイヴィッドは聞いていませんでした。彼女が話している最中にそびえ立つ山々からいくつもの咆吼《ほうこう》があがり、黒や白や灰色をした数えきれないほどの影が辺りに蠢《うごめ》きはじめたのです。城を見下ろすいちばんの高みには、衣服を纏って後肢《あとあし》で立つループの姿が見えました。ループたちと前線の狼たちとの間を、伝令の狼たちが駆け回っています。

「何が起こってるの?」アンナが訊ねました。

「狼たちが来るんだ」デイヴィッドが答えました。「王様を殺して、この王国を乗っ取るためにね」

「ジョナサンを殺すですって?」アンナが悲鳴をあげました。その声に浮かんだ恐怖に、デイヴィッドは狼たちから視線を離し、消え果ててしまいそうな少女の姿をまた見つめました。

「そんな目に遭わされたのに、どうしてあの人をそんなに心配するの?」デイヴィッドが言いました。「あの人が君を欺《あざむ》いたから、君はねじくれ男に喰われてあの地下室に置き去りにされたんだろう? 僕だったら、憎しみ以外は何も感じないよ」

アンナは首を横に振りました。刹那《せつな》、彼女の姿がそれまでよりもずっと年老いて見えました。少女の姿をしてはいても、見た目よりも遥かに長く生きてきているのです。あの暗い地下室の中で、彼女は知恵と忍耐、そして寛容さを身に付けていたのでした。

「わたしにとっては兄さんだもの」彼女が力強く言いました。「自分が何をされても、大切に想う気持ちは変わらないわ。取引をしたころはまだ幼くて、怒りに駆られ、知恵も足りなかったのよ。もし時計の針を巻き戻してすべてなかったことにできるなら、兄さんはきっとそうするわ。傷つくところなんて見たくない。それに、もしあそこの兵隊さんたちが負けて、人間の代わりに狼たちが人びとを支配するようになってしまったら、どんなことが起こると思う？城壁の中の人びとを片っ端から八つ裂きにして、お城に残されたわずかな善意もすっかりなくなってしまうことでしょう」

話を聞きながらデイヴィッドは再び、ジョナサンがなぜこの少女を陥れたりできたのかと不思議になりました。きっと強烈な怒りと哀しみに囚われるあまり、我を失ってしまったのに違いありません。

デイヴィッドは、群れ集まる狼たちの姿を眺めました。彼らの目的はただひとつ、城を乗っ取り、王を、そして王に味方するすべての人びとを根絶やしにしてしまうことです。しかし壁は分厚く高くそびえ立ち、城門はどれもがっしりと狼たちの行く手を阻んでいます。ごみ出しのために城壁に取り付けられた悪臭のする小扉は衛兵たちが見張り、屋上や窓には武装した男たちが立っているのが見渡せます。狼の軍勢は城兵たちを遥かに上回る勢力でしたが、デイヴィッドの見る限り、城外の彼らが中へと侵入できる道はひとつとして残されていません。膠《こう》着《ちゃく》した状況が続く間にも、狼たちはしびれを切らして咆吼し、ループたちは次から次へと伝令の報告を受け取り続けました。しかし、何も動きはしません。城は難攻不落のまま、そびえ立っているのでした。

30 衰えるねじくれ男とリロイが森の端《は》で出くわしたこと

城の地下深くでねじくれ男は、少し、また少しと減ってゆく自分の命の砂時計を見つめていました。その姿は、どんどん衰え続けていました。肉体は、崩壊しはじめていました。歯はぐらぐらと歯茎から浮き、唇からは苦痛の声が弱々しく漏れています。よじれた爪からは血の滴《しずく》が滴《したた》り、眼球は黄ばんで涙に潤《うる》んでいるのです。肌はかさかさに乾いて強ばり、そこを引っ掻くとぱっくりと傷口が開いて筋肉や腱《けん》が顕《あら》わになりました。関節が痛み、髪は束になって頭から抜け落ちていきます。しかし死を目前にしても、ねじくれ男は取り乱しませんでした。彼の歩んできた長く恐ろしい生涯の間には、もっと死に近づいたこともたびたびあったのです。せっかくさらってきた子供が裏切りを行おうとせず、人形のように玉座に座っているだけで、彼の言いなりになって国を治めようともしなかったことが。しかしそれでも最後には、そんな子供たちを壊してしまう方法を見つけだしたり、でなければ——彼はこのように考えるほうが好きなのですが——子供たちが自ら壊れてしまうように仕向けることができたのでした。

ねじくれ男は、人間とは生まれつき何か邪《よこしま》なものを内に秘めてこの世に生を享《う》けるもので、問題はそれが子供のころに見つかるかどうかだけなのだと信じていました。あのデイヴィッドという少年は、彼が出会ってきた他の子供たちと同じくらいの怒りと傷を持っているというのに、それでも言いなりになろうとはしません。そろそろ、最後の賭けに出る時です。何を成し遂げようと、どれだけの勇気を見せようと、あの少年はまだ子供ではありませんか。家を遠く離れ、父親や慣れ親しんできたものとも引き離され、心の中では恐怖と孤独に苛《さいな》まれているに違いないのです。その恐怖を耐え難いほどに増大させられたなら、デイヴィッドも家に残した赤子の名を口にし、ねじくれ男は命を長らえることができるでしょう。そして、やがてデイヴィッドの代わりになる子供を新たに探しはじめればよいのです。鍵は、恐怖。ほとんどの人間は死を眼前に突き付けられると、命を繋ぐためになんでもしてみせるのだと、ねじくれ男は知っています。泣き喚《わめ》き、命乞いをし、人殺しをし、自分の身を救うためには人を裏切ってすらみせるのです。もしあの少年に死を恐れさせることができたなら、きっとこちらが望むものを差しだしてくれるはずなのです。

人類の記憶と同じくらいの年月を経たこの奇妙なねじくれ男は、景色を映しだすプール、砂時計、蜘蛛《くも》の群れ、死を映す瞳などで溢《あふ》れた住処《すみか》を後にすると、己の棲まう世界の地下を蜂の巣のように広がる大きなトンネルの中に消えていきました。城の下を過ぎ、壁の下を過ぎ、その先にある庭園へと向かいます。

頭上から狼の吠え声が聞こえたのに気付いて顔を上げると、彼は自分が目指していた場所に到達したことを知りました。

デイヴィッドは、弱りきったアンナを置いていく気になれずにいました。背を向ければ彼女が完全に消え果ててしまうような気がして、恐ろしかったのです。一方、ずっと長い間暗闇の中に囚われていた彼女は、デイヴィッドがそばにいてくれるのが嬉しくてなりませんでした。彼女はデイヴィッドに、ねじくれ男と過ごした長い年月のことや、彼が行ったひどい悪行の数々や、彼に逆らった人びとがどれほどひどい拷問や罰を受けたのかを話して聞かせました。そしてデイヴィッドは死んでしまった母親の思い出や、ローズやジョージーと住んでいた屋敷の話をしました。両親の死後に自分も少しだけそこに住んでいたアンナは、屋敷の話を聞くとそれまでよりも明るい輝きを放ち、家のことや、そばにある村のことや、彼女が消えてからどれほど辺りが変わったかを、次々と彼に質問するのでした。デイヴィッドは戦争について教えると、大きな軍隊が何もかも壊しながらヨーロッパを侵略しているのだと伝えました。

「つまりあなたは戦争を逃れて、またここで違う戦争のまっただ中に来てしまったのね」彼女が言いました。

デイヴィッドは、城を目指して渓谷《けいこく》や山々を進んでくる狼の軍勢を見下ろしました。黒や灰色の狼たちは分を刻むごとにどんどん数を増やしながら、城を取り巻いていきます。フレッチャーと同じく、デイヴィッドがもっとも目を瞠《みは》ったのは狼たちの統率が取れ、よく訓練されている様子でした。群れはもっともろく、ループたちがいさえしなければ、食料を漁って争いながら散り散りに引っ込んでいくものとばかり思っていたのです。しかし自らの本性を打ち壊したループたちは、同じように狼たちの本性も壊してしまっていたのです。今や狼たちは、自分たちこそ他の四つ足の獣《けだもの》たちよりも高等な存在なのだと自負していましたが、現実に起こっているのは、それよりもっと恐ろしいことでした。狼たちはもう不純な、人と獣の間に存在する変異体になっていたのです。ふたつの顔がせめぎ合って争うループたちの心とは果たしてどんなものなのだろうかと、デイヴィッドは不思議に思いました。確かに彼はリロイの瞳に、狂気のようなものを見たのです。

「ジョナサンは屈したりしないわ」アンナが言いました。「お城に入ったりなんて、できるもんですか。無駄なのに、狼たちはなぜ帰らないの？　いったい何を待っているの？」

「機を窺《うかが》っているのさ」デイヴィッドが答えました。「もしかしたらリロイとループたちには何か計画があるのかもしれないし、王が何か過ちを犯すのを待っているのかもしれない。とにかく、後戻りはできないさ。こんな大群をまた集めることなんてできるわけがないし、これに失敗したなら生き延びられないだろうからね」

その時部屋の扉が開き、衛兵長のダンカンが入ってきました。デイヴィッドはバルコニーにいるアンナが見つからないよう、急いで窓を閉じました。

「王が面会を求めておられます」ダンカンは言いました。

デイヴィッドはうなずきました。城の中で鎧《よろい》に身を固めた兵士たちに囲まれていれば安全なはずですが、ベッドの支柱にかけておいた剣とベルトを手に取り、ベルトを腰に巻きました。

もうすっかり習慣になってしまっており、剣を横に提げていないと身支度が整っていないような気がして落ち着かないのです。ねじくれ男の住処へと赴いた後なのですから、なおさらです。あの苦痛と拷問の部屋の数々を目《ま》の当たりにした今となっては、武器が手元にないと心細くてたまりません。それにねじくれ男はやがて必ずアンナが消えたのに気付くでしょうし、間違いなく探しにやってくるはずです。デイヴィッドが関わっていると気付かれるのは、時間の問題というもの。怒れるねじくれ男と剣も持たずに向き合ったりなど、誰にできるでしょう?

デイヴィッドが剣を持つのを見ても、ダンカンは何も言いませんでした。むしろ、すべての荷物をまとめるよう言ったのです。

「この部屋にはもう戻りません」彼が言いました。

デイヴィッドは、アンナが隠れている窓の向こうを振り向きたい気持ちを必死に堪《こら》えました。

「どうして?」

「それを陛下が話されます」ダンカンが言いました。「先ほどもこちらに参ったのですが、あなたはおられなかったようでしたので」

「散歩に出ていたんだよ」デイヴィッドが言いました。

「決して出られぬように言われていたはずですぞ」

「狼たちの声が聞こえたから、様子が気になったんだよ。でもみんな忙しそうに駆け回ってるから、また戻ってきたんだ」

「恐れる必要はありません。城壁が破られたためしなどただの一度もないのです。武器を持つ人間にできぬことが、獣などにできましょうか。さあ、行きましょう。陛下がお待ちです」
デイヴィッドは荷物をまとめるとねじくれ男の住処《すみか》で見つけた服をそこに突っ込み、もう一度だけ窓のほうに視線を投げかけると、ダンカンの後に続いて玉座の間へと降りていきました。ガラス瓶を通して、まだアンナの放つ光が仄《ほの》かに輝いているような気がしました。

狼たちが敷く戦線の背後に広がる森から雪煙が立ちのぼり、続けて土と草が舞い上がりました。地面に穴が開き、そこからねじくれ男が飛びだしてきます。今まさに始まろうとしている危険な仕事に備え、その手にはいつもの、湾曲したナイフを握り締めています。狼たちと取引をする道など、ありはしません。群れを率いるループたちはねじくれ男の持つ力を知っていますし、彼らは互いにまったく信用し合ってなどいないのですから。それにねじくれ男はあまりにもたくさんの同胞たちを死に追いやった張本人で、とても許せません。もし仲間が彼のことを捕らえたならば、命乞いをする間も与えず殺してしまうに決まっています。ねじくれ男は息を潜めるようにしながら、前方に戦列が見えるまで前進していきました。狼たちは一頭残らず、死んだ兵士たちから略奪した軍服に身を包んでいます。雪の地面に描いた城の地図を取り囲んで進入路を探している狼たちの中には、パイプをふかしているものの姿もあります。既に何頭もの斥候たちが城壁に放たれ、入り込めそうな裂け目や割れ目、衛兵の立っていない穴や戸口がどこかにないか嗅ぎ回っているところでした。灰色狼たちはおとりとなり、城を守る弓兵たちの射程に入るとすぐに射殺されました。白狼たちは雪の中で目立たず、何頭か殺されはしたものの十分な数が城壁まで辿《たど》り着き、壁を調べ回ったり雪の地面を掘ったりしながら、どこかに抜け道がないか探し回りました。そして生き残った狼たちは、城が見た目どおり堅牢であることを報告するため戦線へと引き返してゆくのでした。

ねじくれ男は、狼たちの声や被毛の臭いが届くほどそばまで近寄ると、胸の中で言いました。馬鹿な自惚《うぬぼ》れ獣どもめ、いくら人間のように着飾り振る舞おうとも、獣の臭いを消すことすらできんお前らなぞ、他の種に憧れるだけの動物に過ぎんわい。ねじくれ男は狼たちが忌々《いまいま》しくてなりませんでした。そして、己の想像の力で新たな赤ずきんの物語を生みだし、あの狼たちをこの世界に生みだしたジョナサンのことも。ねじくれ男は、狼たちが辿る変容を警戒しながら目の当たりにしてきたのです。まずは少しずつ唸り声や咆吼《ほうこう》が人の言葉のような形を取りはじめ、人間のように二足で歩こうとして前脚を宙に持ち上げる、その様子を。それを見たねじくれ男は初め感嘆のような気持ちすら覚えたものですが、やがて狼たちはその顔付きまで変わりはじめ、生まれつき俊敏かつ用心深い頭脳がますます鋭く研《と》ぎ澄まされていったのです。それを知ったねじくれ男は狼たちを王国から根絶やしにするようジョナサンに迫りましたが、王がそれに乗りだした時にはもう何もかも手遅れでした。討伐のために派遣した兵士たちは返り討ちにあって皆殺しにされ、村々の住人たちはこの新たなる脅威に震え上がって高い壁を築き、夜になると扉も窓もがっしりと閉ざすようになってしまったのです。そして今や、半身半獣の生き物たちに率いられた狼の大群が、王国を己の手中に収めようと付け狙っているのでした。

「好きにするがいいさ」ねじくれ男は、小さな声でひとりごとを言いました。「王を連れて行くなら、そうすればいい。わしにはもう用済みだでな」

身を隠すようにして狼の将校たちを回り込んで進み、見張りをしている雌狼《めすおおかみ》を視界に捉えます。彼は軽い粉雪が舞い飛ぶ様子から風向きを察し、風下から忍び寄っていきました。飛びかかってくる彼の姿に雌狼が気付いた時には、もう遅すぎました。ねじくれ男はもう飛びあり、手にした刃を振り下ろすところだったのです。男は雌狼に飛びつくとすぐさま被毛と、その下についた肉の深くまでナイフで引き裂いてしまいました。悲鳴をあげたりできないよう、長い指でがっしりと彼女の鼻っ面を摑《つか》み、物凄い力で締め上げています。

彼女を殺してその鼻を戦利品に加えるなど造作もないことでしたが、彼はそうはしませんでした。深々と体を切り裂かれた雌狼が地面に倒れると、周囲に積もった雪がまっ赤な鮮血に染まりました。ねじくれ男が手に込めた力を緩めると雌狼は仲間に警告しようと、きゃんきゃんと鳴いたり大声で叫んだりしました。その苦痛の声を、群れの狼たちが聞きつけます。ここがいちばん危険なのだと、ねじくれ男には分かっていました。自分より体の大きな雌狼に飛びかかるよりも、ずっと危ないところなのだと。狼たちに自分の姿が見えるよう引き付けなくてはいけませんが、かといって手の届くほど近くまでおびき寄せたりしてはいけません。とつぜん、四頭の大きな灰色狼が山の端に現れると、警戒するよう残りの群れに向けて吠え立てました。その背後からは自ら勝ち取った見事な軍服に身を包んで、忌まわしいループが一頭やってきています。金色の飾り紐とボタンで飾られた真紅の上着に、以前の持ち主の血が少しだけ染みついた白いズボンといういでたちです。ループは黒い革帯に吊るした長いサーベルの柄に手をかけると、瀕死の雌狼を楽にしてやろうと、それを抜き放ちました。

そのループこそ、もっとも忌み嫌われ恐れられる将来の王、リロイでした。ねじくれ男は動きを止めると、突如として目の前に現れた最大の敵をじっと見つめました。遙かに年老いて、アンナの発する光とともに弱まり、命の砂時計が尽き果てようとしてはいても、ねじくれ男はまだまだ敏捷で力も強いのです。彼には、四頭の灰色狼たちを片付け、剣だけを武器にしてリロイを孤立させてしまう自信がありました。その後でリロイを殺してしまえば、彼の意志の力によってまとめられていた狼軍は、もはや烏合《うごう》の衆《しゅう》になることでしょう。他のループたちがいるとはいえ、彼らはリロイほど進歩しているわけではありません。そう時間もかからず、新王の兵たちの手で狩られることになるでしょう。

新王！　自分が何をすべきかを思いだすと、ねじくれ男ははっと我に返りました。リロイの背後にはさらに狼やループたちが姿を現し、南の方角に見回りに出ていた白狼たちも戻ってきています。刹那《せつな》、辺りは水を打ったように静まり返りました。狼たちは、瀕死の狼のそばに立つもっとも忌まわしい敵の姿を見つめました。ねじくれ男はだしぬけにその静寂を破って勝利の雄叫びをあげると、血に濡れたナイフを振り回して駆けだしました。狼たちもすぐさま追跡の興奮に目を血走らせながら、木々の合間を縫うようにして走りだします。中でもとりわけ俊敏で足の速い白狼が、逃げてゆくねじくれ男を阻もうとして飛びだしました。地面はゆっくりとした下り坂になっています。白狼はねじくれ男より十フィートほど高いところから両足で地面を蹴ると、標的の喉笛を掻き切ってやろうと爪を剝《む》きだしながら宙に身を躍らせました。しかしねじくれ男はそれを見逃さずにナイフを振り上げたままくるりと円を描くように身を躍らせ、頭上から襲いくる狼をすっぱりと切り裂いてしまったのです。死体になった狼が足元の地面に落ちてくると、ねじくれ男は走り続けました。あと三十フィート、二十フィート、十フィート。前方の地面には土と汚れた雪に縁取《ふちど》られたような、トンネルの入り口が待ち受けているのが見えます。しかし、もうひと息で辿り着こうかというその時、彼の左側に赤い閃光のようなものが走ったかと思うと、刃が宙を切り裂く音が聞こえたのです。ねじくれ男は咄嗟《とっさ》にナイフを突きだしてリロイのサーベルを受け止めましたが、リロイの力は彼が思っていたよりも強く、思わず足をふらつかせてあわや地面に倒れ込みそうになってしまいました。もし本当に転んでいたなら、すでにとどめを刺そうと剣を構えているリロイによってあっさり血祭りにあげられていたに違いありません。その剣の切っ先が腕を捉え損ねて服だけを切り裂くと、ねじくれ男は命取りの深手を負った振りをしてみせました。手にしていたナイフを取り落とし、右腕に開いた幻の傷口を左手で摑むようにしながらよろよろと後ずさります。ふたりの周囲を狼たちが二人の戦いを取り囲み、早くねじくれ男の息の根を止めろとばかりにリロイに向けて吠え立てています。リロイは顔を上げてひとつ唸ると、狼たちをぴたりと黙らせました。

「お前は致命的な過ちを犯したのだ」リロイがねじくれ男に向けて言いました。「城壁の中で大人しくしているべきだったのだよ。我らがあれを破るのは時間の問題だが、閉じこもっていればもう少し長生きできたのだ」

ねじくれ男はリロイの顔を見て笑いました。その顔に生える毛はもはやまばらで、鼻の穴もはっきりと分かれはじめており、ほとんど人間のそれに近づきつつあります。

「いいや、過ちを犯しているのは貴様のほうよ」ねじくれ男が言いました。「自分の姿を見てみろ。人ともつかず獣ともつかぬ、そのどちらにも劣る哀れな生き物に成り下がりおって。己の生まれつきを憎み、なれぬものに憧れた結果がそのざまよ。どんなに外見が変わり、手にかけた死体からどれだけ立派な衣服を剝ぎ取り纏《まと》おうとも、中身は変わらず狼のままなのさ。それに、もしその変容がもうすぐ終わり、頭のてっぺんから爪先までお前らの獲物とそっくりになったなら、どうなるか分かっておるのか？　人間と区別がつかなくなってしまえば、群れの狼どもはお前がお前だと分からなくなるのだぞ。お前は自分の望みを叶えることで己を破滅させるのさ。お前が嚙み殺した人間たちと同じように、狼どもの牙にかかって死ぬんだよ。ではな、雑種よ……その時までしばしの別れだ！」

そう言うやいなや、ねじくれ男は足から穴の中に飛び込み姿を消してしまいました。刹那《せつな》、いったい何が起きたのかリロイには分かりませんでした。怒りの雄叫びをあげようと口を開いたというのに、そこからは苦しげな咳のような音が漏れるばかりなのです。まるでねじくれ男の言うとおりリロイの変容が終わりに近づき、狼の声から人間の声へと移り変わっているかのようでした。咆吼を失った驚きを悟られぬよう、リロイは二頭の斥候に、トンネルの口へと進むよう合図を送りました。二頭が用心深く踏み荒らされた地面を嗅ぐと、片方の狼が穴の中に頭を突っ込み、下に待ち構えているねじくれ男を恐れるかのようにすぐさまそれを引っ込めました。そして何も起こらないのを確かめると、今度はもっと奥深くまで首を入れ、トンネル内部の臭いを嗅ぎました。中にはねじくれ男の臭いが漂っていましたが、すでに消えはじめているようでした。もう彼らから遠くに走り去ってしまっていたのです。

リロイは地面に膝を突いて穴をよく調べると顔を上げ、城と自分を隔てる山々に視線を向けました。どんな手が打てるのか、もう一度考えてみます。ずっと策を弄《ろう》してはいますが、城壁を破れる望みは薄らいでゆくばかりです。しかしすぐにでも攻撃を始めなければ、狼の軍勢は今よりもさらにしびれを切らし、腹を空かせてしまうでしょう。そうなれば、元々敵対していた群れ同士の衝突が持ち上がりかねません。諍《いさか》いが起こり、弱い狼たちは喰われてしまうのです。怒れる狼たちはリロイや仲間のループたちにも牙を向けるはず。そんなことはとても受け入れられません。動かなくては、それも今すぐに。もし城を落とせたなら、彼とループたちが新体制の計画を立てている間に、狼たちは倒した衛兵たちを喰らって腹を満たせるはず。おそらくねじくれ男はトンネルを通って城を離れることができるのは自分だけだとたかをくくり、狼たちや、あわよくばリロイすらも殺してしまおうと考え、いらぬ危険を冒したのかもしれません。理由はどうあれリロイにとっては、喉から手が出るほどに欲しい絶好機が訪れたのです。トンネルは狭く、せいぜいループや狼が一頭ずつしか通れないくらいの広さしかありません。しかしたとえ少数でも城内に入り込んで、内側から城門を開いてしまえたなら、衛兵たちは瞬《また》く間に大混乱に陥るはず。リロイは部下のひとりを振り返ると、号令を放ちました。

「斥候どもを城に送り込み、衛兵たちを引きつけよ。大隊は前進、灰色狼の精鋭を何頭か俺のところに寄こせ。攻撃を開始する！」

31　戦いと、ふたりの将来の王たちのこと

王は胸に顎を載せるようにして、力なく玉座に沈んでいました。その様子はまるで睡《ねむ》っているかのようでしたが、デイヴィッドが近づいてみると老王は両目を開き、ぼんやりと床を見つめているのでした。膝の上に置かれた『失われたものたちの本』の表紙に片手を置いています。玉座の四隅にはひとりずつ衛兵がついており、扉や上階の回廊はさらに大勢の衛兵たちが固めておりました。近づいてくる自分たちの姿に気付いた王に上目遣いの視線を向けられたデイヴィッドは、その顔を見て胃が締め付けられるような気持ちになりました。それは、身代わりを差しだす以外に処刑を免《まぬが》れる道はないと宣告された人間の顔であり、王の眼差《まなざ》しは、まるでお前こそがその身代わりなのだとデイヴィッドに告げているようだったのです。ダンカンは玉座の前で立ち止まりお辞儀をすると、ふたりを残して下がりました。王はふたりの話が聞こえないよう衛兵たちにも下がるように伝えると、温かな表情を取り繕《つくろ》おうとしました。しかし、瞳は嘘をつきません。そこには絶望と、敵意と、狡猾《こうかつ》さが光っていたのです。

「本当ならば、もっと落ち着いて話ができればよいのだけどな」王が口を開きました。「すっかり城は囲まれてしまっているが、なに、恐るるに足らん。連中はただの獣《けだもの》に過ぎんし、我らには到底敵《かな》いやせんのだからね」

王はそう言うと「こっちにお寄り」とデイヴィッドを指で招きました。

デイヴィッドは、玉座へと続く石段を登りました。ふたりの顔が、同じ高さになります。王は玉座の肘掛けに指先を滑らせながら、時どきその見事な装飾を確かめるように指を止め、ルビーやエメラルドをそっと撫でました。

「どうだね、見事な玉座だと思わんかね?」王が訊ねます。

「素晴らしいです」デイヴィッドがそう答えると、王はまるで彼が本気なのかどうかを確かめるかのように、鋭い視線をさっと走らせました。そして、デイヴィッドの表情に何も浮かんでいないのを見て取ると、何も言わずに話を進めたのです。

「この世界が創られたころから、数多《あまた》の王や女王たちがこの玉座から世を治めてきたのだよ。その王たちにひとつ共通点があるのを知っているかね? 教えてあげよう。それはひとり残らずこの世界ではなく、お前の世界からやってきたのだということだよ。お前の、そしてわしの世界さ。支配者がひとり死ねば、新たな支配者がふたつの世界の境を越えてきて、この玉座に就く。それがこの世界の慣わしで、選ばれるというのは誉れ高きことなのだ。そして今やこの玉座は、お前のものだ」

デイヴィッドが答えないのを見ると、王は言葉を続けました。

「お前があのねじくれ男と出会ったのは分かっていたよ。だが、あれを遠ざけようとしたのはいけなかった。あの男は真実を操ろうとするところがあるが、それでも善意のある者だよ。お前がこの世界にやってきてからというもの、あれは影のようにお前に付いて回ってな、あれが手を出さなければ切り抜けることのできなかった死の危険も、お前にはあったのだよ。最初はお前を元の世界に連れ帰ってやると言ったはずだが、あれは嘘だ。お前が玉座に就かん限り、あの男にはそんな力や権限はないのだからね。だが、もしここに座ると決めさえすれば、お前は欲することをあの者になんでも命じることができる。玉座を断れば、ねじくれ男はお前を殺し、次の子供を探すだけだ。それがここの慣わしなのだよ。

お前は、受け入れなくてはいけないよ。やってみてそれが気に入らなかったり、治めるのは自分の役目ではないと思ったりしたならば、あのねじくれ男に元の世界へ連れ帰ってくれるように命令すれば、それで取引はおしまいだ。何はともあれ、お前は王になり、あの男はただの家来になるんだよ。ただ弟を必ず連れてくるようお前に言うだけさ、この新しい世界を治めるには、一緒にいる仲間が必要だからね。いつかそのうち、お前が望みさえすれば、あの男はお前の父上も連れてきてくれるさ。自分の長男が玉座に腰かけこの偉大なる世界を治めていると知れば、父上だってさぞや誇らしく思うだろう！　さあ、どうだね？」

王が話し終えるころには、デイヴィッドが抱いていた哀れみは跡形もなく消し飛んでいました。何もかも、嘘っぱちです。王はデイヴィッドが『失われたものたちの本』を見たことも、ねじくれ男の住処《すみか》に忍び込んだことも、そこでアンナと出会ったことも知らないのです。デイヴィッドは、暗闇でたくさんの心臓が喰らいつくされたことも、子供たちの魂が瓶に閉じ込められてねじくれ男の命の源になっていることも、すべて知っているのです。罪悪感と哀しみにすっかり押しつぶされた王はねじくれ男との取引から自由になりたいあまり、デイヴィッドに玉座を譲り渡すためならどんなことでも言うに決まっています。

「そこに持っているのは『失われたものたちの本』ですか？」デイヴィッドは訊ねました。

「聞いた話ではそこには魔法も含め、ありとあらゆる知識が書かれているそうです。本当ですか？」

王の目がきらりと光りました。

「おお、そうとも、まさしく本当だとも。わしが退位してこの王冠をお前に譲り渡す時、これもあげよう。戴冠《たいかん》のお祝いというわけだよ。これさえあれば意のままにねじくれ男を働かせることができるし、あれも従うしかなくなるよ。なあに、お前が国王になれば、この本もわしには必要なくなるさ」

王はそう言うと刹那《せつな》、後悔とも思える表情を顔に浮かべました。もう一度その指を本の表紙に滑らせ、ほつれはじめた糸をなぞり、背表紙のはずれかけた部分を指で探ります。彼にとって、この本は命があるも同然なのです。この国に来ると同時に自分の心臓も肉体から取りだされ、それが本の形になったように感じられていたのです。

「じゃあ、僕が王様になったらあなたはどうなるんです？」デイヴィッドは訊ねました。

王は、一度目を逸らしてから口を開きました。

「おお、その時にはこの城を立ち去って、余生を過ごすのに向いた静かな場所を探すさ。元の世界に戻って、わしがいない間にどれだけ変わったかを確かめてみるのもいいかもしれんな」

しかしその声の響きは虚《うつ》ろで、罪の意識と嘘の重みに耐えかねてしゃがれていました。

「僕は、あなたが誰なのか知っているんですよ」デイヴィッドは、静かに言いました。

王は玉座に腰かけたまま身を乗りだしました。「今何と言ったのだ?」

「あなたが誰なのか知っているんです」デイヴィッドが繰り返します。「ジョナサン・タルヴィーさんですよね。義理の妹の名前はアンナ。あなたはアンナが家に連れてこられると嫉妬するようになって、その嫉妬を消せなかったんだ。そこにねじくれ男がやってきて、アンナのいない暮らしがどんなにいいものかを話して聞かせ、あなたはあの子を裏切った。騙《だま》してあの沈床園《ちんしょうえん》に連れだして、この世界に連れてきてしまったんだ。ねじくれ男はアンナを殺して心臓を食べ、魂をガラス瓶の中に閉じ込めてしまった。その本には魔法なんて書かれていない。あなたの秘密が書かれているだけさ。哀れで、邪悪な老いぼれだよ、あなたは。王国も玉座も、ほしいままにすればいいじゃないか。僕は要らないよ、そんなもの。欲しいとも思わない」

その時、影の中から人影が現れました。

「ではお前は死ね」ねじくれ男の声が響き渡ります。

デイヴィッドが最後に見た時よりもずっと老いさらばえ、肌は破れ、病んでいます。顔も手も傷やできもので覆われ、崩壊する肉体が悪臭を放っているのです。

「どうやらずいぶんと忙しかったようじゃないか」ねじくれ男は言いました。「用もないところに余計な首を突っ込みおって。わしの元から盗んだものがあるな。あの娘はどこにいる?」

「あの子はお前のものなんかじゃない」デイヴィッドが言い返しました。「誰のものでもあるもんか」

鞘から剣を抜き放ちます。手の震えとともに刀身が揺らぎましたが、狙いが定まらないほどではありません。ねじくれ男は彼を見ながら笑い声を立てました。

「まあいいさ。どうせあの娘はもうこれ以上役には立たん。お前もそんなふうに言われんよう気をつけることだ。お前に忍び寄る死は、剣などでは追い払えんぞ。どうやら自分のことを勇敢だと思っておるようだが、燃え立つような狼の息と唾液を顔に浴び、その喉笛に牙を突き立てられてもそんな顔がしていられるかね。きっとお前は涙を流して泣き喚《わめ》き、わしに助けを求めるだろうよ。ああ、そうしたらたぶん応えてやるとも。たぶんな……。

弟の名前を教えるならば、あらゆる痛みからお前を救ってやるぞ。弟を傷つけたりはせんと誓ってやろう。この国には王が必要なのだ。もし玉座を継ぐと言ってくれさえすれば、連れてきた弟を生かしておいてやろうじゃないか。まだ砂時計の砂も尽きておらんことだし、弟の代わりを探すとするさ。お前たちふたりはここに留まり、清廉潔白な世作りをするといい。それがすべて叶えられるのだぞ。わしは嘘は言わん。さあ、弟の名前を言うんだ」

衛兵たちは、もしデイヴィッドが王に害をなそうとしたら飛びかかろうと、手に手に武器を握り締めて彼をじっと見つめています。しかし王が手を挙げて何も問題ないと知らせると、衛兵たちはやや表情を緩めて成り行きを見守りました。

「もしそれでも教えんというのなら、わしはまたお前の世界へと舞い戻って、ベッドで眠るあの赤子の息の根を止めてこよう」ねじくれ男が言いました。「そんなことをしたいとは思わんが、それでも枕とシーツを血で染め上げなくてはならん。なに、お前の選択は単純そのものさ。ふたりしてこの国を治めるか、でなければふたりばらばらのまま死ぬかなのだからな。他に道はないぞ」

しかしデイヴィッドは首を横に振りました。

「いやだ。思いどおりになんてさせないぞ」

「させない？　させないと言ったのか？」

ねじくれ男は、顔を歪《ゆが》めながら声を荒らげました。すると唇がひび割れ、その傷からわずかばかり血が滴《したた》りました。流れだす血も、もうほとんど残っていないのです。

「よく聞くんだ、小僧」彼が言いました。「お前が必死に戻りたがっている世界の真実を教えてやる。あそこは、苦痛と苦悩と悲嘆の世界よ。お前が去ったあの夜、たくさんの街が攻撃を受けた。女や子供たちは、飛行機から落とされた爆弾で粉々に消し飛び、生きたまま炎に焼かれた。自分も妻や子供を持つ男たちがそんな爆弾を落としたんだよ。人びとは家から引きずりだされ、表通りで銃殺された。お前の世界は自分からすっかりずたぼろになっちまったわけだが、何より面白いのは、そのせいで戦前よりもいくらかましな世界になったってところさ。戦争は人間どもに、少しだけ正直になる口実を与えてくれたのさ、罰されることなく人殺しをするためのな。過去にも戦争なんぞ何度でもあったたし、これから先も何度でも起こるだろう。そしてその間にも人間は争い合い、傷つけ合い、痛めつけ合い、裏切り合う。それこそ人間がずっと続けてきた所業だからだよ。

だが、もし戦争や争いごとで死なずに済んだとしても、小僧、それで人生はお前のために何をしてくれる？　お前だってもう、どんな目に遭わされるのかを知っているんじゃないかね。人生はお前のお袋を奪い去っていった。健やかさも美しさも吸い尽くし、干涸《ひから》びて腐った果物のかすみたいにして脇に投げ捨てていった。お前の周りにいる他の連中だってそうなる、賭けてもいいとも。恋人も、子供も、お前が大切に思う連中はみな同じように道を転げ落ち、お前の愛情くらいじゃとても助けたりできるものか。お前はやがて体を壊し、老いぼれて病に苛《さいな》まれる。手脚は痛み、目はかすみ、肌は皺《しわ》だらけのかさかさになり果てる。体の奥底には、医者にも治せん痛みが巣喰うだろうよ。病気はお前の中に温かいじめじめとした場所を見つけてそこで繁殖し、体じゅうに広がりながら細胞という細胞をしらみつぶしに破壊し、お前は苦しみのあまり医者に殺してくれ、もう楽にしてくれと懇願するが、医者は殺してなんぞくれやしない。お前はぐずぐずと生かされたうえに、手を取ってくれる者も額《ひたい》を撫でてくれる者もないまま、やがて死が忍び寄り、暗闇の奥へと手招きするのさ。そんな人生を振り返り、それを人生などと呼べるものかね。だがこの国じゃあお前は王になれるし、痛みなどとは無縁のまま高潔に年を取らせてやることができる。やがてお前が死を迎える時がきたならば静かに睡りに就かせ、お前が望むままの天国で目覚めさせてやろう。誰しも自分の天国を夢に描くものだからな。それと引き換えにわしが望むのはただひとつ、お前の家にいる赤子の名前だけだ。この国でお前とともに過ごすことになる赤子のな。さあ、名前を言うんだ！　何もかも手遅れになっちまう前に言うんだよ！」

男が話をしている間に玉座の背後にかけられたタペストリーがゆらゆらと波打つと、その裏側から灰色の影が飛びだしてきて手近に立っていた衛兵の胸を目がけて飛びかかりました。飛びかかった狼が頭を振り乱し、衛兵の首元にぱっくりと傷が開きます。狼は、回廊の衛兵たちが射る矢に心臓を射貫《いぬ》かれながらも、大きな咆吼《ほうこう》をあげました。すると、通路からさらに狼たちがなだれ込んできました。その数に耐えかねてタペストリーは壁から千切れ、もうもうと埃を舞い上げながら床に落ちました。リロイの軍勢の中でもとりわけ忠実かつ獰猛《どうもう》な灰色狼たちが、玉座の間へと押し入ってきたのです。ラッパの音が響き渡り、扉という扉から衛兵たちが駆け込んできました。壮絶な戦いが始まりました。衛兵たちは寄せてくる狼たちを押し返そうと剣を振るい槍を突きだし、狼たちはがちがちと歯を鳴らして唸り声をあげながら、衛兵たちを殺してやろうと隙を窺っています。狼たちの牙が兵士の脚に、胴に、腕に嚙みつき、腹を割き、喉を喰い破ります。たちまち床は鮮血にまみれ、敷かれた石と石の間を赤々と流れはじめました。衛兵たちは半円の陣形を取って狼たちの出てくる通路を塞いでいましたが、群れの勢いに押されて後退しています。

ねじくれ男は、激しくぶつかり合う人間と獣たちを指差すと、デイヴィッドに向けて怒鳴りました。

「見えるか！　お前の剣など救ってはくれんぞ。救えるのはこのわしだけだ。名前を言え。そうすれば、すぐさまお前をここから連れだしてやる。名前を教え、己の身を救うのだ！」

すでに、黒狼と白狼たちも灰色狼たちに加わっていました。群れは衛兵たちを回り込み、立ちふさがる人間たちの息の根を手当たり次第に止めながら、あちこちの部屋や廊下へと溢《あふ》れだそうとしています。王は玉座から跳ねるように立ち上がると、自分のほうへじりじりと退《しりぞ》いてくる衛兵たちの壁を、恐怖に満ちた眼差しで見つめました。その右側から、ダンカンが姿を現しました。

「陛下、こちらへ。安全なところにお連れいたします」

しかし王はそれを押しのけると、怒りに震えながらねじくれ男を睨《にら》みつけました。

「裏切りおったな。わしらを裏切りおったな」

しかし、ねじくれ男はそれを気にも留めません。ただひとり、デイヴィッドのことしか頭にないのです。「名前だ」彼が繰り返しました。「わしに名前を教えんか！」

その背後で、衛兵たちの壁がついに破られました。いつの間にか、軍服姿で二本足のループたちも狼たちに加わっています。ループたちは剣を手に衛兵たちをなぎ払いながら、玉座の間から城の各部へと続く廊下の扉への道をこじ開けていきます。二頭のループたちが狼六頭を引き連れ、すぐさま廊下に駆けだしていきました。城門を開こうとしているのです。

そこへ、リロイが到着しました。リロイは目の前で繰り広げられる虐殺劇を一望すると玉座を——自分の玉座を——見つめ、己の勝利を宣言すべく、自分に残された狼の最後のひと吠えをあげました。王はその声と、自分を射貫くリロイの視線と、自分を殺そうとにじり寄ってくる彼の姿に、思わず震え上がりました。ダンカンは王を守ろうと健闘していましたが、灰色狼二頭を何とか食い止めているその顔には、明らかな疲労が浮かんでいます。

「陛下、早く！」ダンカンが叫びました。「早くお逃げください！」

しかし、その言葉も喉に詰まるように途絶えました。リロイの部下のループが放った一本の矢が、彼の胸に突き刺さったのです。ダンカンがどうと音を立てて床に崩れ落ち、狼たちがその上に群がります。王は身に纏ったガウンのひだの中に手を突っ込むと、見事な装飾のついた金の短剣を抜き、ねじくれ男に近づいていきました。

「この化け物め」王が怒鳴りました。「貴様のためにあれほどしてやったのに、貴様にあれほどのことをさせられたのに、最後にはわしを裏切るというのか」

「ジョナサンよ、わしはお前に何も無理強いなどさせちゃおらんよ」ねじくれ男は答えました。「自分がしたいから、勝手にそうしたのではないか。お前は誰かに邪悪な行いをさせられたのではないぞ。そんなことは誰にもできやせん。己の内に飼う邪悪に、お前が溺《おぼ》れただけのことさ。人間とは常に、自らの持つ邪悪に溺れるものだからな」

ねじくれ男が手にした短剣で王を振り払うと、王はよろめき転びそうになりました。ねじくれ男はデイヴィッドを捕まえようと閃光のように振り向き手を伸ばしましたが、デイヴィッドはさっと飛び退《の》いて剣で斬りつけました。ねじくれ男の胸元に傷口が開いて悪臭が溢れだしましたが、血は一滴も流れません。

「お前は死ぬんだ！」ねじくれ男が怒鳴りました。「生きたければ、名前を教えろ！」

傷口になどお構いなしに、ねじくれ男はデイヴィッドに向かって進んできます。デイヴィッドが再び剣を突きだしましたが、彼はそれをひらりとかわすと、逆にその爪を深々と食い込ませてデイヴィッドの腕を摑み上げました。まるでその爪から腕に染みだした毒が血管に入り込んで手のひらの血まで凍らせてしまったかのように、指がしびれ、思わず剣を取り落とします。もう壁際まで追い詰められ、周囲は戦う兵士たちや唸り声を立てる狼たちでごった返しています。ねじくれ男の背後に、王に向けて歩み寄ってゆくリロイの姿が見えました。王が突きだした短剣をリロイが払いのけ、短剣が音を立てて石の床を滑っていきます。

「名前だ！」ねじくれ男は半狂乱になって叫びました。「名前を言わんなら、狼どもに喰わせちまうぞ！」

リロイは王の体を人形みたいに軽々と抱え上げると、その顎を摑んで頭を傾け、彼の首をさらけだしました。そのまま動きを止め、デイヴィッドを見つめます。

「次はお前の番だぞ」脅すような声でそう言うとリロイは大きく口を開き、鋭く尖った白い牙を剝きだしました。そして王の首にそれを突き立てたかと思うと、左右に振り回すようにして殺してしまったのです。命を奪われてゆく王の姿を見て、ねじくれ男は恐怖に目を見開きました。その顔の皮膚がまるで古い壁紙のように大きくめくれ、下から年老いた灰色の肉が覗いています。

「何ということだ！」ねじくれ男はそう叫ぶと手を伸ばし、デイヴィッドの喉元を鷲摑みにしました。「名前だ。名前を言わんとふたりとも殺されてしまうぞ」

デイヴィッドは目の前に迫る死を確かに感じ、恐ろしくてたまりませんでした。

「名前は――」思わず口を開きます。

「そうだ！」ねじくれ男が身を乗りだしました。「そうだ！」

王が最後の息をごぼごぼと音を立てて吐きだすと、リロイは命の抜け落ちてゆくその体を投げ捨て、口元についた血を拭《ぬぐ》いながらデイヴィッドのほうを向きました。

「名前は――」

「早くしろ！」ねじくれ男が悲鳴をあげます。

「名前は『弟』さ」デイヴィッドは言いました。

ねじくれ男は絶望して情けなくへたり込みました。

「違うぞ、違うだろうが！」

城の地下の奥底で砂時計の最後の砂が流れ落ち、はるか頭上のバルコニーでは、少女の亡霊がひときわまばゆく刹那の輝きを放ったかと思うと、永遠に消滅しました。もしその場に誰か人がいたならば、ようやく苦しみから解放される彼女が漏らす歓喜と安堵の小さなため息が、きっと耳に届いたことでしょう。

「やめろ！」ねじくれ男が吠えました。皮膚が破れ、体内に満ちていたガスが悪臭を放ちながら勢いよく噴きだしてきます。何もかも、何もかも、失われてしまったのです。計り知れぬほどの時と、伝え終えぬほどの物語の果てに、男の命がついに終焉《しゅうえん》を迎えたのです。逆上するあまりねじくれ男は自分の頭に鋭い爪を突き立て、皮膚や肉を掻きむしり、引き裂きだしました。

額に深々と切り傷が口を開いたかと思うと自分の手でそれを両側から引っ張り、鼻筋までひと息に裂いてしまうと、さらに口元までばりばりと引きちぎりました。半分ずつに割れた頭をそれぞれ両手に持ち、目をぎょろぎょろと剝きながらさらに体を引き裂いていきます。喉元が裂け、胸が裂け、太ももに届くまでその胴体が裂けてしまうと、ねじくれ男の肉体はすっかりふたつに分かたれ、床に倒れました。両方の半身から、あらゆる気持ちの悪い無脊椎《むせきつい》動物たちが這いずりだしてきます。昆虫、甲虫、ムカデ、蜘蛛《くも》、蒼白い蛆虫《うじむし》……。そうした生物たちがうねうねと床の上で蠢《うごめ》き、身をよじり、やがて命の砂時計の最後の砂が落ちてねじくれ男の命が果てるとともに、しんとその動きを止めたのでした。

リロイは立ち尽くしたまま、薄ら笑いを浮かべながらそのなれの果てを見下ろしました。死を覚悟したデイヴィッドが、ぎゅっと目をつぶります。しかし、とつぜんリロイが身震いを始めました。言葉を発しようと口を開けた途端に下顎が外れ、足元に敷かれた床石の上に落ちます。肌と毛皮はまるで古い石膏のように、粉々になってぱりぱりと剝がれていきます。動こうとすると脚はもう動かず、代わりに膝のところでぽきりと折れ、彼は前のめりに床に倒れ込みました。顔と手の甲に、ひび割れが走ります。地面を摑もうとすると、指はまるでガラスのように一本残らず砕け散ってしまいました。目玉だけが元のまま生きていましたが、今やそこに浮かぶのは困惑と苦痛ばかりなのでした。

デイヴィッドは、瀕死のリロイを見つめました。彼だけは、何が起きているのかを知っていました。

「お前は僕じゃなく、王の悪夢から生まれた」デイヴィッドが言いました。「だからあの人を殺すということは、自分を殺すのと同じなんだ」

リロイはわけが分からないというように目をしばたたくと、それっきりぴくりとも動かなくなりました。そこに転がるのは、もう誰の恐怖にも命を吹き込まれない、ぼろぼろに壊れた一頭の獣の彫像でした。そして全身に亀裂が走り、それが砕けて数えきれぬほどの小さな破片になり、リロイは永遠に姿を消してしまったのでした。

部屋を見回せば他のループたちも崩壊して塵《ちり》となりはじめており、統率者を失った狼たちは、玉座に押しかけてくる大勢の衛兵たちの姿を見てトンネルの中へと撤退をしているところです。衛兵たちは盾を並べて鉄の壁を作り、その隙間からハリネズミのように槍を突きだして、デイヴィッドには目もくれずに狼たちに迫っているのでした。デイヴィッドは剣を拾い上げると廊下に走り出て、震え上がる召使いや狼狽《うろた》える廷臣たちの間を抜けて、城の外に飛びだしました。いちばん高い城壁の上へと駆け上がり、城外の景色を眺め回しました。狼の軍勢は、今や大混乱です。同士討ちが始まっており、戦い、嚙みつき合いながら、自分たちの住む土地に引き返そうとして雪の斜面を一目散に駆け上がってゆくところです。すでにほとんどの群れが戦列を放棄し、山々目がけて走り去っていました。ループの元から逃げだした狼たちが巻き上げた砂埃は、しばらく宙に漂った後に風に散って消えていきました。

誰かの手に腕を摑まれ、デイヴィッドは振り向きました。

そこにあったのは、懐かしい顔。あの木こりでした。服も肌も、狼の血で汚れています。斧から滴る血が、敷石に落ちてどす黒い血溜まりを作っていました。

デイヴィッドは言葉も見つからないまま手にした剣を投げだし、きつく木こりの体を抱きしめました。木こりはそっと片手をデイヴィッドの頭に載せると、優しく髪の毛を撫でてくれました。

「死んじゃったんだと思ってた」デイヴィッドが声を震わせました。「狼に引きずっていかれるのを見たんだよ」

「狼なんぞにやられはせんよ」木こりが微笑《ほほえ》みました。「奴らをなぎ倒して、馬商人の小屋まででわしは逃げたんだ。そこで扉を閉めたら、ひどい怪我のせいで気を失ってしまってな。動けるようになってお前を追いはじめてからもうずいぶん経つが、とにかく狼どもの数が多くて今まで手間取ってしまったんだよ。さあ、わしらもここを離れなくては。この城も長くはもたんぞ」

デイヴィッドの立つ城壁が振動するのが分かりました。大きな亀裂が壁に口を開けているのが見えます。城そのものにもあちらこちら亀裂が走り、剝がれ落ちた煉瓦やモルタルが丸石の敷き詰められた地面へと落ちてゆくのが見えます。城の地下に張り巡らされた網の目のようなトンネルが崩落し、王とねじくれ男の世界は崩壊を迎えているのでした。

木こりはデイヴィッドを連れて、馬を繋いである前庭に駆け下りてゆくと、彼を馬に乗せようとしました。しかしデイヴィッドは馬小屋で待つスキュラのところへと走りました。戦いの喧噪と狼の咆吼《ほうこう》にすっかり怯えていたスキュラは、デイヴィッドの姿を目にすると安堵したように大きく息をつきました。デイヴィッドは彼女の額をそっと叩きながら言葉をかけて安心させてやると、その背に跨《また》がり、城を離れる木こりの後を追いかけました。馬に乗った衛兵たちが声をあげ、逃げ惑う狼たちを戦場から遠くへ遠くへと追い立てています。城門からは今にも崩壊して瓦礫《がれき》の山と化そうとしている城を棄《す》て、食料や財宝など持ちだせるものを手当たり次第に運びだしながら、召使いや廷臣たちが溢れだしてきます。デイヴィッドと木こりは馬を飛ばしてこの混乱から離れると、狼も兵士たちもいないすっかり安全な山の端《は》で馬を止め、城の様子を眺めました。ふたりの目の前で城は自らの瓦礫の上に積みかさなるようにして崩れ去っていき、後に残るのは地面に口を開けた材木と煉瓦にまみれた大穴と、息が詰まるような猛烈な土埃ばかりになりました。ふたりはそれを見届けると馬首を返し、何日もかけて旅を続け、ようやくデイヴィッドがこの世界にやってきたあの森へと辿《たど》り着きました。ねじくれ男の死により魔力が解けた今、縒糸《よりいと》の結ばれた木はたった一本しかありません。

木こりとデイヴィッドは、その大木の前で馬を降りました。

「さあ、家に帰る時がきたぞ」木こりが声をかけました。

32
ローズのこと

デイヴィッドは森に囲まれて立ち尽くし、木の幹に巻かれた縒糸《よりいと》と、ふたたび彼の前に口を開いた木のうろをじっと見つめました。そばに立つ一本の木には新たに動物の爪で引っ掻かれた痕があり、その傷ついた幹から滴《したた》り落ちた血のような樹液が、下に積もる雪を染めていました。吹きすぎる風が周りに立つ木々を揺らすと、木々はその枝々で傷ついた木の頂《いただき》を優しく撫で、安らがせ、慰め、自分たちはそばについているのだと知らせるのでした。天を厚く覆っていた雲が晴れはじめ、まばらに空いた隙間から陽光が漏れ落ちてきます。ねじくれ男の死により、世界は今、新たに生まれ変わろうとしているのでした。

「やっと帰れるっていうのに、本当に帰りたいのか分からないよ」デイヴィッドが言いました。

「もっとこの世界のことを知らなくちゃいけないような気がするんだ。それに、またあんな世界に戻ってしまうかもしれないと思うと」

「向こうじゃあ、みんなお前が戻ってくるのを待っているよ」木こりが言いました。「だから、行かなくちゃあいかん。みんなお前を愛しているのだし、お前がいなけりゃ彼らはどれほど虚《むな》しいか。お前には父親がおり、弟がおり、お前さえよければ母親になってくれる人がいるのだろう。帰ってやらねば、お前がいないせいでその人たちは悲惨な日々を送らなくてはいけなくなるんだよ。とはいえ、お前はもう自分で決めているのじゃないかね。あのねじくれ男との取引をはね付けたのだから。お前はここではなく、自分の世界で生きる道を選んだんだよ」

デイヴィッドはうなずきました。木こりの言うとおりだと思ったのです。

「元の世界に戻ったら、きっとあれこれ訊かれるぞ」木こりが言いました。「身に着けているものは何もかも置いてゆくようにな、剣もだぞ。お前の世界に戻れば、もう剣なんて必要ないだろう」

デイヴィッドは鞍《くら》に取り付けた袋からぼろぼろのパジャマとガウンをしまった包みを取りだすと、茂みの陰でそれに着替えました。古い服に身を包むと、何だか妙な気持ちになりました。すっかり成長した彼にはその服が、もっと幼くて無知な、どこか懐かしい誰かの持ち物であるように感じられたのです。子供の服を着てはいても、彼はもう子供ではなくなっていたのでした。

「ひとつだけ教えてほしいんだ」デイヴィッドが言いました。

「何でも言ってごらん」木こりが言いました。

「僕が最初に来たとき、男の子の服をくれたでしょう？　おじさんには子供がいたの？」

木こりが微笑《ほほえ》みました。

「みんなわしの子供だよ。失われし者も、見つかりし者も、生ける者も、儚《はかな》くなった者も。ひとり残らずそれぞれの意味で、わしの子供たちなんだよ」

「僕とお城に旅立った時には、王様なんて本当はいないんだって知っていたの？」デイヴィッドは訊ねました。城で木こりと再会してから、ずっとそれが気になっていたのです。わざと自分を危険の中に連れていくような、そんな人だとは思えなかったのです。

「あの時わしが王やトリックスターについて知っていることや、彼らに抱いている疑念を口にしていたら、お前はどうしたかな？　ここに来たばかりのお前は、怒りと哀しみの虜《とりこ》だった。きっとねじくれ男の口車に乗せられ、すべてを失ってしまっていただろう。だから自分の手でお前を王のところへと連れてゆき、その道すがらどんな危険の中にいるのかをお前に分からせる手助けをしてやるつもりだった。そうはいかなかったけれどな。だがお前は道中で他の者たちと交わりながら、自分の力と勇気で、この世界での自分の役割や、自分自身を理解することができた。最初に出会ったお前はただの子供だったが、今や立派な大人になったんだ」

木こりはそう言うと、デイヴィッドに手を差しだしました。デイヴィッドは握手を交わしてから手を離し、木こりを抱きしめました。少ししてその手をほどくと、今度は木こりが彼を抱きしめました。しばらく陽光に包まれてそうした後、デイヴィッドは体を離しました。そしてスキュラに歩み寄ると、額《ひたい》に口づけをしてやりました。

「お前と会えなくなるなんて寂しいよ」そう声をかけるとスキュラは柔らかくいななき、少年の首筋に鼻先を擦《す》り寄せました。

デイヴィッドはあの古木へと歩み寄り、木こりを振り返りました。

「また戻ってこられるかな」デイヴィッドが訊ねました。すると、木こりはとても不思議な答えをよこしたのです。

「だいたいはまた戻ってくるな。最後にはね」

彼が手を挙げて別れを告げると、デイヴィッドは大きく息を吸って木のうろへと足を踏み入れました。

最初は、黴《かび》と土と、それから落葉の腐った臭いしかしませんでした。デイヴィッドがうろの内側に手を伸ばすと、ざらざらとした樹皮が指に触れました。巨木であるはずなのに、デイヴィッドが数歩ほど進むともう奥に行き当たりました。ねじくれ男の爪が食い込んだ腕の傷が、まだ痛みます。狭くて、恐ろしくなってきました。どこにも出口があるようには思えませんが、あの木こりが嘘をつくはずなどありません。きっと、何か間違いがあったのです。彼は外に引き返そうとしましたが、振り向いてみると出口が消えているではありませんか。木のうろはすっかり元どおりに塞がり、デイヴィッドを閉じ込めてしまっていたのでした。助けを求めて拳で木を叩いても、言葉はただぐるぐると跳ね返って顔にぶつかり、嘲笑うかのように途絶えてゆくだけなのです。

ふと、明かりが見えました。木は閉ざされたままだというのに、頭上から光が落ちてきているのです。デイヴィッドが見上げてみると、星のように何かが輝いていました。光はだんだんと強さを増しながら、彼の立つところへ向けて降りてきます。いや、もしかしたらデイヴィッドが光に向かって上昇しているのかもしれません。感覚がとにかくあやふやなのです。どこからか、懐かしい音が聞こえてきます。金属の鳴る音と、車輪の軋《きし》む音。すぐ近くから、鼻を突く化学薬品の臭いが漂ってきています。うろの内側についた溝や亀裂が見えていましたが、デイヴィッドはだんだんと、自分が瞼《まぶた》を閉じていることに気付いていきました。閉じていてもそうなのですから、瞼を開けたならどれだけはっきりとものが見えることでしょう?

デイヴィッドは目を開きました。

彼は見知らぬ部屋で金属のベッドに横たわっていました。大きな窓がふたつ並んでおり、その外に広がる芝生には、看護師たちと散歩をしたり、白衣の職員に車椅子を押されたりしている子供たちの姿が見えました。ベッドのそばには、花が飾ってあります。右の前腕に針が刺さっており、鉄のスタンドに吊るされた瓶へと管で繋がっていました。頭の周りが、どうも窮屈です。彼が手を伸ばしてみると、髪の毛ではなく包帯に触れました。ゆっくりと左を向きます。すると首に痛みが走り、頭がずきずきしました。隣に置かれた椅子で睡《ねむ》りこけていたのは、ローズでした。服は皺《しわ》だらけで、髪はずっと洗っていないかのように脂《あぶら》ぎっています。膝の上には、赤い線でいくつも印の引かれた本が載っていました。

デイヴィッドは話しかけようとしましたが、喉がからからで声が出ません。それでももう一度がんばると、しわがれたうめき声が漏れました。ローズがゆっくりと瞼を開き、驚いた顔をしてデイヴィッドを見つめます。

「デイヴィッド?」彼女が言いました。

彼はまだ、ちゃんと喋れません。ローズは水差しからグラスに水を注ぐと、それを彼の唇に添え、楽に飲むことができるよう頭を支えてくれました。彼女は、涙を流していました。その滴《しずく》が彼の顔にも落ちると、ローズがグラスを遠ざけた拍子に口の中にも入り込み、涙の味が広がりました。

「ああ、デイヴィッド」ローズが囁《ささや》きました。「本当に心配していたのよ」

彼女は手のひらで彼の頰に触れ、そっと撫でさすりました。涙は止めどなく溢《あふ》れていましたが、それでもその顔は幸せそうにデイヴィッドの目に映るのでした。

「ローズ」デイヴィッドが言いました。

彼女が身を乗りだします。

「どうしたの、デイヴィッド?」

彼は、ローズの手を握りました。

「ごめんなさい」

そう言うと彼はまた、夢も見ない睡りの中へと落ちていったのでした。

33

すべての失われしものと、すべての見つかりしもののこと

それから毎日デイヴィッドの父親は、彼を取り戻すのをほとんど諦めかけていたことや、あの墜落事故の直後は彼の痕跡がどこにも見つからなかったことや、きっと生きながら瓦礫《がれき》の中で焼け死んでしまったに違いないと思ったことや、掘り返しても見つからないのできっと人さらいに遭ったのだと恐ろしくなったことや、家の中や庭や森を探し回り、やがて友人や警察や同情してくれる人びとの手を借りて野山を捜索したことや、何か行き先を示す手がかりでも見つかりはしないかと彼の部屋を検《あらた》めたことや、ようやく沈床園《ちんしょうえん》の壊れた壁の奥の空洞の中で彼を見つけたことなどを話して聞かせました。デイヴィッドは土にまみれてそこに横たわっていたのですが、経緯《けいい》はともあれ石組みの合間に入り込み、降り注ぐ土砂で塞がれてそこに閉じ込められたのだろうという話でした。

医師は、恐らく墜落事故による精神的な外傷のせいであの発作が再発し、そのせいで意識を失ってしまったのだろうと言いました。そして、目を覚ましてローズに話しかけたあの朝まで、

何日も何日も深い睡《ねむ》りから目覚めなかったというのです。彼の失踪にはまだまだ分からない部分も多かったのですが——そもそもなぜあの沈床園に行ったのかもそうですし、体のあちこちに残された傷痕もそうです——誰もが彼の目覚めをとにかく嬉しそうに受け止め、誰もデイヴィッドを責めたり、叱ったりしようとは決してしないのでした。それからずいぶん経って彼がすっかり元気を取り戻して自分の部屋に戻ると、ローズと父親は不思議に思い話し合いました。あの事故からデイヴィッドがすっかり見違えたようになり、周囲の人びとに対して落ち着きと思慮を持つようになったことや、ローズに深い愛情を持ち、デイヴィッドと父親の間に何とか居場所を見つけようとする彼女に気遣いをするようになったことや、突然の物音や危険に素早く身がまえ、自分より弱い者を、特に腹違いの弟であるジョージーを守ろうとする姿勢を強く見せるようになったことを。

年月が過ぎ、デイヴィッドはとてもゆっくりと、そしてとても早く少年から男へと成長していきました。とてもゆっくりというのはデイヴィッド自身にとってであり、とても早くというのは父親とローズにとってです。ジョージーも成長し、デイヴィッドとは互いに心の底から仲良くしていました。やがてローズとふたりの父親が、大人たちがたまにそうするように、別々の道を選んでからもそれは変わりませんでした。ローズと父親は仲違《なかたが》いをするでもなく離婚をし、その後はどちらも結婚しませんでした。デイヴィッドは大学に進学し、父親は定年後に釣りを楽しめるように小川のほとりの小さな家を手に入れました。ローズとジョージーはあの大きな屋敷でふたり暮らしを続け、デイヴィッドは時にはひとりで、時には父親と一緒に、暇を見つけてはふたりに会いに出かけていきました。時間がある時にはかつて自分が過ごした部屋に行き本たちの声に耳を傾けてみるのですが、いつでも本たちは静まり返っていました。天気のいい日には、あの沈床園に降りてみました。沈床園はあの墜落事故後に修復されていましたが、すっかり当時のまま元どおりにされたわけではありません。デイヴィッドは静かに壁のひび割れを覗き込んでみましたが、そこに入ってみようとは思いませんでした。彼も、他の誰かも、二度と入りはしなかったのです。

時が過ぎるにつれてデイヴィッドは、あのねじくれ男の言葉の中にひとつ真実を見つけました。人生は大いなる幸福だけではなく深い悲しみに、成功と充足だけではなく苦しみと後悔に満ち溢《あふ》れていたのです。デイヴィッドが父親を失ったのは彼が三十二歳の時のことでした。父親は小川のほとりで釣り竿を握ったまま、心臓が停まってしまったのでした。顔には太陽の光が降り注ぎ、何時間も過ぎてから通りがかりの人に見つかった時にも、まだその肌は温かいままでした。ジョージーは軍服姿で葬儀に参列しました。東でまた新たな戦争が起こり、ジョージーは兵役に就くことを不安がっていました。彼は他の大陸に渡ると、他の若者たちとともに名誉と栄光の夢を戦場で泥まみれにして潰《つい》えさせ、そこで死にました。彼の亡骸《なきがら》は国に送られると小さな教会墓地に埋葬され、その上に小さな石の十字架が立てられました。十字架には彼の名と生没年月日に加え、「愛された息子であり弟」と言葉が刻まれました。

デイヴィッドは、黒髪と緑の瞳を持つ妻を娶《めと》りました。名前をアリソンといいます。ふたりが家族になると、やがてアリソンは子供を身ごもりました。しかし、あのねじくれ男の言葉が忘れられないデイヴィッドは、心配でたまりませんでした。

「恋人も、子供も、お前が大切に思う連中はみな同じように道を転げ落ち、お前の愛情くらいじゃとても助けたりできるものか」

そして、出産で合併症が起きたのです。叔父の名をもじってジョージと名付けられた息子は未熟児として生を享《う》け、命を繋げることができませんでした。そして、彼に短い命を授けるとアリソンも逝ってしまいました。こうして、ねじくれ男の予言は現実になってしまったのでした。デイヴィッドはその後、結婚することも、子供をもうけることもありませんでしたが、小説家になり一冊の本を書きました。彼はそれに『失われたものたちの本』と題名を付けたのですが、今あなたが手にしている本こそが、彼の書いたものなのです。子供たちからこれは本当の話なのかと訊かれると、彼は「そうさ、本当の話だよ」とか、「そうとも、この世界にあるすべてと同じくらいに本当だよ」と答えるのでした。そう、彼の胸の中では同じことなのです。

そして、子供たちはみなそれぞれの意味で、彼の子供になったのです。

デイヴィッドは、年老い衰えてゆくローズの面倒を見続けました。ローズは死ぬ時に、屋敷をデイヴィッドに遺《のこ》しました。当時はこの屋敷も莫大な価値を持つようになっていたので売ることもできましたが、デイヴィッドはそうしませんでした。代わりにそこに移り住むと一階に仕事場を構え、そこを訪れる子供たちをひとりひとり扉で出迎えながら、何年も何年も安らかに過ごしたのです。屋敷はとても有名だったので、時には両親を連れ、時にはひとりで、たくさんの少年少女たちがひと目見ようとそこを訪ねてくるのでした。もし子供たちが行儀良くしていれば、デイヴィッドは彼らを沈床園に連れていきました。ともあれ、中に入って大変なことになってはいけませんから、あの割れ目はずいぶん昔に塞いでしまってありました。そして物語や本の話をして聞かせると、物語が語られたがっており、本は読まれたがっているのだと説明してあげました。そして、人生を歩んでゆくのに必要なことや、彼が本の中に書いた国のことや、子供たちが空想の中に築くあらゆる国や世界のことは、何もかも本の中に書かれているのだよと教えてあげるのでした。

彼の話を分かる子供もいれば、分からない子供もいました。

やがてデイヴィッドは年老いて体も衰え、病気がちになりました。記憶力も視力も弱まってものを書くこともできず、かつてのように子供たちを迎えに歩いてゆくことすら、思うようにできなくなっていったのです（これもまた、あの地下室で女の両目に映しだされる運命と同じくらい正確に、ねじくれ男が彼に告げたとおりなのでした）。医師にも手の施しようがなく、できることといえば彼の痛みを少し和らげてやるくらいのものでした。デイヴィッドは世話を焼いてくれる看護師をひとり雇い、友人たちは屋敷を訪れては彼とともに過ごしました。やがて終わりの時が近づくと、彼は下階の図書室にベッドを用意するよう頼み、少年期や青年期に愛した本に囲まれながら毎晩睡りに就きました。そして庭師にひとつ簡単な仕事を頼むと誰にもそれを言わないように伝え、庭師はこの老人が大好きなものでしたから、言いつけを守ったのでした。

夜がいちばん深まり、いちばん暗くなるころに、デイヴィッドは身を横たえたまま耳を澄ましました。また本たちが囁《ささや》きはじめていたのですが、彼は怖くなどありませんでした。優しく、慰めと恩寵を与えてくれる言葉を囁いてくれていたのです。時おり、本たちは彼が愛してやまなかった物語を語ってくれましたが、今では彼の物語もそこに加わっているのでした。

ある夜のこと。いよいよ呼吸が浅くなり瞳に浮かぶ光が弱まると、デイヴィッドは図書室のベッドから身を起こしてそろそろと扉へと向かいかけ、ふと途中で足を止めて一冊の本を手に取りました。革表紙の付けられた古いアルバムで、中には写真や手紙、葉書、小さな装飾品、絵や詩、髪の毛の束や夫婦の結婚指輪など、今この時を除く長い人生の名残《なごり》が挟んでありました。本たちの囁きはますます高まっていきます。ひとつの物語の終わりと新たなる物語の始まりとが近づき、本たちが歓喜の声をあげているのです。老人は本棚に並ぶ背表紙を撫でて別れを告げると図書室を後にし、そして屋敷から出て、湿った夏の芝生を踏みしめながらあの沈床園を目指して歩いてゆきました。

沈床園の片隅には庭師に頼んでおいたとおり、大人がひとり入れるくらいの穴が口を開けていました。デイヴィッドは地面に手と膝を突くと痛みを堪《こら》えながら、煉瓦の裏に空いた空洞へと這い込んでいきました。そして暗闇の中に座り、待ちました。しばらくは何も起きず、今にも閉じようとしている瞼《まぶた》を必死に開けていたのですが、やがて徐々に大きくなる光が見えてきたかと思うと、顔に爽やかなそよ風があたりはじめました。木肌や、青い草や、咲き乱れる花の香りが漂ってきます。目の前に開いた穴をくぐって外に出ると、そこは深い森のただ中でした。国は、すっかり変わっていました。弱き者を付け狙おうと待ち構える人外《にんがい》や形を持たぬ悪夢は、もうどこにも見当たりません。恐怖も、果てのない夕暮れも、ありはしないのです。子供の顔のような姿をした花も、すっかり消えていました。子供たちの流した血はもう陰に隠れることもなく、その魂は安らかに睡っているのです。太陽は沈みかけていましたが、空を紫と赤とオレンジに染め上げながら長い一日を静かに閉じようとしているその輝きは、何とも美しいものでした。

デイヴィッドの前に、ひとつの人影が立っていました。片手には斧を持ち、もう片手には森を歩いてくる道すがら長い草を摘んで編み上げた花の冠を持っています。

「戻ってきたよ」デイヴィッドが言うと、木こりが微笑《ほほえ》みました。

「だいたいはまた戻ってくるな。最後にはね」彼がそう答えるのを見てデイヴィッドは、木こりが父親にそっくりなこと、前にはまったくそれに気付かなかったことを不思議に思いました。

「さあ、おいで」木こりが言いました。「みんな待っているぞ」

デイヴィッドが木こりの瞳に映る自分の姿を見つめると、そこには老人ではなく、ひとりの少年の姿がありました。どんなに年老いていようと、どんなに長く離ればなれでいようと、人はとこしえに変わらず父親の子供なのです。

デイヴィッドは木こりの後に続いて森の間に広がる野原を抜け、小川を渡り、やがて煙突からのんびりと煙が立ちのぼる小さな山小屋に辿《たど》り着きました。そばの小さな空き地では一頭の馬が静かに草をはんでいましたが、デイヴィッドの姿に気付くと顔を上げて嬉しげにいななき、たてがみを揺らしながら出迎えに駆けてきました。デイヴィッドが柵に歩み寄り、スキュラに顔を寄せます。彼女は瞼を閉じてデイヴィッドの口づけを額《ひたい》に受けると、まるで自分がそばにいるのを忘れてほしくないかのように、時おり彼の肩にそっと鼻先を擦《す》り寄せながら、山小屋へと歩くデイヴィッドの後をついていきました。

山小屋の扉が開き、女性がひとり戸口に出てきました。黒い髪と緑色の瞳。その両腕に抱かれたほとんど生まれたての赤ん坊は、歩いてくる彼女のブラウスをぎゅっと握り締めています。

地上で送る人生は一瞬にすぎず、だから、人間は誰でも自分の天国を夢に描くのです。

失われしすべてのものを再び見つけたデイヴィッドは、暗闇の中、瞼をそっと閉じました。

シンデレラ（Aバージョン）

むかしむかし、あるところにシンデレラという名前の美しい娘がいました。母親は死んでしまっていたので年老いた父親とふたり暮らしだったのですが、この父親があまりに甘やかすもので、シンデレラはすっかり駄目になってしまいました。おまけに誰も彼女に、この世で最高に美しく、完璧で、愛らしい娘はお前じゃないと言ってあげなかったものですから、シンデレラは自分こそ最高に美しく、完璧で、愛らしいのだとすっかり信じてしまったのでした。正直に言えば、むしろ最低だったのです。

あるとき父親はひとりの女と出会って結婚することになりました。この女には娘がふたりいたのですが、シンデレラと父親が住む丘の上の大きな家に、そろって引っ越してくることになりました。娘たちは、シンデレラのように美しくも完璧でもありません。率直に言ってこのふたりはずば抜けて地味で、ひとりの娘は左右の目の高さがちぐはぐなものですから、まるでいつでも坂道に立っているように見えました。もうひとりの娘はすこし太りすぎで、見ているほうが心配になるほどパンとジャムが大好きでしたが、姉と同じく優しい心の持ち主でした。

シンデレラは、どちらの娘も嫌でたまりませんでした。ふたりが父親の時間を――かつては自分だけのために使われていたはずの時間を――横取りするものだから、嫉妬《しっと》していたのです。

それに、いくら父親にはみんなを包み込むのに十分な愛情があっても、それを人と分かち合うのも嫌でした。シンデレラはふたりを、醜《みにく》い義姉《あね》と呼びました。そこまで醜いわけではなかったものの、とりあえず彼女よりは醜いといえましたし、比べてみればの話なので、それでよかったのです。シンデレラは来る日も来る日も飽きることなく、素晴らしくもなく完璧でもなく愛らしくもない哀れな姉妹をあれやこれやとどやしつけ、邪悪な継母《ままはは》のことも小馬鹿にし続けました。まったく邪悪なところなどない継母は、シンデレラを見てただの駄々っ子だと思い、彼女が何か悪さをするたびに、いかにも駄々っ子らしく扱いました。

それから一年が過ぎてもシンデレラは家事など何ひとつしようとせず、耳を貸してくれる者があれば（肉屋、パン屋、それからロウソク職人までいました。ロウソク職人は父親と同じ建物で働いていたのですが、そのうちきっと誰かが一家の話を童謡にするに違いないと思いました）、自分がどれほどひどい人生を送っているかを話して聞かせながら日々を過ごしました。

やがて、ついに家で多数決が行われ、一家はシンデレラにどの仕事をするか選ばせました。いや、実際は選ぶ余地などありませんでした。シンデレラはこれまで家事を放り出してきた埋め合わせのため、最低一週間分の洗濯、料理、掃除を任されたのですから。半年間もともとの受け持ち分よりも少しだけ多めに家事をするか、それとも一週間ひとりきりで料理と掃除をぜんぶやるか、どちらかをやり遂げれば帳消しになるというわけです。そして、怠慢と意地悪の罰として王子様の舞踏会に出ることを禁止されてしまい、地団駄を踏んで泣きわめくと、いつでもむっつりと嫌な感じで過ごすようになったのでした。

結局シンデレラは、一週間ですべて終わらせてしまうことに決めました。人の役に立つようなことを毎日毎日ずっとやるなど、想像するのも不愉快だったのです。ですが実際にはほとんどろくな働きもしないまま台所に座り込み、おぞましい家族にひどいことをされているとぼやき続けていました。それから六日間、家族たちはできる限りシンデレラを無視しようとしながら、パン屋から届くパイだけを食べ、積み上がっていくゴミや埃《ほこり》の山を見つめ続けていました。そんなとき、シンデレラの悲鳴を聞きつけたフェアリー・ゴッドマザーが、台所にいる彼女の前に姿を現したのです。

「何があったんだい？」フェアリー・ゴッドマザーが訊ねました。

「お母さんが死んで、お父さんが再婚しちゃったの。それからずっと新しい家族たちに、ひとりきりで台所仕事をさせられているのよ」ある意味どれもこれもそのとおりでしたが、まっ赤な嘘とも言えます。

「なんとまあ、ひどい話じゃないか」フェアリー・ゴッドマザーが言いました。人をすぐ信用してしまううえに、そんなに頭がよくないのです。

「まだまだ驚くのは早いわよ」シンデレラは続けました。「今夜は王子様のお城で舞踏会があるのに、あいつら、行かせてくれない気なのよ。義理の姉さんたち、私に嫉妬しているの。王子様が私をひと目見て恋してしまえば、自分たちの奴隷ではなくなってしまうと思って、びくびくしてるんだわ」

善良なフェアリー・ゴッドマザーも、さすがにこれは少々うぬぼれすぎなのではないかと感じました。確かにシンデレラは美しい娘ですが、王子様はそうしたことにかけてはものすごく高望みをすると有名でしたし、そうもやすやすと王子様の心を射止められると信じるなど、どんな娘だろうと軽率なことだったのです。ですがフェアリー・ゴッドマザーは、きっとこんな暮らしのせいで心を病んでしまったのだろうと、シンデレラの身になって考えてあげたのでした。

「シンデレラ、舞踏会にお行きなさいな」フェアリー・ゴッドマザーが言いました。

「行くって、どうやって？」シンデレラが首をかしげます。「服なんて、このぼろぼろのドレスしかないのよ」

確かにみすぼらしいドレスですが、それは彼女が台所仕事をするために——無論、本気でやる気など微塵《みじん》もなかったのですが——クローゼットでいちばん古びたドレスを選んだからでした。ですがフェアリー・ゴッドマザーはさっと杖を振って見とれてしまうようなドレスをシンデレラに着せてやり、びっくりしている二匹のネズミたちを馬車を引く馬に変えてしまいました。それからカボチャに魔法をかけると、明らかに——とはいえ元がカボチャなのだから当然なのですが——カボチャの匂いが漂う、ひどく毒々しいオレンジ色の馬車に変えたのでした。そのうえフェアリー・ゴッドマザーは、ガラスの靴をシンデレラにあげました。はき心地はいまいちでしたが、シンデレラは、それは黙っておいたほうがいいはずだと思いました。助けてやる価値もないと思われたらたまらないからです。そして、午前零時までに帰ってくるようにというフェアリー・ゴッドマザーの門限にも、文句を言いませんでした。まともな娘は真夜中過ぎまで外にいないのは知っていましたから、そういうまともな娘だと思われたかったのです。実際には、まともなどではなかったのですが。

舞踏会の夜、シンデレラはひたすら踊りまくり、ハンサムな王子様の目に留まりました。そして王子様は、シンデレラただひとりだけとワルツを踊り続けたのです。そして謎の娘にぞっこんになってしまったのですが、名前も聞けずにいるうちに時計が午前零時を告げはじめ、娘はさっさと帰ってしまったのでした。あとに残ったのは、見知らぬ美人と踊る王子のつま先を何度も踏みつけて見るも痛ましいあざを残した、凶器のようなヒールが付いたガラスの靴だけです。

翌日から、捜索が始まりました。王子と家来たちは村から村へ、家から家へと回りながら、若い娘を見つけてはガラスの靴をはかせてみたのですが、足の合う娘はひとりも見つかりませんでした。捜索開始から三日、王子たちはシンデレラの家にやってくると、地下室でだらけている彼女を見つけ出しました。王子がガラスの靴をはかせてみると、靴はシンデレラの足にぴったり合いました。大歓声が起こり、シンデレラの義理の姉たちまでそこに加わりました。もうすぐシンデレラと二度と会わなくてよくなると思うと、嬉しくてたまらなかったのです。

王子とシンデレラは結婚し、それはそれは幸せに暮らしました。

とは、いきませんでした。ふたりで一週間ほど幸せに暮らしたところで、王子様がこいつはとんだぐうたらだと気づき、シンデレラをもとの家に引きずっていったのです。

玄関のドアを、王子がノックしました。シンデレラの父親が出てきました。そして、王子と娘の姿に気づくと、すぐさま何があったのかを悟りました。父親は一瞬、さっさとドアを閉めて王子たちが行ってしまうまで表に出るのをやめようかとも思ったのですが、もしかしたら王子が家来にドアを蹴破《けやぶ》るよう命じるかもしれませんし、ドアを壊されたりしたらたまったものではありません。そんなわけで、驚いてなどまったくいなかったのですが、とりあえず見た目だけでも驚いたふりをしてみせたのでした。

「そのう……」王子が口を開きました。

いざとなってみると、非常に気まずいことだと身にしみていました。壊れた鍋を返したり、車輪の歪《ゆが》んだ手押し車を返したりするのならば簡単ですが、本物の人間を――それも結婚したばかりの相手を――返すとなると、話はまったく違うのです。ですが、王子はぐっとこらえました。なにせ自分は王子なのですし、心の底からシンデレラを追い払ってしまいたかったのです。

「申し訳ないが、僕には気に入らなかった」王子が言いました。「性格が悪いし、怠け者だし、カボチャ臭くて駄目だ。申し訳ないが、他の娘と交換してはもらえないだろうか?」

そうして王子はシンデレラと離婚し、目の高さがちぐはぐな姉と再婚すると、今度は本当にずっと幸せに暮らしました。妻の両目を一度に覗き込もうとすると頭痛がしましたが、それでも王子は幸せだったのです。

一方シンデレラはといえば、父親のお金を持ち出してガラスの靴専門店を開きました。

そして、破産したのでした。

訳者あとがき

この本は、二〇〇六年にイギリスで刊行された *The Book of Lost Things* の翻訳です。作者のジョン・コナリーは日本でも『死せるものすべてに』『奇怪な果実』（どちらも講談社文庫 北沢和彦訳）が刊行されていますが、正直なところ「多産な割には翻訳が出ていないな」という印象を受けます。しかし本書だけを見てもただならぬ実力の作家なのは明らかで、個人的には、非常にもったいないことだと感じます。

僕がこの本と出会ったのは二〇〇七年四月、スヌーカーというビリヤード競技の世界選手権を観戦しに、イギリスを訪れた時のことでした。イギリスの書店で瞬間的に目に留まり、いわゆるジャケ買いをしてしまったのです。帰国してすぐに読み、国内でも出したいと思い続けて八年。こうして邦訳版を刊行できるのは、心の底から嬉しいことです。このあとがきでは、本書との長い付き合いの間にいろいろと思ったことを書くつもりですが、多少のネタバレも含まれますので「先入観を持たずに物語を楽しみたい」という方は、まずは本編から読まれることをお薦めいたします。

さて、誰しも子供のころには、文字で書かれた物語に触れるものです。自分でページを繰《く》る人もいれば、両親から読んで聞かせてもらう人もいるでしょう。よほどのことがないかぎり、そうした経験を持たずに大人になる人はいないと思います。大人になると本を読むことをやめてしまう人がいますが、そういう人に聞いても、だいたいいくつかは「あの話が好きだった」という物語が出てくるものです。子供は本でもゲームでも、目の前のものをとにかく楽しもうと能動的にその中へと入っていくものですが、そうした中で働かせた想像や、物語をヒントにして自ら作り上げた空想の世界の中で味わった匂い、景色、感覚といったものが、大人になってからも胸に焼き付いているのかもしれません。自分で創り上げた世界だからこそ、いつまでも忘れることなく残っているのではないかという気がします。

この本の主人公デイヴィッドが旅をする王国は、まさにそんな世界です。母親と一緒に読み、楽しんだ物語の登場人物たちが次々と登場するわけですが、自分が与えられた屋根裏部屋で出会った共産主義や心理学の本なども、その世界を作り上げる要素となり、随所に現れています。母を失い、新しい家族に馴染めず、さらに戦時中という悲惨な状況も相まって、彼が旅をする空想世界は決して明けきることのない薄闇に覆われています。彼を守りきることができずに物語から退場していく木こりやローランドといったキャラクターは、自分を裏切った、そして守ってくれなかった父親のペルソナと言っていいでしょう。自分のことを愛してくれる、頼もしい万能の父親を求めるデイヴィッドの心情が表れていると思うと、非常に切なくなります。

また、木こりに語られた『赤ずきん』では狼と子供を作る赤ずきんが描かれていますが、これはデイヴィッドの性への目覚めや、ローズと父親の夜の営みに対する彼の嫌悪感が表れていると言えます。

同じく『ヘンゼルとグレーテル』では、親に捨てられる恐怖が描かれます。最終的に森でひとり自活していくグレーテルはデイヴィッド、昔の家が忘れられずに悪い魔法使いに殺されてしまうヘンゼルはジョージーを表しているのでしょう。

茨の城でデイヴィッドが出会う『眠り姫』の物語には、少年として彼が抱く無垢な性的衝動やローズに対する嫌悪、そして彼が母親に対して感じるエディプス・コンプレックス的な側面が表れていると言っていいでしょう。

そのように、前半で語られるデイヴィッドの現実生活と、後半のファンタジックな要素とを、線で結びつけ合わせながら読み進めると、この物語を読む楽しさが深まるように思います。僕個人としては、そうした童話ひとつひとつがデイヴィッドの現実の体験によって歪んでいく様子が表現されているようで、とても面白く、ドキドキさせられました。たとえば同じ物語について誰と話し合っても、「え？　そういう読みかたしたの？」みたいな驚きは生じるものですが、そんなやりとりをデイヴィッドとの間にしたような楽しさがあるのだと思います。もし本書に登場する物語の中で未読のものがある方は、そちらも併せてお読みになってみてはどうでしょう？　ここに、主立った登場作品の一例を列挙しておきます。

『ルンプルシュティルツヒェン』（ねじくれ男のモチーフになっています）『赤ずきん』『ヘンゼル

とグレーテル』『白雪姫』『三人の軍医さん』『がちょう番の女』『眠れる森の美女』（この辺りはグリム童話版が有名ですが、民話が元となっているものも多く、さまざまなバージョンが存在します。『赤ずきん』『眠れる森の美女』などは、シャルル・ペロー版もお薦めいたします）

『三びきのやぎのがらがらどん』（福音館書店　マーシャ・ブラウン絵、せたていじ訳　橋の下に住まうトロルたちが登場します。ノルウェー民話が元とされています）

『3びきのくま』（福音館書店　おがさわらとよき訳）

『美女と野獣』（角川文庫　鈴木豊訳）

「チャイルド・ローランド暗黒の塔にきた」（国文社　ロバート・ブラウニング詩、大庭千尋訳『男と女』に収録）

最後になりますが、この物語がどこかで、読者にとっての新たな空想世界の柱のひとつとなってくれることを願います。本書の刊行にあたりお世話になった東京創元社の佐々木日向子さん、物語やイギリスの戦時中のことを教えてくれたパトリック・スコット・グラハム君、ありがとうございました。

田内志文

本書は、二〇一五年小社刊『失われたものたちの本』に「シンデレラ（Aバージョン）」を追加して文庫化したものです。

訳者紹介　翻訳家、物書き。カウフマン「銀行強盗にあって妻が縮んでしまった事件」、ジャクソン「10の奇妙な話」、エイヴヤード〈レッド・クイーン〉シリーズ、コルファー〈ザ・ランド・オブ・ストーリーズ〉シリーズなど訳書多数。

検印
廃止

失われたものたちの本

2021年3月12日　初版
2023年8月10日　9版

著者　ジョン・コナリー

訳者　田《た》内《うち》志《し》文《もん》

発行所　(株)東京創元社
代表者　渋谷健太郎

162-0814/東京都新宿区新小川町1-5
電話　03・3268・8231-営業部
03・3268・8204-編集部
URL　http://www.tsogen.co.jp
DTP　キャップス
晩印刷・本間製本

乱丁・落丁本は、ご面倒ですが小社までご送付ください。送料小社負担にてお取替えいたします。

© 田内志文　2021　Printed in Japan

ISBN978-4-488-51706-9　C0197

Night Music: Nocturnes 2
John Connolly

キャクストン私設図書館

ジョン・コナリー
田内志文 訳　四六判並製

物語の登場人物たちが実体化して図書館に住んでいたら……？

ハムレットやホームズなど、人々に広く知れ渡ったがゆえに実体化した登場人物の住処である図書館を描いた表題作や、奇書「裂かれた地図書」をめぐる物語など、『失われたものたちの本』の著者が贈る本や物語をテーマにした全４編！